홍련 上

초판 1쇄 찍은 날 | 2012년 11월 23일
초판 1쇄 펴낸 날 | 2012년 11월 28일

지은이 | 김인숙
펴낸이 | 예경원

편집 | 유경화

펴낸곳 | 예원북스
등록번호 | 제396-2012-000132호
등록일자 | 2012. 7. 25
YRN | 제1-0006호

주소 | 경기도 고양시 일산동구 무궁화로 8-28 삼성메르헨하우스 712호 (우) 410-837
전화 | 031-819-9431 팩스 | 031-817-9432
http://cafe.naver.com/yewonromance
E-mail | yewonbooks@naver.com

ⓒ 김인숙, 2012

ISBN 978-89-98102-07-4 04810
ISBN 978-89-98102-06-7 (세트)

김인숙 장편 소설

YEWONBOOKS ROMANCE STORY

紅蓮

홍련

上

Y
W
예원북스

❖ 紅蓮 目次 ❖

1 · 7 | 2 · 22 | 3 · 45
　　　　4 · 73 | 5 · 110 | 6 · 133 | 7 · 168
　　　　8 · 206 | 9 · 243 | 10 · 261 | 11 · 287
12 · 316 | 13 · 353 | 14 · 387

1

"공주님을 쫓아라! 놓쳐서는 안 된다!"

호위들은 채찍을 휘두르며 말을 몰았고, 혼이 빠진 병사들이 그 뒤를 따라 숲으로 뛰어들었다. 한창 물이 올라 우거질 대로 우거진 숲은 사람의 몸으로도 빠져나가기 어려울 정도로 온갖 넝쿨들이 엉켜 있었다. 이런 곳으로 겁도 없이 단숨에 말을 몰고 뛰어든 사람은 무한국의 공주 세아다.

왕자인 수燧를 제쳐 두고 계륜왕이 금지옥엽처럼 키운 딸 세아.

그녀는 왕의 뜻에 따라 어릴 적부터 경성단의 일원으로 사내들 틈에 끼어 검술 훈련을 받아왔다. 그에 비해 왕자 수燧는 소심하고 유약하여 백화궁의 가장 깊은 곳에 숨어 꽃과 새를 기르며 세월을 보냈다. 그러니 자연 왕의 마음은 세아에게로 쏠렸고 하나하나 쥐어준 권력이 어느새 수壽의 힘을 능가하고 있었다.

무한국 최고의 귀족 자제들로 이루어진 경성단의 무사들이 공주의 호위로 들어오면서 세아의 힘은 절정에 달하고 있었다. 이제 겨우 열아홉, 오늘은 바로 그녀의 생일을 축하하기 위해 사냥대회가 벌어진 날이다.

보기 드문 크기의 노루였다. 몰이꾼들에게 몰려 올라오는 노루를 발견한 순간 세아는 말릴 틈도 없이 말을 박차며 숲으로 뛰어들었다. 가장 큰 노루를 잡는 자에게 상을 내리겠다는 왕의 말에 혹한 것이 분명했다. 도무지 겁도 없고 양보도 모르는 공주다. 그래서 한순간도 방심할 수가 없다. 불만 어린 호위들 사이에서 말을 몰아 달리는 무진武眞의 입가에 미소가 스친다.

"일진은 나를 따르고 나머지는 계곡 쪽을 막아라!"

호위대장 예성의 명에 따라 양쪽으로 갈라진 병사들이 숲을 헤치고 정신없이 내달렸다. 천방지축 겁 없는 공주가 무슨 일을 당하기 전에 막아야 한다는 생각뿐이었다. 지난해엔 낙마로 팔을 다쳐 호위하던 병사들이 변방으로 차출당했고, 고운 얼굴에 생채기가 나는 바람에 호위부대 전체가 왕의 진노를 샀던 것이 바로 얼마 전이다.

예성을 따라 직진으로 공주를 쫓던 무진은 계곡 쪽으로 말 머리를 돌렸다. 노루와 공주가 그쪽으로 향했으리라는 직감 때문이다. 병사들을 제치고 짓쳐 달리던 그의 눈에 숲을 헤치고 달리고 있는 공주의 말이 보인다.

역시……!

무진은 회심의 미소를 지었다. 세아에 대한 그의 직감은 언제나 이렇게 단 한 번도 틀린 적이 없었다.

공주는 말 등에 납작 엎드린 채 노루를 쫓고 있었다. 여차하면 화살이라도 날릴 생각인지 고삐와 함께 활을 꼭 움켜쥐고 있다. 진심으로 노루를 잡고 싶은 모양이다. 도대체 저 승부욕은 어디에서 나오는지 모르겠다.

무진은 다시 언덕배기 쪽으로 말 머리를 돌렸다. 공주를 따라잡아 멈추게 하는 것보다 노루를 그녀 앞으로 몰아주어 잡게 하는 것이 더 빨리 멈추게 하는 방법 같아서다. 등성이까지 치달아 오른 무진의 말이 다시 방향을 틀어 달려 내려왔다. 다소 위험하다 싶은 비탈길이지만 달리는 말도, 그 위에 앉은 무진도 거침이 없었다. 눈앞의 숲이 심하게 요동치고 있었다. 무진은 채찍을 휘두르며 거칠게 말을 몰아 숲으로 뛰어들었다. 놀란 노루가 방향을 틀어 달아났다. 그런데 달아나는 쪽이 공주가 쫓고 있는 계곡 쪽이 아닌 바위투성이의 벼랑 쪽이다.

이런!

무진은 다급하게 말의 배를 박찼다. 말은 벼랑을 미끄러져 내려오면서도 용하게 균형을 잃지 않고 있었다. 비탈을 내려와 바윗길에 다다랐을 무렵 바위 사이를 박차고 오르던 공주의 말이 순식간에 앞발이 꺾이며 고꾸라지는 모습이 보였다. 그와 함께 공주의 몸이 곡예를 하듯 공중으로 날아올랐다. 무진도 동시에 공중으로 날아올랐다.

공주의 몸을 낚아채어 떨어진 곳은 다행스럽게도 바위 옆 넝쿨

숲이다. 세아는 허리가 꺾일 듯 밀착된 자세로 무진의 품에 안겨 있었다.

"괜찮으십니까?"

너무도 순식간에 일어난 일이라 놀랄 만도 하건만 세아는 말짱한 얼굴로 허리에 감긴 무진의 손을 풀어내고 신경질적으로 소리쳤다.

"혼자서도 충분히 착지할 수 있었단 말이야! 그놈의 노루를 잡을 수도 있었다고!"

노루를 놓친 것이 분하고, 도움받은 것은 더욱 분하고, 게다가 그 사람이 무진이라는 것이 더더욱 세아의 화를 돋우었다.

세아는 무진이 달려온 길을 잘 알고 있었다. 낭떠러지나 진배없는 비탈을 말을 타고 위험천만하게 미끄러져 내려왔을 것이다. 그리고 자신이 공중으로 솟구치는 순간 그곳이 어떤 곳인지도 가늠하지 않은 채 무작정 뛰어들었을 것이 분명하다.

혹 다친 곳은 없나 무진의 몸을 스륵 살피던 세아의 눈이 검푸른 빛이 도는 그의 눈동자에서 멈칫했다. 언제 보아도 숨이 멎을 듯한 강한 기운이 뿜어져 나오는 눈이다. 그러나 다른 쪽 눈을 가린 검은 안대가 눈에 들어오는 순간 세아는 차갑게 돌아서 버렸다.

미련한 놈…… 그래서 네가 싫다!

세아가 저만치 멀어지고 나서야 무진은 고통스러운 얼굴로 그 자리에 주저앉았다. 세아를 안고 떨어지면서 발목을 접질린 모양이었다. 힘겹게 걸음을 내딛어보지만 절뚝이는 모습을 감출 수가 없다. 당분간 세아의 눈에 띄지 않도록 숨어 지내야 할 것 같다.

사흘, 아니면 닷새?

벌써부터 밀려드는 답답증에 그는 가볍게 심호흡을 했다. 아버지의 손에 이끌려 황성으로 오던 그날부터 지금까지 내내 그를 괴롭히던 답답증이다. 그러나 이제는 버릴 수도, 달아날 수도 없는 곳이 되어버린 황성. 그 황성이 산 아래에 아득히 펼쳐진 모습을 새삼스러운 마음으로 내려다보았다. 어느새 이곳으로 온 지 십 년이 지났다.

무한국 최고의 장군인 유천 장군이 변방으로 나간 지 십여 년 만에 황성으로 돌아왔다. 그는 계륜왕의 가장 절친한 친구이자 한때는 수족과 같은 사람이었다. 그러나 그의 사촌이 반란에 연루되면서 집안이 몰락했고, 그의 목숨마저 위태로워지자 계륜왕은 그를 살리기 위한 방책으로 변방으로 보냈었다. 반란의 바람이 완전히 수그러들고 누구도 넘보지 못할 강력한 왕권이 확립되면서 왕이 다시 불러들인 것이다.

십 년 만에 다시 만난 왕은 쉽사리 진위를 가늠할 수 없는 눈빛의 소유자로 변해 있었다. 유천은 이 황성에서 유일하게 자신의 우군이지만 또한 자신의 목에 가장 날카로운 칼을 들이댈 사람이 바로 왕이라는 것을 알았다.

"그대가 없는 지난 십 년간 나는 날개 꺾인 새로 살았다."

그러니 이제 당신의 날개가 되어달라는 소리였다. 모골이 송연해졌다. 그 날갯짓 한 번에 얼마나 많은 목숨이 오가고 붉은 핏방울이 튀길지 알 수 없는 일이다. 그렇다고 피할 수도 없는 일, 유천은 묵묵히 고개를 조아렸다.

지그시 바라보던 왕의 눈이 유천의 뒤에서 주먹을 꼭 쥔 채 머리를 조아리고 있는 소년에게로 향했다. 고개를 갸웃하는 왕을 보며 유천이 답했다.

"소신의 못난 자식입니다."

"혼인을 하였던가?"

"비진족 여인에게서 얻은 자식입니다. 고귀한 혈통이 아니니 마음 쓰지 마십시오."

유천은 왕의 눈이 아들에게 머물지 않기를 빌었다. 그러나 그의 바람을 외면한 채 한동안 소년을 살피던 왕의 입가에 미소가 지어졌다.

"밭이 아무리 비천하여도 그대의 씨를 받았으면 된 것이야. 이름이 무언가?"

"진정한 무한국의 용사가 되라는 뜻에서 무진武眞이라 지었습니다."

"무진이라…… 마음에 든다. 내일부터 경성단으로 보내라."

"전하! 감히 경성단에 들어갈 수 있는 아이가 아닙니다. 비천한 어미를 둔 아이입니다!"

다급히 소리쳤지만 때는 이미 늦었다. 그저 밥 굶지 않을 비루한 자리나 하나 얻어 있는 듯 없는 듯 그리 살기를 원했었는데 무한국 최고의 귀족 자제들이나 들어갈 수 있는 경성단이라니! 애초에 황성으로 데리고 온 것이 실수다.

무진은 피가 터질 듯 주먹을 그러쥐고 아버지와 왕의 대화를 듣고 있었다.

비천한 밭.

비천한 어미.

그런 말을 들을 때마다 속이 울렁거리고 구역질이 날 것 같았다. 그 말속에 자신의 험난한 운명이 들어 있는 것 같아 눈앞이 캄캄하기도 했다. 그러나 아버지가 곁에 계시니 두려울 것은 없었다.

무진은 다음날로 경성단의 일원이 되었지만 단원들 누구도 그를 인정해 주지 않았다. 오히려 변방 부족의 비천한 여자의 자식을 경성단으로 보낸 왕을 원망했다. 천한 것이 경성단의 이름을 더럽히고 있다는 말을 거침없이 하기도 했다.

어느 날 늘 외톨이처럼 떠도는 그의 곁으로 다가온 한 소년이 있었다. 예쁘장한 이목구비를 가진 그 소년이 공주라는 것을 안 것은 한참이 지나서였다. 함부로 이름을 부르고 장난을 쳤던 것이 생각나 무진의 얼굴이 하얗게 변했다. 비천한 것이 공주마마의 이름을 함부로 불렀으니 죽을 일밖에 없을 것 같았다. 하얗게 질린 그의 모습을 보며 세아는 재밌다는 듯 깔깔 웃으며 속삭였다.

"둘만 있을 때는 그냥 이름 불러도 돼. 우린 친구잖아."

그러면서 어깨를 왈칵 당겨 안는 통에 무진은 혼비백산하여 달아나고 말았다.

그렇게 열다섯이 될 때까지 두 사람은 서로에 대해 모르는 것이 없을 정도로 마음을 터놓는 친구로 지냈다. 경성단의 무사들이 아무리 무시하고 괴롭혀도 세아가 있어서 견딜 수 있었다. 가끔은 너무도 괴로운 나머지 어릴 적 마음껏 뛰어놀던 변방의 그 들판으로 달아나 버릴까도 생각했지만 바람처럼 다가온 세아가 입술을 훔치던 날, 부진은 자신이 세아를 두고는 어디로도 떠날 수 없다는 것을 깨달았다.

수珠는 정궁인 백화궁 옆의 조그만 별궁인 소화궁 마당을 거닐고 있었다. 햇살은 따뜻했고 바람은 부드러웠다. 백화궁을 떠나 이곳으로 옮긴 지 두 달, 성가시게 찾아오는 무리가 없어 이제야 조금 살 것 같다. 그들은 계륜왕의 날개인 유천 장군을 죽이지 못해 안달이 난 무리들로 불쑥불쑥 나타나 도무지 믿을 수 없는 말로 수珠의 마음을 혼란 속에 빠트렸다. 그들이 전하는 말이 아무리 진실이어도 수珠에게는 아직 그들을 받아들일 용기가 없었다. 만약에 그들이 수珠를 찾아온다는 걸 안다면 계륜왕은 아들인 자신의 목숨마저 살려두지 않을 것이라는 걸 안다. 그만큼 그에게 아버지는 언제나 두렵고 무서운 존재였다.

어슬렁어슬렁 걷고 있던 수珠는 다가오는 계륜왕을 발견하고 고개를 조아렸다. 기어이 사냥을 가지 않은 것에 대해 추궁하러 온 것이 분명했다.

"말을 타고 활을 쏘는 것은 우리 무한국 사내라면 반드시 할 줄 알아야 할 일이거늘 어찌 사냥조차 싫다 하는 것이냐? 왕실의 위엄이 서지 않는 일이다!"

소인은 꽃을 키우고 새를 기르는 일이 좋습니다.

그 말이 혀끝까지 올라왔지만 차마 뱉어내지 못한 채 수茱는 침만 꿀꺽 삼켰다. 산 생명을 죽이는 것을 유희로 아는 그런 놀이에는 도무지 흥미가 일지 않는다. 그는 겨우 용기를 내어 한마디 했다.

"사냥대회는 세아가 잘 치를 것입니다."

푹 수그린 고개 저 너머에서 분기를 삼키는 왕의 거친 숨소리가 들린다.

무한국에서 사냥은 일종의 군사훈련 같은 것이었다. 무한국 병사들의 뛰어난 기마술은 수시로 열리는 사냥대회에서 익힌 재주들이다. 왕이 될 자는 누구보다 그 재주가 뛰어나야 경성단을 장악할 수 있다. 무한국 귀족 자제들의 집결소인 경성단을 장악하지 않고서는 강력한 왕권을 구축할 수가 없는데 수茱는 그런 것 따위에는 도무지 관심이 없었다. 세아에게 모든 것을 순순히 넘겨줄 모양이다.

"못난 놈. 쯧!"

계륜왕은 혀를 차며 돌아섰다. 눈앞에 펼쳐 주는 먹이도 받아먹지 못하니 평생 이 궁에 갇혀 산다 한들 누구를 원망하랴 싶었다. 비록 공주지만 그래도 세아가 있어 다행이라고 스스로를 위안했다.

발소리가 완전히 사라지고서야 수茱는 천천히 고개를 들었다. 흙바닥에 혼란스럽게 찍힌 발자국은 자신의 마음을 보는 듯하다. 말을 타고 칼을 휘두르며 강렬하게 살고픈 욕망과 스치는 바람처럼 있는 듯 없는 듯 살다 가고픈 소망 사이에서 마음은 늘 바람 속을 떠돈다. 계륜왕에게 이런 수모를 한 번씩 당할 때면 마음은 더욱 혼란스럽게 일렁거린다.

끓어오르는 마음을 억누르듯 입술을 질끈 깨물던 수烋는 발아래에서 하늘거리는 노란 국화꽃을 단숨에 꺾으며 누이의 이름을 나직이 불렀다.

"세아야……."

아름다운 나의 누이…… 난 널 이리 꺾고 싶지 않다. 그러니 그 빛을 조금만 숨기렴.

수烋의 눈이 묘하게 번득였다.

사냥대회는 어느 해보다 많은 수확을 거둬들이며 끝이 났다. 세아의 지휘 아래 벌어진 첫 사냥대회였기에 더욱 의미가 컸다. 공주를 위해 특별히 조직된 호위대의 위용 앞에 경성단은 물론, 이름 없는 병사들까지 세아에게 머리를 조아렸다. 공주는 어느새 누구도 무시할 수 없는 존재로 자라 있었다.

그날 저녁, 연회가 벌어지는 내내 무진이 보이지 않았다.

분명히 멀쩡한 모습을 보았었는데 다치기라도 한 걸까?

생각이 거기에 미치자 연회를 즐길 마음이 싹 사라져 버렸다. 세아는 한껏 흥이 오른 연회장을 빠져나왔다. 재빠르게 따라붙는 호위군사까지 물린 채 그녀는 소화궁으로 향했다. 혼자서 하루 종일 새소리를 들으며 숲을 거닐었을 수烋를 생각하니 마음이 짠하면서도 한편으로는 얄미워 죽겠다.

세상사에는 도무지 욕심도, 흥미도 없는 수秀. 아버지가 어떻게 권력을 유지하고 지켜가는지, 그것을 위해 얼마나 많은 피를 보았는지, 그 주위에서 누가 어떤 음모를 꾸미건 어떤 위험이 도사리고 있건 수秀는 그저 남의 일인 양 무심하다. 수秀가 관심을 가지는 것은 오로지 정원을 가꾸고 새들과 노니는 것뿐이다.

어린 시절 기억 속의 오라버니는 그렇지 않았다. 겨우 여남은 살의 나이에 경성단 무사들을 대적할 만큼 검술 실력이 뛰어났고, 세아에게 말 다루는 법까지 가르쳐 주었던 수秀다. 그런 그가 변한 것은 어머니의 죽음 이후였다.

어머니는 독이 든 술을 마시고 죽었다. 원래 그것은 계륜왕에게 올려진 것이었는데 평소 술을 전혀 입에 대지 않던 어머니가 하필 그날 먼저 술잔을 든 것이다. 그 일로 무한국 귀족의 삼 할이 목숨을 잃었다. 그러고도 진범을 잡아내지 못한 채 미제未濟로 남아 있는 사건이다.

그 일이 있은 후 수秀는 칼을 버렸고 말도 타지 않았다. 왕이 진노하여 억지로 말에 태우자 일부러 낙마까지 하며 말타기를 거부했다. 경성단은 그에게서 멀어져 갔다. 경성단을 이끌고 왕의 권력을 뒷받침하는 것은 자연히 세아의 몫이 되었다. 사내들 틈에서 무예를 익히고 말을 타는 것도 힘들었지만 더 힘든 것은 공주라는 이유로 은근히 얕잡아보는 시선들이었다. 세아의 행동이나 성격이 사내 같아진 이유는 그 탓이 컸다.

가끔은 그녀도 꽃처럼 꾸미고 아름다운 향을 풍기고 싶을 때가 있었다. 다소곳한 여인이 되어 사내들의 시선을 사로잡고 연약한 여인처럼 보호받고 싶을 때도 있었다.

소화궁은 쥐 죽은 듯 고요하다. 정궁인 백화궁의 화려함에 비해
초라할 만큼 작고 소박한 소화궁, 이곳은 백화궁의 모련전과 함께
돌아가신 어머니의 체취가 가장 많이 배인 곳이기도 하다.

수秀는 달빛을 벗 삼아 정원을 거닐고 있었다.

"오라버니."

"세아구나! 연회는 어쩌고 이곳에 온 거냐?"

그 소리에 세아는 눈을 흘기며 조그만 바위에 걸터앉았다.

"사흘이나 말을 타고 산천을 돌아다녔더니 내 몸이 내 몸이 아
닌 것 같아요. 쉬고 싶어 도망 나왔습니다."

"무진이가 힘들었겠구나."

"아니! 오라버니는 제가 힘들었다는데 어찌 무진이 걱정부터 하
십니까?"

발끈하며 쏘아붙이는 소리에 수秀가 키득 웃었다. 천방지축 뛰
어다니는 세아를 정신없이 쫓아다녔을 무진을 생각하니 측은할
지경이다.

"노루를 쫓는 것보다 널 쫓는 것이 더 힘들었을 테니 하는 소리
다."

사냥에서 무진이 쫓아다니는 것은 노루가 아니라 세아란 사실
은 수秀도 세아도 아는 사실이다. 그러나 늘 불안을 떨칠 수 없는
눈으로 따라다니는 무진의 눈이 세아는 싫다.

"그 녀석은 제 사냥을 방해만 하고 다녔습니다. 다음부턴 빼버
릴 참입니다."

볼멘소리에 수秀가 나무라듯 타일렀다.

"무진을 그리 대하지 마라."

무진에게만 유독 차갑게 구는 세아다. 피하고 싶은 그 마음을 모르는 바는 아니지만 그래도 세아가 무진에게 그래서는 안 된다. 세상 모든 사람들이 무진을 무시하고 외면해도 세아만은 그래선 안 된다.

"무진인……."

세아는 이어지는 말을 듣지도 않은 채 어깨에 놓인 수秀의 손을 털어내어 버렸다. 잠시 마음을 쉬러 왔더니 그것마저 힘들다.

"그런 소리 하시려거든 다음부턴 오라버니가 사냥을 이끄십시오!"

목소리에 화가 잔뜩 배어 있다. 이런 소리를 들을 때마다 미안한 마음이 들지만 수秀는 짐짓 장난기 어린 음성으로 속삭였다.

"내가 낙마를 하여 다리가 부러지면 아바마마께서 병사들을 몇이나 죽이실 것 같으냐?"

은근한 목소리에 정말 그런 일을 저지르고 말겠다는 협박도 들어 있었다. 그렇게 말해 버리면 지금의 이 현실에서 세아가 절대 달아나지 못한다는 걸 그는 아는 것이다. 나쁜 오라버니!

"오라버니는 이기적인 사람입니다."

"솔직하게 비겁한 사람이라고 해라."

빈들 웃으며 참 얄밉게도 말한다.

"예, 비겁하십니다!"

세아는 진심으로 화가 났다. 자신에게만 모든 짐을 지운 채 현실에서 도피해 버리는 수초의 태도에도 화가 났지만 실은 그것보다 무진의 일로 나무라는 수초의 말 때문에 더 화가 나 있었다.

무진을 그리 대하지 말라고? 그럼 어찌 대하란 말인가! 그 녀석의 눈만 보면 화가 나서 미칠 것 같은데 나더러 어쩌라고!

온 산천이 붉게 물든 열다섯의 가을이었다. 그해에 열렸던 사냥대회에 세아와 무진은 처음으로 참여했다. 사냥대회는 이틀에 걸쳐 열렸고, 밤새운 음주가무로 병사들은 긴장이 완전히 풀려 있었다. 그래서 사냥이 처음인 세아를 조절해 주지 못했다.

세아는 누구보다 빠르게, 깊이 사냥감을 추격해 들어갔다. 짐승을 눈앞에 두고 화살을 재는 순간 궁지에 몰린 산만 한 멧돼지가 세아를 향해 달려들었다. 누구도 예측 못한 일이었고 손쓸 틈조차 없었다. 말에서 떨어진 세아가 짐승의 발아래에서 짓이겨지는 순간 뛰어드는 그림자가 있었다. 사냥에 참가한 경성단 무사 중 가장 나이가 어린 무진이었다.

세아가 완전히 자리를 털고 일어난 것은 그로부터 열흘이나 지나서였다. 그 일로 병사와 무사들의 목이 다섯이나 달아났다. 그나마 세아의 간절한 매달림이 있었기에 그 정도에서 멈추었지 그렇지 않았으면 사냥에 참여한 수백의 군사들을 다 죽이고도 계륜왕의 분노는 풀리지 않았을 것이다.

세아에게는 사냥 금지령이 내려졌다. 무료하고 답답한 날들이 다시 한 달이 흘렀다. 그동안, 평소 같으면 문턱이 닳도록 공주궁인 화령전을 드나들었을 무진의 모습을 볼 수 없었다.

무진인 분명 괜찮다고 했는데 무슨 일일까?

세아의 물음에 시녀들은 하나같이 아무 일 없다는 대답만 되풀이했다.

"그럼 왜 오지 않는 것이냐? 답답해 견딜 수 없으니 가서 무진에게 당장 입궁하라고 해라!"

무진이 오기만 하면 어떤 식으로든 숨통이 트일 일을 만들어줄 것이다. 따갑도록 따라다니고 있는 저 많은 눈들을 속이고 이 궁을 빠져나가 함께 저자를 돌아다녀 줄 사람은 무진뿐이니까.

그러나 무진은 고뿔에 걸렸다, 유천 장군을 따라 변방 시찰을 나갔다, 피곤하다, 그런 핑계를 대며 좀처럼 나타나지 않았다. 세아의 화가 머리끝까지 치솟은 어느 날 드디어 무진이 궁으로 찾아왔다.

검푸른 빛깔의 아름다운 눈을 가졌던 무진. 세아는 그 검푸른 눈을 사랑했었다.

그러나 그의 얼굴에서 더 이상 그 눈은 보이지 않았다. 다만 보이는 것은 아름다움을 감춰 버린 슬픈 눈동자 하나와 또 다른 한쪽 눈을 가린 검은 안대뿐이었다.

2

접질린 발목이 생각처럼 쉬이 낫지 않았다. 다니는 데는 별 지장이 없었지만 절룩이는 것을 감출 수 없으니 궁으로 들어갈 수가 없었다.

무진은 사대에 서서 표적을 노려보고 있었다. 표적의 한가운데에 있는 검은 점이 점점 커져 선명한 형체를 갖추는 것을 느끼며 천천히 활을 들었다. 그리고 특별히 재거나 기다림 없이 세 발의 화살을 단숨에 쏘았다. 날아간 화살들은 표적의 한가운데에 정확하게 꽂혔다. 그의 입가에 미소가 번진다. 칼은 누구보다 잘 휘둘렀지만 활 솜씨는 그다지 뛰어나지 못했는데 한쪽 눈을 잃은 후부터 갑자기 실력이 일취월장하더니 이젠 거의 백발백중 명중이 되고 있었다. 아마도 한쪽 눈이 없는 만큼 더 집중을 하는 탓일 거다.

잠시 눈을 감고 있던 그는 다시 활을 들고 표적을 노려보았다. 표적이 노루가 되었다가, 범이 되었다가, 경성단의 누군가가 되었다가, 왕이 되었다가, 급기야 세아의 얼굴이 되어 화르륵 달려드는 순간 그는 화살을 날렸다. 화살은 표적을 한참이나 비껴 풀밭으로 떨어졌다.

유천 장군은 사대의 누각에서 그 모습을 지켜보고 있었다.

무엇에 마음이 흔들린 것일까?

유천은 무진의 마음속에 도사리고 있는 생각이 늘 궁금했다.

아무리 노력해도 변하지 않는 제 비천한 신분에 대한 자괴감도 있을 테고, 경성단 무사들에 대한 증오심과 아비에 대한 원망도 있을 테지? 그리고 공주에 대한 마음은……?

사실 유천이 가장 두려워하는 것은 세아에 대한 무진의 마음이다. 한쪽 눈을 잃은 열다섯 이후 무진은 세아의 일이라면 더욱 몸을 사리지 않았다. 눈 하나를 잃은 것도 모자라 목숨마저 버리려는 사람처럼 거침없이 위험 속으로 뛰어들곤 했다. 경성단의 많은 무사들은 그것을 비천한 신분을 탈피하려는 몸부림이라 여기며 손가락질하지만 유천의 눈엔 그렇게 보이지 않았다. 마치 스스로 위험을 감지하는 짐승처럼, 무진은 세아의 위험을 그렇게 감지하고 뛰어드는 것이다.

유천은 천천히 누각을 내려와 무진에게로 다가갔다.

"발목은 좀 어떠냐?"

그리고 말릴 새도 없이 허리를 굽혀 쪼그리고 다가앉으며 무진의 발목을 움켜쥐었다. 무진은 자신 앞에 허리를 굽히고 앉은 아버지가 민망하여 발을 빼보려 하지만 놓아주지 않았다. 손가락으로 살짝 힘을 주자 발목이 움찔 달아난다. 부기는 빠졌지만 여전히 낫지 않은 모양이다.

"의원에겐 보였느냐?"

"시일이 좀 걸릴 거라 했습니다. 곧 나아질 테니 너무 심려하지 마십시오."

무진의 활을 받아 이리저리 살피던 유천은 오래전부터 생각해왔던 그 이야기를 꺼냈다.

"자리를 마련해 줄 테니 변방으로 나가거라."

변방으로 가면 신분 때문에 외면받고 천대받을 일이 없을 것이다. 늘 전쟁의 위험이 도사리고 있어 위험하긴 하지만 그만큼 엄청난 권한이 주어지니 마음껏 꿈을 펼칠 기회가 생길 수도 있다. 그러나 무진은 단번에 거절했다.

"싫습니다!"

"잘 생각해 보아라. 고집만 부리지 말고 현명하게 판단하란 얘기다. 이곳에는 네가 설 자리가 없다."

피의 정결을 최고로 여기는 이곳에서 비진족의 피가 섞인 무진이 설 자리는 없었다. 지금이야 자신이 건재하니 이나마도 버티고 있지만 자신이 사라지고 난 뒤의 무진의 모습은 보지 않아도 뻔하다. 목숨이라도 부지하면 그나마 다행이리라.

"비열흘로 가거라. 널 기다리는 사람들이 많은 곳이니 터전을 잡기도 쉬울 것이다."

자신이 나고 자란 땅 비열흘, 무진에게는 늘 그리운 곳이다. 꼭 다시 만나자며 손가락 걸고 약속했던 어릴 적 동무들이 기다리고 있는 땅이며 자신의 비천한 신분을 결정지은 변방 부족 비진족의 여인인 어머니가 묻혀 있는 땅이기도 하다. 언젠가는 찾아갈 것이다. 기억에도 없고 얼굴조차 모르지만 그래도 낳아준 어머니가 묻힌 곳이 어디인지는 알아야 할 테니까. 그러나 지금은 아니다.

"제가 수치스럽습니까?"

비천한 여인에게서 낳은 아들을 둔 것이 부끄러우냐고, 그래서 비열흘로 쫓아 보내려 하는 거냐고 무진은 한껏 비틀린 마음으로 물었다. 이런 운명을 지워줄 거였으면 처음부터 데리고 오지 말았어야 했다. 차라리 버림받은 상처가 덜 아플 거라는 생각을 하며 살아온 지난 십 년이다.

유천은 원망이 가득한 무진의 얼굴을 묵묵히 바라보았다. 한 번도 무진의 존재가 부끄러웠던 적은 없었다. 오히려 늘 자랑스러웠었다. 자신이 무진과 같은 처지에 놓여 있었다면 이처럼 꼿꼿하고 당당하게 살지 못했을 것이다. 그러나 무진은 누구 앞에서도 주눅들지 않는다.

무진은 처음부터 가슴에 불길이 많은 아이였다. 그 불길이 좋은 쪽으로 활활 타오르도록 기르고 싶었는데 황성으로 데려온 이후 억눌린 그것이 속으로 타들어가 무진을 병들게 한 것은 아닌가 싶어 마음이 아프다.

유천은 어깨를 꽉 잡아주고는 말없이 돌아섰다. 무슨 말을 해줄 것인가. 지금은 어떤 말도 무진에게 위로가 되지 못한다는 걸 알고 있었다. 스스로 이겨내는 수밖에 방법이 없다. 자신이 해줄 수 있는 것은 다만 묵묵히 지켜봐 주는 것뿐.

세아가 융화전의 너른 마당을 가로질러 걸어나오고 있었다. 유천은 허리를 굽히고 비켜섰다.

"전하를 뵈러 오셨습니까?"

"예, 공주마마."

오늘은 안 될 것 같으니 다음에 들라는 말을 하려던 세아는 차마 그 말을 하지 못한 채 입술을 꼭 깨물었다. 침실 밖으로 흘러나오던 현비의 자지러지는 신음 소리와 왕의 거친 숨소리가 아직도 귓가에 생생하다.

어찌 그렇게도 적나라할 수 있는지……

세아는 저도 모르게 얼굴이 화끈 달아올랐다.

"아바마마께서는……."

"현비마마와 함께 계십니까? 그럼 잠시 기다리지요."

머뭇거리는 세아를 대신해 유천이 이미 다 알고 있다는 듯 말했다. 그런 일이 세아에겐 충격적일 테지만 왕의 수족인 유천에게는 일상처럼 겪는 일이라 특별할 것도 없었다. 자신이 보는 앞에서도 현비의 가슴을 쓸어내리고 은밀한 곳으로 손을 넣는 일을 서슴지 않는 왕이다. 변방에서 십 년 만에 돌아오니 순진하리만치 정결했던 왕은 너무도 변해 있었다. 효령왕후의 부재가 왕을 그리 만든 것이리라.

가볍게 목례를 하고 돌아서는데 세아가 다시 불러 세웠다.

"유천 장군."

"예, 공주마마."

"무진이 어찌 보이지 않습니까?"

먼저 나타나기 전에는 절대로 묻지 않으려 했는데 결국 또 먼저
묻고 말았다. 다친 건지 아니면 그날 자신의 태도가 서운했던 건
지 사냥이 끝난 지 열흘이 지났는데도 무진은 얼굴 한 번 비치지
않고 있었다. 괘씸한 녀석!

"사냥 날 발목이 접질린 듯했습니다만?"

분명 함께 있었을 텐데 몰랐느냐는 반문이다.

세아의 미간이 찌푸려졌다. 잔뜩 잘난 척 뛰어들어 재주를 부리
더니 결국 다친 모양이다. 유천 장군에게 인사를 하는 둥 마는 둥
하고 그녀는 돌아섰다. 거처인 화령전으로 향하는 그녀의 발걸음
에 화가 잔뜩 실려 있었다.

하여간, 단 한 가지도 마음에 들지 않아!

"당장 가서 무진일 데려오너라!"

거처로 돌아오자마자 세아는 호위무사를 향해 소리를 쳤다. 치
밀어 오르는 화를 억누를 길이 없었다. 분명히 다치지 말라고 했
다. 또다시 자신으로 인해 다치는 일이 있을 시에는 곁에 두지 않
을 거라고 경고를 했었다. 그러나 무진은 언제 어디서든 물불을
가리지 않고 뛰어들었고 결국은 또 이렇게 다친 것이다.

무예복으로 갈아입고 나온 세아는 거칠게 공기를 가르며 세검
을 휘둘렀다.

누군가에게 보호받아야만 하는 나약한 공주가 되고 싶지 않았

다. 평생 호위무사들에게 둘러싸여 한 걸음의 자유조차 누리지 못한 채 살았지만 결국은 독살당하고 만 어머니처럼은 살고 싶지 않았던 것이다. 자유를 누리기 위해 필요한 것은 제 몸 하나쯤은 스스로 지켜낼 수 있는 사람이 되는 길뿐이었다. 그래서 어릴 적부터 경성단을 드나들며 무예를 익혔고 사냥에 나섰다. 그리고 결국 수壽를 대신해 모든 짐을 떠안았다. 왕자가 아닌 공주라는 이유로 은근히 깔아 내려다보는 눈들을 의식해 일부러 사내보다 더 사내처럼 굴었다. 그런 세아에게 무진의 존재는 치명적인 상처다.

건방진 놈!

짚불 인형이 단칼에 두 동강이 났다. 이마에 맺힌 땀을 스륵 닦아내는데 기다렸던 음성이 들렸다.

"마마, 무진입니다."

세아는 번개처럼 돌아보았다. 무진은 무복이 아닌 평상복을 입고 늘 차고 다니던 칼까지 차지 않은 채 마당 한가운데에 서 있었다. 한껏 늘어트린 긴 머리칼이 검은 안대를 가리고 있었다. 흔들리는 저 머리칼을 걷어 올리면 금방이라도 검푸른 빛깔의 아름다운 눈동자가 드러날 것만 같다.

세아는 칼을 꼭 움켜쥔 채 침을 꼴깍 삼켰다. 방금 전까지 가슴에서 들끓던 분노가 순식간에 소멸해 버렸다. 그녀는 소멸해 가는 분노를 붙들기 위해 안간힘을 썼다.

"이리…… 가까이 오너라."

세아의 부름에 무진은 담담한 표정으로 걸음을 떼었다. 겉으로 보기에 그의 걸음걸이는 전혀 이상이 없었다. 그러나 세아의 눈에는 절룩거림을 감추기 위해 안간힘을 쓰고 있는 것이 다 보였다. 그것이 사그라지던 분노에 다시 불을 지폈다.

세아는 다가오는 무진의 가슴에 칼을 겨누었다.

"내 말이 그렇게 우습더냐?"

느닷없이 가슴을 겨누는 칼끝만큼이나 들려오는 음성도 차갑다. 무진은 당황한 얼굴로 세아를 올려다보았다. 그녀의 눈 속에 전에 없던 분노가 가득하다.

"무슨 말씀이십니까?"

세아는 대답 대신 무진의 발목을 강하게 후려 찼다.

"윽!"

단말마 같은 신음 소리와 함께 무진은 고꾸라지듯 주저앉으며 발목을 움켜쥐었다. 참을 수 없는 통증이 온몸으로 찌르르 번졌다.

"당장 황남으로 떠나거라."

"마, 마마!"

"다치지 말라고 했다. 다시 이런 일이 있을 시에는 곁에 두지 않겠다고 분명히 말했다! 잊었느냐?"

"그저 조금 접질린 것뿐입니다! 정말 아무렇지 않……!"

그러나 다시 모질게 걷어차는 세아의 발길에 무진은 고통을 참아내기 힘든 듯 입술을 앙다물었다. 티를 내지 않으려 안간힘을 쓰고 있지만 턱 끝이 바르르 떨리는 것으로 보아 고통이 얼마나 심한지 짐작이 갔다. 세아는 세검 끝으로 떨리는 무진의 턱을 들어 올렸다.

"이래도 아무렇지 않느냐?"

담담하던 무진의 눈빛이 흔들리고 있었다. 세아의 결심이 쉽게 변하지 않을 것임을 깨달은 것이다. 그는 무너지듯 고개를 떨구며 땅바닥에 이마를 조아렸다.

"용서해 주십시오. 다시는 그러지 않겠습니다."

세아는 신경질적으로 칼을 거두어 칼집에 꽂았다. 흙바닥에 이마를 박고 빌고 있는 무진의 모습이 꼴 보기 싫었다.

"네 눈에는 내가 그리도 우스워 보이더냐?"

"용서하십시오, 마마."

"내가 내 몸 하나 건사하지 못할 사람처럼 그리도 불안하고 우스워 보이더냐 말이다!"

"……마마."

"보고 싶지 않으니 당장 떠나거라!"

매몰차게 돌아서던 세아는 낮게 들리는 울음소리에 걸음을 멈추었다. 나뭇잎을 흔드는 바람처럼 들릴 듯 말 듯 새어 나오는 소리는 무진의 흐느낌이었다. 장승같이 건장한 체구에 검고 우울한 눈빛이 나이를 가늠키 힘들 정도로 진중하던 무진에게서 아이 같은 흐느낌 소리가 새어 나오고 있었다.

"시키시는 대로 다 할 테니 제발 떠나란 말씀만 거두어주십시오. 가고 싶지 않습니다, 마마. 흑흑."

내가 어떤 위험에 처하든 무모하게 뛰어들지 않을 자신이 있느냐?

그러나 세아는 그 말을 묻지 못한 채 침을 꿀꺽 삼켰다. 어떤 쪽의 대답이 나오든 자신의 마음에 들지 않을 것은 뻔하기 때문이다. 세아는 입술을 잘근 깨물었다. 그리고 다시 한 번 모진 소리를 내뱉었다.

"내 허락 없이는 절대 황성으로 돌아올 생각 마라! 다른 곳으로 달아날 생각도 마라! 가서…… 꼼짝도 하지 말고 그곳에 있어라."

무진의 흐느낌 소리가 발목을 붙들었지만 세아는 뒤도 돌아보지 않은 채 그곳을 벗어나 버렸다.

네가 이곳에 있는 게 싫어!

무진이 떠나고 얼마 지나지 않아 호위부대 대장인 예성이 찾아왔다.

"무진을 보내시면 안 됩니다. 다시 불러들이십시오."

"모두들 원하던 일이 아니냐? 비천한 무진이 떠났으니 너희들 소원처럼 호위부대는 이제 다시 정결한 부대가 될 것이 아닌가!"

세아는 잔뜩 비꼬인 마음으로 예성을 노려보았다. 부대원 모두가 노골적으로 무진을 따돌렸고 마치 몹쓸 병에 걸린 사람이라도 되는 듯 가까이하는 것조차 꺼렸었다. 그렇게 온갖 수모를 당하면서도 무진은 기어이 호위부대를 고집했었다.

멍청한 녀석!

이제 그런 모습을 보지 않아도 되니 속이 다 후련하다.

"걱정하지 마라, 다시는 불러들일 일이 없을 터이니. 나 또한 더이상 그런 비천한 자를 곁에 둘 마음 없다!"

냉정하게 잘라 버리는 세아의 말에 예성은 더 말을 잇지 못한 채 물러나야 했다. 무진이 사라지는 것은 호위부대원 모두가 원하는 일이었지만 공주를 위해서는 옆에 있어야 할 자다. 인정하고 싶지 않지만 무진만큼 공주를 완벽하게 지켜낼 만한 사람은 없을 테니까.

"골치 아프게 생겼군."

어디로 튈지 모르는 공주를 무진 없이 호위할 생각을 하니 벌써부터 머리가 지끈 아프다.

벌레 소리마저 잠든 깊은 밤, 소화궁의 별채 구석진 마당에서 은빛 칼이 달빛을 가르고 있었다.

꽃을 넘나드는 나비처럼 가볍고 부드럽게, 흔적 없이 파고드는 바람처럼 차갑고 날카롭게.

칼의 춤은 그렇게 오랜 잠에서 깨어난 짐승의 눈빛처럼 날 선 불안을 담고 있었다.

그동안 간간이 익히기는 했지만 이렇게 제대로 칼을 휘둘러 보는 것은 십여 년 만이다. 자욱이 내려앉은 밤안개에 젖은 칼 비린내가 공기 가득 풍겼다. 거친 호흡만큼이나 가슴이 두근거렸다. 오래도록 잊고 있었던 무엇이 수焌의 가슴속에서 꿈틀거렸다.

"소자가 크면 저 비열흘 너머에 있는 안도국을 정복할 것입니다. 그래서 아바마마의 한을 꼭 풀어드리겠습니다."

조그만 손으로 칼자루를 움켜잡고 다짐했던 어린 날의 기억들

이 주마등처럼 스쳐 간다. 따듯하던 아버지의 눈빛, 목소리. 그러
나 지금은 너무도 두려워져 버린 모든 것들…….

수羞는 화끈 치받아 오르는 열기를 감당하지 못하고 다시 칼을
휘둘렀다. 안개를 가르고 달빛을 가르는 칼끝에 바람이 인다. 불
이 인다. 살기가 흐른다.

"왕후마마의 독살설은 음모입니다. 천륜을 속이고 하늘조차 속인
전하의 무서운 음모가 그 속에 숨어 있습니다. 왕자마마, 전하를 경
계하십시오!"

더러운 그 입 좀 다물라고 소리치고 싶었다. 어머니의 목숨을
앗은 것도 부족해 이제는 부자의 연마저 끊으려 드는 저 악랄한
귀족의 무리들을 단칼에 베어버리고 싶었다. 그들이 두려워 칼도
버리고, 활도 버리고, 아버지로부터 온갖 수모를 당하며 살아왔건
만 기어이 이 못난 목숨마저 원하는가?

"왕자마마! 갈후 태자의 존함을 들어보셨습니까? 돌아가신 효령
왕후께서 평생 가슴에 품고 사셨던 분입니다."

무한국 최고의 장수이자 왕위를 물려받을 태자였던 갈후. 그러
나 그는 안도국과의 대전쟁 때 장렬히 전사했다고 들었다. 갈후
태자의 전사로 당시 유일한 직계 왕손이었던 계륜 왕자가 왕위를
물려받게 되었다. 왕위에 오른 그는 안도국 정벌을 국시로 삼을

정도로 갈후 태자의 죽음에 대해 분노를 드러냈었다. 그래서 어릴 적 수추의 꿈도 그것이 되었다.

달빛을 가르고 사선으로 떨어진 칼이 어둠 속으로 사라졌다. 그리고 스르륵, 칼집을 찾아드는 소리가 들린다.

수추는 거친 호흡을 가다듬으며 어둠을 응시했다. 따뜻하지만 한편으로는 두려울 정도로 가차 없는 차가움을 지닌 계륜왕의 얼굴과 아름답다 못해 슬픈 빛이 떠돌던 어머니 효령왕후의 얼굴이 어둠 속을 떠다녔다. 여우처럼 다가와 속살거리던 마윤충의 그 음성도 여전히 어둠 속에 섞여 수추의 마음을 혼란스럽게 했다.

어머니께서 어찌하여 갈후 태자를 가슴에 품고 사셨단 말인가?

미친 듯 휘두른 칼조차 혼란스러운 마음을 온전히 베어내지 못했다. 수추는 어둠을 향해 나직이 명을 내렸다.

"황북의 마윤충을 데려오너라. 아무도 모르게…… 은밀히."

방금 중얼거린 그것이 자신의 소린지 바람의 소린지 분간이 가지 않을 만큼 혼란스럽다. 무엇을 의심하고 무엇을 확인하고 싶은 것일까? 수추는 갑자기 칼을 떨어뜨리고 어둠 속을 달려갔다.

즈음 들어 세아는 좀처럼 잠을 이룰 수 없었다. 무진이 없으니 더 이상 신경을 자극할 일도 없는데 무슨 연유인지 알 수 없었다. 마당을 서성이며 쏟아질 듯 박혀 있는 별들을 올려다보던 세아의 눈이 남쪽 하늘로 향했다.

하늘이 맑아 그나마 다행이다. 오늘 밤엔 무진이 심심하지 않을 테니.

무진은 며칠 밤을 새워 얘기를 들려줄 만큼 별들에 관해서 모르는 것이 없었다. 별을 보고 내일의 날씨를 예측했고, 별을 보고 방향을 가늠했다.

어깨를 기대고 앉아 속삭이던 어린 시절이 떠올랐다.

무진은 별들도 사랑을 하고, 이별을 하고, 눈물을 흘린다고 했다. 살아 있지도 않은 별이 어찌 그런 걸 하느냐고 콧방귀를 뀌었지만 무진이 하는 말이니 진짜일지도 모른다고 생각했었다. 무진이 하는 이야기는 뭐든 진실로 들렸다. 그렇게 아름다운 눈동자를 가지고는 절대 거짓말을 할 수 없을 거라고 생각했으니까.

순간, 세아는 생각을 떨치듯 머리를 흔들고 재빠르게 걸음을 옮겼다. 수秀에게 갈 생각이었다. 오로지 자신만이 수秀를 이해하듯이 너른 궁에서 자신의 마음을 이해해 줄 만한 사람 또한 수秀뿐이라고 생각했다. 그렇게 찾아간 소화궁에서 세아는 수秀의 아름다운 검무를 보았다.

꽃을 넘나드는 나비처럼 사뿐사뿐, 가볍고 부드럽던 칼끝에서 어느 순간부턴가 바람이 일기 시작했다. 세아는 떨리는 마음으로 그 모습을 지켜보았다. 달빛을 가르며 날아오르는 칼은 차가웠고 또한 뜨거웠다. 그것이 십여 년간 수秀의 가슴에 숨어 있던 격정인지 분노인지 알 수 없었다. 다만 그 모습이 몹시도 위태롭고 두렵다는 생각만 들었다.

폭풍처럼 휘몰아치던 칼이 문득 멈추었다. 수秀는 마치 꿈에서 깨어난 사람처럼 어둠 속을 향해 무어라 중얼거리더니 갑자기 칼을 떨어트리고 어딘가로 달려갔다. 세아도 그 뒤를 따랐다. 수秀의 걸음이 백화궁 계륜왕의 침전 쪽으로 향하는 것을 확인한 세아는 걸음을 멈추었다.

　계륜왕은 현비의 풍만한 가슴에 코를 박고 있었다. 이제 겨우 스무 살인 여자의 가슴에서 어머니에게서나 맡을 수 있었던 달콤한 젖비린내가 풍겨 올라왔다. 밤새 그를 집어삼켰던 술 냄새와 지워지지 않는 피비린내는 어느새 사라지고 없었다.

　"달콤하구나. 어떤 과실도 이보단 못할 것이야."

　한입 가득 베어 문 젖가슴을 빨며 계륜왕이 속삭였다. 현비는 그를 더욱 자극하기 위해 요염한 소리를 내며 아랫도리를 흔들었다. 어떡하든 왕의 마음을 사로잡아야 했다. 아버지와 오라버니들의 목숨, 그리고 일족의 부귀영화가 그것에 달려 있다는 걸 알기 때문이었다.

　"하아, 전하. 어서…… 어서 안아주소서."

　가슴을 쓰다듬고 두 다리로 허리를 감은 채 간절하게 매달려 오는 어린 현비의 모습에 계륜왕은 주체할 수 없는 흥분을 느끼며 뜨겁게 부푼 제 물건을 여린 살 속으로 깊이 밀어 넣었다. 쉰을 바라보는 나이지만 그는 여전히 스물의 청년처럼 거칠고 힘이 넘쳤다. 현비는 비명을 지르며 왕의 목에 매달렸다.

　거친 숨소리, 질척한 신음 소리, 그리고 손끝이 오그라드는 교성이 거침없이 문밖으로 흘러나왔다. 수燾는 주먹을 그러쥔 채 문밖에 서서 그 소리를 듣고 있었다. 현비의 자지러지는 비명 소리에 머리칼이 쭈뼛 일어섰다.

효령왕후는 백화궁의 구석진 전각인 모련전에서 평생을 보냈다. 수십 인의 호위무사들이 그녀를 둘러싸고 전각을 둘러쌌다. 한 걸음의 자유도 주어지지 않았던 삶이었다. 유리병에 갇힌 꽃처럼 어머니는 그렇게 시들어갔다. 독주가 아니었어도 이미 그녀는 죽어 있던 목숨이었다.

수若는 펄떡이는 가슴을 움켜쥐었다. 아버지께 당장 물어볼 말이 있어 막아서는 호위병사까지 밀쳐 내고 들어온 길이었지만 더 이상 한 발짝도 움직일 수 없었다. 황홀경에 빠진 듯한 현비의 신음 소리에 어머니의 슬픈 눈빛이 떠올랐고, 계륜왕의 거친 숨결은 또 다른 누군가의 절규 소리에 묻혔다.

수若는 주먹을 그러쥐었다. 입술을 깨물었다. 비릿한 피 냄새가 입안 가득 번졌다.

한 해를 마감하는 그 달에 경성단에서 대규모 검술대회가 열렸다. 대회의 우승자는 그해 최고의 무사로 뽑혀 왕으로부터 검을 하사받고, 이후 무한국 권력의 핵심으로 승승장구할 기회를 잡게 된다. 때문에 무사들은 목숨을 걸고 검술대회에 임했다. 그 탓에 진짜 목숨을 잃는 자도 종종 있었다.

무사들의 번개 같은 칼놀림은 검술에 무지한 사람의 눈에는 하나같이 대단해 보이겠지만 세아의 눈에는 다음 움직임까지 예측될 만큼 다분히 빈틈없고 꽉 짜여진 검술들뿐이었다. 도무지 새로움이라고는 없어 따분했다.

"무진이 없으니……."

중얼거리며 하품을 삼키던 세아의 눈에 수초의 모습이 들어왔다. 왕의 바로 옆자리에 앉은 자신에 비해 그는 왕자의 신분을 망각한 사람처럼 한참이나 떨어진 신료들 틈에 앉아 있었다. 눈은 검술장을 향하고 있었지만 생각은 다른 곳에 있는 듯 반쯤은 넋을 놓고 있다. 계륜왕이 본다면 딱 이마를 찌푸릴 행동이었다. 세아는 야릇한 감정으로 그 모습을 바라보았다. 얼마 전까지만 해도 분명 수초의 모든 것을 알고 있다고 생각했는데 지금은 아무것도 모르겠다. 격정적인 몸놀림으로 달빛을 가르던 그의 모습이 진짜인지, 저렇게 멍하니 앉아 있는 모습이 진짜인지. 멍한 저 모습 속에 감추어진 것은 또 무엇인지도.

땅거미가 질 무렵에야 검술대회는 끝이 났다. 예상대로 백선이 최고의 무사 자리를 차지했다. 계륜왕은 기쁜 얼굴로 검을 하사하고 손수 술잔을 채워주었다.

"공주의 든든한 버팀목이 되어라, 백선."

의미심장한 왕의 음성이 연회장에 모인 사람들의 시선을 사로잡았다. 최고의 무사로서 공주를 보필하게 하겠다는 말을 공공연히 해오던 왕이었다. 드디어 그 주인공이 지목된 것은 아닌가 하는 의구심에 모두들 바짝 긴장한 시선들이었다. 단 한 사람, 술에 취해 흐느적거리는 수초만 제외하고.

계륜왕은 이마를 찌푸리며 수초를 노려보다가 고개를 돌려 버렸다. 이제 수초에 대해서는 눈곱만 한 기대도 미련도 남아 있지 않다. 그의 시선은 다시 아리따운 자태를 드러내며 고요히 앉은 세아에게로 향했다.

"공주는 이리 가까이 오너라."

다가온 세아에게 빈 술잔을 건네며 계륜왕은 한껏 상기된 음성으로 말했다.

"세아 공주는 무한국 최고의 무사가 따르는 술을 받아라. 그리고 백선, 경성단의 주인이 될 세아 공주에게 예를 갖춰 술을 올려라. 네 모든 걸 바쳐 공주를 보필해야 할 것이야."

'경성단의 주인'이란 무한국의 왕을 뜻한다. 연회장이 찬물을 끼얹은 듯 조용해졌다. 짐작은 하고 있었지만 이렇게 빠른 시일에, 느닷없이 발표를 해버릴 줄은 누구도 예상 못했던 일이다. 모든 눈들이 소리 없이 술렁거렸지만 수촉는 외로이, 그러나 여전히 평화롭게 술잔을 기울이고 있었다.

세아는 당황을 감추며 재빨리 계륜왕의 옷자락을 잡았다. 아버지가 수촉 때문에 화가 나 있다는 것이 느껴졌다. 이렇게 흥분한 상태에서 내리는 독단적인 발표는 결국 반발만 살 뿐이었다.

"아바마마……."

세아의 간절한 눈빛을 보고서야 계륜왕은 자신이 흥분했음을 알아차렸다. 아무런 기대도 없다고 했지만 흐느적거리는 수촉를 보는 순간 치미는 화를 참을 수 없었다. 화를 가라앉히듯 그는 단숨에 술잔을 비웠다. 그제야 세아는 백선에게로 눈을 돌렸다. 그리고 들고 있던 잔을 그에게로 건넸다.

"백선, 우승을 축하드려요."

술잔을 받아 드는 백선의 손이 떨렸다.

다음날, 계륜왕의 은밀한 부름을 받고 찾아간 융화전에서 세아는 다시 백선을 맞닥뜨렸다. 그는 경성단 내에서도 군계일학 같았었는데 왕의 앞에 앉아 있으니 더욱 당당하고 빛나 보였다. 만면에 미소를 띤 계륜왕을 보며 세아는 자신이 불려온 이유를 알아차렸다.

백선은 어느 곳 하나 흠잡을 데 없는 생김새와 누구도 따를 수 없는 최고의 검술 실력을 지녔고, 황성 최고의 부를 자랑하는 상백의 자제다. 계륜왕의 마음에 차고도 남을 사람이었다.

세아는 동그란 눈으로 백선을 빤히 쳐다보았다. 그는 경의를 담은 깊은 목례로 인사를 건네며 부드러운 미소를 지어 보였다. 세아는 여전히 뚫어질 듯 그를 바라보았다. 마치 긴요한 무엇을 찾는 듯 백선의 얼굴에서 서성이던 세아의 눈이 어느 순간 거두어져 버렸다. 그리고 그 방을 나올 때까지 세아는 그와 눈을 마주치지 않았다.

아버지의 뜻을 받아들일 마음은 추호도 없었다. 검술을 익히고 말을 탔던 것은 스스로를 지키고, 홀로 외로이 귀족들과 싸우는 아버지에게 힘이 되어주고 싶어서였다. 어머니의 죽음 이후 마음에 상처를 입은 채 실의에 빠진 수秋의 자리를 대신 지켜주고 싶어서였다. 그리고 자신이 나서지 않았으면 아버지는 수秋를 벼랑 끝으로라도 몰아붙였을 테니까. 결국 언젠가는 물러날 자리였다.

그러나 아버지의 눈을 마주 보며 그런 말을 할 용기가 나지 않았다. 아무리 금지옥엽처럼 아끼고 사랑해 준다 하여도 계륜왕이 두려운 건 그녀 또한 마찬가지였다.

수秀와 세아는 달빛을 벗 삼아 정원을 거닐고 있었다.

"백선이 마음에 차지 않더냐?"

내내 어두운 얼굴로 곁에서 걷고 있는 세아를 보며 그가 장난스럽게 물었다. 세아는 뾰로통한 눈으로 수秀를 흘겨보았다. 자신은 가슴이 터질 것처럼 답답한데 천하태평인 얼굴로 웃고 있는 수秀가 얄밉다.

눈앞에서 검붉은 피를 토하며 죽어가던 어머니를 본 것은 수秀가 열두 살, 세아는 일곱 살 때였다. 과연 누가 더 상처를 입었겠는가? 감당 못할 상처를 입은 것은 같았지만 수秀는 그 상처로부터 도망쳤고 세아는 상처와 맞서 싸우는 쪽을 택했다. 그것이 수秀와 세아의 다른 점이었다.

수秀가 바보처럼 흐느적거리며 말에서 떨어지고, 칼을 버리고 울부짖는 모습이 너무도 처절하여 세아는 울 수 없었다. 그래서 세아는 우는 대신 칼을 잡았다. 오라버니마저 잃어버리고 싶지 않아서였다. 몇 년이면 끝날 줄 알았던 수秀의 방황은 너무도 길었다. 그러나 이제 그 방황에 종지부를 찍을 때가 온 것 같다. 그가 찍지 않겠다면 자신이 찍어줄 참이다. 세아는 단단히 결심한 듯 입을 열었다.

"저는 황성을 떠나겠어요."

"무슨 소리냐?"

순식간에 장난스러운 웃음을 거둔 수秀가 물었다.

"황남으로 갈 겁니다."

"무진에게 말이냐?"

무진을 황남으로 보낸 게 계획적이었나?

고개를 갸웃하던 수秀는 이내 코웃음을 쳤다.

"아바마마께서 허락하지 않으실 거다."

"허락은 구하지 않겠습니다. 달아나는 겁니다."

수秀의 걸음이 우뚝 멈췄다. 도무지 무슨 생각인지 세아의 마음을 가늠할 수가 없다.

"피바람이 불 것이다. 차라리 무진을 다시 불러들여라."

"싫습니다! 두 번 다시 무진이가 황성으로 오는 일은 없을 겁니다."

마치 몹쓸 병에 걸린 병자라도 되는 듯 무진을 슬금슬금 피해다니던 무사들, 그들은 무진이 앉았던 자리에 엉덩이를 걸치는 것조차 꺼려했었다. 함께 칼을 겨누지도 않았다. 무진의 비천한 신분이 옮기라도 하는 듯 말조차 섞지 않았었다.

다시는 떠올리고 싶지 않은 기억을 떠올리며 세아는 아파오는 가슴을 주체하지 못한 채 입술을 깨물었다. 다시는 그런 모습을 보고 싶지 않았다.

"이제껏 제가 오라버니의 바람막이가 되어주지 않았습니까. 이젠 오라버니께서 제 바람막이가 되어주세요. 이제 그만 오라버니의 본령을 찾으세요."

수秀는 뜨끔한 눈으로 세아를 내려다보았다. 자신이 세상과 담을 쌓은 채 유유자적 살아올 동안 모든 짐을 떠안고 살아왔던 세아에게 처음으로 미안한 마음이 들었다. 그리고 언제부턴가 가슴

한구석에서 자라고 있는 모진 칼끝을 떠올리며 죄책감이 들었다. 그 칼이 날을 세우기 전에 세아가 이곳을 떠나는 것이 어쩌면 옳을지도 모른다. 누이를 아프게 하고 싶지는 않으니까.

"흠, 말이 날 거부하지나 않으려나?"

그는 짐짓 장난스럽게 말했다. 칼을 휘두르던 솜씨로 보아 말타는 솜씨 또한 전혀 녹슬지 않았으리란 확신이 들었지만 세아는 모른 척했다. 자신이 그의 검무를 훔쳐본 걸 안다면 무안해할지도 모른다. 짐짓 장난스럽게 말하지만 세아는 수秀를 믿었다. 그가 얼마나 총기 있고 빛나던 사람이었는지 또렷이 기억한다. 결코 아버지를 실망시키진 않을 것이다.

달빛에 드러난 세아의 얼굴이 그제야 환하다. 수秀는 장난기를 거둔 얼굴로 진지하게 물었다.

"무진일 진심으로 사랑하느냐?"

그러나 세아는 아무 대답도 하지 않았다. 언제든 때가 되면 무진을 데리고 황성을 떠나겠다는 마음은 늘 가지고 있었다. 아마도 무진이 한쪽 눈을 잃은 그때부터였던 것 같다. 수秀가 말하는 '사랑'이라는 것이 어떤 마음인지 아직은 모르겠다. 다만 무진이 없는 자신의 삶을 생각할 수가 없다. 그를 떠올리면 늘 마음이 아프고 황남으로 떠나보낸 이후에는 잠을 이루지 못할 정도로 걱정이 되고 보고 싶은 이것이 사랑이 아닐까?

"백선의 얼굴을 바라보며 무진을 찾고 있는 절 발견했습니다. 그 아이가 곁에 없다는 것을 깨닫는 그 짧은 순간이 얼마나 슬프던지요."

그 느낌이 다시 떠올라 세아의 눈에 눈물이 맺혔다.

"후회하지 않겠느냐?"

세아는 고개를 끄덕였다. 그리고 다시 대답했다.

"예."

어둠 속으로 멀어지는 세아를 보며 수秀는 제 귀에도 들릴 듯 말 듯한 작은 소리로 중얼거렸다.

"미안하다, 세아야."

곧 감당 못할 슬픔이 누이를 덮칠 것이다. 이 슬픈 곳에 누이를 두지 않아 다행이고, 제 목숨보다 더 소중하게 누이를 지켜줄 무진이 곁에 있어 더더욱 다행이었다.

3

"아아악! 눈이 보이지 않아! 내 눈…… 내 눈!"

무진은 눈을 가린 천을 쥐어뜯으며 몸부림쳤다. 앞이 보이지 않는다는 것보다 제 얼굴에서 눈 하나가 사라졌다는 사실이 더 두려웠다. 모든 사람들이 비천한 신분의 표식이라 멸시하던 그의 검푸른 눈을 세아는 아름답다고 했다. 그리고 그의 눈앞에서 환하게 웃었다. 하늘이 자신에게 주었던 유일한 선물인 그 눈을 잃어버렸다. 이제 세아는 더 이상 자신을 특별하게 보아주지 않을지도 모른다.

"저는 비열흘로 갈 겁니다. 황성이 싫습니다, 아버지. 흑흑."

"흑……."

새어 나오는 울음소리를 들으며 무진은 눈을 떴다. 귓불이 축축하다.

못나게도 눈물을 흘린 모양이다. 그는 얼른 눈가를 닦아내고 일어나 앉았다. 손을 뻗어 문을 밀치자 하얀 달이 얼굴을 디밀고 방 안으로 쏟아져 들어왔다. 숨 막힐 듯 쏟아져 들어오는 그 빛은 마치 자신을 온통 집어삼키고 있는 감당할 수 없는 세아의 존재 같았다. 그는 한숨을 삼키다가 차오르는 그리움을 주체하지 못한 채 그대로 바닥에 벌렁 누워버렸다.

도무지 참을 수가 없다.

그래서 어쩔 건가?

세아가 꼼짝도 하지 말라고 한 이상 황성으로 찾아갈 수도 없고 비열흘로 달아나지도 못한다.

수秀 왕자처럼 새를 기르고 꽃이나 키우며 살아볼까? 나무를 베고 땅을 일구어 농사나 지으며 살까? 그도 아니면 칼 다루는 재주를 팔아 살까?

찾는 이 드문 행궁에 들어앉아 날마다 세아가 불러주기만을 기다리는 삶은 정말 참아내기가 힘이 든다. 달빛이 구석구석 모질도록 파고드는 끔찍한 밤이었다.

황남으로 내려온 무진은 관에 소속된 관리가 아니니 늘 자유로웠다. 행궁行宮을 수비하고 돌보는 임무가 주어졌지만 그곳은 이미 오래전부터 관리해 온 사람들이 있어 무진이 특별히 할 일도 없었다. 아침나절에 잠깐 궁을 살피고 나면 그는 내내 처소의 마당에서 검술을 익혔다. 마음을 다스리는 데는 검술만 한 것이 없는 듯하다.

여느 때와 마찬가지로 그날도 무진은 마당에서 검술을 연마하고 있었다.

톡!

조그만 돌멩이 하나가 다시 발아래에 떨어졌다. 벌써 세 번째다. 그는 휘두르던 칼을 멈추고 주위를 둘러보았다. 분명 누군가 던진 듯한데 주위에는 아무도 없었다. 고개를 갸웃하며 다시 칼을 들어 올리려는데 건너편 담장에서 까만 머리 하나가 불쑥 솟았다가 사라지는 것이 보였다. 그는 재빠르게 걸음을 옮겨 담장에 몸을 붙였다. 적의 염탐꾼인지도 모른다. 이곳은 해마다 봄이면 계륜왕이 와서 잠시 머물다 가는 곳이니 적들에게도 표적일 것이다. 칼을 어깨 옆에 바짝 세우고 긴장한 채 기다리고 있는데 다시 까만 머리통이 불쑥 솟아올랐다.

"어?"

무진이 마당에서 갑자기 사라져 버린 것에 녀석이 놀란 모양이었다. 무진은 텅 빈 마당을 보며 두리번거리는 녀석의 목에 칼을 들이대었다.

"뭐 하는 놈이냐?"

"악!"

순식간에 담장 밑으로 사라지는 녀석을 따라 무진도 담장을 훌쩍 넘었다. 담장 아래에는 녀석이 밟고 섰던 듯한 커다란 돌이 뒹굴고 있었고 녀석이 그 옆에 고꾸라져 있었다. 무진의 커다란 손이 녀석의 목덜미를 잡아 일으켜 세웠다.

"왜 염탐을 하는 것이냐? 진국의 첩자냐?"

주먹이라도 날릴 기세로 울컥 당기는데 고개를 푹 숙인 녀석에게서 웃음소리가 새어 나왔다. 그리고 모습을 채 확인하기도 전에 녀석이 배를 잡고 깔깔 웃으며 주저앉았다. 뭐가 그렇게 우스운지 자지러질 듯 까르르…… 햇살을 가를 듯 터져 나오는 그 웃음소리는 세아의 것이었다.

놀란 눈으로 내려다보는 그곳에 정말 세아가 있었다. 막 사냥을 나온 병사 같은 복장을 하고 나타나니 마치 어린 소년처럼 보인다. 무진은 재빨리 주위를 둘러보았다. 함께 있어야 할 호위들이 보이지 않는다.

"어찌 된 일입니까? 호위대는, 예성은 어찌 보이지 않습니까?"

"깔깔깔, 진국의 첩자냐, 라니…… 그새 행궁 수비병이 다 됐구나? 하하하."

"마마!"

말을 잇지 못한 채 굳어 있는 무진을 보며 세아가 다시 웃음을 터트렸다.

느닷없이 나타난 공주로 인해 행궁이 소란스러워졌다. 황성으로부터 아무 연락도 받지 못한 터라 공주의 거처조차 준비되지 않은 상태였다. 거처를 새로 꾸미고 의복을 준비하고 음식을 장만하느라 행궁은 오랜만에 시끌벅적하다. 외부에는 알리지 말라는 명에 따라 황남의 백성들은 물론 관리들조차 공주가 내려온 것을 몰랐다.

의심이 가득한 무진의 눈이 며칠 동안 뒤를 따라다녔다. 세아는 그것을 모른 척 무시하고 난생처음 갖는 자유를 만끽하고 있었다.

원치 않는다는 자신의 말은 완전히 무시한 채 신료들 앞에서 백선과의 혼인 일정을 논의하는 아버지를 본 순간 더 이상 시간을 지체해서는 안 된다는 생각이 들었다. 그 밤에 세아는 황남행을 감행했다. 잠시 바람을 쏘이고 오겠다는 쪽지 외에 어떤 흔적도 남기지 않았다. 공주로서 가졌던 어떤 물건도 챙기지 않았다. 어릴 적 무진이 그녀에게 주었던 팔찌와 칼 한 자루가 그녀가 챙겨온 유일한 물건이었다.

연못을 거닐며 세아는 기지개를 켰다. 모든 것을 놓아버리고 나니 이렇게 가볍고 자유로울 수가 없다. 새소리, 바람 소리, 그 바람에 서걱이는 나뭇잎 소리, 그리고 조용히 뒤를 따르는 무진의 발자국 소리까지 모두가 새삼스럽게 느껴진다.

무진이 저만치 멀리 떨어져 따라오는 건 무언가 마음에 들지 않는다는 뜻이다. 모든 걸 다 버리고 저만 찾아 달려왔는데 전혀 반기는 기색이 없다. 그래서 세아는 마음이 뾰로통해졌다.

"넌 내가 온 것이 조금도 반갑지 않은 모양이구나?"

마음을 알 수 없는 검푸른 눈 하나가 걱정을 가득 담은 채 그녀를 살피고 있었다. 머리끝에서부터 발끝까지 찬찬히 훑어 내려오는 그 눈길에 세아는 화가 났다. 나이도 겨우 한 살 많으면서 언제나 제가 어른인 양, 마치 물가에 내놓은 아이 바라보듯 한다.

세아는 발끈한 눈으로 돌아서 버렸다. 뒤편에서 무진의 음성이 들렸다.

"황성에서 무슨 일이 있으셨습니까?"

세아는 질문을 무시한 채 걷다가 짐짓 밝은 음성으로 대답했다.

"이번 무술대회에서 백선이 최고의 무사로 뽑혔다. 그럴 줄 알았어. 그의 검술은 경성단에서도 늘 최고였잖아."

검술 실력뿐인가. 재력에서도 권력에서도 그를 따를 사람은 없었다. 야망 또한 대단한 자이니 이제 승승장구할 일만 남았겠다. 무진은 부러운 마음으로 그를 떠올렸다.

세아가 돌멩이 하나를 집어 연못으로 톡 던져 넣으며 말했다.

"아바마마께서 나의 짝으로 그를 점지해 주셨어."

연못에 일렁이는 물결처럼 강한 파문이 무진의 내면을 흔들었다. 무진은 그것이 제 속에서 더 이상 번지지 못하도록 주먹을 그러쥐었다. 세아가 다가왔다. 그녀는 비밀스러운 무엇을 찾으려는 듯 무진의 얼굴을 가만 살폈다.

무진은 저도 모르게 한 발 움찔 물러났다. 빤히 바라보던 세아가 아주 천천히 입술을 움직였다.

"그래서…… 도망쳐 왔어."

백선으로부터인지, 강압적인 왕으로부터인지, 아니면 권력의 탐욕으로부터인지. 무진은 세아가 무엇으로부터 도망쳐 왔는지 가늠할 수 없었다. 그러나 그런 것들은 도망친다고 도망쳐지는 것이 아니다. 평생 짊어지고 가야 할 짐이자 특권이 아니던가? 무진은 가볍게 한숨을 내쉬었다.

"내일 아침에 황성으로 모셔다 드리겠습니다."

순간, 세아는 주먹으로 그의 가슴을 탁 치고 돌아서 버렸다.

바보! 바보! 천하에 바보 같은 녀석!

"……도망쳐 왔어."

까맣게 올려다보는 그 눈 속에 '사실은 널 찾아왔어'라는 말이 숨어 있다고 느낀 것은 착각이었을까?

무진은 화들짝 몸을 일으켜 앉으며 방문을 밀쳤다. 쏟아져 들어오는 달빛에 숨이 막힐 듯하다. 느닷없이 나타난 세아의 존재처럼 벅차게 쏟아지는 달빛을 무심히 바라보던 무진은 신발을 찾아 신고 마당으로 내려섰다. 그리고 밀가루처럼 흩뿌려진 달빛을 밟고 세아가 잠든 전각으로 향했다.

곧 왕이 보낸 무사들이 들이닥치겠지?

어느 날 갑자기 하늘에서 뚝 떨어진 행운처럼 세아는 잠시 그렇게 그의 곁에 머물다 떠날 것이다. 어릴 적 함께 놀았던 벗을 측은히 여기는 마음, 당신으로 인해 눈 하나를 잃어버린 벗에 대한 자책감, 그리고 비천한 그의 신분이 가엾어 잠시…… 아주 잠시 위안을 해주러 온 것뿐이리라.

무진은 달빛을 밟으며 세아의 마음을 가늠했다. 그리고 이해하고 받아들였다. 그녀가 아무리 발버둥 쳐도 자신에게 줄 수 있는 마음은 거기까지뿐이라는 건 이미 오래전에 깨달았다.

열흘이나 행궁에서 갇혀 지냈기 때문에 답답했다. 그 마음을 알기라도 한 듯 무진이 말을 몰고 나타났다.

"남쪽으로 조금만 내려가면 풍광이 좋은 산이 있습니다."

옷을 갈아입고 나온 세아가 말에 훌쩍 오르자 무진이 제 말을 두고 그녀의 뒤에 훌쩍 올라앉았다.

"저 녀석은 굽에 상처가 난 말이라 오래 달리지 못합니다."

놀란 그녀의 몸을 뒤에서 감싸며 그렇게 중얼거렸다. 감히 공주가 탄 말에 함께 타다니, 놀랄 법도 한 일이었지만 지난 열흘 내내 '무진아! 무진아!' 하며 그의 꽁무니를 따라다니는 세아를 보아온 터라 행궁 식솔들 누구도 그 모습을 이상하게 여기는 사람은 없었다.

말은 한달음에 행궁을 벗어나 들판으로 달렸다. 황성보다 나직한 산들이 구릉처럼 연결되어 있고 들판은 온통 갈색 물결이 출렁이고 있었다. 마주쳐 오는 바람은 차가웠지만 등에 맞닿은 무진의 가슴은 따뜻했다. 무진은 언제나 이렇게 따뜻했다. 견딜 수 없는 멸시와 천대를 받으면서도 발톱을 세우는 법이 없었다.

한쪽 눈을 잃어버린 그 얼굴을 보는 것이 괴로워 차갑게 대했다. 벌레 대하듯 하는 무사들에게 한마디 대어들지도 않는 그가 미워 더욱 모질게 대했다. 밤이면 마음이 아파 눈물을 흘렸지만 날이 밝아 그를 만나면 다시 화가 났다. 그러나 실상 그것은 무진에게라기보다 자신에게 나는 화들이었다. 오로지 자신들만이 고귀한 족속인 듯 여기는 귀족들의 눈치를 살피고, 경성단 무사들에게 흠 잡히고 싶지 않아 무진을 외면할 수밖에 없는 자신의 처지가 화가 났던 거다.

"미안해, 무진아."

그러나 그 말은 말발굽 소리에 묻히고 바람에 실려 날아가 버렸다. 흐릿한 눈을 깜박이던 세아는 눈에 비치는 풍경이 낯설지 않다는 것을 느끼며 문득 주위를 살폈다. 나직한 구릉을 지나 숲으로 들어선 말이 달리고 있는 방향은 행궁의 남쪽이 아니라 황성으로 향하는 길이다.

"어디로 가는 것이냐? 멈춰라, 멈추란 말이다!"

그러나 몸부림치며 소리치는 세아의 몸은 무진의 팔에 꼼짝없이 갇혀 버렸다.

"황성으로 갑니다, 마마. 어리광은 이제 그만하면 됐습니다."

"싫다! 당장 세우지 못하겠느냐?"

몸을 감싸고 있는 무진의 손을 풀어보려 했지만 손가락 하나 떼어낼 수가 없었다. 단단하기가 쇠꼬챙이 같은 그 손가락을 풀어보려고 안간힘을 쓰던 세아는 다리를 뻗어 달리는 말의 배를 걷어찼다. 놀란 말이 화들짝 요동을 치며 한 바퀴 빙글 돌더니 세아와 무진을 떨어뜨리고 달아나 버렸다.

세아는 몸을 일으키는 무진의 뺨을 후려쳤다.

"나쁜 놈. 이 나쁜 자식, 나쁜 놈!"

가슴으로 얼굴로 사정없이 손바닥이 날아들었다. 날아드는 손보다 가당치도 않은 꿈을 꾸는 그녀의 몸부림이 더 아팠다. 세아가, 그리고 자신이 아무리 서로를 원해도 세상은 그것을 허락하지 않을 것이다. 경성단이든 호위부대든 곧 황남으로 달려올 것이다.

무진은 그녀의 손목을 움켜잡았다.

"정신 차리십시오! 지금 가셔야 합니다. 그래야 마마께서 당당해지십니다."

"싫어! 도망쳐 왔다 하지 않았느냐! 다시는 돌아가지 않을 거야!"

"마마!"

"넌 내가 백선이랑 혼인하길 바라느냐?"

"……!"

"정말 그러길 원하느냐?"

"백선은…… 훌륭한 무삽니다. 전하의 뒤를 이으시려면……."

"난 훌륭한 무사 따위 원치 않아. 아바마마의 뒤를 이을 생각도 없다!"

무진은 세아가 거짓말을 한다고 생각했다. 계륜왕의 인정을 받기 위해 그녀가 얼마나 노력했는지 안다. 여인의 몸으로 감당하기 힘든 경성단의 훈련 과정을 거뜬히 이겨내고 무사들의 인정을 받기까지 얼마나 많은 눈물을 참아냈는지도 안다. 세아는 지금 잠깐 겁을 먹은 것뿐이다. 어릴 적 처음 만났을 때부터 그녀의 꿈은 무한국의 여왕이 되는 것이었다.

"무한국의 여왕이 되겠다 하시지 않았습니까."

"철없던 시절의 말이다."

"이미 도망칠 수 없는 위치에 계시지 않습니까. 경성단은 공주마마 것입니다."

"오라버니께서 잘 이끌어가실 것이다. 그 자리는 처음부터 오라버니 것이었어."

"마마!"

세아의 손목을 울컥 당기는 순간 무언가 손끝에 닿았다. 세아의
손목에 걸려 있는 것은 눈에 익은 팔찌였다. 아버지 유천 장군으
로부터 물려받은 어머니의 유품. 자신에게 비천한 피를 물려주었
다는 그 변방 여인의 물건이다. 그러나 무진에게는 그 무엇보다
소중한 것이었다.

"이걸 지니고 계시는 한 절대 다치지 않을 것입니다. 왜냐면 제가
늘 그 곁에 머물 거니까요. 이걸 차고 '무진아!' 부르시면 제가 언제
든 달려가겠습니다. 절대로 잃어버리시면 안 됩니다, 마마."

그러나 세아는 어느 날부턴가 그 팔찌를 차지 않았다. 그가 한
쪽 눈을 잃은 후부터였던 것 같다. 눈을 잃음과 동시에 그는 더 이
상 세아에게 특별한 사람이 될 수 없었다. 버린 줄 알았던 그 팔찌
를 왜 다시 차고 있는지 묻고 싶었지만 세아는 얼른 잡힌 손목을
빼고 팔찌를 옷자락 속으로 집어넣어 버렸다.

"지금 내가 돌아가면 오라버니께서 설 자리를 잃어버리시고 만
다."

황성을 떠나온 이유가 오로지 그것이라는 듯 세아는 야무진 입
을 꼭 다물었다.

"그럼 공주님은요? 공주님이야말로 이곳에 계시다간 설 자리를
잃어버리시고 맙니다!"

"내가 있을 자리는 황성이 아니라 여기야! 여기 황남, 네가 있는 곳!"

세아가 눈을 똑바로 부딪혀 왔다. 그 눈은 정말 '널 찾아 이곳에 왔어'라고 말하는 것 같았다. 다시 팔목으로 흘러내린 팔찌가 손끝에 닿았다. 무진은 울컥 올라오는 덩어리를 밀어내리며 간신히 말을 이었다.

"제가…… 황성으로 가겠습니다. 평생 곁에서 지켜 드리겠습니다."

"네가 황성으로 오는 건 싫다!"

또다시 벌레만도 못한 대접을 받으며 살아갈 무진을, 그런 무진에게 아무것도 해줄 수 없는 자신을 만나야 한다는 것이 끔찍하게 싫었다. 하루에도 두어 번씩 무사들을 향해 칼을 뽑고 싶었던 심정을 무진은 모를 것이다.

"전 어찌 되든 괜찮습니다. 마마 곁에만 머물 수 있으면 다 참아 낼 수 있습니다."

그 소리에 세아는 주먹으로 그의 가슴을 쳤다.

나쁜 놈! 넌 나쁜 놈이다. 너만 괜찮으면 다니? 내 마음은 눈곱만큼도 생각 안 하지? 이기적인 수秀와 다를 게 뭔가!

"똑같아! 너도 오라버니도. 다 나쁜 사람들이야!"

세아는 무릎에 얼굴을 묻어버렸다. 자신이 모질고 차갑게 무진을 떠나보냈던 것처럼 돌아가기를 종용하는 무진의 모습도 차갑게 느껴졌다. 스스로의 마음을 견딜 수 없어 무진에게 그토록 모질게 대했으면서 이제 와 무진의 이기를 원망하는 자신이야말로 진짜 이기적인 사람일지도 모른다는 생각이 들었다.

무진은 들썩이는 세아의 어깨를 망연히 내려다보았다. 한쪽 눈을 잃은 이후 세아는 자신과 눈조차 잘 마주치려 하지 않았었다. 벌레 보듯 하는 무사들의 눈보다 더 견딜 수 없었던 것은 그녀의 차가운 외면이었다. 그녀의 눈이 차면 찰수록 무진의 가슴은 더욱 뜨거워져 감당 못할 그 열기가 언젠가는 자신을 태워 버리지 않을까 두렵기도 했었다. 가슴이 벅차서 잠을 이룰 수 없었던 지난 열흘의 밤들이, 눈앞에 세아를 두고 겪었던 그 참을 수 없는 그리움이 다시금 목젖을 타고 올라왔다.

그러나 무진의 이성은 여전히 세아를 보내야 한다는 쪽에 기울어 있었다. 언제나 그녀가 가장 빛나고 아름다운 꽃으로 피어나길 바랐었다. 그 순간이 올 때까지 목숨을 바쳐 그녀를 지켜내는 것, 그것이 자신의 꿈이었고 오로지 그 이유로 견뎠다. 지금도 무진의 꿈은 그것이다.

무진은 다시 세아의 손목을 움켜잡았다. 그리고 그녀의 눈을 보며 단호히 말했다.

"가시지요…… 황성으로."

온기라고는 조금도 느껴지지 않는 단호한 무진의 얼굴을 보며 세아는 경악했다. 무진에게 남은 것은 진정 공주로서의 세아뿐이었던 건가? 믿고 싶지 않지만 손목을 움켜잡고 황성 쪽으로 단호한 걸음을 내딛는 무진의 모습이 그것을 증명했다. 너무도 단호하게 움켜잡은 손 때문에 눈물이 날 것 같았다.

"놔라! 놓지 못하겠느냐!"

갑작스럽게 걸음을 멈춘 무진이 세아의 입을 막았다. 그리고 그녀를 감싸듯 안은 채 숲으로 몸을 날렸다. 무슨 일인지 알아차릴 새도 없이 요란한 말발굽 소리가 들렸다. 소리가 저만치 멀어지고도 한참이 지나도록 무진은 팔을 풀지 않았다. 답답한 듯 숨을 몰아쉬는 세아의 입김이 가슴께에서 느껴졌다. 무진은 그제야 팔을 풀고 그녀를 내려다보았다.

"무슨 일이냐?"

말이 사라진 쪽을 바라보며 세아가 물었다. 무진은 무거운 마음을 감당하지 못한 채 낮은 음성으로 대답했다.

"······백선입니다."

요란하게 숲을 가르며 달려오는 무리의 가장 앞에 백선이 있었다. 무진은 멀리서도 단번에 그를 알아보았다. 세아를 찾아 내려온 것이 분명했다. 고생스럽게 황성까지 갈 필요 없이 그에게 세아를 넘겨주면 되었을 것이다. 그러나 무진은 그러지 못했다. 아니, 그럴 수 없었다. 말 위에 당당히 앉은 그의 모습을 보는 순간 세아를 잡고 있던 손에 저절로 힘이 주어졌다. 무엄하게도, 정말 어처구니없게도 세아의 손을 놓고 싶지 않았다. 백선과의 혼인을 도무지 감당하기 힘들 것 같았다. 그래서 본능처럼 세아를 품고 숲으로 뛰어들었던 것이다.

백선 일행이 휩쓸고 간 후, 행궁의 분위기가 어수선했다. 무슨 일인지 모르겠지만 공주가 계륜왕 몰래 이곳으로 내려왔다는 것을 모두들 짐작했다. 무진은 행궁 식솔들에게 철저한 입단속을 명하고 군사를 풀어 행궁 주위를 지키도록 했다. 백선이 다녀갔으니 경성단이나 왕이 보낸 병사들이 언제든 들이닥칠 것이다. 이성은 여전히 그녀를 보내야 한다고 말하고 있었지만 질척한 무엇이 쉽게 그의 마음을 놓아주지 않고 있었다.

조금만, 아주 조금만 더 함께 있고 싶었다. 그녀 스스로 떠나고자 마음먹을 때까지만. 물론 그 시간은 길지 않을 것이다.

행궁 구석구석을 살피고, 그것도 모자라 바깥 마을까지 한 바퀴 돈 다음에야 다시 행궁으로 돌아온 무진은 빠른 걸음으로 별채로 향했다. 검을 휘두르거나 활을 들고 있을 줄 알았던 세아가 연못가에 앉아 물고기를 들여다보고 있었다.

"마마."

힐끗 돌아보던 세아가 가까이 오라고 손짓으로 불렀다. 그리고 머뭇거리는 무진의 옷자락을 당겨 제 옆에 앉혔다.

"저기 붉은 빛깔의 고기 좀 봐. 두 마리가 참 많이도 닮았어. 덩치도 무늬도 헤엄치는 것까지도 말이야. 지느러미 움직임까지 꼭 닮은 게 참 신기하지 않니?"

세아의 손가락이 가리키는 대로 연못 속에서는 똑같은 크기의 물고기 두 마리가 여유롭게 헤엄을 치고 있었는데 정말 신기하게도 움직이는 그 모습이 한 마리인 양 꼭 같았다.

"아침부터 내내 앉아 이것들을 구경하며 생각했다. 이것들도 마음이 있고 생각이 있을까? 만약 그렇다면 이들은 서로를 참으로 은애하는 사이가 아닐까? 늘 저렇게 함께 다니니 말이다."

"무료하셨습니까?"

미안함이 깃든 무진의 목소리에 세아가 설핏 웃었다.

"아니. 난 단지 저 물고기가 부러웠을 뿐이야."

세아는 물고기가 진심으로 부럽다는 눈으로 연못 속을 들여다보았다. 무진을 놀리거나 원망하는 마음에서 하는 소리가 아니라 종일 같은 공간에서, 같은 몸짓으로 사랑을 속삭이듯 하는 물고기의 모습이 세아는 정말 부러웠다.

모든 것을 다 버리고 황남으로 달려올 때만 하더라도 무진이 이런 반응을 보일 줄은 꿈에도 생각하지 못했다. 자신을 보자마자 눈물을 쏟으며 안아줄 줄 알았다. 이곳으로 떠나보낼 때만 하더라도 제발 곁에만 있게 해달라고 울며 매달리던 무진이 아니던가. 그런데 그는 불원천리 달려온 자신을 보자마자 돌아가라고 밀어내더니 이젠 아예 외면을 하고 있었다. 그림자처럼 따라다니며 목숨을 걸고 그녀를 지키려 하던 무진의 마음은 뭘까, 새삼 궁금해졌다.

"나는 네 마음이 궁금하다."

진지하게 바라보는 세아의 눈빛이 무진은 당황스럽다. 감히 자신의 마음을 어떻게 다 드러낼까. 스스로도 알 수 없는 그것을.

"소인은……."

"나의 차가움이 서러웠더냐? 그래서 혹여 원망하는 마음이 있었던 거냐?"

"아닙니다! 제가 어찌 그러겠습니까?"

"아니면 유천 장군처럼…… 아바마마에 대한 유천 장군의 마음처럼 나에 대한 네 마음도 그런 것이냐?"

세아는 정말 묻고 싶지 않았던 그 말을 힘들게 물었다. 그럴 리 없다고 생각되지만 지금까지 무진의 모든 행동이 오로지 충성심에서 비롯된 것이었다면 이곳에 찾아올 이유도 없었다. 빤히 바라보는 세아의 눈과 마주치자 무진의 검푸른 눈동자가 흔들렸다. 힘겹게 침을 삼킨 무진이 갈라진 음성으로 대답했다.

"……예."

파닥, 튀어 오른 물고기가 얼굴에 물방울을 튀기고 달아났다. 세아는 그것이 자신의 눈에서 흘러내린 물기를 감추어주어서 참으로 다행이라고 생각했다.

"……그래? 그랬었구나. 그것도 모르고 난 황성을 떠나며 네가 준 팔찌만…… 오로지 그것만 챙겨왔지 뭐니? 미리 알았으면 날 지켜줄 호위도 거느리고 금붙이라도 좀 챙겨올 걸 그랬어. 그랬으면 이렇게 앞일이 걱정되지도 않았을 텐데 말이야."

"소인이 지켜 드리겠습니다."

"너 아니어도 내게 충성할 자들은 많다!"

발끈하며 돌아서는 세아의 눈에 내내 감추고 있던 눈물이 맺혔다. 마음과는 다른 거짓말을 하고 있는 무진이 밉다. 무진을 저리 자라게 만든 무한국의 법도가 원망스럽고 평생 저렇게 제 마음을 속이며 살아갈 무진이 가엾어 눈물이 났다.

세아가 눈물까지 보이며 사라지자 무진은 그 자리에서 꼼짝도 할 수 없었다. 붉은 물고기들이 헤엄치는 연못 속에서 일렁일렁 흔들리는 제 얼굴을 물끄러미 내려다보며 무진은 그 빛깔보다 더 붉게 일렁이는 제 마음을 헤아렸다. 무섭도록 뜨거운 이것을 감히 세아 앞에 꺼내 보일 수가 없다. 스스로조차 감당키 힘든 이 뜨거운 것을……. 이것이 고개를 드는 순간 세아는 돌이킬 수 없는 나락으로 떨어지고 말 것이다. 무한국은 비열흘 출신의 비천한 무진과 공주가 하나가 되어서는 살 수 없는 땅이니까.

막 이성에 눈을 뜨면서 처음으로 눈에 들어온 사람이 무진이었다. 훤칠하고 시원스러운 이목구비와 신비스러운 검푸른 눈동자가 세아의 마음을 사로잡았다.

"공주마마는 소인이 불결하지 않습니까?"

아름다운 눈동자에 슬픔을 가득 담은 채 무진이 물었다. 세아는 잡은 손을 더욱 꼭 잡았다.

"누가 뭐라든 내게 가장 아름다운 사람은 너다. 넌 어떠냐? 내가 어렵거나 두렵지 않느냐? 그래서 가까이하기 힘든 사람이라 생각 들진 않느냐?"

무진에게 다가서기 힘든 사람이 되는 건 정말이지 싫었다. 간간이 어린 시녀들이 무진에게 스스럼없이 말을 걸고 웃음이라도 흘리는 날엔 화를 참을 수 없을 지경이었다.

무진의 긴 손가락이 흘러내린 머리칼을 귀 뒤로 넘겨주었다. 그 작은 손길 하나에도 가슴이 떨리는, 세아는 이제 막 이성에 눈을 뜬 열다섯이었다.

"제 눈엔 늘 마마만 비칩니다."

"세아라고 불러봐."

"……."

"얼른."

"……세아."

세아의 입가에 행복한 미소가 번졌다. 세아는 무진이 자신의 이름을 불러줄 때가 가장 행복했다. 비천한 변방 출신과 무한국의 공주라는 다가설 수 없는 거리가 한순간에 사라져 버리는 순간이었다.

살랑, 바람을 따라 세아의 몸이 기울었다. 발뒤꿈치를 한껏 들어 올린 세아는 바람처럼 무진의 입술을 훔치고 달아났다.

"어디가 편치 않으십니까?"

다가온 무진이 걱정스러운 눈으로 물었다. 그제야 세아는 잔뜩 찌푸린 이마를 바로 폈다. 어디가 편치 않느냐고 묻고 싶은 사람은 세아였다. 무진의 얼굴이 몰라보도록 까칠하다. 종일 이렇게 바삐 돌아다니고 밤이면 또 내내 문밖을 서성이고 있으니 아무리 건장한 몸인들 견뎌낼까 싶잖다.

"피곤해 보여."

그 말과 함께 무심결에 스륵 올라온 세아의 손가락이 무진의 얼굴을 스쳤다. 무진의 얼굴이 흠칫 달아났다.

"금명간 수(綏) 왕자님께 사람을 보낼 참입니다. 언제쯤 돌아가도 될는지……."

세아는 무진의 말을 무시한 채 다시 한 발 다가갔다. 그리고 달아나려는 그의 옷자락을 꼭 잡았다.

"자꾸 그렇게 달아나지 마라. 내 마음이 서럽고 아프다."

애틋한 말에 움찔하던 무진이 돌처럼 굳어버렸다. 세아의 손가락이 다시 볼을 스치더니 놀랍게도 안대 위를 더듬고 있었다. 이제는 그곳에 무엇이 있었는지 기억에도 없는, 그러나 여전히 참을 수 없는 통증이 떠도는 그곳을 세아는 처음으로 만져 보았다. 가슴이 터질 것처럼 아프다. 자신으로 인해 잃어버린 눈이다. 무진이 뭐라 하더라도 이 눈을 두고는 어디로도 갈 수 없을 것 같다. 마음을 돌릴 수가 없다.

"그리도 힘이 들면…… 그래, 그냥 예전처럼 지내. 난 공주로, 넌 목숨 걸고 날 지키는 호위무사로. 그게 널 편하게 하는 길이라면 그렇게라도 함께 있어."

안대 위를 더듬던 손가락이 순식간에 떠나 버렸다. 무진은 굳은 돌처럼 오래오래 그 자리에 서 있었다.

자신이 세아 곁에서 가장 오래, 그리고 안전하게 머물 수 있는 방법은 흔들림 없는 충성심을 보여주는 것이었다. 그것이 의심받거나 또 다른 감정에 흔들리는 순간 자신의 사랑도, 생명도 끝이 나리라는 것을 알고 있었다. 그래서 오랜 시간 감정에 덧칠을 하고 벽을 쌓으며 살아왔다. 그런데 그 벽에 균열이 생길 것만 같았다.

백선과 경성단 무사들이 다녀간 이후 더 이상 행궁을 찾아오는 사람은 없었다. 황성과 황남의 거리가 이토록 멀었던가 싶을 만큼 스치는 바람에서조차 황성의 소식은 들을 수 없었다. 그래서 여유롭고 평온한 날들이 흘렀지만 세아는 묘한 불안을 느끼고 있었다.

마치 무언가가 단단한 울을 쳐 황남을 가두어 버린 듯한 느낌, 그래서 어떤 소식도 황남으로는 흘러들어 오지 못하고 있다는 느낌이 강하게 드는 건 왜일까?

"너무도 조용한 것이 이상하지 않니?"

검을 손질하던 무진도 동의한다는 듯 고개를 끄덕였다.

"설마 황성에 무슨 일이 일어난 건 아니겠지요?"

그럴 리가! 어느 때보다 강력한 왕권을 구축한 계륜왕이 있고 수秀가 있는데. 오히려 수秀가 왕의 마음을 흡족하게 만들었다는 추측이 옳을 것 같다.

칼 손질이 다 끝난 듯 무진이 검을 들고 일어났다.

"궁 밖을 잠깐 살피고 오겠습니다."

"함께 가자."

"오늘은 멀리 성 밖까지 나설 참입니다."

"그러니 함께 가자는 것이다. 너무 갇혀 있었더니 답답하구나."

말릴 사이도 없이 옷을 갈아입고 행장을 차린 세아는 무진보다 더 빠른 걸음으로 달려나갔다. 그 모습에 무진은 소리 없이 웃었다. 정말 어지간히 답답하셨던 모양이다. 앞마당으로 나오니 그녀는 이미 말을 끌고 나와 안장을 올려라, 굽을 살펴라, 채근을 하고 있었다. 오랜만의 나들이에 꽤나 신이 난 모습이다. 아무 걱정 없는 아이처럼 천진한 세아의 모습이 귀여우면서도 마음이 찡하다.

다가온 무진은 세아가 탈 말을 다시 한 번 꼼꼼히 살피고 그녀 앞에 한쪽 무릎을 꿇고 앉아 손깍지를 끼어 내밀었다. 밟고 올라가라는 뜻이다. 눈을 다치기 전까지 이렇게 그녀를 말에 태우고 내리는 일은 언제나 무진의 몫이었다.

세아는 무진의 정수리를 빤히 내려보다가 그의 손바닥을 밟고 말에 올랐다.

황남은 평화로운 땅이다. 너른 들판과 그 들판을 적셔줄 물이 풍부해 예부터 무한국에서도 가장 많은 인구가 황남에 모여 살았다. 황성의 많은 귀족들의 기반이 이 황남에 있었고 계륜왕도 봄 한철을 오롯이 이곳 행궁에서 보낼 정도로 황남을 소중하게 생각했다. 그야말로 이곳은 무한국의 노른자위 땅이라고 할 수 있었다. 세아가 무진과 함께 살 땅으로 이곳 황남을 택한 것도 바로 그 이유였다. 스스로 황성을 떠남으로써 수촜의 입지를 넓혀주었지만 권력에서 완전히 밀려나고 싶지는 않았다. 그것에 미련이 있거나 욕심이 있어서가 아니다. 세아에게 권력은 무진을 지킬 수 있는 최소한의 방편이었기 때문이다.

피의 정결 앞에 한 뼘의 양심도 연민도 없는 황성의 귀족들. 그 이리 떼 같은 눈들 앞에 왕의 총애가 무슨 소용이며 공주의 존재가 무슨 소용이던가. 그들의 눈에 무진은 오로지 함께할 수 없는 불결한 사람일 뿐이었다. 자신이 권력의 중심으로 다가가면 다가갈수록 무진은 점점 멀어질 수밖에 없었다. 그리고 종국에는 제 손으로 무진과 같은 불결한 가지들을 쳐내고 귀족의 편으로 몸을 실을 수밖에 없는, 그래야만 오를 수 있는 자리가 왕의 자리였다.

세아는 어깨를 나란히 하고 말을 달리고 있는 무진을 힐끗 돌아보았다.

오직 그 이유 때문에 황성을 떠나왔다고 할 수는 없지만 절반의 이유가 된 무진과 함께 있는 이 시간이 후회스럽지는 않다. 저 바보스러운 고집 때문에 속상하고 애가 달지만 그의 깊은 속마음을 알기에 기다릴 수 있는 것이다. 언젠가 무진이 충성심 가득한 호위무사가 아니라 사랑을 갈망하는 사내로 다가올 날을.

세아는 말의 배를 박차고 앞서 달리기 시작했다. 무진도 따라 달렸다. 마른 바람이 얼굴을 스쳤다. 온몸을 관통하는 짜릿한 쾌감이 마음을 들뜨게 했다. 한바탕 경주하듯 달리고 나니 사람도 말도 지쳤다. 무진은 강가로 말을 몰아 목을 축이게 하고 땀에 젖은 얼굴을 씻었다.

"여기가 어디쯤 되지?"

"이 강을 건너 조금만 더 가면 여림촌입니다."

여림촌에서 황성까지는 밤잠 안 자고 말을 타고 내쳐 달리면 이틀이나 사흘 거리다. 하늘과 맞닿은 산꼭대기를 바라보는 세아의 눈이 아련해졌다.

저 너머에서는 무슨 일이 벌어지고 있는지?

누구보다 아버지 계륜왕이 걱정되었다. 유천 장군을 앞세워 철권을 휘두르며 피의 정치를 하고 있는 계륜왕이지만 세아에게는 누구보다 따뜻하고 애틋한 아버지였다.

수십 명의 호위군사로 장막을 치고 보호해 왔지만 한순간에 사랑하는 아내를 잃어버렸고 기대했던 아들은 칼을 버리고 구중궁궐 속으로 숨어버렸다. 허망하게 목숨을 잃은 아내의 원수를 갚아야 했고, 나약한 아들을 지켜야 했으리라. 모든 사람들이 두려워하며 치를 떨지만 세아는 그 마음을 짐작하기에 아버지의 공포정

치를 일면 이해하기도 했다.

그런 아버지가 가장 믿고 의지하던 자신이 갑자기 사라졌으니 얼마나 충격이 크실까, 진노하셨을까, 생각만 해도 등골이 오싹하다.

"강을 건너시겠습니까?"

무진의 물음에 세아는 고개를 흔들었다. 그런 걱정은 잠시 접어 두기로 했다. 시간이 지나면 다 해결될 일이니까. 수秀가 아버지의 마음만 채워준다면 모든 것이 제자리로 돌아갈 것이다.

"되었다, 그만 돌아가자."

다시 말에 오르려는데 무진이 말고삐를 잡았다. 이만하면 되었으니 그만 고집부리고 돌아가자는 뜻이다. 처음부터 이럴 목적으로 이쪽으로 말을 몰았나 보다. 꺾이지 않는 그의 고집에 세아는 울컥 설움이 복받쳤다. 정말 그에겐 충성 외엔 그 어떤 감정도 없는 듯 보였다.

"네가 미워!"

무진을 외면한 채 말에 훌쩍 오른 세아는 뒤도 돌아보지 않고 달렸다.

미련퉁이 같은 녀석! 정말 미워 죽겠다.

정신없이 쫓았지만 결국 세아를 놓쳐 버렸다. 무진은 난감한 얼굴로 세 갈래의 갈림길 위에 말을 세우고 서 있었다. 난감한 눈으로 세 갈래 길을 유심히 살피던 무진은 그중 가장 험해 보이는 길을 택해 달렸다. 화가 난 세아가 쉽고 편한 길은 택하지 않았으리란 생각에서였다. 한참 달리자 짐작대로 말이 지나간 흔적이 보인다. 그런데 눈에 띄는 것은 말의 흔적만이 아니다. 일정한 간격을 두고 길을 물들이고 있는 것은 붉은 핏자국이다.

마마!

무진은 채찍을 휘둘렀다. 머릿속이 광란이 일어난 듯 어지러웠다. 숨조차 쉬지 않고 달리던 그의 눈에 길 한편에서 어슬렁거리는 말이 보였다. 검은 바탕에 머리 위의 흰색 반점이 있는 것을 보니 세아가 타고 달렸던 말이 분명했다. 순식간에 뛰어내려 살폈지만 말은 전혀 상처를 입지 않았다. 게다가 핏자국도 없다.

"마마! 공주마마!"

정신없이 주위를 휘둘러보며 소리를 치는데 어디선가 세아의 목소리가 들렸다.

"무진아! 무진아, 여기!"

조금 떨어진 소나무 숲에서 세아의 모습이 언뜻 비쳤다. 무진은 단번에 숲으로 뛰어들었다.

"마마!"

세아가 커다란 소나무 아래에서 누군가를 안고 있었다. 피투성이로 세아의 팔에 안겨 있는 사람은 공주의 호위대장 예성이다. 어깨에서부터 가슴까지 화살을 관통당한 채 그는 숨을 헐떡이고 있었다.

"어찌 된 일입니까, 마마!"

"나도 모르겠어. 저 아래 길바닥에 쓰러져 있었다."

무진은 예성을 반듯하게 눕혔다. 피를 흘린 지 오래되었는지 한쪽 옷자락은 제법 뻣뻣하게 굳기까지 했다.

"예성 님, 정신 차리십시오! 어찌 된 일입니까?"

가늘게 뜬 실눈이 무진을 알아보았다.

"쫓는 자들이 있다. 흔적을…… 지워라."

예성의 얼굴이 고통스럽게 일그러지며 화살이 박힌 어깨를 움켜쥐었다. 아래로 달려 내려간 무진은 단도를 꺼내어 말의 엉덩이를 사정없이 찌른 뒤 손바닥으로 후려쳤다. 말은 붉은 핏방울을 튀기며 앞으로 달려나갔다. 그는 다시 숲으로 향하는 길로 이어진 핏자국을 지우고 세아와 예성의 곁으로 돌아왔다.

예성을 옮겨간 곳은 근처에 있는 조그만 바위굴이었다. 어깨에 박힌 화살을 제거해야 했지만 그의 정신은 이미 그 고통을 이겨내지 못할 만큼 흐려져 있었다.

"예성, 정신 차려라! 무슨 일이냐!"

세아의 다급한 외침에 예성이 겨우 눈을 떠 그녀를 올려다보았다.

"……마마."

"그래, 무슨 일이냐? 어째서 이런 몸으로……."

"황성에 변란이…… 일어났습니다. 황북의 마운충이……."

황북 지방의 마운충은 황성 귀족들을 능가하는 부와 탄탄한 권력을 유지하고 있어 계륜왕이 늘 껄끄러워하던 자였다.

"그가 군사를 몰고 황성을 치기라도 했단 말이냐?"

"백화궁이…… 그들 손에 넘어갔습니다."

"그들이 백화궁에 들 때까지 우리 병사들은 뭘 하고 있었던 거냐? 경성단은! 황성수비대는!"

"황성수비대가 그들에 동조했습니다. 경성단의 일부도…… 그들 편에 섰습니다."

세아는 예성의 말을 믿을 수 없어 고개를 흔들었다. 이럴 수는 없다. 황성수비대는 왕의 정예부대나 마찬가지다. 그들이 어떻게 계륜왕을 배신한단 말인가?

황북에서 출발한 그들은 아무런 저항도 받지 않은 채 곧장 황성으로 입성했다고 한다. 잠깐 경성단의 저항을 받았지만 많은 단원들이 집안의 결정에 따라 이미 마윤충의 편으로 넘어가 있던 상태였다고 했다. 황성의 귀족들이 반란군의 편에 섰다는 뜻이다. 어떻게 그럴 수가 있는가? 그들은 수차례의 피비린내 나는 정변 속에서도 왕의 신뢰를 얻어 살아남은 자들이 아니던가. 황성수비대도 귀족들도 모두 왕을 배신했다는 말은 도무지 믿기지 않는다.

"아바마마는…… 전하는 어찌 되셨느냐?"

예성은 대답 대신 고개를 흔들었다. 남은 경성단 무사들과 호위부대가 마지막까지 백화궁을 사수하려 했지만 역부족이었다. 반란군이 백화궁으로 몰려들면서 그들은 삽시간에 뿔뿔이 흩어졌다.

"수泰 왕자님이…… 그들의 추대를 받아 왕좌에 오르셨습니다."

아, 오라버니는 무사하시구나! 그러나 이름만 왕이지 사실은 볼모처럼 잡혀 버린 상태일 것이 분명하다. 그렇게 이해하고 있는 세아에게 예성은 믿을 수 없는 말을 들려주었다.

"유천 장군님이…… 수泰 왕자님의 칼에 돌아가셨습니다."

너무도 충격적인 그 말에 세아도 무진도 잠시 말을 잃었다. 수泰는 꽃과 나무를 키우고 새를 기르는 즐거움으로 살던 마음이 맑은 사람이다. 그런 그가 반란의 한가운데에 있었다는 것은 믿을 수 없었다. 더군다나 공주인 자신까지 황성을 떠나 버린 지금, 계룡왕을 이어 왕좌를 물려받을 유일한 핏줄이 아닌가? 그런 그가 무엇 때문에 반란을 일으키겠는가? 잘못 알고 있는 거다. 예성이 정신이 혼미하여 헛소리를 하는 것이다.

"어서 몸을 피하십시오, 마마. 컥!"

예성이 붉은 핏덩이를 쏟아내었다. 무진은 예성의 입가에 흘러내린 피를 닦아내고 가죽 주머니에 담아온 물을 그의 입술에 축였다. 숨결이 점점 가늘어지는 것으로 보아 생명이 얼마 남지 않은 듯하다.

"예성 님, 눈을 떠보십시오!"

힘겹게 올려다보는 예성의 눈이 파리하게 떨린다.

"이곳 행궁 또한…… 저들이 이미 장악했을 거다. 무진, 마마를……."

힘겹게 말을 잇고 있는 그를 내려다보며 무진은 그저 고개만 끄덕였다. 심장에 화살이 관통한 몸으로 이곳까지 찾아온 그가 하고 싶은 말은 오직 한 가지일 것이다. 무진의 끄덕임에 안심이 되었는지 그는 더 이상 입을 움직이지 않았다. 허공을 향해 부릅뜬 눈만이 여전히 똑같은 말을 되뇌일 뿐이었다.

'공주마마를 지켜라!'

그것이 호위대장 예성의 마지막 명령이었다.

4

바위굴을 조금 벗어난 곳에 돌무덤을 만들고 표식을 해두었다. 해가 떨어지고 숲이 캄캄하게 어두워질 때까지 세아는 바위굴 속에서 꼼짝도 하지 않았다. 무진은 땔감을 구해와 불을 지폈다. 일렁거리는 불빛만큼이나 세아의 얼굴도 혼란스럽게 흔들리고 있었다.

"마마."

그 모습이 너무도 위태하여 조심스럽게 불러보았지만 듣지 못한 건지 고개조차 들지 않는다. 무언가 의논을 해야 할 것 같은데 도무지 말을 걸지 못할 만큼 세아는 충격 속에 빠져 있었다.

도대체 무엇이 잘못된 것일까? 떠나온 지 한 달밖에 되지 않는데 황성은 아득히 먼 세상이 되어버렸다. 세상만사 관심 없는 듯 나른한 눈으로 꽃밭을 거닐던 수뢰의 손에 도대체 누가 칼을 쥐어준 것일까? 세아는 그것이 궁금했다. 유천 장군을 향해 휘둘렀던 그 칼은 반란군에게 잡힌 수뢰가 강압에 의해 어쩔 수 없이 휘두른 칼일 것이다. 유천 장군에게 겨누는 칼은 곧 아버지 계륜왕에게 겨누는 칼이나 마찬가지임을 모를 리 없는 수뢰가 아니던가.

밤새 뒤척이다 깜빡 잠이 든 새벽녘, 인기척 소리에 무진은 눈을 떴다. 어느새 일어난 세아가 옷을 단단히 여민 채 그를 내려다보고 있었다.

"마마?"

"어서 일어나라. 황성으로 가자."

순식간에 잠이 달아나 버린 무진이 화들짝 놀라 일어났다.

"위험합니다, 마마!"

"내 눈으로 확인하기 전에는 아무것도 믿을 수 없다. 직접 가서 확인하겠어."

밤새 뒤척이며 내린 결론이 그것인 모양이었다.

"무작정 가시는 건 위험합니다. 상황을 살펴본 연후에……."

"넌 예성의 말이 믿어지느냐? 어떻게 황성이 단번에 무너질 수가 있어? 황성수비대가 어떻게 아바마마를 배신해? 경성단이……오라버니가 어떻게 그런 일을 저지를 수 있다고 생각해?"

그녀는 예성의 말을 전혀 믿지 못하는 듯하다. 예성의 말을 믿을 수 없는 건 무진도 마찬가지다. 그러나 죽음을 무릅쓰고 달려온 그의 말을 믿지 않을 수도 없다.

무진의 대답을 듣지 않은 채 세아는 걸음을 옮겼다. 그러나 두어 걸음도 떼기 전 무진이 앞을 가로막았다.

"제가 먼저 내려가서 상황을 알아보고 오겠습니다. 그런 연후에 황성으로 가셔도 늦지 않습니다."

"그럴 필요 없다. 난 곧장 황성으로 가겠다."

"마마!"

무진은 막무가내로 나서는 세아를 꼼짝 못하게 잡아 구석자리에 앉혔다. 햇살이 스며들고 있었지만 바위굴 속은 여전히 어두웠다. 그 어둠 속에서 눈동자 하나가 짐승의 그것처럼 번들거리며 다가왔다.

"여기, 이 자리에 꼼짝 말고 계십시오. 한나절 안으로 돌아오겠습니다."

나직이 들리는 그 소리는 거부할 수 없는 명령처럼 들렸다. 당장 손을 치우라고 빽 소리라도 지르고 싶었지만 세아는 번들거리는 그 눈이 왠지 오싹한 느낌이 들어 침만 꼴깍 삼켰다. 그 눈은 마치 예성이 전해준 말들이 모두 사실이라고 말하는 것 같았다.

"제가 돌아올 때까지 절대 이곳을 벗어나셔서는 안 됩니다. 아시겠습니까?"

무진은 세아의 눈 속에 가득한 불안을 들여다보았다. 언제나 강인하고 당당하던 그녀도 지금의 이 상황만큼은 두려운 모양이다. 무진이 세아의 어깨를 아프도록 꽉 움켜잡았다. 걱정하지 말라고, 언제나 곁에서 지켜주겠다고 말하는 것 같다. 그제야 세아는 천천히 고개를 끄덕였다.

"……알았다."

다시 한 번 다짐받듯 눈을 마주쳐 주고 무진은 바위굴을 나갔다. 굴을 나오자 참고 있던 두려움이 울컥 밀려왔다. 사실은 세아만큼이나 무진도 두렵다. 허공을 향해 눈을 부릅뜬 채 죽음으로 명을 내리던 예성의 모습은 아버지가 돌아가셨다는 사실보다 더 무겁게 가슴을 짓눌렀다.

무진은 그제야 아버지의 죽음을 떠올렸다. 왕의 날개가 되어 그 날개를 한 번 퍼덕일 때마다 피바람을 몰고 다녔던 유천이다. 그래서 언젠가 당신이 이런 식으로 죽임을 당하리라는 것을 예견했었다. 자신에게 비열흘로 떠나기를 종용했던 것도 실은 그 때문이었다는 것을 안다. 비열흘에서도, 황성에서도 스스로를 위해서는 단 하루치의 삶도 살지 못한 아버지. 아버지의 충성심은 그런 것이었다. 무진은 칼자루를 그러쥐었다.

무진은 어두운 밤이 되어서야 돌아왔다. 모닥불 앞에 앉은 그의 얼굴은 몹시도 어두웠다.

행궁은 물론 중요한 길목마다 군사들이 깔려 있었다. 입고 있는 복장으로 보아 황남의 군사들이 아니었다. 아무래도 황성에서 대부대가 내려온 모양이었다. 아주 훈련이 잘된 군사들이란 것을 한눈에 알 수 있었고, 경계는 삼엄하고 살벌한 느낌마저 들었다.

"……어쩌지, 이제?"

오랜 침묵을 깨고 세아의 목소리가 들려왔다. 우선은 황성으로 돌아가야 한다. 그리고 어떻게 하든 수秀와 연락할 방법을 찾아야겠지? 세아의 눈이 그렇게 물었다. 그러나 무진은 쉽게 대답하지 못했다.

수秀는 무진이 눈을 다치고 세아에게 차가운 냉대를 받던 시절 그를 위로해 준 유일한 사람이다. 그래서 누구보다 가까이서 수秀를 지켜봐 왔다. 사람들은 수秀를 스스로 권력을 포기한 채 구중궁궐 속으로 숨어버린 나약한 사람으로 알고 있지만 무진이 생각하는 수秀는 다르다. 새를 기르고 꽃을 키우는 맑은 사람이라 생각하지만 그것도 아니다. 나약하기보다는 생각이 많아 행동이 쉽지 않은 사람이고, 맑은 사람이라기엔 마음속에 품고 있는 안개가 너무 짙었다. 물론 세아는 절대 인정하지 않겠지만. 무진은 그가 뜨거운 사람인지 차가운 사람인지 아직도 분간이 가지 않았다.

다시 세아의 목소리가 들렸다.

"내가…… 잘못한 거야? 황성을 떠나온 게 잘못된 것이었어?"

싫어도, 원치 않아도 백선과 혼인하여 왕의 곁을 굳건히 지켜야만 했던 것일까? 그랬다면 이런 일이 일어나지 않았을까?

"마마 잘못이 아닙니다. 어차피 벌어질 일이었다면 마마께서 어디에 계셨든 벌어졌을 것입니다."

무진의 말은 전혀 위로가 되지 않는다. 자신이 무진을 욕심내지 않았다면, 그리고 철없는 아이처럼 대책 없이 떠나오지 않았다면 막을 수 있었던 일이었는지도 모른다. 오랜 세월 수秀를 대신해 지켜왔던 그 자리를 너무도 무책임하게 놓아버렸다는 자책이 밤새 그녀를 괴롭혔다.

세아의 뒤척임이 멈추고도 한참이나 지나서야 무진은 일어나 앉았다. 그리고 웅크리고 잠이 든 세아에게 다가가 모포를 덮어주었다. 언제나 강하고 커보이던 세아가 어느새 어깨를 기대고 함께 별을 헤던 어린 시절의 그녀로 돌아와 있었다. 따뜻하게 속삭이며 간간이 귀여운 웃음을 흘리던 세아. 공주인 그녀는 처음부터 왜 그토록 자신에게 관대했을까? 비열흘 출신의 비천한 그가 가엾었던 건지도 모른다.

무진은 그녀의 얼굴을 가리고 있는 머리칼을 조심스럽게 걷어 내었다.

무진아…… 무진아…… 무진아…….

새처럼 재잘거리며 따라다니던 어린 세아를 사랑했었다. 그것이 얼마나 가당찮은 일인지, 제게 어떤 상처를 입힐지도 모른 채 불빛을 향해 날아드는 부나비처럼…… 그렇게 날아들어 마음에도 몸에도 상처를 입었지만 여전히 그 곁을 떠나지 못한 채 맴맴 도는 어리석은 부나비.

무진은 닿을 듯 말 듯 세아의 볼 위를 떠돌던 손가락을 거두며 주먹을 그러쥐었다.

아무 걱정 마십시오, 마마. 소인이 지켜 드리겠습니다. 소인이 다…… 찾아드리겠습니다.

피바람이 폭풍처럼 휘몰아친 백화궁에 다시 고요가 흐른다. 어제저녁 내린 비는 모두 거짓이었다는 듯 말간 얼굴을 드러낸 하늘처럼 시비들도 무사들도 말짱한 얼굴로 궁을 오가고 있었다. 그러나 그 얼굴에 깊이 숨긴 것은 두려움들이다. 꽃을 키우며 새를 노래하던 왕자 수烋가 한순간 칼을 든 무사로 돌변했을 때 어제의 진실은 거짓이 되고, 그것은 새로운 진실 앞에서 비열하게 고개를 수그려야 했다. 그리고 수秀는 변했다. 아니, 어제의 거짓을 벗고 진실한 제 모습을 드러내었다는 말이 옳을 것이다. 조용히, 그러나 빛보다 빠르게 귀족들을 장악하고, 경성단을 장악하고, 마침내 황성까지 장악해 가는 그의 모습은 소리 없이 떠도는 소문을 뒷받침하기에 충분했다.

오래전 무한국인의 기대를 한 몸에 받았던 갈후 태자가 있었다. 그는 대전쟁 막바지에 어이없는 실수로 적진 한가운데에 갇혀 목숨을 잃었다. 그의 죽음으로 이 땅을 통일하려던 무한국의 꿈도 꺾여 버렸었다. 그런데 24년이 지난 지금 다시 그에 대한 소문이 황성을 떠돌고 있는 것이다.

수秀 왕자가 실은 갈후 태자의 아들이라는 소문과 수秀가 갈후 태자의 환생이라는 소문까지 백성들 사이에 급속도록 퍼져 나가면서 황북군을 불러들인 수秀의 선택은 아비를 몰아낸 폐륜이 아닌 잃어버린 권력의 복원이라는 의미로 받아들여지고 있었다.

수秀는 주위를 모두 물리고 호위무사 사량만 대동한 채 모련전으로 향하고 있었다. 그곳은 효령왕후가 돌아가신 후 주인 없는 전각이 되어 십여 년째 왕후를 모시던 시비들만이 기거하고 있는 곳이었다. 성큼성큼 걷던 수秀가 문득 걸음을 멈추고 사량에게 물었다.

"세아는 어찌 되었느냐?"

"황성으로 오고 계시는데 추격군의 기세가 만만찮습니다."

"그래?"

추격군이란 마윤충이 내려보낸 군사를 두고 하는 말이다. 그들은 황성을 장악한 즉시 황남으로 군사를 내려보냈다. 정권을 장악하는 데 세아는 가장 큰 걸림돌이 될 테니까.

"제가 나설까요?"

"아니, 그럴 필요 없다."

무진이 곁에 있으니 괜찮을 것이다. 무진이라면 남은 한쪽 눈마저 바쳐서라도 세아를 무사히 지킬 녀석이니까 그들이 황성에 무사히 숨어들면 그때 나서도 될 것이라고 수秀는 생각했다. 마윤충을 비롯한 저들은 세아를 걸림돌로 여겨 가만두려 하지 않겠지만 수秀는 결코 세아를 다치게 하고 싶지 않았다.

모련전의 시비들이 모두 나와 시립하고 있었다. 죽 늘어선 시비들 사이에서 수秀는 다련을 찾았다. 그녀는 평생 효령왕후를 그림자처럼 따랐고, 수秀에게는 유모이기도 했던 사람이다.

"잘 지냈는가?"

십여 년 만에 보는 얼굴이 낯선 듯 다련은 선뜻 대답을 못한 채 머뭇거리기만 했다. 효령왕후의 죽음 후 모련전은 세상과 완전히 단절된 공간이 되었다. 장성한 수秀와의 대면 또한 처음이다.

"왕자…… 마마."

이제는 전하라 불러야 하겠지만 그 말이 쉬이 나오지 않는 듯 다련은 얼굴을 붉힌 채 더듬거렸다. 수秀는 빙긋 웃으며 떨고 있는 그녀의 손을 잡았다. 그녀로부터 들을 애기가 많았다.

"어마마마!"

세아는 조그만 팔을 벌리고 모련전 마당을 달렸다. 마당 가득 함박 핀 모란꽃보다 더 아름다운 어머니 효령왕후가 뜰을 거닐고 있었다. 넘어질 듯 넘어질 듯 달려간 세아는 허공을 향해 간절하게 팔을 벌리고 올려다보았다.

"어마마마."

효령왕후는 하늘만큼 까마득한 곳에서 세아를 내려다보았다.

"많이 컸구나."

아련히 내려다보는 저 눈에 가득한 것은 측은함일까? 냉소일까?

그녀는 쉬이 손을 뻗어주지 않는다. 세아는 팔을 한껏 벌린 채 발뒤꿈치를 들고 울먹였다.

"어마마마……."

안아주세요, 어마마마. 세아입니다. 한 번만 안아주세요.

바들거리는 제 손만큼이나 어머니의 눈동자도 흔들린다고 생각했다. 곧 손을 뻗어 번쩍 안아주실 거라고 생각했다.

그러면 꽃 냄새 나는 그 품에 코를 박고 놓아주지 않을 거야. 저 늙은 유모들이 다시는 데려가지 못하도록 꼭 매달려 있을 거야.

물기에 젖은 듯 흔들리던 왕후의 눈동자에 살얼음이 끼고 있었다. 그리고 그녀의 눈은 이내 차갑게 변해 버렸다.

"어찌하여 세아가 이곳까지 왔는가? 당장 데려가게."

"공주마마께서 하도 보채시어……."

"그럼 전하께 데려가던가!"

"마마, 한 번만 안아주소서."

늙은 유모의 간청에 가만히 내려다보던 어머니가 천천히 손을 뻗어왔다. 그리고 가느다란 손가락이 볼에 닿았다. 얼음처럼 차가운 손가락이다.

"울지 마라. 강해져야지."

어머니가 말했다.

"넌 이 어미처럼 나약한 여인은 되지 말거라."

어머니의 눈에서 커다란 눈물방울 하나가 세아의 볼 위로 툭 떨어져 내렸다. 뜨겁고도 차가운 물이다. 어머니는 자신의 눈물이 마음에 들지 않는 듯 차갑게 돌아서 버렸다. 멀어지는 어머니를 부르며 세아는 울었다.

"으앙, 어마마마! 어마마마…… 앙앙앙!"

아무리 발버둥을 쳐도 유모의 품을 벗어날 수가 없었다.

어마마마. 흑……!

세아는 제 울음소리에 놀라 눈을 떴다. 눈가에 맺힌 물기를 닦아내며 세아는 조그맣게 한숨을 쉬었다. 어째서 어린 날의 기억이 꿈으로 찾아왔는지 모를 일이다. 별로 떠올리고 싶지 않은 기억인데…….

세아는 마른침을 꿀꺽 삼켰다. 어머니를 떠올릴 때마다 늘 이렇게 버릇처럼 목이 따끔거린다. 세아는 주위를 둘러보았다. 이곳은 황성, 연화산의 동굴이다. 어릴 적부터 제집 뒷동산처럼 오르내렸던 산이다. 똑, 똑, 물 떨어지는 소리가 나는 것으로 보아 가장 깊은 골짜기인 황주계곡에 있는 그 동굴인 모양이다.

무진이 황성의 상황을 알아오겠다며 동굴을 빠져나간 것이 언제쯤인지 기억이 나지 않는다. 한나절쯤 지났을까? 잠을 자고 일어났으니 하루가 지났는지도 모른다. 황성으로 숨어들며 하루를 꼬박 굶은 것 같은데 허기도 느껴지지 않는다. 사방에 깔려 있던 군사들을 떠올리며 세아는 그제야 현실을 완전하게 인식했다. 예성을 만났던 일이 결코 꿈이 아니었다는 것을. 그리고 자신이 얼마나 위험한 상황에 놓여 있는지를.

사방에 군사가 깔려 마치 전시 같은 느낌을 주던 황남에 비해 황성은 아무 일이 없는 듯 평화롭다. 무진은 별채의 담을 뛰어넘어 집 안으로 숨어들었다. 천수아범이 무진을 보자 눈물부터 쏟았다.

"아이고, 도련님! 이게 무슨 날벼락인지……."

천수아범은 눈물 콧물을 찍어내며 그날의 이야기를 들려주었다. 그날 새벽, 삽시간에 황성으로 들어온 황북군이 백화궁으로 향했다는 소식을 듣자마자 유천은 입궁을 했다고 한다.

"수하 장수들이 후일을 도모하자며 말렸지만 소용없었습니다. 흑흑."

그랬을 것이다. 어떤 위험이 도사리고 있더라도 아버지는 계륜왕이 있는 그곳으로 갔을 것이다.

"나리께서 도련님께 전하신 말씀이 있습니다."

"아무 일도 하지 말고, 아무것도 알려고 하지 말고 비열흘로 떠나라."

그것이 유천이 남긴 말이었다. 그것은 이미 자신의 죽음을 예견한 사람이 남긴 유언 같은 말이었다. 자신들은 어찌하면 좋겠느냐는 천수아범의 울음 섞인 하소연을 뒤로한 채 무진은 간단한 음식을 챙겨 연화산으로 올랐다. 해가 지기 전에 세아에게 돌아가야한다. 뒤를 밟는 그림자가 있다는 것도 모른 채 무진은 정신없이산으로 달렸다.

"대항하다 흩어졌던 경성단원들도 모두 투항한 모양입니다."
황성의 모든 귀족이 마윤충의 편에 섰으니 귀족의 자제인 그들또한 버틸 이유가 없었을 것이다. 황성은 아무 일이 없는 듯 안정되었다. 이렇게 순식간에 모든 것을 장악해 버린 사람이 수빠인지, 아니면 수빠를 내세운 마윤충인지 알 수 없었다. 도무지 길이 보이지 않는 현실 앞에 세아는 어깨를 움츠리고 온몸을 부르르 떨었다.
"오라버니는…… 괜찮으실까?"
"내일 산을 내려가면 어떡하든 왕자님을 뵈올 방법을 찾아보겠습니다."
"혼자선 위험해!"
무진은 걱정 말라는 듯 세아의 어깨를 꼭 잡았다가 놓아주었다. 지금 이대로는 아무것도 알 수 없고 아무런 행동도 할 수 없다. 수빠를 만나 모든 진위를 파악하기 전까진. 아무 일도 하지 말고, 아무엇도 알려고 하지 말고 비열흘로 떠나라던 아버지의 말씀을 잠깐 떠올렸지만 이내 잊었다.

밤새 잠을 설친 무진은 다시 새벽같이 산을 내려왔다. 무슨 수를 써서든 수秀를 만나볼 참이었다. 묵직한 음성이 들려온 것은 저자를 지날 때였다.

"따라오너라."

들릴 듯 말 듯 그 말만을 남긴 채 스쳐 지나가는 사내는 수秀의 그림자인 사량이다. 무진은 재빠르게 주위를 살피며 천천히 그의 뒤를 따랐다. 저자를 벗어나 살림집이 즐비한 골목으로 들어선 그가 잠깐 주위를 살피더니 어느 집 대문을 밀고 들어가는 모습이 보였다. 무진도 재빠르게 그의 뒤를 따라 들어갔다. 놀랍게도 그곳에 수秀가 있었다.

다가오는 수秀의 얼굴은 여전히 알 수 없는 웃음기를 머금고 있었다. 도무지 속을 알 수 없는 안개 같은 사람, 그의 칼에 아버지 유천 장군이 목숨을 잃었다는 사실을 새삼스럽게 깨달으며 무진은 마른침을 꿀꺽 삼켰다.

"세아는 무사하겠지?"

무진은 대답 대신 고개를 끄덕였다. 무진의 검푸른 눈과 마주치자 수秀의 얼굴이 왠지 붉어지는 것 같았다. 수줍어하는 듯도 하고 미안해하는 것 같기도 한 그 모습에 무진은 분노가 일었다. 그의 태도가 좀 더 당당했다면 일지 않았을 분노였는지도 모른다. 누구보다 무진에게는 따뜻했던 수秀였기에. 무진의 얼굴에 드러난 분노를 보았는지 말았는지 수秀는 다시 빙긋 웃었다.

"그래, 네가 함께 있으니 무사할 줄 알았다."

수총의 태도로 보아 공주를 쫓고 있는 군사들은 그의 뜻과는 무관한 듯하다. 그렇다면 수총의 힘으로 공주를 지켜줄 수 있을까, 무진은 그것을 가늠했다. 그러나 수총의 태도로는 도무지 아무것도 가늠할 수가 없었다. 그래서 단도직입적으로 물었다.

"공주마마를 어쩌실 생각이십니까?"

순간, 웃음기가 사라진 수총의 얼굴이 불쑥 다가와 되물었다.

"넌 어찌했으면 좋겠느냐?"

무진의 머릿속에는 오로지 세아를 무사히 지키겠다는 생각밖에 없다는 것을 수총는 안다. 빼앗긴 권력도 부도 그에게는 중요치 않을 것이다. 오로지 세아를 위해서만 판단을 하고 움직일 자, 그게 바로 무진이다. 그래서 믿을 수 있는 것이다.

"길을 열어줄 터이니 세아를 데리고 비열흘로 떠나거라."

"……!"

"아무 행동도 하지 말고 아무것도 알려고 하지 마라. 세아가 처음 황성을 떠나며 계획했던 것처럼 너와 함께 떠나는 것이다. 그곳이 황남이 아니라 비열흘로 바뀌었을 뿐 변한 것은 아무것도 없다."

그 방법 외에는 어떤 길도 없다는 듯 그의 말은 단호했다.

"마마는…… 왕자님의 안위를 걱정하고 계십니다."

무슨 소리냐는 듯 수총가 고개를 갸웃했다.

"마마께서는 이번 일에 왕자님의 의지는 없었다고 생각하십니다. 저들의 협박에 못 이겨……."

"픗!"

정수리 위에서 들린 소리는 수秀의 웃음소리였다. 수秀는 고개를 드는 무진에게 다시 얼굴을 가까이 가져갔다.

"세아는 너무 착해. 지나치게 착하고 솔직해서 남을 의심할 줄도 모르지. 그게 바로 세아의 약점이다. 잘난 것도 못난 것도 조금은 감추며 살았어야지. 제 빛을 조금만 감추었더라면 저들이 저렇게 눈에 불을 켜고 쫓는 일도 없었을 텐데 말이야."

수秀의 얼굴에는 안타까움마저 감돈다. 고개를 절레절레 흔들던 그가 다시 얼굴을 가까이 가져와 속삭이듯 말했다.

"모든 일은 나의 계획이었고 내 의지였다."

"어찌하여……?"

가만히 기다려도 자신에게 돌아갈 왕좌를 어째서 수秀는 스스로 빼앗고자 한 것일까?

"아무것도 알려고 하지 말라고 했다! 알려고 하지 마라. 알고 나면 세아의 마음이 아플 테니까."

차가운 듯 뜨거운 듯 귓가를 스치는 그 말에 무진은 처음으로 수秀가 무서워졌다.

세아는 나갈 때 보았던 그 자세 그대로 조그만 바위 위에 앉아 있었다. 무진이 이것저것 챙겨두고 간 먹을 것들을 입에 대지도 않았다. 무언가 골똘한 생각에 잠긴 듯한 세아를 살피던 무진이 조심스럽게 입을 열었다.

"수秀 왕자님을 뵈었습니다."

그 소리에도 세아는 동요를 하지 않았다. 무슨 일일까, 의아해하는 무진의 눈길을 느끼며 한참 만에 세아는 고개를 돌렸다.

"그래, 오라버니는 어떠시더냐?"

수燾는 여전히 속을 알 수 없는 미소를 흘리고, 안개 같은 눈빛도 여전했지만 분명 예전의 수燾는 아니었다. 뭐랄까…… 차가움과 냉소가 더해졌다고나 할까?

"잘…… 지내신 듯 보였습니다."

알았다는 듯 고개를 끄덕이던 세아가 다시 물었다.

"뭐라 하시더냐?"

"……."

"제 손으로 유천 장군을 베고 아바마마마저 베었다, 그리 고백하더냐?"

"마마!"

"혹여 날 잡아오면 큰 상을 내리겠다, 그리 유혹하진 않더냐?"

목소리만큼이나 세아의 얼굴에도 냉소가 흘렀다. 무언가 알고 있다는 뜻이다. 무진의 그 의문에 세아가 답했다.

"네가 없는 사이 산을 내려갔다 왔다."

무진이 꼼짝도 하지 말라고 신신당부를 했지만 모든 것을 그에게 의지하며 바보처럼 앉아 있을 수만은 없었다. 무진이 오기 전에 충분히 돌아올 수 있으리라 생각하며 산을 내려간 세아는 저자에 떠도는 소문에 경악했다.

백성들 사이에서 떠도는 소문의 주인공은 온통 갈후 태자와 그의 피를 이어받은 수燾에 대한 이야기였다. 갈후 태자의 피를 이어

받은 수秀라니? 회오리 같은 혼란이 머릿속을 헤집은 것도 잠시, 세아는 그제야 이 모든 사건의 전말을 하나하나 짐작할 수 있었다.

수십 인의 호위들이 둘러싸고 보호라는 명목하에 사실은 외부와의 접촉이 철저히 차단당한 채 갇혀 지냈던 어머니 효령왕후, 그런 왕후에게 늘 애틋한 눈길을 건네면서도 쉬이 다가가지 못한 채 맴맴 돌기만 하던 아버지 계륜왕, 그리고 어머니의 사랑이었던 수秀와 아버지의 사랑이었던 자신.

모든 일은 그것에서부터 비롯되었으리라. 수秀는 언제부터 알았을까? 그래서 그렇게 스스로를 숨겼던 것일까? 움츠렸던 것일까? 무섭다. 수秀가…… 어머니가…… 아버지가.

무진은 세아가 황성에 자자하게 떠도는 그 소문을 들었다는 것을 알았다. 수秀가 말한 세아가 알면 슬플 거라던 그 소문.

"소문을…… 믿으시는 겁니까?"

세아는 아무 대답을 하지 않았다. 그러나 그 이야기를 듣는 순간 사실의 진위를 가리기 전에 머리가 먼저 알아버렸다. 어릴 적부터 가슴 밑바닥에 자욱하게 끼어 있던 안개가 드디어 걷히는 느낌이라고나 할까.

이것이었구나! 아버지와 오라버니가 물과 기름처럼 서로 섞이지 못했던 이유가. 계륜왕을 그토록 불안하게 만들어 철권정치를 휘두르게 했던 이유가.

그러나 그토록 많은 피를 보고도 유천 장군 외에는 제 사람을 한 사람도 만들지 못했던 아버지다. 아내에게도, 귀족들에게도,

제 손으로 키운 아들에게도 그리고 백성들에게도 외면당했다. 어느 누구에게도 이해받지 못한 아버지의 삶이 가엾었다. 목숨이 끊어지는 순간 그를 위해 울어준 이가 과연 한 사람이라도 있었을까?

눈물이 났다. 귀족들에게는 저승사자보다 더 무서운 왕이었는지 모르겠지만 자신에게는 너무도 좋은 아버지였고, 백성들에게는 그 어떤 왕보다 따뜻한 마음을 가진 어버이였다.

"내일 산을 내려갈 참이다. 오라버니를 만나야겠다."

"안 됩니다, 마마! 마마를 쫓는 군사들은 수秀 왕자님이 아닌 마윤충의 군사들입니다. 왕자님도 어쩌지 못하시는 듯했습니다."

"흥, 그런 주제에 무슨 용기로 칼을 뽑았대? 아버님을 해하고 귀족들의 다리 아래로 기어들어 갈 작정이었다더냐!"

세아는 분노를 이기지 못한 채 소리를 쳤다. 수秀를 용서할 수가 없다. 그의 배신을 받아들일 수가 없다. 너무도 애틋했던 오라버니였기에 배신감은 더했다. 어떻게 그리도 감쪽같이 속일 수 있었을까? 그것도 스스로 모든 것을 내어주고 떠났던 자신에게 말이다.

무진은 흥분한 세아의 어깨를 꽉 잡았다.

"신중하셔야 합니다, 마마. 수秀 왕자님은 변하셨습니다. 마마께서 아시던 예전의 그분이 아닙니다."

오늘 만나고 온 수秀는 이렇게 흥분한 상태로 달려가 보았자 눈 하나 깜빡할 사람 같지가 않았다. 유천 장군을 단칼에 베고 스무 해가 넘도록 길러준 아버지를 몰아내고 그 자리를 빼앗은 사람,

그 사람이 바로 수燾다.

"만나지 마십시오. 마음이 아프실 것입니다."

"왕좌를 강탈한 자다. 아바마마의 목숨을 앗은 자다!"

"그래서…… 칼이라도 뽑으실 참입니까?"

무진의 단호한 물음에 세아는 떨리는 입술만 깨물고 있었다.

수燾를 만나 물어볼 참이다. 왜 그랬느냐고, 그래도 20년이 넘는 세월을 아버지라 불렀던 사람인데 그리도 미웠느냐고, 얼굴도 모르는 갈후 태자가 그토록 가슴에 들어왔었느냐고, 나를…… 이 세아를 두고 어찌 그런 일을 저지를 수 있었느냐고!

무진은 울음을 쏟을 것 같은 세아의 어깨를 단단히 잡았다.

"더 이상 수燾 왕자님께 미련을 두지 마십시오. 황성에도 미련을 두지 마십시오. 경성단도 잊고, 귀족들도 잊고, 계륜왕 전하도 잊으시고, 소인과 함께 비열흘로 떠나시는 겁니다. 이곳 황성에서는 변방 부족이라 비하하지만 비진족은 어느 쪽에도 속하지 않고 꿋꿋이 제 땅을 지키고 사는 용맹한 부족입니다."

"지금 나더러 도망을 치라는 것이냐?"

바짝 치켜뜨는 눈을 보며 무진은 마른침을 삼켰다. 세상 무엇보다 빛나는 꽃이 되기를 바랐던 여자다. 자신은 그 꽃 아래에 무수히 밟히는 썩은 잎이 되어도 좋다고 생각했다. 그러나 세아는 지금 벼랑 끝에 홀로 매달린 꽃이 되어 있었다. 그 꽃과 함께 까마득한 아래로 생명을 던질 것이냐 아니면 새로운 곳으로 옮겨 새 생명을 틔울 것이냐, 그 선택이 자신에게 달려 있었다.

비열흘은 무한국 땅이지만 실제로는 무한국의 힘이 크게 미치지 않는 비진족 땅이다. 지금 세아의 목숨을 지킬 수 있는 길은 그곳으로 가는 길밖에 없었다.

"도망이 아니라 저와 함께 가시는 것입니다."

"무슨 소리냐?"

"모든 것을 버리고 오직 저와 함께하고자 황남으로 오셨다 하지 않으셨습니다. 그때처럼 모든 것을 잊고 저와 함께 비열흘로 가시는 겁니다. 가는 곳이 황남이 아니라 비열흘로 바뀌었을 뿐 변한 것은 아무것도 없습니다."

검푸른 눈동자 하나가 형언할 수 없는 감정을 담은 채 세아를 내려다보았다.

"무진아."

"비열흘에서라면…… 마마를 좀 더 편히 대할 수 있을 것 같습니다."

신분이 무언지, 비천하다는 것이 무얼 의미하는지, 그리고 그것이 세상 어떤 것으로도 깨뜨릴 수 없다는 것을 알지 못했던 철없던 시절의 그 마음을 비열흘로 가면 다시 찾을 수 있을 것 같다.

세아를 떠올릴 때마다 가슴이 두근거려 잠을 잘 수 없었던 그 마음. 한쪽 눈을 잃고 세상을 알아가면서 스스로 꺾어버렸던 그 마음. 그리고 끝없이 담을 쌓고 충성이라는 이름으로 덧씌우고, 그렇게 철저히 감추어야만 했던 그 마음.

"그곳에서는 제 마음을 다 드러내어도 마마께서 잃을 것이 없으니……."

비열흘에 가면 무한국의 공주도 없고 변방 출신의 비천한 무진도 없다. 그저 세아는 세아일 뿐이고 무진은 무진일 뿐이다.

세아는 누구도 무진을 함부로 할 수 없는 곳에서 무진과 함께 사는 것, 그것만을 바라며 황남으로 떠났던 그 순간을 떠올렸다. 공주의 지위도 눈앞에 다가온 왕좌에 대한 아쉬움도 없었다. 그저 무진과 함께 있고 싶었다. 아무런 거리낌도 장애도 없이 마음껏 이름을 부르며 서로를 아꼈던 어릴 적 그때처럼 살고 싶을 뿐이었다. 정말 아무런 욕심도 없었다.

"그곳에 가면 절 기다리는 벗들이 있습니다. 가진 건 모자라지만 아주 용맹하고 의로운 친구들입니다. 절 최고로 알아주는 벗들입니다."

무진을 최고로 알아주는 사람들이 있는 곳이라는 말에 세아는 입술을 깨물었다. 그런 곳이라면 감히 거절할 수가 없었다.

"그래, 가. 함께 가자."

"마마!"

정말 분하지만 지금은 무진의 말을 듣는 것이 옳은 것 같다. 미련스럽게 버티다가 무진마저 잃어버릴 수는 없는 일이니까.

"하지만 그전에 해야 할 일이 있어."

"뭐든 말씀만 하십시오."

"전하…… 아바마마의 시신을 찾아야겠다. 다른 건 다 포기해도 그것만은 포기할 수가 없다."

기억하는 이 하나 없는 이곳에 아버지를 혼자 둘 수는 없었다. 저승에서조차 환영받지 못한 채 외롭게 떠돌 것이다. 무진의 어두운 얼굴을 보고서야 세아는 그도 자신처럼 아버지를 잃었다는 것을 깨달았다.

"유천 장군은……."

"부리던 식솔들이 잘 거두었다 합니다."

"그래? 다행이구나. 정말 다행이야."

"내일 다시 내려가 수추 왕자님을 만나보겠습니다. 하지만 쉬이 내어주려 하지 않을 것입니다."

"나도 함께 가겠다."

"그건 위험합니다."

"여기 있으나 내려가나 위험하긴 마찬가지다. 그래도 네 옆에 있는 게 덜 위험할 거야."

무진이 곁에 있어 공주로서의 세아는 언제나 용감할 수 있었다. 시시각각 목숨의 위협을 받고 있는 지금도 무진이 있어 두렵지 않다. 어떤 상황에서도 무진이 반드시 자신을 지켜줄 것이라는 절대적인 믿음 같은 것이 세아에게는 있었다. 세아의 그 믿음에 무진은 기분 좋은 얼굴로 답했다.

"예, 제 곁에 계시면 언제나 안전할 것입니다."

길게 드리운 머리칼이 검은 안대를 가렸다.

뒷짐을 진 채 마당을 서성이던 수추는 인기척에 천천히 고개를 돌렸다. 무진이 다시 사랑을 따라 나타났다. 한쪽 머리칼을 길게 드리워 안대를 가린 그의 모습은 사내인 수추가 보아도 반할 만큼 수려한 용모였다. 과연 세아가 모든 것을 버리고 달려갈 만하다.

"그래, 내 제의는 생각해 보았느냐?"

빙긋 웃으며 다가서던 수츠는 나무 뒤에서 걸어나오는 세아를 발견하고 그 자리에 돌처럼 굳어버렸다. 무진을 지나 천천히 걸어온 세아가 그런 수츠를 올려다보았다.

반짝이는 눈으로 해바라기처럼 자신을 따라다니던 작고 귀여운 세아가 눈앞에 있었다. 수츠는 저도 모르게 입꼬리를 조그맣게 올렸다.

"세아구나!"

버릇처럼 머리를 쓰다듬으려 손을 스륵 올리던 수츠는 얼음보다 차가운 세아의 눈을 발견하고 손을 움찔 멈추었다. 아무것도 모른 채 떠나기를 바랐건만 세아는 이미 모든 걸 알아버린 것 같다. 그제야 그는 자신이 세아에게 무슨 일을 저질렀는지 인식했다.

"건강해 보여서 다행입니다."

눈빛만큼이나 차가운 음성이 들려왔다. 몰라보도록 수척해져버린 세아의 얼굴을 물끄러미 바라보던 수츠는 결국 고개를 돌려버렸다. 이미 되돌릴 수 없는 일, 후회하고 싶지 않았다.

"사량!"

"예, 전하."

"비열홀로 가는 길을 열어줘라. 필요하다면 군사도 딸려 보내라!"

그리고 수츠는 바람처럼 돌아섰다. 죄책감이 덤벼들기 전에 이곳을 벗어나야 한다. 그러나 세아의 음성이 그것을 허락하지 않았다.

"아바마마를 어찌하셨습니까?"

"……."

"시신이라도 좋으니 주십시오! 그럼 원하시는 대로 떠나겠습니다."

계륜왕의 시신은 이미 황화산에 던져져 까마귀밥이 되었다. 차마 그것만은 할 수 없어 말렸지만 마윤충은 가차 없었다. 온몸에 벌집처럼 화살이 박힌 채 죽어간 갈후 태자를 상상해 보라고 했다. 그러나 얼굴조차 모르는 이의 죽음은 상상되지 않았다. 오히려 황화산에 던져진 계륜왕의 시신에 덤벼드는 새까만 까마귀 떼들이 꿈마다 찾아와 잠을 이루지 못할 지경이었다. 다시 떠오르는 그 모습에 수효는 신경질적으로 고개를 흔들었다.

"무진은 당장 세아를 데리고 떠나라! 나의 관대함도 오래가진 않을 터이니."

그리고 도망치듯 돌아서는 수효를 향해 세아는 소리쳤다.

"왜 그러셨습니까! 조금만 기다리면 되었을 것을, 왜…… 무엇이 그리도 조급하셨습니까?"

조급했던가?

자문하며 수효는 소리 없이 조소를 흘렸다. 20년이 넘도록 참아온 저들에게 세아가 사라진 그 순간은 절호의 기회였으리라. 수효는 생각할 겨를도 없이, 마음의 준비도 없이 황북군을 맞아야 했다. 이 모든 것이 대책 없이 떠나 버린 세아의 탓이다. 그러나 그런 비겁한 말은 하고 싶지 않았다. 마윤충의 계획에 동조하고 맞아들인 건 바로 수츄 자신이니까.

"저들은 오랜 시간 기다려 왔고 나는 때가 되어 움직인 것뿐이다."

오래전부터 출생의 비밀을 알고 있었다는 뜻일까? 어떻게 그렇게 감쪽같이 속여왔을까? 수츄는 더 이상 세상에 하나뿐인 내 형제, 지켜주어야 할 가여운 오라버니가 아니었다. 꽃과 나무를 키우고 새를 기르며 한없이 맑은 듯 살던 지금까지의 수츄의 모든 행동들이 역겹게 느껴졌다.

"차라리 처음부터 말하지 그랬어요? 계륜왕이 아니라 갈후 태자의 뒤를 잇겠노라, 그리 말했더라면 아바마마께서도 기꺼이 그러라 하셨을 텐데요? 아바마마께서 갈후 태자의 죽음을 얼마나 애통해하셨는데……."

순간 그는 참을 수 없는 분노를 느끼며 단숨에 말을 쏟아내었다.

"얼마 전에야 들었다. 내 아버지 갈후 태자가 계륜왕의 간교한 계략에 걸려 적진 한가운데에서 돌아가셨다는 걸 말이야. 그리고 그 사실을 숨기고 잠재우기 위해 황성을 피로 물들이고 정권을 장악하고 호위를 겹겹이 둘러 세워 어마마마를 감금하고 겁탈했다는 것도 말이다! 이제 알겠느냐, 네가 어찌 생겨났는지!"

수츄의 입에서 쏟아지는 감당 못할 말들에 세아는 뒷걸음질을 쳤다. 귀를 막고 머리를 흔들었다.

"……아니야. 아니야!"

거짓말이다. 다 거짓말이야! 오라버니가 저들에게 속고 있는 것이다. 깨질까 다칠까 애지중지 아끼며 효령왕후 앞에선 목소리조차 크게 내지 않던 계륜왕이다. 말에 오를 땐 손수 안아 올리고 산책길에선 땀이 서리도록 손을 꼭 잡고 걷던 계륜왕이다. 감금이라니! 겁탈이라니! 그런 말을 거침없이 내뱉는 수秀를 용서할 수 없었다.

세아는 이성을 잃은 듯 칼을 빼어 들고 수秀를 향해 덤벼들었다. 그러나 사량의 칼이 먼저 세아의 칼을 쳐내었다. 그리고 세아의 목전으로 칼을 들이미는 순간 이번엔 무진의 칼이 그 칼을 쳐내고 빙글 돌아 세아를 감싸 안았다. 사량과 무진의 칼이 당장에라도 맞부딪힐 듯 팽팽하게 맞선 일촉즉발의 순간, 요란한 말발굽 소리가 들려왔다. 그리고 대문이 거칠게 흔들린다. 사량은 재빠르게 담장에 붙어 바깥 동정을 살폈다.

"황북군입니다. 집을 완전히 에워쌌습니다."

"저들이 어떻게 이곳을 알고 나타났단 말이냐!"

"뒤를 밟힌 듯합니다."

세아와 무진이 산을 내려와 이곳으로 오는 동안 미행을 당했다는 뜻이다. 수秀는 새파랗게 질린 얼굴로 세아를 바라보았다. 세아는 여전히 충격에서 벗어나지 못한 채 무진의 품에 안겨 있었다. 소화궁 마당에서 키우던 여린 꽃처럼 세아는 떨고 있었다. 수秀는 해서는 안 될 말, 알아서는 안 될 사실을 말해 버린 제 입이 한탄스러웠다.

마윤충은 세아를 살려두지 않을 것이다. 세아가 살아 있다는 것이 알려지면 귀족들은 물론 백성들의 민심도 흔들릴 것이니.

"사량은 무진과 함께 이곳을 빠져나가거라! 내가 어떡하든 저들을 지체시켜 볼 터이니 준비해 둔 말과 군사들을 이끌고 비열흘까지 단숨에 가야 한다! 공주를 잘 모셔라, 털끝 하나 다치지 않게!"

명을 내린 수琇는 천천히 칼을 빼어 들었다. 아무리 마윤충이라고 해도 칼을 빼어 든 왕을 밀고 들어오진 못할 것이다. 망설이던 사량이 무진과 함께 세아를 부축했다. 세아는 발버둥 치며 수琇를 향해 소리쳤다.

"오라버니! 아니라고 말씀해 주세요! 왜 제게 거짓말을 하시는 겁니까!"

목전에 닥쳐온 위험도 세아의 눈에는 보이지 않았다. 오로지 수琇의 입에서 쏟아지던 말들만 귓전에 맴돌았다.

'효령왕후를 감금하고 겁탈한 계륜왕.'

그것이 공주 세아가 출생한 배경이다.

한 번도 안아주지 않던 차디찬 어머니가 떠올랐다.

"울지 마라. 강해져야지."

"넌 이 어미처럼 나약한 여인은 되지 말거라."

볼에 떨어지던 차갑고도 뜨거웠던 그 눈물의 의미가 이것이었을까?

울컥거리던 대문이 부서지며 군사들이 밀려들었다. 마당은 순식간에 아수라장이 되었다. 요란한 쇳소리, 함성 소리, 지축을 울리는 말발굽 소리, 그리고 수秀의 고함 소리가 마당에 울려 퍼졌다.

"멈춰라! 당장 멈춰라! 왕의 명이다! 멈추란 말이다!"

뒷문으로도 군사들이 밀려들며 세아의 팔을 잡고 있던 손들이 떨어져 나갔다. 세아의 얼굴에 핏방울이 튀었다. 그것은 볼에 떨어지던 어머니의 눈물처럼 차갑고도 뜨겁다. 비릿한 이 냄새는 누구의 피일까? 세아는 흐린 눈으로 마당을 살폈다. 양팔을 벌린 채 여전히 고함을 치고 있는 수秀와 칼을 빼어 들고 그 곁을 감싸고 있는 사량이 보였다. 그리고 수십의 군사들에 둘러싸여 칼을 휘두르고 있는 불덩어리 하나가 눈에 들어왔다. 그 불덩어리는 마치 눈이 달린 바람처럼 칼을 휘두르며 세아를 감싸고돌았다. 핏물이 흩뿌려지고 쇳소리가 고막을 찌른다. 불덩어리가 그녀의 몸을 감싸고돌 때마다 짐승의 그것처럼 거친 호흡 소리가 들렸다. 이미 기력이 쇠하고 있다는 느낌…… 세아는 칼을 뽑아야 한다고 생각했다. 무진을 데리고 이곳을 빠져나가야 한다. 저 거친 호흡이 멈추기 전에.

손을 더듬어 옷자락을 잡으려는 순간 불덩어리가 하늘로 치솟아올랐다. 거친 칼바람에 광풍이 몰아치고 부딪히는 쇳소리는 하늘을 갈랐다. 불을 뿜듯 요동치던 불덩이가 순식간에 피를 뿜으며 마당으로 나뒹구는 모습이 보였다. 이어 수십 개의 칼이 한꺼번에 그 불덩이를 향해 덤벼들고 있었다.

안 돼!

세아는 그 불덩이를 향해 몸을 날렸다. 뜨거운 불덩이가 가슴으로 울컥 안겨왔다. 그러나 그것보다 더 뜨거운 불덩이가 그녀의 등을 먼저 덮친 것 같았다. 온몸을 뚫고 들어온 뜨거운 기운이 목 구멍을 막아버렸는지 말이 잘 나오지 않았다. 무너지는 무진을 붙 잡아보려 하지만 손도 움직여지지 않는다. 세아는 몸의 균형을 잃 은 채 그 자리에 쓰러졌다.

무…… 진아.

무언의 그 소리를 들은 것일까? 시체 같던 무진의 몸이 꿈틀거 리는 것이 보였다. 그리고 물에 젖은 솜처럼 묵직하고 축축한 무 엇이 그녀의 몸을 덮었다. 숨 막히도록 끔찍한 피비린내가 코를 찌른다.

숨을 쉴 수가 없어, 무진아.

안심하십시오, 마마. 소인이 지켜 드리겠습니다.

거친 호흡 소리, 심장 소리, 흘러내리는 뜨거운 피. 그리고 다시 한 번 울컥 흔들림을 끝으로 불덩이는 사그라졌다.

계륜왕에 의해 철저히 출입이 통제되던 모련전.

그리고 수秀에 의해 잠깐 개방되었던 모련전의 문이 다시 닫히 고 외부인의 출입이 통제되었다. 아무도 없는 그곳에 새 왕의 발 걸음이 지나치게 잦은 것은 죽은 모후에 대한 그리움이 깊은 탓이 라 여겼다.

바람마저 잠든 깊은 밤, 달빛을 밟으며 모련전으로 들어서는 그 림자들이 있었다. 수秀와 수秀의 그림자인 사량, 그리고 조그만 보 자기를 옆에 낀 의관이다. 재빠르게 걸음을 옮긴 수秀가 불이 켜진 전각 앞에서 걸음을 멈추었다. 인기척을 느꼈는지 안쪽에서 조용히 문이 열렸다.

화려한 침상 위에서 잠이 들어 있는 사람은 계륜왕을 따라 목숨을 끊은 것으로 알려진 세아 공주다. 의관은 쉽게 다가가지 못한 채 목을 움츠리고 있었다. 계륜왕과 조금이라도 연관이 있는 자들은 쥐도 새도 모르게 사라져 버리는 세상에 그의 핏줄인 공주를 보았으니 죽은 목숨이 따로 없다는 생각에 모골이 송연해졌다.

"살펴보아라."

왕의 명이 떨어지고서야 그는 천천히 침상으로 다가갔다. 그리고 시비들의 도움을 받아 세아의 몸을 살폈다. 공주의 온몸은 칼자국투성이였다. 이미 한 차례의 치료가 끝난 듯 아물고 있는 상처가 있는가 하면 어떤 상처는 그 흔적이 너무 깊어 치료가 가능할까 싶을 만큼 여전히 끔찍했다.

"어떠냐, 치료할 수 있겠느냐?"

마윤충이 눈에 불을 켜고 찾고 있는 세아 공주를 보았으니 이대로 포기하고 나간다면 살아남기 힘들 것이다. 선택의 여지가 없다.

"최선을 다해보겠습니다."

의관의 대답에 수虧의 얼굴이 그제야 조금 펴졌다.

궁 밖 사가에서 전투가 벌어진 그날, 무진은 마치 불꽃같았다. 세아에게 덤벼들던 수백의 칼을 온몸으로 막으며 제 몸을 불살랐다. 그리고 마지막 불꽃을 터트리고 땅으로 떨어진 순간 세아가 그 몸을 감쌌고 무진이 다시 세아의 몸을 감쌌다. 수십 개의 칼이 두 사람에게로 향하는 것을 보며 수초는 이성을 잃었다. 미친 듯 휘두르는 그 칼에 몇 명의 병사들이 목숨을 잃었는지 모른다. 눈물범벅이 되어 세아를 안고 달리는 그를 제지하는 사람은 아무도 없었다. 마윤충마저 모른 척 눈을 돌리고 있었다. 다행히 목숨은 건졌지만 세아의 온몸은 상처투성이가 되었다. 제법 용하던 지난번의 의관은 함부로 입을 놀리는 바람에 사량의 칼에 죽임을 당하고 이렇게 다른 의관을 데려온 것이다.

의관이 떠나고도 오래도록 나가지 못한 채 세아를 들여다보던 수초는 뒤척이는 그녀의 몸짓을 보고 얼른 방을 나가 버렸다.

세아는 다시 힘겹게 눈을 떴다. 눈을 뜰 때마다 온몸을 집어삼킬 듯 밀려오는 고통에 차라리 잠이 깨지 않았으면 좋겠다는 생각이 들곤 했다. 그녀는 힘겹게 고개를 돌려 주위를 살폈다. 역시나 다시 보아도 이곳은 효령왕후가 기거했던 모련전의 그 방이다. 소박하면서도 기품이 느껴지는 장식장들과 방 안을 떠도는 은은한 향. 마치 어머니가 여전히 이 공간의 주인으로 살고 있는 듯 너무도 생생한 향취다. 살을 저미는 고통이 온몸을 관통해 흐른다.

"아무도 없느냐?"

수초로부터 세아를 돌보라는 명을 받은 다련이 급하게 들어왔다.

"등이 불편하십니까?"

그리고 대답도 듣지 않은 채 세아의 몸을 돌려주었다. 그제야 조금 살 것 같다. 세아는 신음 같은 한숨을 내쉬며 눈을 감았다. 역시나 강하게 느껴지는 어머니의 향취.

"다련."

"예, 마마."

"어마마마께서도 너와 같은 화장수를 썼더냐?"

이불을 매만져 주던 그녀의 손이 멈칫했다. 세아가 아직도 효령왕후의 화장수 냄새를 기억하고 있다는 사실에 다련은 놀랐다. 아마도 그리움이 짙어서일 것이다. 항상 효령왕후의 사랑을 목말라하던 공주였기에 화장수 냄새조차 단번에 기억해 내는 것이리라. 다련은 애틋한 마음으로 세아에게 손을 뻗었다.

"예, 공주마마. 모후 마마께서도 항상 이것을 쓰셨지요."

다련의 애틋한 손길이 이마에 닿는 순간 세아는 그 손길을 매몰차게 쳐내었다. 그 행동이 너무도 차가웠기에 다련은 흠칫 놀란 눈으로 한 걸음 물러났다. 여전히 고통스러운 듯 신음 소리를 흘리던 세아에게서 다시 차가운 음성이 들렸다.

"내일부턴 그것을 쓰지 마라."

아버지도 어머니도 수족도 용서가 되지 않는다.

왜 나를 만들고 낳았을까? 왜…… 살렸을까?

자신을 세상에 존재케 했던 그들이 세상에서 가장 원망스러운 이들이 되어버렸다. 비릿한 피 냄새가 코끝을 스치자 가슴이 불에 덴 듯 화끈거렸다. 세아는 참을 수 없는 고통에 가슴을 움켜쥐었다.

무진아……!

가슴에 닿았던 그 끈적하고 뜨거운 피, 펄떡거리던 심장 소리, 거친 숨결에 섞여 들려오던 나직한 절규.

세아야…….

눈물이 귓전으로 떨어졌다. 가슴에 닿았던 그 모든 것들로 인해 등에 꽂혔던 칼이 주는 지금의 이 고통이 아프지도 않았다. 그나마 이것이 있어 가슴의 통증이 덜어지는 건지도 모르겠다.

세아가 옷을 갈아입거나 몸을 씻을 때는 다련만이 들어갈 수 있었다. 상처는 아물고 있었지만 여전히 흉측한 모습으로 그녀를 괴롭히고 있었다.

깨끗하게 몸을 씻은 세아는 오랜만에 거울을 들여다보고 있다. 당돌하고 복스럽던 얼굴은 어디 가고 마르고 낯선 얼굴의 여자가 앉아 있었다. 머리를 매만져 주던 다련이 거울 속 세아와 눈이 마주쳤다. 그녀의 눈은 무언가 모를 감동에 젖어 있었다.

"세상에! 어찌 이리도 닮으셨는지…… 왕후마마를 다시 뵈옵는 듯합니다!"

살이 빠지고 눈이 깊어지면서 세아는 점점 효령왕후를 닮고 있었다.

감격에 겨운 듯 자신을 들여다보고 있는 다련을 빤히 바라보던 세아는 애써 꽂아놓은 비녀를 뽑아버렸다. 흑단 같은 머리카락이 출렁, 흘러내렸다.

"다시는 머리를 말아 올리지 마라."

효령왕후에 대한 얘기만 나오면 예민해지는 세아다. 늘 효령왕후의 사랑에 목말라하던 세아가 이토록 거부감을 보이는 것이 다련은 안타까웠다.

전쟁에서 돌아온 계륜은 갈후 태자의 뒤를 이어 태자 자리를 물려받았고 곧 왕위에 올랐다. 태자비였던 효령은 무한국의 전통에 따라 계륜왕의 정비가 되었다. 아직도 그녀의 가슴에는 온통 갈후 태자뿐이었지만 나라의 법도와 왕실의 압력을 쉬이 거부할 수 없었다.

갈후 태자의 죽음을 누구보다 애통해하며 따듯하게 감싸주던 계륜왕에게 마음이 조금씩 열렸다. 이미 갈후 태자의 아이를 가졌다는 걸 알았을 때도 그는 누구보다 기뻐하며 그 아이는 바로 자신의 아이라며 단호히 못 박았다.

수秀가 태어나던 날, 효령왕후는 산실에 숨어든 갈후 태자의 부관으로부터 태자가 죽던 그날의 전말을 듣게 되었고, 산실 안은 효령왕후의 절규 소리와 갓 태어난 아기의 울음소리가 범벅이 되었다. 사실을 안 계륜왕은 겹겹이 호위를 세워 모련전을 세상과 격리시켜 버렸고 그때부터 피비린내 나는 공포정치가 시작되었다.

효령왕후가 계륜왕에게 대항할 수 있는 방법은 철저한 외면과 거부 외에 아무것도 없었다. 그토록 차갑고 모질게 외면하는 효령왕후에게 마지막까지 미련을 버리지 못했던 것을 보면 계륜왕이 효령왕후를 끔찍이 사랑했던 것만은 분명했다.

모든 시비들을 물리고 전쟁처럼 치렀던 그날 밤의 기억은 아직

도 생생하다. 짐승처럼 붉은 얼굴로 방을 나가던 계륜왕과 온몸에
붉은 꽃을 피운 채 알몸으로 침상에서 울고 있던 효령왕후. 그렇
게 태어난 아이가 바로 세아 공주였다.

　계륜왕이 죽고 모련전의 문이 열리던 날, 수秀에게 그날의 이야
기를 들려준 것은 자신의 불찰이었다. 세아가 살아 있다는 것을
알았다면 절대로 꺼내지 않았을 것이다.
　흑단 같은 머리칼을 늘어트리고 보니 더욱더 효령왕후를 닮은
세아의 얼굴을 보며 다련은 숨길 수 없는 눈물을 훔쳐 내었다.
　"왕후마마께서는 늘 공주님이 계신 화령전을 바라보며 눈물을
삼키셨습니다."
　계륜왕이 보는 앞에서는 차갑게 외면했지만 혼자서는 피눈물을
삼켰던 왕후의 마음을 세아가 조금이나마 알아주었으면 하는 마
음에서 꺼낸 말이었다. 그러나 세아의 얼굴은 조금의 동요의 빛도
없었다.
　"그렇게 당신 스스로를 위로하셨겠지."
　돌아서는 세아의 입가에 조소가 흐른다.

　마운충은 20년이 넘도록 전쟁이 계속되던 안도국과 화친을 맺
을 것을 건의했다. 그러나 무한국도 안도국도 서로를 철천지원수
로 여기는 나라다. 어떻게 화친이 가능하겠는가?
　"예부터 많은 나라가 왕실 간의 혼인으로 화친을 맹약하곤 했
습니다."

그것은 알지만 과연 어느 왕족이 사지와도 같은 안도국으로 자식을 보내려 하겠는가?

의구심이 가득한 수秀의 얼굴을 보며 마윤충이 말했다.

"세아 공주를 안도국으로 보내십시오."

"그건 아니 되오!"

부서질 듯 탁자를 내려치는 수秀의 주먹이 떨렸다. 모든 걸 다 들어주어도 세아의 일만은 저들의 뜻을 따를 수 없었다. 세아는 자신의 유일한 피붙이이고 마음이 저리도록 가여운 누이다.

"더 이상 그 아인 건드리지 마시오!"

"공주가 황성에 있는 한 전하의 자리는 언제나 불안할 수밖에 없습니다. 공주가 살아 있다는 걸 백성들이 알게 된다면 귀족들의 입지도 자유롭지 못할 것입니다. 그리되면 공주는 효령왕후께서 가신 길을 걸을 수밖에 없을 것입니다."

효령왕후처럼 공주 또한 그녀의 존재가 껄끄러운 누군가에 의해 희생되고 말 것이라는 뜻이었다. 은근한 협박이 깃든 그 말이 분했지만 하나도 틀린 말이 아니었다.

밤새 뜰을 거닐며 생각에 생각을 거듭하던 수秀는 결국 지금 자신의 힘으로는 세아를 지켜낼 방도가 없다는 것을 인정했다.

안도국은 세아의 짝으로 왕자 유강을 지목했다. 수秀는 미안하다며 눈물을 보였지만 세아는 담담한 표정으로 그 결정을 받아들였다.

"이곳에서 죽은 목숨으로 사느니 그 편이 낫겠지요. 가겠습니다."

하루라도 빨리 이곳을 떠나고 싶었다. 아버지와 어머니의 흔적이 없는 곳, 수秀의 그림자가 없는 곳, 그리고 무진과의 추억이 없는 곳으로.

5

소천궁은 안도국의 수도 대연에서도 가장 구석진 곳인 비령산 아래에 조그맣게 자리하고 있었다. 그곳의 주인인 유강은 죽은 전 왕비 나혜의 아들로 경왕의 맏아들이지만 오래전부터 권력과는 먼 거리를 두고 이곳 소천궁에 근거지를 둔 채 바람처럼 사라졌다 나타났다를 반복하며 자유롭게 사는 사람이었다. 안도국에서는 그가 스물일곱이라는 나이가 되도록 혼인도 하지 않고 세상을 떠돌고 있는 것에 대해 소문이 분분했다.

현 왕비인 아소왕후와 그녀의 범 같은 아들들인 세 명의 왕자에 밀려난 자신의 신세를 한탄한 탓이라는 소문도 있었고, 천공보다 깨끗한 그의 성정이 여인을 안기에는 맞지 않다는 소문도 있었고, 어릴 적부터 놀라울 정도로 영특했던 그가 태자가 될 것을 두려워

한 아소왕후가 어린 왕자의 성기를 당겨 사내구실을 못하도록 만들어 버렸다는 소문도 있었다. 그리고 은밀하게 떠도는 또 한 가지 소문은 그가 사실은 여인이 아닌 사내를 품는다는 소문이었다. 그것은 언제나 그와 함께 움직이고 있는 아름다운 청년, 홍영으로 인해 더욱 신빙성이 있게 여겨졌다.

세아가 안도국으로 온 지 한 달이 지나도록 혼인식은 치러지지 않고 있었다. 혼인동맹을 맺어 신부가 될 공주를 불러왔지만 정작 신랑이 될 왕자가 흔적 없이 사라져 버린 탓이다. 왕자가 어디로 가버렸는지 알지 못하니 그가 스스로 돌아오기를 기다리는 수밖에 없었다. 한 달이 될지 반년이 될지, 그도 아니면 한 해를 훌쩍 넘겨 버릴지 아무도 모르는 일이라고 나이 어린 시비가 다련에게 귀띔해 주었다.

왕자가 없는 왕자궁에 왕자비가 들어왔으니 그녀를 대하는 태도 또한 애매할 수밖에 없었다. 손님도 아니고 주인도 아닌, 세아는 소천궁의 조그만 연지에 뜬 외로운 섬 같았다.

세아는 날마다 연지에 놓인 다리를 거닐며 연꽃을 구경하고 있었다. 누가 가꾸었는지 참으로 아름다운 연못이다. 연못뿐 아니라 얼핏 살펴본 소천궁은 작지만 구석구석 아름답게 가꾸어진 궁이었다.

왕자는 바람처럼 떠돌아다니는 사람이라고 하니 그의 솜씨는 아닐 테고 이곳 궁인들의 솜씨일까?

그녀는 소천궁이 아주 마음에 들었다. 무엇보다 좋은 것은 모련 전과 황성을 벗어났다는 사실이었다. 세아에게 황성과 백화궁, 그

리고 모련전은 두 번 다시 밟고 싶지 않을 만큼 고통스러운 곳이
되어버렸다.

"그 소문 말이야, 사실일까?"

조용조용 걷던 세아가 다련을 돌아보며 물었다. 그리고 다시 입
을 가까이 가져와 조그맣게 속삭였다.

"왕자가 여인을 안지 못한다는 소문 말이야."

마치 재미난 무언가를 발견한 사람처럼 세아의 눈 속엔 호기심
이 가득하다.

"마마, 소문은 그저 소문일 뿐입니다. 너무 심려치 마십시오."

"사실이라면 참으로 잘된 일이 아니냐. 내 몸이 어차피 남에게
쉬이 보일 수 있는 몸이 아니니."

온몸에 가득한 칼자국 때문이다. 그리고 사내에게 안기고 싶은
마음 또한 추호도 없다. 이렇게 허망한 가슴으로 누구에게 마음을
주고 안길 수 있겠는가.

세아는 온몸을 관통하는 서늘한 기운을 느끼며 가만히 가슴을
움켜쥐었다. 고요하던 가슴이 축축하고 뜨거운 무엇에 울컥 흔들
렸다. 가슴 아래에서 펄떡이던 무진의 심장 소리가 그곳에 박혀
버린 것 같다.

어느 날, 효진이라는 여자가 소천궁을 찾아왔다. 그녀는 왕실인
적저군 서완평의 딸로 유강과는 팔촌지간이라고 자신을 소개했
다.

"공주께서 낯선 적국의 땅에 오셔서 혹여 불안해하시지나 않을
까 심히 염려되어 찾아왔습니다."

말은 그렇게 하지만 무엇을 찾으려는 듯 반짝이는 눈으로 세작처럼 자신을 살피는 여자를 보며 세아는 보이지 않는 웃음을 흘렸다.

세아와 가볍게 인사를 나눈 그녀는 주인처럼 궁 안 구석구석을 돌며 살피고 궁인들을 불러 이런저런 지시를 내렸다. 그 모습이 너무도 자연스러워 마치 이 아름다운 궁이 모두 그녀의 손으로 꾸며진 것이 아닌가 착각이 들 지경이었다.

"오라버니께서 워낙 바람 같은 분이시라 궁을 돌보지 못하십니다. 얼굴조차 보기 힘든 분이시니……."

다시 스륵 얼굴을 살피는 그녀의 눈길이 왠지 따갑게 느껴진다. 세아는 아무 대꾸도 하지 않았다. 왕자가 바람 같은 사람이라 얼마나 다행인지 모르겠다고 생각하는 제 마음을 들키기라도 할까봐 오히려 더욱 입을 꼭 다물었다.

온종일 주인 행세를 하며 궁을 살피던 효진은 저녁 무렵이 되어서야 돌아갔다.

"왕후마마도 참 고약하기도 하시지. 무한국이라면 치를 떠는 분께 어찌 그곳 공주를 짝으로 지어주셨는가 모르겠어? 오라버니가 더욱 이곳을 멀리할까 그것이 걱정이네."

담장 너머에서 들리는 소리다. 늙은 시비에게 건네는 말이었지만 그것은 분명 세아가 듣기를 바라고 하는 말이었다.

다련은 내내 불안한 마음으로 세아를 살폈다. 불같은 그 성정에 조용히 듣고 넘어갈 말이 아니었지만 세아는 전혀 동요하지 않았다. 아니, 관심이 없는 것 같았다. 감정이 죽어버린 듯한 세아의 얼굴에는 그저 간간이 미소만 지어질 뿐이었다. 지금의 이 생활이 아주 만족스럽다는 듯.

그 모습을 지켜보는 다련의 마음은 그저 안타까울 뿐이었다. 황성을 떠나오던 날, 수茱는 그녀의 손을 꼭 잡고 수십 번을 부탁했었다.

"자네가 따라가 세아를 돌봐주게. 자넨 내게 어머니와 같은 사람이니 세아 또한 자네에겐 자식 같은 존재가 아니겠는가? 세아를 돌봐줘. 어마마마인 듯 나인 듯 그리 지켜주게. 세아에게 무슨 일이 생긴다면 난 죽어서도 어마마마를 뵙지 못할 거야."

눈물을 쏟으며 세아를 보내던 수茱도, 차갑게 돌아서던 세아도 다련의 눈엔 그저 가련하기만 했다. 이 모든 일은 수茱의 잘못도 세아의 잘못도 아니다. 서로에게 두 사람은 그저 애틋한 남매일 뿐이지만 세상이 그것을 허락하지 않았다.

무한국을 떠나면서 세아가 이제는 원망도 슬픔도 모두 잊고 행복한 삶을 살기를 바랐는데 안도국에 오자마자 청천벽력 같은 소식이 들려왔다. 다련은 제 귀로 들은 유강 왕자에 대한 모든 소문들을 믿을 수 없어 몇 번이나 확인에 확인을 거듭했다. 그러나 소문은 모두가 사실이었다. 어떻게 이럴 수가 있을까 경악하며 당장에라도 수茱에게 소식을 띄우고 무한국으로 돌아가고 싶었지만 그럴 수조차 없었다. 이제 무한국 어디에도 세아가 발을 붙일 땅은 없다. 돌아갈 수도, 그렇다고 이대로 주저앉을 수도 없는 이 상황이 답답하여 잠을 이루지 못하는 자신에 비해 세아는 아주 쉽게 상황을 받아들이는 것 같았다. 오히려 이제야 안심이 된다는 듯 얼굴이 평화롭기까지 했다.

어느 날 새벽, 세아는 연지의 다리 위에서 이슬이 가득 내려앉은 연잎을 내려다보다가 자신이 드디어 스물이 되었다는 것을 깨달았다. 세상에 태어난 지 열아홉 해가 지났고, 무진을 잃은 지 한 해가 지났고, 어머니, 아버지와 수秀를 마음에서 버린 지도 한 해가 되었다는 것을. 그리고 이곳으로 온 지 석 달이 되는 오늘이 바로 자신의 스무 번째 생일이라는 것을 알았다.

누구에게는 끔찍했을 그날이 또 다른 누군가에게는 기쁜 날이기도 했을까?

이슬처럼 떨어진 눈물이 연지에 동심원을 그리며 번져 가는 것을 보며 세아는 조그맣게 속삭였다.

"축하해, 세아야."

어느 누구에게도 축복받지 못한 탄생이었을지 몰라도 자신만은 제 생명을 부정하고 싶지 않았다. 한 번도 자신의 삶을 사랑하지 않은 적이 없었다. 여인이어서 한계가 느껴지던 경성단 시절에도, 어머니께 외면을 받던 어린 시절에도 힘들고 슬펐지만 받아들여야 하는 현실이기에 그 삶을 부정하지 않았다. 그리고 살고 싶은 마음이 조금도 없는 지금 이 순간마저 사랑해야 할 자신의 삶이라는 것을 세아는 잊지 않고 있었다. 저 봉우리 진 연꽃이 해가 나면 다시 입을 열 듯이 어두운 이 시간이 지나면 자신의 마음속에서도 삶에 대한 열망이 다시 되살아날지도 모른다.

연잎 위의 이슬이 또르르 굴러 눈물처럼 떨어졌다.

웬 버릇없는 시비가 새벽부터 연지를 서성이는가 싶어 노기가
일었다. 들어온 지 얼마 되지 않아 이 궁의 주인이 연지를 얼마나
소중히 여기는지 모르거나, 철없는 감상에 젖어 제 처지에 어울리
지 않게 잠시 정신을 놓았거나 둘 중의 하나일 것이다.

당장 물러가라, 소리라도 지를 요량으로 성큼 걸음을 내딛던 유
강이 문득 걸음을 멈추었다. 여자의 몸이 금방이라도 연지로 빠져
들 듯 흔들리고 있었던 것이다. 흔들리는 여자의 뒷모습에서 저녁
어스름을 머금고 잠이 든 연꽃처럼 내면을 감춘 채 움츠린, 그러
나 그 속에는 주체 못할 불꽃이 있다는 것을 암시하듯 강렬한 느
낌이 건너왔다. 찰나처럼 가슴을 건드리고 가는 그 무엇에 유강은
더 이상 움직이지 못한 채 여자를 살폈다. 그러고 보니 의복이 일
반 시비들과는 다르다. 쓸데없이 이곳을 드나드는 왕실의 시답잖
은 여인들을 떠올려 보다가 뇌리를 스치는 한 생각에 그의 몸은
경직되었다.

무한국 공주?

아소왕후가 그의 짝으로 정해 들여놓았다는 그 여자가 분명했
다. 유강은 노기로 떨리는 입술을 질끈 깨물었다. 찰나처럼 가슴
을 건드리고 지나간 야릇한 바람마저 순식간에 사라져 버렸다.

이 연지는 감히 무한국의 계집이 함부로 들여다볼 수 있는 곳이
아니다!

당장에라도 끌어내어 버릴 요량으로 성큼 내딛던 발이 다시 멈추었다. 여자에게서 물방울 하나가 툭 떨어졌다. 그 먼 거리에서 어떻게 그토록 선명하게 보였는지는 모르겠지만 정말이지 툭 소리가 날 것 같은 굵은 눈물방울 하나가 떨어지는 것이 보였다. 그리고 그것이 다였다. 결코 눈물에는 지지 않겠다는 듯 여자는 입을 앙다물었고 슬픔인 듯 조소인 듯 가늠이 되지 않는 희미한 미소까지 짓고 있었다.

불쾌한 얼굴로 처소로 돌아오니 시비장 미월이 따라 들어왔다. 오랜 주유에서 돌아온 유강에게 그동안의 일을 보고하러 온 것이다.

"특별히 요구하는 것도 없고 까다롭게 굴지도 않습니다. 모든 것이 너무 조용하시어 있는 듯 없는 듯합니다. 잠을 자고 식사를 하는 일 외엔 특별히 하시는 일도 없이 하루 종일 방 안에 계시다가 아침저녁으로 연지를 거니는 것이 다입니다."

시비장 미월이 전해주는 무한국 공주의 얘기다. 혼인을 하기 위해 안도국으로 온 지 석 달이 지났건만 상대가 될 왕자가 그림자조차 비치지 않는데도 아무런 말이 없다는 것이다. 이런 수모를 겪고도 한마디 말이 없는 것을 보면 무한국이 이번 화친을 반드시 성사시켜야 할 절박한 사정이 있는 것이 분명하다. 계륜왕이 그 아들에게 왕위를 찬탈당했다는 말이 헛소문만은 아닌 모양이다.

그나저나 무한국의 공주를 아내로 맞으라니, 아소왕후의 심술이 참으로 고약하다 싶다. 자식을 셋이나 낳고도 절정 같은 아름다움을 뿜어내던 그 얼굴을 떠올리며 유강은 피식 웃음을 흘렸다.

홋, 어지간히 자존심이 상했던 모양이로군?

"이를 어쩌지요? 소자의 눈엔 마마의 아름다움이 보이지 않습니다."

'천박한 색기만 보입니다.'

차마 그 말까지 덧붙이지는 못했지만 유강의 검푸른 눈빛이 뿜어내는 기운만으로도 충분히 수치스러웠으리라.

아버지 경왕을 번연히 옆에 두고도 자식인 자신을 향해 색기를 흘리던 아소왕후. 그녀의 세 치 혀에 넘어가 나라의 병권은 물론 재무까지 왕후의 사람들로 채워 버린 경왕은 이미 기력을 다해 정신까지 흐려지고 있었다. 시체 같은 눈으로 자신을 물끄러미 건너다보던 경왕을 떠올리며 유강은 주먹을 그러쥐었다. 약간의 측은함과 함께 여전한 분노가 가슴을 치받아 올라온다.

"홍영아!"

호리호리한 체구에 여자보다 더 아름다운 이목구비를 지닌 무사가 조용히 들어와 머리를 숙였다.

"찾으셨습니까?"

"대화궁으로 가자. 가는 길에 저자에도 들를 것이니 그리 알고 차비토록 해라."

홍영이 곧장 대답을 못한 채 머뭇거렸다.

"왜? 무슨 할 말이라도 있느냐?"

"저…… 무한국 공주는 안 만나보시고 가십니까?"

혼인을 위해 안도국으로 온 공주를 석 달이 넘도록 홀로 두고, 그것도 모자라 돌아온 후에도 들여다보지 않고 있다는 것이 무한국에 알려지면 안도국은 물론 유강의 입장도 난처해질 것이다. 화친을 위해 손을 내민 무한국의 노여움을 사서 좋을 것이 없었다.

유강 또한 그것이 염려스럽지 않은 것은 아니다. 그러나 그렇다고 무한국의 공주를 대책 없이 받아들일 수는 없었다. 먼저 자신의 마음이 원치 않거니와 언젠간 그것에 발목을 잡힐 수도 있는 일이니 되도록이면 천천히 그녀를 만나볼 참이다.

걱정이 어린 홍영의 얼굴을 보며 유강은 짐짓 은근한 음성으로 말했다.

"널 두고 내가 어찌 다른 이를 만나겠느냐? 절대로 그럴 수야 없지."

"왕자님!"

벌게진 얼굴로 버럭 소리까지 지르는 모습에 유강은 웃음을 터트렸다. 유강 왕자가 아름다운 청년 홍영에게 빠져 여인을 안지 못한다는 소문이 온 나라에 자자하니 제 딴에 그것을 감당하기가 힘에 부쳤던 모양이다. 하긴, 저 거친 녀석이 참아내기엔 거북한 소문이긴 하다.

"가자! 오늘은 거나하게 마시고 아름다운 밤을 보내자꾸나!"

성큼 다가온 유강이 어깨에 팔을 걸치며 다시 한 번 놀리는 소리에 홍영은 죽을 인상을 지으며 한숨을 내쉬었다.

경왕의 정신은 어느 때보다 맑아 보였다. 오랜만에 찾아온 아들을 바라보는 그의 눈빛은 회한에 가득 차 어느 때보다 애틋했다. 움찔거리던 입술이 벌어지더니 갈라진 쇳소리가 그의 목에서 흘러나왔다.

"반년 만이로구나."

그제야 유강은 자신이 대연을 떠난 지 반년이 지났었다는 것을 깨달았다. 말은 하지 않았지만 경왕이 정신이 맑아질 때마다 자신을 찾고 있다는 것도 알고 있었다. 그런데도 좀 더 자주 찾아오지 않았던 것은 아직도 가슴에 남아 있는 원망 때문이었다. 도저히 삭일 수도, 지울 수도 없는 아버지에 대한 원망.

"그간 강령하셨습니까, 전하."

"널 만나려면 강령하여야 하지 않겠느냐?"

"……."

"강아."

다정히 부르는 음성에 유강은 고개를 들었다. 초췌하게 늙은 남자가 불안을 담은 눈으로 내려다보고 있었다. 그는 무언가에 쫓기는 듯한 불안한 눈으로 쉬이 말을 꺼내지 못하고 있었다. 유강은 재빠르게 주위를 살폈다. 용상 뒤 병풍 너머에서 삐죽 삐져나온 칼자루가 보인다. 왕후의 짓이리라. 그녀의 힘은 어느새 경왕마저 감당할 수 없을 만큼 커져 버렸다. 경왕은 허수아비보다 못한 존재가 된 지 오래다. 당장에라도 왕을 끌어내리고 자신의 세 아들 중 하나를 왕의 자리에 앉히고 싶겠지만 백성들의 이목을 의식해 행동으로 옮기지 못하고 있을 뿐이었다.

경왕은 유강에게 좀 더 힘을 실어주지 못한 것을 땅을 치며 후회하고 있었다. 미색에 취해 멀어버렸던 눈이 죽을 날을 눈앞에 두고서야 조금씩 떠지는 것 같았다. 그러나 이제 자신에게는 유강을 도울 아무런 힘도 없었다.

"담연이 보고 싶구나. 그도 많이 늙었겠지?"

슬쩍 눈치를 살피며 경왕이 말했다. 담연은 유강을 감싸다 아소왕후의 눈 밖에 나는 바람에 변방으로 쫓겨난 장수다. 한때는 안도국 최고의 장수이자 경왕의 총애를 한 몸에 받았던 사람이기도 하다.

유강은 말없이 고개를 끄덕였다. 담연을 찾아 도움을 청하라는 뜻으로 알아들었다. 다시 무슨 말인가를 하려던 경왕은 갑자기 들어서는 아소왕후를 보자 그만 입을 다물어 버렸다. 입만 다문 게 아니라 목까지 움츠리며 의자에 몸을 묻어버렸다. 그리고 다시 정신을 놓은 사람처럼 눈빛마저 희미해졌다. 그것은 완전한 두려움이었다. 유강은 울컥 치밀어 오르는 분노를 감추며 아소에게 머리를 조아렸다.

"오랜만에 뵙습니다, 왕후마마."

"그러게요. 다섯 달 만인가요, 여섯 달 만인가요? 그나저나 신부 될 분을 불러다 놓고 이 무슨 결례인지 모르겠습니다."

스륵 다가서던 아소는 코를 찌르듯 풍겨오는 술 냄새에 눈살을 찌푸렸다. 고개 숙인 유강의 귓불과 목도 홍시처럼 붉다. 그것이 야릇한 흥분을 일으킨다. 그녀의 나이 이제 겨우 서른여덟. 이제부터야말로 진심으로 사내를 알 나이인데 경왕은 이미 죽음을 목전에 둔 시체 같은 늙은이이니 끓어오르는 욕정을 풀 방법을 찾지 못하고 있던 아소에게 유강은 목마른 땅에서 발견한 물 같은 존재로 느껴졌다.

보통 사내들보다 목 하나는 올라가는 크고 당당한 체구와 비진족인 제 어미 나혜로부터 물려받은 검푸른 눈동자, 그리고 그 눈동자에서 뿜어져 나오는 차가운 냉기가 한눈에 박혀온 것은 지난해 경왕의 탄일 잔치 때였다. 열여덟에 왕후 자리를 꿰차며 눈엣가시처럼 여겨 멀리했던 꼬맹이가 어느새 뭇 여인들의 마음을 흔들고, 눈길을 빼앗는 건장한 사내로 변해 있었던 것이다.

사내를 품는다는 소문이 자자하지만 소문은 소문일 뿐, 아소가 유강에게 느낀 것은 분명 사내의 내음이었다. 그날부터 아소는 밤마다 가슴을 앓았다. 유강이 붉은 얼굴로 궁에 들어와 술 냄새를 풍길 때면 그녀의 마음도 취한 듯 흔들렸고, 흑단 같은 머리가 철렁일 때면 그녀의 가슴도 함께 철렁 내려앉았다. 급기야 유강을 제 것으로 만들 수만 있다면 왕의 자리도 기꺼이 내어줄 마음까지 생겨 버렸다. 그러나 유강은 단번에 그 마음을 거절해 버렸다. 그것도 치욕스럽게.

온몸을 훑고 지나가던 그날의 검푸른 눈동자가 떠오르자 아소는 휑하니 돌아서 버렸다.

"이제 돌아오셨으니 혼인식을 서둘러야겠습니다. 전하께서도 간절히 바라시는 일일 것입니다. 돌아가시기 전에 손자는 안아보셔야지요. 그렇지 않습니까, 전하?"

의자에 묻힌 경왕의 얼굴이 웃는 건지 우는 건지 모를 형상으로 일그러졌다.

달빛이 쏟아지는 연지에 검푸른 안개가 피어오르고 있었다. 꽃잎이 활짝 입을 연 한낮의 연지보다 저렇게 몸을 사리듯 꽃이 입을 다물어 버린 밤이나 새벽의 연지가 더욱 아름다워 보이는 것은 아마도 음울한 지금의 마음 탓이리라. 세아는 심호흡으로 공기를 들이마시며 천천히 걸음을 옮겼다.

왕자가 돌아왔다고 했다. 그러나 그는 세아의 존재는 안중에도 없는 듯 한마디 말 없이 다시 출타를 해버렸다. 아름다운 청년 하나를 품듯이 안고 궁을 나가더라는 다련의 말에 세아는 보이지 않는 웃음을 흘렸다. 지금 이 순간 세아에게 가장 고마운 사람은 얼굴도 모르는 적국의 왕자 유강 같았다.

연지 위의 다리를 두어 번 오가고도 여전히 정신은 말똥말똥하다. 오늘도 이렇게 밤을 꼬박 새우고 마는 건가 보다. 아무리 노력을 해도 도무지 잠을 이룰 수가 없다. 눈만 감으면 떠오르는 무진의 얼굴이 그녀를 놓아주지 않는다.

왜 좀 더 따듯이 대해주지 못했는지, 좀 더 일찍 마음을 보여주지 못했는지, 무엇에 미련을 두어 곧장 떠나지 못했는지 모든 것이 후회스럽다. 무진과 함께 곧장 비열흘로 떠났더라면 목숨을 잃는 일만은 없었을지 모른다.

끝없이 밀려드는 회한이 그녀의 마음을 더욱 고통스럽게 했다. 환하게 웃던 얼굴과 마음을 사로잡던 검푸른 눈동자가 떠오르자 세아는 그만 눈을 감아버렸다. 어머니를 겁탈한 아버지도, 자신을 외면한 어머니도, 그리고 하늘 같은 믿음을 하루아침에 배반한 수

秦도 무진을 잃은 아픔보다 더하진 않다.

평생 그녀 곁에 머물기 위해 사랑 대신 충성을 택했던 무진이다. 그러나 그녀로 인해 한쪽 눈을 잃었고 기어이 목숨까지 잃어버렸다. 죽어가는 그 순간에도 무진은 그녀를 위해 목숨을 던질 수 있어서 행복했을까?

복받치는 감정을 견딜 수 없어 걸음을 옮기지 못한 채 가슴만 움켜쥐고 있는데 두런거리는 소리가 들렸다. 눈을 떠보니 다리 끝에서 누군가 걸어오는 형상이 보였다. 세아는 얼른 다리를 내려와 나무 뒤로 몸을 숨겼다.

그림자는 휘청휘청, 달빛에 춤을 추듯 흔들렸다. 커다란 나무처럼 긴 그림자가 다리 위에 뻗어 흔들린다.

"위험합니다. 제발 안쪽으로 좀 들어오십시오, 왕자님!"

그 소리에 세아는 귀를 쫑긋 세우며 그림자를 훔쳐보았다. 흔들리는 그림자 곁에 또 하나의 그림자가 보인다. 뒤따르는 그림자가 호리호리한 것에 비해 앞에서 흔들리고 있는 그림자는 나무처럼 장대하다. 흔들리던 그림자가 문득 멈춰 서더니 뒤따르는 그림자의 어깨를 감싸 안았다. 그리고 쪽, 입맞춤 소리가 들렸다. 세아는 놀란 마음에 얼른 제 입을 막았다.

"홍영아, 달빛이 참 아름답지 않느냐? 너와 함께 걸으니 더욱 운치가 있구나."

여전히 어깨를 감싼 채 있었기 때문에 두 그림자는 거의 얼굴을 맞대듯 서로를 들여다보고 있는 모습이었다.

"제발 정신 좀 차리십시오. 오늘따라 어찌 이리 못 견디십니까?

마시는 것은 소인이 마시고 취하는 것은 왕자님께서 취하시니 참으로 희한한 술입니다."

볼멘소리에 커다란 그림자가 휘청 흔들리며 호리호리한 그림자를 끌어안았다.

"네놈에게 양기를 다 빼앗겨 그런 모양이다. 하하하!"

"자꾸 그러시면 저 정말 화냅니다!"

버럭 하는 그 소리에 나무 같은 그림자가 움찔하며 웃음을 멈추었다. 그리고 잠시 후 다시 흔들리는 걸음을 내딛었다.

"홍영아."

"예."

"홍영아……."

"예, 왕자님."

"너는 절대 날 떠나지 마라. 저들처럼 그렇게 쉽게 날 떠나지 마라."

"절대 떠나지 않겠습니다. 평생 곁에 있겠습니다."

그 소리에 기분이 좋은 듯 커다란 팔을 뻗어 어깨를 울컥 당겨 안더니 다시 쪽, 입맞춤 소리가 들렸다.

"왕자님!"

호리호리한 그림자가 버럭 소리를 지르며 밀치자 커다란 그림자가 호탕한 웃음을 흘리며 달아나기 시작했다. 그리고 순식간에 연지로 뛰어들었다.

"이게 무슨…… 왕자님! 괜찮으십니까?"

"하하하! 너도 들어와 보려무나. 아주 시원하다. 속엣 것들이 다

씻겨 나가는 것 같구나!"

"얼른 나오십시오!"

연지 속의 그는 들은 척 만 척, 이리 비틀 저리 비틀 첨벙거리며 하염없이 웃기만 했다. 그러나 왠지 웃음 같지 않은 웃음을 억지로 토해내는 것 같다.

"아, 정말 미치겠네. 오늘따라 왜 저러시는 건지…… 제가 다시 왕자님과 술을 마시면 정말 계집입니다, 계집! 에잇!"

발을 굴리며 안달을 내던 호리호리한 그림자도 연지로 풍덩 뛰어들었다. 두 그림자가 비틀거리며 실랑이를 벌이는 것을 보며 세아는 돌아섰다.

흔들리는 그림자는 왕자고 그 옆의 호리호리하던 그림자는 왕자가 아끼던 아름다운 청년인 모양이다. 사내를 품는다기에 조금은 여인 같지 않을까 생각했는데 왕자는 의외로 장대한 체구와 굵은 목소리를 지녔다. 아름답다던 청년 또한 말투나 음성이 거칠게 느껴졌다. 그러나 나누는 대화나 행동들은 영락없는 연인 사이다. 사내끼리 입을 맞추고 사랑을 나누며 계간鷄姦을 즐기는 자들이 있다는 얘기를 듣긴 했지만 이렇게 직접 눈으로 보기는 난생처음이었다. 이상하고 찌릿한 기운이 목덜미를 스멀스멀 기는 느낌에 세아는 움찔, 몸을 흔들었다.

왕자와 홍영이 연지에서 서로를 탐하며 한 덩어리가 되어 뒹굴더라는 소문이 궁 안에 자자하게 퍼졌다. 그 소문이 다련의 입을 통해 세아의 귀에도 들어왔다. 아직 해도 나지 않은 새벽에 가까운 아침이었다. 어젯밤, 누군가 자신처럼 그들의 모습을 훔쳐보았다는 뜻이다. 불과 몇 시각 전의 일이 이렇게 빨리 돌다니, 게다가 다분히 과장되고 또 조금은 악의가 깃든 소문이란 생각이 들자 세아의 얼굴에 씁쓸한 미소가 지어졌다.

왕자를 음해하는 세력이 퍼트린 소문이리라. 어딜 가나 사람 사는 곳은 다 같은 모양이다. 무한국에서도 뜬금없는 소문들이 수菱를 괴롭히고, 어머니를 괴롭히고, 자신을 괴롭히고, 계륜왕을 난감하게 만들곤 했었다.

다련은 그동안 참고 참았던 눈물을 찍어내었다. 왕자를 기다리며 품고 있던 한 가닥 희망마저 완전히 사라져 버렸다. 어쩌면 뜬소문일지 모른다고 생각했던 것들이 모두 사실이었던 모양이다.

"마마, 차라리 무한국으로 돌아가시는 것이 어떨는지요? 정말이지 이런 수모를 겪고는……."

"그곳으로는 가지 않아, 절대로."

"그럼 평생 이런 수모를 겪으며 사실 작정이십니까?"

왕자의 행태로 보아 혼인식이 언제 치러질지도 모르겠고, 설사 치러진다고 해도 평생 독수공방을 해야 할 처지 같았다. 그것이 어디 살아 있는 것이겠는가? 그러나 세아의 표정은 담담했다.

"한 번 죽은 목숨, 두 번인들 못 죽겠는가?"

"마마!"

"방법이 있겠지. 이 가슴에 다시 살고자 하는 마음이 들어차면……."

지금은 아무려면 어떠랴 싶다. 어차피 마음을 줄 사람이 아니니

주정뱅이면 어떻고 남색이면 어떠랴. 그저 오로지 홀로이고픈 지금의 이 고요를 건드리지만 않으면 그만이었다.

온몸을 의자에 파묻은 채 두려운 눈으로 떨고 있던 경왕의 모습에 유강은 분노보다 슬픔이 먼저 밀려왔다. 아소왕후의 눈에 거슬린다는 이유로 어머니와 아우를 한꺼번에 잃은 자신에게 슬퍼할 자유조차 허락하지 않았던 아버지다. 그는 새롭게 얻은 열여덟 살 어린 왕후의 아름다움에 빠져 정사도 잊고 자식도 잊어버렸다. 혹시라도 그들의 눈에 띌까, 그래서 또 모진 소리라도 듣지 않을까 두려워 대화궁 구석진 전각에 틀어박혀 죽은 듯 지냈던 어린 시절을 생각하면 지금도 분노가 일지만 아버지의 모습은 그 분노조차 의미를 잃어버릴 만큼 초라하고 가엾었다.

평소와 같이 그저 눈을 속이기 위한 술이었던지라 특별히 많이 마신 것은 아니었다. 그런데 술이 조금 들어가자 비릿하게 훑어 내리던 아소왕후의 끈적한 눈길과 그 모습을 멍하니 바라보던 아버지의 시체 같은 모습이 떠올라 속이 뒤틀렸다. 몸보다 마음이 먼저 술을 이길 수 없어 취해 버린 밤이었다.

온몸이 진흙 범벅이 된 채 홍영에게 업혀 들어온 그날 이후, 유강은 한바탕 몸살을 앓았다. 덕분에 세아의 존재는 다시 한동안 잊혀졌다. 유강이 자리를 털고 일어나던 날 혼인을 종용하는 아소왕후의 서찰이 당도했다.

유강은 난감한 마음으로 서찰을 읽어 내렸다. 언젠가는 이 땅에서 무한국이라는 이름을 지워 버릴 작정이지만 지금은 화친을 하는 것이 옳은 것 같다. 안도국은 더 이상 전쟁을 치를 여력이 남아 있지 않았다. 문제는 화친의 제물로 하필 자신이 지목되었다는 점이다. 상식적으로 일왕자를 적국의 공주와 혼인시키는 일은 있을 수 없는 일이지만 아소왕후의 힘이라면 충분히 가능하고도 남을 일이었다. 무한국 공주와 혼인 대상자로 지목된 이상 피할 길은 없다. 유강은 서찰을 신경질적으로 움켜쥐었다.

"무한국 공주는 뭘 하고 지낸다더냐?"

"모르겠습니다. 도통 모습을 보이지 않으니 소인도 얼굴조차 보지 못한걸요."

홍영은 잔뜩 골이 난 얼굴로 의자에 삐딱하게 앉아 대답했다. 몹시도 불손한 행동이었지만 유강은 별 신경을 쓰지 않았다. 왕자와 홍영이 연지 속에서 한 덩어리가 되어 뒹굴더라는 소문이 잦아들 때까지 녀석의 부아는 풀리지 않을 것이다.

"건강이 좋지 않은 사람인가?"

그래서 가벼운 산책조차 힘이 드는가 묻는 말이었다. 그 소리에 홍영의 입이 실룩 비틀어졌다.

"지아비 되실 분이 사내놈과 연지 속에서 뒹굴더라는 소문이 자자하게 났는데 병이 나지 않겠습니까?"

"그 정도 소문에 병이 날 거였으면 이제껏 버티지도 않았겠지."

유강은 턱을 고인 채 그날 새벽에 보았던 그림을 떠올렸다. 빨려들 듯 연지를 내려다보던 여자와 연지 위로 툭 떨어지던 눈물방울 하나, 그리고 찰나처럼 가슴을 흔들던 묘한 느낌.

갑자기 그 여자가 궁금해졌다.

다음날 새벽, 창밖이 검푸른 빛을 띠는 것을 보며 유강은 처소를 나섰다. 성큼성큼 걸어 연지에 도착하니 예상대로 여자는 다리 위를 거닐고 있었다. 종일 처소에 숨어 있다가 이렇게 아무도 없는 틈을 타 산책을 하는 모양이다.

두려운 건가?

어쩌면 그럴지도 모른다. 많은 안도국 사람들이 무한국 사람을 뿔 달린 짐승쯤으로 여길 만큼 두려워하고 혐오하듯이 그쪽도 마찬가지일 테니.

유강은 나무 뒤에 바짝 붙어 여자를 살폈다. 무슨 생각에 잠긴 듯 느린 걸음으로 걷고 있는 그녀는 보통의 여자들보다 주먹 하나는 더 올라갈 만큼 키가 컸다. 흑단 같은 머리를 한 가닥으로 묶어 그대로 늘어트리고 있으니 더욱 커 보였다. 연지에서 피어오르는 새벽안개와 긴 머리칼을 드리운 여자의 모습이 묘한 그림으로 어우러져 쉬이 다가갈 수 없었다.

대화궁의 녹영전 깊은 침전에서는 실오라기 하나 걸치지 않은 남녀가 한 덩어리가 되어 짐승 같은 거친 숨을 뿜어내고 있었다. 이미 새벽을 지나 문밖이 환하게 밝아오고 있었지만 그들의 움직임은 멈출 줄을 몰랐다. 이윽고 남자가 온몸을 전율하듯 부르르 떨더니 여자의 풍만한 가슴에 얼굴을 묻었다. 그리고 그대로 실신한 사람처럼 오래도록 엎드려 움직일 줄을 몰랐다.

한참 후, 여자가 남자를 밀쳐 내고 일어나 앉았다. 서른여덟, 무르익을 대로 무르익은 아소왕후의 가슴이 온통 붉은 반점으로 물들어 있었다.

요령도 모르고 기술도 없이 정신없이 빨아대더니 결국 이 모양을 만들어놓았다, 쯧.

혀를 차는 아소왕후의 얼굴은 그러나 어둡지 않다. 쾌락보다는 아픔이 더 컸던 애무였지만 그랬기에 오히려 더 짜릿했다. 구석구석 성감대만 찾아다니며 자극하는 능구렁이 같은 사내들은 이제 신물이 난다.

그녀는 고개를 돌려 사내를 내려다보았다. 스물셋이라고 했던가? 곱고 순하게 생긴 얼굴에 비해 벗겨놓은 몸은 놀랄 정도로 탄탄했다. 이런 건장한 몸을 가지고도 여인을 안은 경험이 없었다니 놀라울 따름이다. 아소는 만족한 미소를 지으며 옷을 챙겨 입었다. 이제 본격적으로 유강의 혼인을 다그쳐 볼 참이다. 무한국 공주와 혼인한다는 것이 유강에게 얼마나 끔찍한 일인지 알기에 멈출 수가 없었다.

감히 이 아소의 심기를 건드리다니!

발끈 쥐어지는 주먹에 푸른 힘줄이 돋았다.

지난 반년간 유강은 사천, 평원, 한서 지방을 유유자적 돌아다녔다고 했다. 특별히 만나는 사람도 없었고, 찾아가는 곳도 없었다 한다. 다만 가끔씩 따르는 무리들조차 따돌리고 홍영과 사라졌다가 나타나곤 했는데 아마도 어디로 숨어들어 비역질을 한 것이 분명하다고 했다.

비역질이라, 비역질…… 훗!

온몸에서 사내의 정기를 물씬 뿜어대는 유강을 생각하면 도무지 상상이 안 가는 말이지만 어쩌면 사실일지도 모르겠다. 자신의 노골적인 유혹에도 눈 하나 깜빡 않고 버티던 걸 보면 말이다. 게다가 얼마 전에는 연지에서 홍영과 끌어안고 뒹굴다가 몸살까지 났다고 하지 않던가. 그런 소문을 듣고도 여전히 사내로서의 유강을 떠올리는 스스로가 어이없어 아소는 씁쓸한 미소를 흘렸다.

어릴 적에는 제법 똘똘하여 자라고 나면 가당찮은 적이 되지 않을까 싶던 유강이 말썽을 피우고 다닌 것은 열일곱 살 무렵, 저자에서 떠돌던 홍영의 무리를 만나면서부터였다. 날마다 술을 마시고 싸움질을 하고 다니니 얼굴이 말짱할 날이 없었다. 결국 경왕의 진노를 사 소천궁으로 쫓겨나가면서 아소왕후의 본격적인 권력 장악이 가능했다.

그때부터 스물일곱이 된 지금까지 유강은 술을 마시고 주유를 일삼으며 바람처럼 떠돌아다니고 있었다. 그리고 언제부턴가 비역질의 소문까지 떠돌았다. 이제 누구도 그를 권력의 중심으로 떠올리지 않을 것이다. 그럼에도 아소왕후는 여전히 유강에 대한 경계를 놓지 못하고 있었다.

그 기분 나쁜 검푸른 눈 때문이다. 서늘한 기운을 뿜어대는 그 눈 속에 무엇을 숨기고 있는지 알 수 없는 녀석이다. 술도, 바람 같은 주유도, 그리고 비역질까지도 다 제 존재를 감추려는 거짓 놀이가 아닐까 하는 의구심이 끊임없이 인다.

6

나무에서 쿵덕 떨어진 사내는 듣기에도 거북한 욕지거리를 내
뱉으며 주위를 두리번거렸다. 그러다 눈앞에 있는 세아를 발견하
고 화들짝 놀라 일어섰다. 세아 또한 당황을 감추지 못한 얼굴로
그를 바라보았다.

새벽 산책을 마치고 들어가던 길이었다. 연지의 다리를 내려와
처소 쪽으로 걸음을 내딛는데 느닷없이 나무에서 사내가 툭 떨어
진 것이다.

"고, 공주마마! 그러니까, 아니, 저 그게……."

어쩔 줄 몰라 허둥대고 있는 사내의 모습을 세아는 감탄스러운
눈으로 바라보았다.

예쁘다!

도무지 사내라고는 믿어지지 않을 만큼 너무도 예쁜 사내가 그
녀 앞에 있었던 것이다.

"그, 그러니까 제가 산책을 나왔다가 나무에 무엇이 있나 궁금
하여……."

말도 안 되는 소리를 정신없이 늘어놓던 홍영은 뚫어질 듯 바라
보는 세아의 눈길을 느끼고 얼굴이 화끈 달아올랐다. 또다시 더럽
도록 곱상한 얼굴이 먼저 눈에 박힌 모양이다.

이놈의 얼굴을 칼로 확 긁어버리든지 해야지, 이거야 원!

그는 손바닥으로 제 얼굴을 신경질적으로 비비고는 고개를 꾸
벅 숙였다.

"송구하옵니다, 공주마마. 소인의 무례를 용서하십시오."

그리고 뒤도 돌아보지 않은 채 줄행랑을 쳤다.

왕자님도 참, 궁금하면 직접 찾아가시면 될 것을 왜 숨어서 지
켜보라고 하시는지 모르겠다. 공주가 새벽에만 연지로 나온다는
소리에 잠도 덜 깬 상태로 나무 위에 숨어서 지켜보고 있었는데
공주는 새벽 내내 연지 위의 긴 다리를 하염없이 걷고만 있었다.
그 모습을 지겨운 마음으로 바라보다가 깜빡 졸았던 모양이다.

씩씩거리며 돌아온 홍영은 곧장 유강의 처소로 향했다. 처소로
막 들어서는데 그림자 하나가 재빨리 꼬리를 감추는 것이 보였다.
왕후의 그림자들이 이젠 유강의 침소까지 훔쳐보나 싶어 화르륵
부아가 인다. 잠시 옷매무새를 살핀 홍영은 짐짓 조심스러운 걸음
으로 마루에 올라 주변을 두리번거리다가 보란 듯이 유강이 잠든
방으로 들어갔다.

유강은 아직 잠들어 있었다. 홍영은 의자에 앉아 가려진 휘장 사이로 보이는 그의 얼굴을 물끄러미 바라보았다. 유강은 저자에서 떠돌며 비럭질을 하던 자신을 거두어주었다. 그리고 난생처음 자신을 사람으로 대해주었었다. 그때부터 미친 듯이 좋아서 따라다녔던 분이다. 건장한 체구와 사내다운 얼굴, 사람을 꼼짝 못하게 하는 위압적인 검푸른 눈빛이 너무도 좋았다. 그림자처럼 따라다니며 배우고 흉내를 내어도 자신으로서는 도저히 닮을 수 없는, 모든 것을 갖춘 완벽한 사내. 그것이 홍영이 생각하는 유강 왕자였다. 스스럼없는 유강의 태도에 가끔 버릇없이 굴긴 하지만 여전히 범접할 수 없는 마음으로 존경하고 또 존경하는 분이다.

문득 눈을 뜬 유강이 홍영과 눈을 마주치자 빙긋 웃으며 말했다.

"어찌 그렇게 뜨겁게 바라보느냐?"

헛!

저도 모르게 화들짝 놀란 홍영은 얼른 고개를 돌려 버렸다. 시도 때도 없이 저렇게 기름진 말을 하면서도 유강은 얼굴빛 하나 변하지 않는다. 이러다간 정말 소문이 진실이 되어버릴까 은근 겁이 날 지경이었다.

황당해하는 홍영의 모습을 잠깐 즐기던 유강이 천천히 일어나 옷을 걸쳤다.

"그래, 무슨 일이냐? 새벽 댓바람부터 내 손길이 그리웠던 건 아닐 테고."

말끝마다 기름칠이다. 홍영은 소름이 돋는 듯 팔을 털어내는 시늉을 하고는 세아를 만난 일을 고했다.

"하필이면 그 순간에 떨어질 게 뭐랍니까? 어휴, 정말이지. 창피해서 죽는 줄 알았습니다!"

"숨어서 지켜본 걸 눈치챈 것이냐?"

"당연하지 않습니까! 과실이 달린 나무도 아니고 어떤 미친놈이 새벽부터 나무에 기어 올라가겠습니까?"

"뭐라 하더냐?"

"아무 말도 안 했습니다. 그냥 빤히 바라보기만 하시던걸요?"

"그래? 흠, 네 아름다운 얼굴에 말문이 막혔던 모양이로군."

그리고 유강은 키득 웃었다. 며칠 동태를 살펴보며 저의를 가늠해 볼 요량이었는데 힘들게 되었다. 이젠 새벽 산책마저 멈추고 더 깊이 숨어버리지나 않을까, 걱정된다.

입술을 실룩거리던 홍영이 문득 눈을 반짝이며 다가와 속삭였다.

"그런데 왕자님, 정말로 아름다운 분이셨습니다. 말문이 막힐 지경으로요."

몇 번이나 머리를 조아리더니 뒤도 돌아보지 않은 채 줄행랑을 치는 사내의 호리호리한 몸을 보며 세아는 그가 바로 왕자의 연인인 그 아름다운 청년일 것이라고 짐작했다.

훔쳐보고 있었던가?

사내가 떨어져 내린 나무를 스륵 올려다보며 생각했다. 왕자가 시킨 건지 아니면 혼자 저지른 짓인지 모르겠지만 기분이 썩 좋지는 않다. 돌아온 지 보름이 지나도록 왕자가 얼굴조차 비치지 않는 것은 분명 자신뿐 아니라 무한국을 업신여기는 태도다. 잠들어 있던 오기가 발끈 고개를 들었지만 세아의 얼굴은 이내 차분해졌다.

그런 것 따위, 이미 자신과는 상관없는 일이라고 생각한다. 열망이 사라져 버린 마음에 무슨 분노가 있겠으며 오기가 있겠는가. 허무가 가득한 얼굴로 다시 한 번 나무를 스륵 올려다보며 세아는 피식 웃었다. 입이 좀 거칠긴 했지만 정말 예쁜 남자였다. 저렇게 예쁜 남자를 곁에 두고 있으니 누군들 눈에 들어오겠는가. 어이없게도 왕자의 마음이 이해된다. 첨벙 뛰어든 연지 속에서 토해내던 그의 웃음이 결코 웃음만은 아닌 듯 들렸던 것처럼 아주 쉽게.

처소로 돌아오니 시비 하나가 울고 있었다. 무한국에서 따라온 호위와 시비들을 대부분 돌려보내고 남은 몇 중에 가장 나이 어린 차향이라는 시비다.

"무슨 일이냐?"

울먹이는 시비 대신 다련이 먼저 다가와 자초지종을 설명했다.

이틀 전, 도통 입맛을 되찾지 못하는 세아를 위해 시비들은 그녀가 어릴 적부터 즐겨 먹던 화과자를 만들었다. 세아도 오랜만에 맛나게 먹었다. 그리고 그들은 남은 화과자를 소천궁의 시비들에게 조금씩 나누어 주었다고 한다. 좀 더 친해보고자 하는 뜻에서 나눠 준 것이었는데 오늘 아침 물을 긷기 위해 나간 우물가에 화과자가 소복이 버려져 있더라는 것이다. 마침 우물가에 나온 시비에게 어찌 된 일이냐고 물었더니 무한국의 음식을 어찌 입에 대겠느냐고 하더란다.

"그게 무슨 말이냐?"

"글쎄, 그것이……."

다련이 망설이며 하는 말은 이랬다.

흉악하고 잔인한 무한국인들이 만든 음식이니 그 속에 무엇이 들었는지 두려워 먹을 수 없다는 것이었다. 그 소리에 분을 참지 못한 차향이 그 시비의 머리채를 잡으며 한바탕 소란을 피웠던 모양이다.

"공주마마, 저것들은 우리를 짐승만도 못하다 여깁니다. 이런 수모가 어디 있습니까? 정말이지 분해 죽겠습니다."

차향은 이곳저곳 싸운 흔적이 역력한 얼굴로 여전히 분함을 이기지 못한 듯 굵은 눈물을 뚝뚝 흘렸다.

세아는 피가 터지도록 주먹을 그러쥐고 있었다. 삶의 의욕이 없으니 자신에게 가해지는 수모는 아무렇지도 않았지만 처소의 시비들이 당하는 수모는 참기가 힘들었다. 자신으로 인해 적국의 땅으로 온 사람들이다. 오로지 그녀 한 사람만 믿고 살아가는 사람들이다. 그래서 자신이 지켜주지 않으면 안 될 유일한 사람들이었다. 세아의 눈에 새파란 불꽃이 일었다.

"다련."

"예, 마마."

"소천궁의 시비들을 총괄하는 이가 누구냐?"

"미월이라는 나이 많은 시비입니다."

"그 사람에게 가서 지금 당장 내가 좀 보잔다고 전해라. 소주방 시비들과 차향이와 맞붙은 시비도 함께 보잔다고 전해라."

"마마, 어쩌시려고⋯⋯."

"당장 가서 전해라!"

한 번도 보지 못한 세아의 서슬 푸른 모습에 다련은 시비들을 대동하고 밖으로 나왔다. 한참 후, 다련을 따라 나이가 지긋해 보이는 시비와 여남은 명의 젊은 시비들이 마당으로 들어왔다. 나름 대로 예를 갖추고 있긴 하지만 아침부터 세아에게 불려온 것이 마땅찮다는 표정들이 역력했다. 말이 혼인동맹이지 사실은 볼모와 다를 바 없는 적국의 공주가 어려울 리가 없는 것이다. 게다가 도착한 지 석 달이 지나 넉 달이 다 되어가도록 혼인식조차 치르지 못하고 있으니 업신여기는 마음도 없잖아 있을 것이다.

"공주마마, 혹여 불편한 일이라도 있으신지요?"

물으며 고개를 들던 미월이 움찔했다. 계단 위에 서서 내려다보고 있는 사람은 기가 빠져나가 버린 멍한 눈으로 연지를 거닐던 그 공주가 아니었다. 미월과 잠시 눈을 마주치던 세아는 시비들을 쭈르륵 훑어보았다. 그러다 한쪽 끝에 서 있는 시비에게서 눈을 멈추었다. 잔뜩 흐트러진 모양을 보니 차향에게 머리채를 잡혔다는 그 시비인 모양이다.

"무한국인이 만든 음식이라 그 속에 무엇이 들었을지 두려워 먹지 못하겠다 하였다고?"

어리둥절한 눈으로 올려다보던 소주방 시비들과 달리 끝자리에 서 있던 시비는 그 소리가 제게 하는 소리란 걸 알고는 얼른 고개를 숙여 버렸다. 아침부터 머리채를 잡힌 것도 분해 죽겠는데 이런 일로 불려오기까지 하니 더욱 화가 치밀었다. 내가 뭐 없는 소리 했나, 싶은 마음이 불룩인다. 무어라 대꾸라도 할 생각으로 고개를 반짝 들던 그녀는 공주와 눈이 마주친 순간, 머릿속이 하얗게 질려 버렸다. 공주가 저토록 아름다운 줄도 몰랐고, 또 저토록 무서운 눈을 가진 줄도 몰랐다.

"다, 다들 그리 말하기에……."

"다들 그리 말한다고? 단지 무한국인이라 그런 생각을 하는 거라면 너희 안도국인의 음식을 먹어야 하는 나 또한 그런 생각이 들 수도 있겠구나?"

"공주마마! 어찌 그런 말씀을……!"

소주방 시비들이 기겁을 하며 소리쳤다. 그러나 세아는 그들을 무시한 채 계속 말을 이었다.

"내가 미처 생각 못했던 부분이다. 큰일 날 뻔하지 않았느냐? 안 되겠다. 오늘부터 이곳 인영전에 들이는 모든 음식은 너희들이 직접 와서 기미氣味를 해주어야겠다. 앞으로 기미를 거치지 않은 음식은 절대 인영전에 들이지 않겠다. 물 한 모금까지 말이야."

만약 거부한다면 물조차 입에 대지 않겠다는 뜻이다. 인영전의 누구든 먹어서 탈이 나도 소주방 책임이고, 먹지 않아서 탈이 나도 소주방 책임이 되어버렸다.

"혹여 우리 중 누군가 잘못된다면 너희들의 처지가 얼마나 곤란하겠느냐?"

마치 이 모든 것이 소주방을 위한 결정이라는 듯 내려다보는 세아의 모습에 시비들은 말문이 막힌 얼굴로 서 있었다.

다시 한 번 시비들을 스륵 훑어보던 세아가 돌아서며 중얼거렸다.

"험악하고 잔인한 야만족과 혼인이라니…… 왕자의 마음이 몹시도 괴롭겠구나."

그녀의 입가에 조그맣게 스치고 가는 그 웃음은 분명 조소였다.

미월이 전하는 얘기를 듣고 있던 유강은 그녀의 마지막 말에 얼굴이 바짝 굳어버렸다.

"조소를 흘리더라고?"

"예, 이 늙은이의 눈엔 그리 보였습니다."

공주의 조소가 무한국인에 대한 안도국인의 태도 때문인지 아니면 혼인을 미루고 있는 자신에 대한 조소인지 유강은 잠깐 생각했다. 그리고 어쩌면 자신을 비웃은 건지도 모른다는 생각이 들었다. 혼인식을 석 달이나 미루었던 것은 어쩔 수 없었다 치더라도 돌아온 지 보름이 지나도록 얼굴 한 번 비치지 않은 것은 분명 자신의 무례다. 게다가 숨어서 지켜보라는 명까지 내렸으니 공주가 그를 어찌 생각할지 짐작이 갔다.

이런! 점점 재밌어지는걸?

유강은 저도 모르게 피식 웃음을 흘렸다. 아주 부끄럼이 많거나 나약한 여자일 거라 생각했는데 오히려 그 반대일지도 모르겠다.

"내내 아무 의욕이 없고 사람이 드문 시간에만 밖으로 나오시기에 몹시도 심약한 분인 줄 알았는데 오늘 보니 의외로 강단이 있고 아주 총명하신 분 같았습니다."

미월의 늙은 얼굴에 안도의 웃음이 번지고 있었다. 어차피 거부할 수 없는 혼인이라면 공주가 좀 더 총명하고 강인한 사람이었으면 하고 바랐었다. 유강 왕자와 함께하는 길이 결코 쉽지만은 않을 테니 말이다. 그리고 언젠가는 모질게 내쳐질 운명이니 그 모습을 고스란히 지켜보아야 할 자신으로서는 나약한 공주보다는 강인한 공주를 지켜보는 것이 편하리라. 오늘 본 공주는 총명하고 강인해 보였다. 게다가 제법 심술궂기까지 했다. 물 한 모금까지 직접 와서 기미를 한 후에 들이라니, 소주방 시비들이 고생깨나 하게 생겼다.

"이제 우리 소천궁 시비들이 공주뿐 아니라 인영전 시비들까지 모시게 생겼습니다."

미월은 재밌다는 듯 다시 한 번 웃음을 흘렸다.

매 끼니 때마다 소주방에서 온 시비가 인영전의 모든 이들이 보는 앞에서 기미를 했다. 공주는 그렇다손 치더라도 무한국에서 온 시비들에게까지 그런 대접을 해야 하니 굴욕도 이런 굴욕이 없고, 상전도 이런 상전이 없다며 소주방 시비들이 난리법석을 떨었지만 미월은 그저 시키는 대로 하라는 엄명만 내릴 뿐이었다. 공주를 먼저 건드린 것은 소천궁 시비들이니 유강이 나서서 해결해 주지 않는 이상 미월로서도 어쩔 수 없었다.

안도국으로 온 후 처음으로 웃음꽃이 활짝 핀 시비들을 뒤로하고 세아는 다시 연지로 향했다. 어스름이 내리는 저녁 무렵이었다. 다리를 향해 걸음을 옮기던 세아는 문득 고개를 들어 나무를 올려다보았다. 그리고 주위도 한 번 둘러보았다.

또 어딘가에 숨어서 지켜보지나 않을까?

왕자가 시킨 일인지 아니면 왕자의 예쁜 연인이 혼자 저지른 일인지 모르지만 조금은 비겁하고 또 어찌 보면 어린애 같은 짓이란 생각도 들었다. 어쩌면 그 예쁜 남자가 불안을 느꼈는지도 모르겠다. 어쨌든 자신은 왕자와 혼인할 사람으로 이곳에 와 있으니 그에게는 제 연인을 빼앗아갈 사람으로 비쳤을 테니 말이다.

며칠 못 본 사이 연잎들은 더욱 무성해졌고, 꽃봉오리들도 한층 많아진 듯하다. 세아는 연지를 감상하며 생각에 빠져들었다.

분기를 참을 수 없어 소주방에 분풀이를 했지만 여전히 이곳 사람들의 사고방식에는 화가 난다. 도대체 무한국인과 안도국인이 뭐가 다르단 말인가? 어차피 사람 사는 세상은 똑같은 것을. 무한국인을 바라보는 이곳 사람들의 시선이 비진족을 바라보던 황성의 귀족들이랑 똑같다. 그래서 더더욱 화가 나는 건지도 모른다. 무진이 겪었을 고통이 고스란히 느껴져서다.

얼마나 서럽고 힘들었을까?

또다시 가슴이 울컥해진다. 세아는 더 이상 걸음이 떼어지지 않아 그 자리에 멈추어 섰다. 무진의 눈을 닮은 검푸른 하늘이 연지에 들어차고 있었다.

"무진아……."

나직이 불러보는 그 이름에 눈시울이 뜨거워졌다. 그리고 참을 사이도 없이 툭 떨어지는 눈물방울. 그 눈물이 만드는 동심원이 연지를 흔들었다. 둥글게 번져 가는 그것을 들여다보던 세아는 아찔한 현기증을 느끼며 손으로 이마를 짚었다.

"아……!"

눈앞이 캄캄해지며 세상이 빙글 돌았다. 이대로 연지로 곤두박
질치나 보다 싶은 순간 재빠르게 허리를 잡아채는 손이 있었다.
그 힘에 세아의 몸이 휘청 딸려갔다.

"괜찮나?"

연지에 내린 어스름만큼이나 어둡고 서늘한 느낌의 음성이 정
수리 위에서 들려왔다.

누구지?

그러나 여전히 어지러운 머리와 흐린 시야 탓에 그의 모습을 온
전히 볼 수 없었다. 잠깐 기대고 있는 가슴에서 유난히 힘찬 심장
소리가 들렸다. 그것은 사내의 가슴이었다. 정신이 든 세아는 화
들짝 놀라며 그의 가슴에서 떨어져 나왔다. 너무도 당황스러웠다.
소천궁에서 직접 사내를 접하는 것은 나무에서 떨어지던 왕자의
예쁜 연인 이후 처음이다. 세아는 놀라움과 당황을 감추며 가볍게
목례를 하고 재빨리 걸음을 옮겼다. 그러나 다시 서늘한 음성이
발목을 붙잡는다.

"정말 괜찮소?"

고개를 조금 들었지만 여전히 얼굴이 보이지 않을 만큼 큰 사내
였다.

소천궁의 관리일까, 아니면……?

"괜찮습니다. 정말 고맙……!"

그의 얼굴을 살피기 위해 고개를 들던 세아는 그 자리에 굳어버

렸다. 새벽하늘 빛을 닮은 검푸른 눈이 그녀를 내려다보고 있었던 것이다.

무, 무진아!

그녀는 소리 없는 외침을 입 밖으로 흘렸다. 비틀거리며 두어 걸음 물러서자 사내가 놀란 눈으로 그녀에게 손을 뻗었다. 세아는 그 손을 뿌리치며 다시 한 걸음 물러났다. 누군가 자신의 눈앞에서 장난을 치는 것 같았다. 아니면 마음도 몸도 허하여 헛것을 본 것이리라.

무엇에 놀란 듯 물러나는 공주의 모습에 유강은 무안해졌다. 흔들리던 공주의 몸이 순식간에 연지로 곤두박질치는 모습에 놀라 자신도 모르게 달려와 그녀의 허리를 잡아챈 것이었다. 기껏 구해 주었더니 인사도 제대로 하지 않고 겁먹은 눈으로 달아나기만 하는 그 모습에 그는 마음이 상해 버렸다.

예의도 모르는 무한국 계집이로군!

유강은 마땅찮은 눈으로 그녀를 내려다보았다.

두어 발 물러나 다시 보는 사내의 얼굴은 깎아놓은 듯 수려해서 무진을 연상케 했지만 확연히 다른 얼굴이었다. 검푸른 눈 또한 강렬하지만 따뜻하던 무진과는 다르게 가을 물빛처럼 차갑고도 날카로운 눈빛이었다. 게다가 그의 눈엔 안대가 없었다. 그는 무진과는 전혀 다른 사람이었다.

세아는 보이지 않게 주먹을 꼭 쥐고 긴장된 숨을 내쉬었다. 어지럼증과 저녁 어스름 탓에 눈앞이 잠시 혼미했던 모양이다. 가볍게 목례를 하고 다시 비켜가려는데 정수리 위에서 굵직한 사내의 음성이 차갑게 번졌다.

"난 소천궁의 주인, 유강 왕자요."

세아는 멈칫했지만 고개를 들지 않았다. 이렇게 놀란 마음으로 그의 눈을 마주하고 싶지 않았다.

"먼저 실례하겠습니다."

다시 한 번 가벼운 목례를 하고 그녀는 재빠르게 다리를 지나 인영전 쪽으로 사라져 버렸다. 그 모습이 '인사를 나누려면 정식으로 만나서 하라!'는 무언의 시위처럼 보여서 유강은 다시 한 번 무안해졌다. 유강은 세아가 도망치듯 사라져 버린 인영전 쪽을 바라보며 쓸쓸한 미소를 지었다.

사람 보는 눈 하나는 정확한 미월인데 도대체 저 여자의 무엇을 보고 강단 있고 총명해 보이더라는 건지 영 믿음이 가지 않는다. 자신의 눈에 비친 여자는 소심하고 나약하고 우울해 보였다. 유강은 공주가 연지를 내려다보며 지난번처럼 울었던 건지도 모른다고 생각했다. 여자의 눈물은 결코 달갑지 않다. 게다가 그 겁먹은 표정이라니!

비역질을 하는 왕자라 혐오스러웠을까?

그 생각에 이르자 유강은 결국 픽 웃음을 흘리고 말았다.

종일 보이지 않던 홍영이 해 질 무렵은 되어서야 어슬렁거리며 나타나 짐짓 몸을 숨기는 시늉을 하며 왕자의 처소로 들어갔다. 그 모습이 어찌나 엉성한지 무심히 지나던 시비들까지 걸음을 멈추고 바라보았다. 차라리 당당히 들락거리면 소문이 덜 날 텐데 어찌 저런 엉성한 행동을 하는지, 일부러 소문이 나라고 부추기는 듯하다.

"평원에서 사람이 왔습니다."

서책을 들여다보고 있던 유강의 눈에 짧은 순간 광채가 스쳤다. 그러나 그의 눈은 이내 다시 서책으로 향했다.

"모란각에서 기다리고 있습니다."

그 말을 들었는지 말았는지 유강은 홍영이 입이 찢어져라 하품을 하다 꾸벅꾸벅 졸 때까지 책 속에 묻혀 있었다. 그러나 실상 그가 보고 있는 것은 서책이 아니라 눈앞에 어른거리는 그날의 풍경이었다. 연지에서 두려움이 깃든 눈으로 달아나던 공주의 얼굴이 서책을 스치자 유강을 탁, 하고 책을 덮어버렸다. 그 소리에 졸고 있던 홍영이 의자에서 굴러 떨어졌다.

"으악! 뭐야! 개 죽사발이나 처먹을 새끼가 어디서 응! 응!"

고약한 욕지거리를 하며 허공에다 주먹질을 해대던 홍영은 앞을 딱 막고 선 유강과 눈이 마주치자 그제야 번쩍 잠이 깼다. 홍영은 재빨리 고개를 짤래짤래 흔들었다. 유강이 워낙 무서운 눈으로 내려다보고 있었기에 자신의 거친 입이 또 뭐라고 입에 담지 못할 말을 지껄였나 싶어서 겁이 더럭 났다.

"와, 왕자님, 제가……."

홍영의 말처럼 정말 아름다운 여자였다. 눈앞에 있을 때는 느끼지 못했던 그것을 연지에 어둠이 내리고 나서야 깨달았다. 수줍게 입을 다문 연지의 그 많은 꽃들이 무색할 만큼 공주의 얼굴만이 뚜렷이 떠올랐다. 그날 이후 내내, 그리고 방금 전까지도 그녀의 얼굴이 따라다니며 일상을 방해했다. 평원에서 사람이 올 거라는 것은 지난번 주유 때 이미 약속된 일이었는데 까맣게 잊고 있었다. 유강은 스스로에게 화가 났다. 이렇게 마음을 혼란케 하는 사람이 무한국 공주라는 것은 더더욱 화가 나는 일이었다.

당장에라도 불호령이 떨어질 것 같던 유강의 입에서 나직한 음성이 들렸다.

"가자."

그리고 처소를 나설 때까지 그는 단 한 마디도 하지 않았다. 평소 같으면 속이 울렁거릴 정도의 기름진 말을 서너 번은 하고도 남았을 텐데 아무래도 이상하다. 홍영은 숨어서 훔쳐보고 있는 시선들을 흘끗흘끗 살피며 유강의 옆에 바짝 붙었다.

"오늘은 술을 조금만 하셔야 합니다. 지난번처럼 과음하시고 밤새 못살게 구시면 정말 미워할 겁니다요?"

홍영은 제가 내뱉고도 제 말이 소름이 돋는지 고개를 절레절레 흔들었다. 정신없이 따라 걷던 홍영은 유강의 걸음이 궐문이 아닌 연지 쪽을 향하는 것을 보고 얼른 옷자락을 잡았다.

"왕자님, 그쪽이 아니라 이쪽인데요?"

들은 척 만 척 성큼성큼 걷던 유강은 연지의 다리 위를 느릿느릿 걷고 있는 공주를 발견하고 걸음을 멈췄다. 역시나 어스름이 내리는 시각이었다.

"엇, 공주님이시다!"

반가운 기색이 역력한 홍영의 음성이 들리자 유강의 커다란 팔이 홍영의 어깨를 거칠게 감싸며 울컥 당겼다.

"함부로 눈 돌리지 마라, 네 눈이 나를 떠나는 순간 사지를 찢어놓을 터이니."

무섭도록 기름진 말을 이렇게 진지하게 하다니!

유강의 강인한 팔에 갇혀 꼼짝도 못하고 끌려가면서 홍영은 진심으로 소름이 돋았다.

세아는 연지 너머 담장 아래에서 서성이는 두 남자를 발견하고 한참 동안 바라보았다. 멀리서도 한눈에 들어올 만큼 크고 장대한 체구의 남자는 왕자이고, 그 옆에 매미처럼 달라붙어 있는 사람은 그의 예쁜 연인이다. 어스름이 내리고 있었지만 아직은 환하게 밝은 시간인데 저렇게 노골적으로 애정을 과시하고 다니다니 조금 어이가 없다.

연인을 안고 한참 실랑이를 벌이는 듯하던 왕자는 다시 방향을 틀어 전각들 사이로 사라졌다. 그제야 세아는 꽉 쥐고 있던 주먹의 힘을 풀었다. 그를 발견하는 순간 저도 모르게 바짝 긴장하고 있었던 모양이다.

느닷없이 맞닥뜨렸던 왕자의 모습은 한동안 세아를 혼란스럽게 했다. 무진이 아니라는 것을 분명히 알면서도 다시 한 번 그를 보고 싶었다. 그 검푸른 눈동자를 확인하고 싶었다. 어쩌면 그에게도 무진과 같은 비진족의 피가 흐르는지도 모른다.

유강 왕자가 홍영과 함께 밤새 유곽에서 뒹굴었다는 소문이 대연 바닥에 자자하게 퍼졌다. 술을 마시는 내내 유곽의 많은 계집들을 다 버려두고 홍영만 끼고 술을 마시던 왕자가 방에 들어서도 계집을 불러들이지 않았다는 것이다. 유곽에서 일하는 몸종의 말을 빌리자면 물을 가져다주러 들어갔다가 벌거벗은 홍영을 보았는데 그 피부가 어찌나 하얗고 매끄러운지 저도 모르게 침이 꿀꺽 삼켜지더라는 것이다. 그들은 밤새 유곽에 머물다가 새벽녘에야 나갔다고 했다.

다련은 당장 무한국으로 돌아가자고 울며불며 매달렸다.

"전하께서도 이 사실을 아신다면 피눈물을 흘리실 것입니다. 당장 돌아오라고 하실 것입니다."

"난 가지 않아."

"공주마마!"

세아는 더 이상 얘기 말라는 듯 입을 꼭 다물어 버렸다. 다련은 속상함을 이기지 못한 얼굴로 방을 나왔다. 세아의 얼굴에는 원망도 분노도 없었다. 더 이상 삶의 의지가 없어 보인다. 한꺼번에 모든 것을 잃어버렸으니 그 마음이 얼마나 허망할까, 얼마나 허망했으면 저럴까 싶어 다련은 다시 눈물을 찍어내었다.

"공주님은 계시는가?"

어느새 들어왔는지 소천궁의 시비장인 미월이 눈앞에 있었다. 다련은 얼른 눈물을 훔쳐 내고 그녀를 똑바로 바라보았다. 눈물을 보인 것이 속상하고 화가 났다.

"어쩐 일이십니까?"

"공주마마를 잠깐 뵈어야겠네."

다련은 당장 돌아가라고 소리라도 빽 지르고 싶었지만 꾹꾹 눌러 참았다. 비록 시비장이지만 소천궁을 총괄하고 있는 것이나 마찬가지인 사람이니 밉보여 좋을 것이 없었다.

다련을 따라 방으로 들어간 미월은 조심스럽게 공주의 얼굴을 살폈다. 지난번에 잠깐 보여주었던 강단 있고 총명한 모습은 어디로 가버렸는지 역시나 기가 빠져 버린 듯한 허망한 눈동자가 가장 먼저 눈에 들어온다. 무겁고 아픈 무언가가 공주 속에 가득 들어 있는 것 같았다. 어릴 적 유강의 눈도 저랬었다는 것을 떠올리며 가당치도 않게 측은한 마음이 일었다. 문득 일어난 사심을 털어내며 미월은 자신이 찾아온 이유를 말했다.

"왕자님께서 차나 한잔 나누자시며 언제쯤이 좋을지 여쭤보라 하셨습니다."

허망하게 퍼져 있던 공주의 눈에 살짝 힘이 들어갔다. 경계심인지 호기심인지 모를 무엇이 까만 눈동자 속에서 반짝였다. 그리고 머뭇거림 없이 내일이 좋겠다고 말했다. 미월의 얼굴이 금세 환해졌다.

"그럼 그리 전하고 소상한 것은 다시 정하여 말씀 올리겠습니다."

마음이 급해진 미월이 얼른 목례를 하고 나가려는데 공주가 다시 말을 걸었다.

"왕자님 말일세……."

미월은 바짝 긴장한 채 다음 말을 기다렸다. 하필 온갖 소문을 흩뿌리고 들어온 아침에 유강은 대뜸 공주를 만나겠다고 했다. 떠도는 소문에 대해 공주도 이미 들었을 것이다. 그래서 혹시라도 그 소문의 진위를 물어오지 않을까 걱정되었다. 그것은 그녀로서는 절대로 답할 수 없는 이야기였다. 그러나 공주는 전혀 생각지도 않은 물음을 던졌다.

"혹, 비진족과 연관이 있으신가?"

왕자님을 뵌 적이 있는 건가?

미월은 고개를 갸웃하며 대답했다.

"승하하신 나혜왕후께서 비진족 출신이십니다."

아……!

공주는 알았다는 듯 고개를 끄덕였다. 그리고 떠도는 소문 따위에는 관심도 없다는 듯 더 이상 아무것도 묻지 않았다.

사천, 평원, 한서 지방은 안도국에서도 가장 척박한 땅이라 중앙 권력에서 철저하게 외면받고 밀려난 자들이 마지막으로 안주하는 곳이다. 메마르고 거친 들판과 거친 변방인들을 상대하며 살다가 그렇게 거칠게 죽어가는 땅이었다. 아소왕후의 눈 밖에 난이상 그들은 평생 그 땅을 벗어나지 못할 것이었다. 그런 그들에게 유강의 존재는 빛과 같았다. 그러나 유강에게 그들은 충신이될 수도 있지만 빛을 따라 모여든 날벌레일 수도 있었다. 그들 속에서 옥석을 가려내는 것이 유강에게는 무엇보다 중요한 일이었다. 그 세월이 십 년이 걸렸다.

모란각에서 만난 젊은 무사가 가천 장군의 서찰을 전했다. 그속에는 비진족이 힘이 되어줄 것이라는 짧은 글이 적혀 있었다. 서찰을 읽은 유강의 마음은 난감했다. 비진족을 이 전쟁에 끌어들이고 싶지는 않았다. 그들은 결국 족쇄가 될 것이기 때문이다. 그러나 또한 외면하기 힘든 유혹이었다. 비진족의 힘이라면 사천, 평원, 한서를 비롯한 안도국의 남쪽 변방을 완벽하게 장악해 군사들이 대연으로 향하는 것을 차단해 줄 것이다. 또한 혼란을 틈타 국경을 넘볼지도 모를 무한국 세력을 차단시켜 주는 역할도 해줄 것이다.

유강은 복잡한 머리를 기둥에 기대고 눈을 감았다. 코끝을 간질이는 바람에 은은한 연향이 실려온다. 그는 지금 공주를 만나기 위해 연지 위의 조그만 전각에 나와 있다.

무슨 마음이었던가?

그 새벽, 모란각을 나오면서 맞닥뜨린 짙은 안개 때문이었던 것같다. 연지에서 피어오르던 안개와 그 속을 그림처럼 거닐던 여자의 모습이 떠올랐다. 설명할 수 없는 어떤 감정이 그의 마음을 흔들었다. 소천궁으로 향하는 그의 걸음은 다급하다 못해 불안하기까지 했다. 그러나 그렇게 도착한 연지에는 그녀의 모습이 보이지 않았다. 뿌연 안개만이 알 수 없는 그의 마음처럼 자욱하게 끼어 있었다. 미월을 찾아 당장 공주에게 가서 만날 약속을 받아오라고 다그친 것은 그때까지 깨지 않았던 술 탓만은 아니었다는 것을 인정하지 않을 수 없었다.

미월의 안내를 받아 들어간 연지 위의 전각은 정말 조그마했다. 사방이 난간으로 둘러쳐 있고 가운데에 조그만 탁자와 의자 둘이 전부인 공간. 화려한 바깥 외양에 비해 지나치게 소박해 보이는 실내의 모습이었다. 잠깐 살피는 사이 어느새 미월은 사라지고 없었다.

전각의 구석진 자리 난간에 걸터앉아 있는 왕자의 모습이 보였다. 그는 팔짱을 끼고 기둥에 머리를 기댄 채 눈을 감고 있었다. 바람이 불어와 그의 긴 머리칼이 날렸다. 휘릭, 날리는 그 머리칼에 한쪽 얼굴이 가려졌다.

손을 뻗어 저 머리칼을 걷어내면 검은 안대가 있지 않을까?

제 생각에 흠칫 놀란 세아가 탁자를 울컥 짚었다. 딸각, 찻잔이 흔들리는 소리에 그가 눈을 떴다. 두 사람의 눈이 정면으로 마주쳤다.

너무도 선명한 검푸른 빛깔의 눈이 삼킬 듯 그녀를 바라보았다. 깊은 호수처럼 검푸르고 아름다웠던 무진의 눈이다. 무진에게서 안대를 걷어낸다면 바로 저런 모습이 나오지 않을까 싶을 만큼 너무도 닮은 빛깔의 눈동자다. 세아는 침을 꼴깍 삼키며 주먹을 그러쥐었다.

그는 호기심 어린 눈으로 공주를 살폈다.

역시나 여자는 겁을 먹고 있었다. 앙다문 입술과 꼭 쥔 주먹, 그리고 연지에 일던 파문처럼 일렁이는 까만 눈동자. 그럼에도 불구하고 한순간도 시선을 피하지 않고 있는 저것은 오기이리라.

유강은 드디어 팔짱을 풀고 난간에서 일어났다. 최대한 느긋하게 걸어 옆으로 다가온 그는 의자를 빼내어 앉으라는 눈짓을 했다. 세아가 엉덩이를 걸치자 편하게 앉을 수 있도록 다시 의자를 밀어 넣어주었다. 난생처음 경험하는 남자의 행동에 세아는 적이 당황하고 있었다.

고개를 들어보니 왕자는 어느새 맞은편에 앉아 그녀를 바라보고 있었다. 또다시 삼킬 듯 노려보는 시선을 세아는 맞받아 보았다. 가슴이 덜컥거릴 정도로 놀라웠던 검푸른 눈동자는 순식간에 익숙해졌다. 비진족에게 저런 빛깔의 눈동자는 아주 흔하다. 그러니 그의 눈이 특별히 무진의 눈을 닮은 것이 아니라는 생각이 들자 한결 마음이 편해졌다.

"불편한 것은 없소?"

"덕분에 잘 지내고 있습니다."

이곳으로 온 지 어느새 넉 달째, 정말 잘 지내고 있었다. 황성을 벗어났다는 것만으로도 숨통이 트였으니까.

입안에서 살얼음이 번지는 느낌이 들 정도로 차는 아주 차가웠다. 이렇게 차가운 차는 처음이었다. 세아는 천천히 한 모금 물고 그 맛을 음미했다. 연한 단맛이 혀끝을 스쳐 가더니 시원하고 은은한 향이 입안 가득 번졌다.

"삶이 재미없는 모양이로군?"

차 맛을 음미하고 있는데 왕자가 혼잣말처럼 중얼거렸다. 무슨 소리냐는 듯 의아한 눈으로 바라보는 세아를 보며 그가 다시 말했다.

"지금 그대 얼굴이 그렇게 말하고 있잖소."

한순간에 속내를 다 들켜 버린 것 같아 세아는 얼굴이 화끈 달아올랐다. 아니라고 반박도 못하고 그렇다고 인정도 하기 싫어서 세아는 입술을 꽉 깨물고 있었다. 왕자는 굉장히 직선적인 사람 같다. 이런 사람 앞에서는 솔직한 것이 최선이다. 그녀 또한 속내를 감추고 마음에도 없는 말을 하며 상대를 살피고 그 마음을 가늠하는 그런 것은 성미에 맞지 않는다.

정곡을 찔린 것이 무안한지 잠깐 얼굴을 붉히던 공주의 입에서 몹시도 건조한 음성이 흘러나왔다.

"살아야 할 이유를 찾으면 다시 재미도 생기겠지요."

지금은 살아야 할 이유를 찾지 못하겠다는 말이다. 무엇이 공주를 이토록 허망하게 만들어 버린 것일까? 화친의 제물로 적국에 보내진 것이 죽고 싶을 만큼 힘들었던 것일까? 왠지 안쓰러운 마음이 든다.

"원한다면 지금이라도 돌려보내 주겠소."

저도 모르게 불쑥 튀어나온 말이었다. 유강은 자신이 그토록 증오하던 무한국인에게 이런 연민을 가지는 것에 화가 났다. 자신 또한 뭇 사내들처럼 어쩔 수 없이 아름다움에 혹한 건가 싶어 스스로에게 조소를 흘렸다. 그러나 공주의 다음 말에 조소는 순식간에 사라졌다.

"저는 이곳에서 오래오래 지내기를 바랍니다."

혼인을 원한다는 뜻인가? 떠도는 소문을 다 들었을 텐데 무슨 연유로?

그녀의 저의가 미심쩍어 유강의 마음은 한순간에 차가워졌다. 지극히 바보 같은 여자이거나 아니면 욕망이 대단한 여자이거나 둘 중의 하나다. 유강은 다시 팔짱을 끼고 의자에 느긋하게 등을 기댔다.

"설마 나에 대한 소문을 못 들은 건 아닐 테고?"

빈들 웃는 입가에 비웃음이 서려 있다. 그의 눈은 지아비 구실도 못할 자와 왜 혼인을 하려고 하는 건지 묻고 있었다.

"들었습니다. 그래서 오래오래 있고 싶다는 겁니다."

얼굴색 하나 변하지 않고 그런 말을 하는 공주의 마음을 도무지 짐작할 수가 없었다. 남색을 즐기는 사내가 좋다는 뜻인지, 아니면 그런 사내라 다행이라는 뜻인지.

"애초에 사내를 원치 않았으니 왕자님은 제게 더없는 상대입니다."

솔직하다 못해 불쾌하기까지 한 말을 하면서 그녀는 눈길조차 피하지 않았다.

"흠, 사내를 원치 않는다……. 애초에 그런 마음이 있었으면서도 이 화친조약을 맺었다면 그것은 나뿐만 아니라 우리 안도국을 능멸한 것이오! 그것이 무얼 의미하는지 아시오?"

지난 기나긴 전쟁보다 더 무섭고 끔찍한 분노의 칼이 무한국으로 향할 것이다. 유강은 제 속에 숨어 있던 무한국에 대한 분노가 한꺼번에 고개를 치켜드는 것을 느꼈다. 그것을 증명하듯 그의 얼굴은 무섭게 일그러졌다. 검푸른 눈동자가 냉혹한 짐승의 그것처럼 번들거렸다. 그러나 세아는 여전히 눈 하나 깜빡하지 않은 채 차분하게, 그리고 단호하게 제 말을 했다.

"왕자님에 대해 떠도는 소문이 애초부터 모두 진실이라면 그런 왕자를 화친의 짝으로 지목한 안도국 또한 우리 무한국을 능멸한 것입니다. 그렇지 않습니까?"

차분하지만 단숨에 허를 찔러 들어오는 공주의 화답에 유강은 말문이 막혀 버렸다. 그러나 상한 자존심보다는 묘한 쾌감이 그의 마음을 자극했다.

허망하던 눈빛은 어느새 약간의 흥분마저 깃들어 반짝이고 있었다. 조금 전까지 얼굴을 가득 뒤덮고 있던 우울도 순식간에 사라져 버렸다. 뚫어질 듯 바라보는 그녀의 눈은 심히 도전적이기까지 하다. 순간 유강은 공주에게서 빛이 난다고 생각했다. 탐나도록 아름다운 빛이다. 짙푸른 연지 위에 핀 한 송이 홍련紅蓮처럼 그 앞에 서면 온갖 꽃과 풀들이 빛을 잃고 말 아름다운 빛.

유강은 그 성가신 빛을 피해 얼른 연지로 고개를 돌려 버렸다.

왕자가 홍영을 위해 궐 밖에 집을 한 채 마련해 주었는데 그 내부가 어찌나 화려한지 눈이 부실 지경이라고 했다. 그리고 그곳에서 그들은 밤낮을 가리지 않고 서로의 몸을 탐하며 질펀한 행각을 벌이고 있다는 소문이 온 대연에 자자하게 퍼졌다.

한동안 잠잠하던 소문이 다시 돌면서 조정에서는 유강 왕자에 대한 비난이 봇물처럼 터져 나왔다. 무엇보다 무한국 공주와 혼인을 치르지 않고 있는 것에 대해 나라와 백성을 외면한 왕자답지 못한 처사라며 강력히 비난했다. 또다시 전쟁의 소용돌이에 휩쓸린다면 그것은 모두 유강 왕자의 탓이라며 거품을 무는 자들까지 있었다.

왕자에 대해 어떤 소문이 떠도는지 번연히 알면서 혼인을 강행하려는 그들의 속내는 오직 한 가지였다. 시체 같은 왕의 옆에 앉아 자신들을 살피고 있는 아소왕후의 눈에 들기 위함이었다. 이미 안도국은 그녀의 손아귀에 들어간 것 같고 유강 왕자는 더 이상 희망이 없어 보이니 자신들이 살길은 오직 아소왕후에게 붙는 것뿐이라 여기는 것이었다.

"전하! 당장 어명을 내리시어 혼인을 서두르소서. 무한국 공주가 당도한 지 넉 달이 지나가는데도 여전히 손님처럼 머무르고 있다는 것은 있을 수 없는 일입니다. 무한국에서 이 사실을 안다면 두 나라는 또다시 전쟁의 소용돌이에 휩쓸릴 것입니다!"

"어명을 내려주십시오!"

"어명을 내려주십시오!"

편전이 떠나가도록 울려 퍼지는 그 소리에 경왕의 얼굴은 점점 일그러지고 있었다. 뜻대로 움직여지지 않는 안면 근육 때문에 그의 표정은 웃는 듯 보였지만 눈에는 보이지 않는 눈물이 한가득 고였다.

무한국 공주와 혼인을 시키라니, 유강의 마음을 지옥으로 몰아넣자는 것이 아니고 뭐냐!

당장 그만두라고 소리치고 싶었지만 주먹도 혀도 움직여지지 않는다. 그러나 스륵 돌아보는 아소왕후의 눈빛에 심장이 얼어버렸다. 가슴에 고였던 뜨거운 눈물마저 얼어붙었다.

경왕은 아소왕후가 무서웠다. 무언가 마음에 들지 않는 날이면 그녀는 경왕을 녹영전 구석진 방에 가두어두고 혼자 침전으로 가버렸다. 불빛조차 없는 캄캄한 방에서 경왕은 밤새 두려움에 떨곤했다. 언제 그녀가 나타나 바늘로 찌를지도 모르고, 손톱으로 살점을 뜯을 듯 꼬집으며 왜 빨리 죽지 않느냐고 속삭일지도 모를 일이기 때문이었다. 어쩌면 지금 당장 고개를 끄덕이지 않으면 며칠을 쫄쫄 굶길지도 모른다. 드디어 경왕은 굶주림과 두려움에 지친 짐승처럼 생각이 마비되었다. 그는 일그러진 얼굴로 얼른 고개를 끄덕였다.

아소왕후는 경왕에게 손을 뻗어 나무껍질 같은 그의 손을 꼭 잡으며 회심의 미소를 지었다. 이런 결정은 경왕을 통해 하는 것이 좋다. 그래야 뒷말이 없는 법이다. 유강이 소천궁으로 거처를 옮겼을 때 자신이 유강을 모함하여 대화궁에서 내쫓았다는 소문이 떠돌았었다. 어린 나이에 생모를 잃은 왕자가 독한 계모 밑에서 핍박을 받으며 자랐다고 생각하는 백성들도 많았다. 그 일로 아직까지 유강을 동정하는 세력들이 있다는 것을 안다. 이참에 그 싹마저 잘라 버릴 참이었다.

공주에 대해 알아오라 이른 지 사흘 만에 찾아와 들려주는 홍영의 이야기는 아주 놀라웠다.

"그러니까 공주마마께선 사실은 무한국의 왕이 되실 분이셨다이겁니다."

홍영은 잔뜩 신이 난 얼굴로 떠들어댔다.

"무한국에서 건너온 장사치들을 여럿 만나보았는데 하는 말들이 다 제각각이었습니다. 공주께서 스스로 그 자리를 포기하고 사라졌다는 말도 있고, 계륜왕과 함께 참수당했다는 말도 있고. 어쨌든 지금 공주님은 무한국에서 살아 있는 사람이 아니었습니다."

계륜왕이 그 아들에게 참살당했다는 소문이 사실인 모양이었다. 아비를 죽이고 누이까지 팔아먹고 왕위를 차지한 모양이다. 그제야 유강은 공주의 허망한 얼굴이 조금 이해되었다. 그리고 왜 이곳에 머물고 싶어하는지도 이해되었다.

유강의 입가에 씁쓸한 미소가 지어졌다. 권력 싸움에서 밀려난 자의 미래를 보는 것 같아 모골이 송연해진다.

"돌아가 보아야 산목숨이 아니겠군?"

유강은 혼잣말처럼 중얼거리며 어명이 적힌 서찰을 움켜쥐었다. 아소왕후를 비롯한 그 패거리들이 이 어명 한 장을 받아내기 위해 아버지 경왕을 얼마나 괴롭혔을지를 생각하니 마음이 편치 않았다. 홍영과 계간을 나누는 것에 대한 소문이 이미 과할 만큼 대연을 휩쓸고 있는데도 기어이 무한국 공주와의 혼인을 강요하는 이상 더 거부할 빌미가 없었다. 만에 하나 무한국과의 화친에 문제가 생길 경우 그들은 모든 책임을 유강에게 물을 것이다. 아소왕후의 고약한 심술에 꼼짝없이 걸려든 것이다.

유강은 다시 공주를 떠올렸다.

세아…… 그래, 그녀의 이름은 세아라고 했다. 삶의 의미를 잃어버린 듯한 허망한 눈으로 연지를 내려다보던 그녀의 모습과 짧은 만남에서 본 탐나도록 아름다운 빛을 뿜어내던 그녀의 모습이 번갈아가며 떠올라 머릿속이 혼란스럽다. 아니, 이것은 혼란이 아니라 아슬아슬한 유혹 같았다. 무한국인을 향한 증오마저 그 유혹을 이겨내지 못할 것 같은 강렬한 빛이 그의 마음을 현혹하고 있었다. 그래서 혼란스러운 것이다.

"대화궁으로 가야겠다."

오늘은 아주 많이 취할 것 같다.

밤안개가 자욱이 낀 연지의 다리 위에서 유강과 세아는 다시 만났다.

"여전히 삶이 재미없나?"

비틀거리며 다가온 그가 대뜸 물었다. 그에게서는 독한 술 냄새가 풍겼다. 세아는 아무 대답을 못한 채 그에게서 한 발 물러났다.

흔들리는 걸음으로 다가온 그가 다시 말했다.

"대화궁에 다녀오는 길이오. 혼인을 서두르라는 어명이 떨어졌거든."

다시 지독한 술 냄새가 풍긴다. 사랑하는 연인을 두고 다른 사람과 혼인을 치러야 한다는 사실이 괴로운 모양이었다. 이것은 단순히 형식적인 혼인식일 뿐, 변하는 것은 아무것도 없다는 말을 해주고 싶었지만 세아는 여전히 입을 다물고 있었다. 어떤 식으로 말하든 그의 기분이 좋아지지 않을 것이란 걸 알기 때문이다.

그에게 쉽고 단순하게 생각하라고 말해주고 싶었다. 혼인을 하여 세인들의 입방아를 무마시키고 좀 더 편한 마음으로 연인과의 사랑을 나누면 되는 것이다. 자신이 그를 이용하여 잠시 머물 거처를 얻듯이 그 또한 자신을 이용하면 되는 것이다. 그러나 그런 말을 꺼내기도 전에 갑자기 그의 얼굴이 눈앞으로 울컥 다가왔다.

"혼인을 하겠소?"

어둠 속에서 번들거리는 눈을 보는 순간, 다시 무진의 검푸른 눈동자가 떠올라 세아는 얼른 고개를 돌려 버렸다. 놀란 가슴이

덜컥거렸다. 그를 볼 때마다 저 눈 때문에 이렇게 가슴이 덜컥거
릴지도 모르겠다. 그러나 이곳에 머물 수 있는 길이 혼인하는 방
법뿐이라면……

"……하겠습니다."

그가 다시 흔들리며 다가왔고 세아는 또 그만큼 뒤로 물러났다.
어느새 세아는 다리를 내려와 커다란 나무에 등이 닿았고, 유강은
그 나무에 양손을 짚고 그녀를 꼼짝 못하도록 가두어 버렸다. 세
아는 잠깐 당황했지만 이내 차분한 마음으로 그를 바라보았다. 남
색을 즐기는 자이니 어떤 식으로 다가오던 두려워할 필요가 없었
다.

나뭇잎 사이로 언뜻언뜻 스며든 달빛이 그녀의 얼굴을 안타깝
게 스쳤다. 평소보다 과했던 술 탓인지 유강은 가슴이 타버릴 듯
화끈거렸다.

아소왕후와 경왕이 보는 앞에서 붉은 얼굴로 비틀거리며 혼인
을 하겠다고 선언하고 오는 길이다.

"무한국인이라면 끔찍하고 역겹지만 혼인하겠습니다! 그것이 안
도국을 위한 길이라면, 예! 하겠습니다. 해야지요!"

웃는 듯 우는 듯 일그러진 경왕의 얼굴과 회심의 미소를 띤 아
소왕후의 얼굴이 눈앞을 스쳐 갔다. 유강은 고개를 흔들어 그 모
습을 지우고 다시 얼굴을 바짝 들이대었다.

"상처를…… 줄지도 모르는데?"

그래도 혼인을 하겠느냐는 소리다. 세아는 고개를 끄덕였다. 그 예쁜 청년의 존재 때문이라면 결코 상처 입을 일은 없을 것이다. 오히려 자신이 그의 연인에게 상처를 줄 것 같아 미안한 마음이었다.

"안도국에서 나는 버림받은 왕자이니 그대의 존재 또한 다를 바 없을 것이오."

외면받고, 천대받고, 억울함도 당할 터이지.

그러나 세아는 그것도 괜찮다는 듯 고개를 끄덕였다.

"외로울 것이오. 비참할 것이오."

세아는 그것에도 고개를 끄덕였다.

유강은 참을 수 없는 갈증을 느끼며 침을 꿀꺽 삼켰다. 도대체 이 여자는 이 모든 말들의 의미를 제대로 알지도 못하면서 무슨 용기로 이렇게 쉽게 고개를 끄덕이나 싶어 화가 날 것만 같았다. 나뭇잎 사이로 스며든 달빛이 그녀의 얼굴 위에서 물비늘처럼 일렁거렸다.

"끝까지 함께하지 못할 수도 있어."

이 전쟁을 끝내고 대화궁으로 들어가는 날, 자신은 이 여자를 버릴 것이다. 무한국인을 왕후의 자리에 앉힐 마음은 추호도 없었다.

아주 모질게, 처절하게, 어머니가 당한 그 모습 그대로 능욕을 보이고 가차 없이!

자신 속 분노가 어쩌면 그런 일을 저지를지도 모른다.

무서운 눈으로 내려다보던 유강이 느닷없이 고개를 숙이더니 입술을 귓가에 가져와 속삭였다.

"난…… 무한국인이 끔찍하게 싫거든."

귓불에 닿는 입김은 뜨거웠지만 그 음성은 모골이 송연해지도록 차갑다. 세아는 주먹을 그러쥐고 그가 물러나기를 기다렸다. 그러나 그의 입술은 여전히 뜨거운 입김을 뿜으며 미세한 틈을 두고 목덜미를 배회했다. 금방이라도 목덜미를 물어뜯어 버릴 듯 숨결이 거칠다. 세아는 마른침을 꿀꺽 삼켰다.

그녀에게선지 떠도는 공기에서인지 모를 야릇한 향이 코끝을 스쳐 정신을 혼미하게 했다. 유강은 힘겹게 그녀에게서 떨어져 나왔다. 그녀와 눈이 마주치자 문득 두려워졌다. 머리에서는 이 혼인을 받아들여서는 안 된다고 말하고 있었지만 그의 눈은 달빛이 일렁이는 그녀의 얼굴에 박혀 있었다. 너무도 아름다웠다. 숨 막힐 듯한 빛을 뿜어내는 그것이 달빛이 보여주는 환영인지 그녀의 실체인지 분간이 가지 않았다. 유강은 그 아름다운 빛을 향해 손을 뻗었다.

물보다 차고 보드라운 살결이 손가락 끝에 닿았다. 살얼음 위를 걷듯 가슴이 두렵게 떨려왔다. 그 순간, 홍영의 목소리가 달빛을 흔들었다.

"왕자님! 왕자님! 어디 계신 겁니까, 왕자님! 아, 정말 미치겠네. 또 연지에 뛰어드신 건가?"

그는 다리 위에서 허둥지둥 뛰다가 연지를 들여다보다가 급기야 제 머리를 벅벅 긁어대며 투덜거렸다.

"어딜 가시면 가신다, 오시면 오신다 말을 해야 할 거 아냐! 내가 왕자님 때문에 비명에 죽지 않으면 다행이지! 뭐든 맘대로야, 맘대로! 쳇!"

대화궁을 나와 다시 모란각에 들러 술잔을 기울이던 중 느닷없이 사라져 버린 유강 때문에 한바탕 난리가 났었다. 있는 듯 없는 듯 따라다니던 호위무사들마저 그가 사라진 사실을 모를 정도로 감쪽같이 사라져 버린 것이다. 저자에 있는 유곽이란 유곽은 모두 뒤지고 난 뒤에야 달려온 호위 하나가 유강이 이미 소천궁으로 들어갔다는 소식을 전해주었다.

유곽으로 선술집으로 미친놈처럼 뛰어다닌 걸 생각하니 부아가 나서 미치겠다. 허공을 향해 냅다 발길질을 하는데 발치 끝에 유강의 얼굴이 있었다. 거두기엔 이미 늦어버렸다. 발끝이 유강의 코끝을 살짝 스친 것도 같고 아닌 것도 같다. 겁이 난 홍영은 다짜고짜 호들갑을 떨며 그의 가슴으로 뛰어들었다.

"왕자님! 혼자서 가버리시면 어쩝니까요. 소인 간이 다 녹는 줄 알았습니다!"

유강의 얼굴은 딱딱하게 굳어 있었다. 화가 났나 생각하는 순간 특유의 느물거리는 목소리가 들렸다.

"그새를 못 참고 또 찾아다닌 거냐?"

그리고 스륵 다가와 어깨를 감싸 안더니 볼이 떨어져 나가도록 입을 맞추었다. 홍영은 기겁하여 유강을 밀어내고는 손바닥으로 미친 듯이 제 볼을 비벼댔다.

"아, 정말! 제발 정신 좀 차리십시오!"

그러거나 말거나 유강은 다시 그의 어깨에 팔을 걸치고는 다정하게 속삭였다.

"이 밤엔 무엇으로 날 기쁘게 해줄 터이냐?"

몸도 가누지 못하는 듯 기대어오는 유강이다. 이런 상태로 혼자서 어떻게 소천궁까지 온 건지 정말 모를 일이라고, 유강의 허리를 감싸 안아 부축하며 홍영은 생각했다.

홍영에게 안겨 어둠 속으로 사라지는 유강을 보며 세아는 볼을 감쌌다. 그의 손이 느닷없이 얼굴을 쓰다듬은 것은, 그리고 그 손끝이 불에 달군 쇠꼬챙이처럼 뜨거웠던 것은 순전히 술 탓이었다고 생각한다. 그녀는 나무에 기댄 몸을 일으키고 어둠을 향해 늦은 대답을 했다.

"끝까지 함께하지 못해도, 무한국인인 내가 끔찍하게 싫어도…… 그래도 괜찮아. 어쩔 수 없어."

어차피 평생을 이렇게 살진 않을 테니까. 날 아껴줄 사내가 필요한 것도 아니니까.

지금은 그저 허물어진 몸과 마음을 추스를 공간이 필요할 뿐이었다.

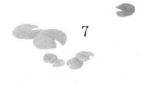

7

흑단 같은 머리를 말아 올리자 몰라보도록 말라 버린 얼굴이 한눈에 드러났다. 앙상한 쇄골과 슬프도록 긴 목, 텅 비어버린 허망한 눈동자. 그럼에도 세아는 여전히 눈이 부시도록 아름답다.

하늘로 날아오르는 새의 형상을 한 금장식을 머리에 꽂아주던 다련의 눈에 눈물이 핑그르르 돌았다.

"어찌 눈물이냐?"

묻는 세아의 눈은 얼음처럼 차갑다.

"내가 가엾다 생각이 든다면 그럴 필요 없다. 난……."

다련은 재빨리 고개를 흔들며 눈물을 훔쳐 내었다.

"아닙니다! 마마가 너무도 아름다우셔서, 그래서 잠깐 눈물이 났습니다."

짧은 순간 스무 살 효령이 거울 속에 들어앉은 줄 알았다. 그때의 효령도 이렇게 아름다웠었다. 막 피어난 사랑의 설렘이 온몸에서 뿜어져 나와 곁에 있던 시비들마저 함께 설레었던 그날, 스무살 효령 아가씨는 온 나라 백성들의 사랑과 축복 속에 태자비가되었었다. 세상에서 그녀만큼 행복한 사람은 없어 보였다. 그리고일 년 후, 그녀는 세상에서 가장 불행한 여자의 얼굴로 다시 머리를 치장했었다. 지금의 세아처럼 앙상한 쇄골과 슬프도록 긴 목, 그리고 텅 비어버린 허망한 눈동자로. 그럼에도 불구하고 여전히눈부시도록 아름다운 얼굴로.

혼례식은 조촐하게 치러졌다. 왕실의 어느 누구도 초대되지 않았고, 단 한 사람의 귀족도 참여하지 않았다. 버림받은 왕자, 술주정뱅이에 비역질까지 서슴지 않는 왕자를 위해 축복을 나누어 줄사람은 아무도 없었다.

혼례식을 치르자마자 홍영과 함께 사라져 버린 유강의 소식이대화궁까지 전해지자 아소왕후는 고개를 절레절레 흔들었다.

이번엔 또 얼마나 걸릴까? 지난번엔 반년 만에 돌아왔으니 이번엔 그 이상이 걸릴지도 모르지. 아니, 어쩌면 영영 돌아오지 않을지도 모른다. 무한국 공주가 소천궁의 안주인으로 들어앉았으니 쉬이 돌아오고 싶지 않을 것이다. 이 사실을 무한국에서 안다하여도 화친을 깨트린 모든 책임은 유강에게 물을 수 있을 것이니아소왕후로서는 손해 볼 것이 없었다. 이것으로 유강 왕자도 끝이난 건가?

싸움의 끝이 너무 허무해서 쓴웃음이 지어진다. 그동안 소천궁은 물론 저자의 유곽들과 왕자의 호위들에게까지 자신의 눈과 귀를 심어두었지만 건진 것은 한 가지도 없었다. 이렇게 건질 것이 아무것도 없었다는 것은 떠도는 소문이 곧 유강의 실체였다는 뜻이리라.

멍청한 놈!

아소왕후는 드디어 제 가슴에서 유강을 향해 날을 세우고 있던 의심의 벽이 무너지는 소리를 들었다. 이젠 거리낄 것이 없었다. 하루빨리 태자를 정하고 왕위 계승 작업을 서둘러야겠다.

생각을 정리한 아소왕후는 다시 주원을 불러들였다. 들어서자마자 짐승처럼 덤비는 통에 살짝 화가 났지만 이내 아랫도리를 꽉 채워오는 충만감에 그 마음은 눈 녹듯이 사라져 버렸다. 주원과 오래오래 사랑을 나누려면 지금의 이 권력 또한 쉽게 놓아서는 안 될 것이다.

"장영군을 맡아라. 곧 교지를 내릴 것이니…… 헉!"

순간, 불끈 찔러 들어온 남성이 자궁 끝을 자극하자 아소왕후는 더 이상 말을 잇지 못한 채 주원의 목에 매달렸다. 머릿속이 까마득해지며 깨어나고 싶지 않은 열락의 나락으로 빠져들었다.

벌어진 문틈으로 그 모습을 건너다보며 경왕은 어둠 속에서 울고 있었다.

아소는 어찌하여 이 문을 닫지 않았을까? 무엇이 더 부족하여 이런 고통을 자신에게 안기는지 알 수가 없었다. 바라는 대로 원하는 대로 모두 다 들어주고 보석처럼 아껴주었는데 어찌하여 자신에게 이토록 모진 짓을 하는지 경왕은 도무지 납득이 가지 않았다. 이렇게 사느니 차라리 죽는 것이 낫겠다 싶지만 그것조차 마음대로 할 수가 없었다. 이제는 손끝 하나, 발끝 하나, 심지어 혀끝조차 마음대로 움직일 수가 없었다. 죽음의 자유조차 앗아가 버린 이 저주스러운 병증은 하늘이 자신에게 내린 천벌이리라.

나혜를 외면하고 버린 벌, 그 어린 핏덩이를 지켜주지 못한 벌, 그리고 유강에게 치유할 수 없는 상처를 입힌 벌.

어머니는 찰랑거리는 술잔을 단숨에 들이켜고 곧 붉은 피를 토하며 쓰러졌다. 놀란 시비들이 그녀를 받아 안았고 칼 찬 무사들이 그 주위를 둘러쌌다. 아버지는 차가운 눈으로 그 모습을 바라보고 있었다. 수秀의 울음소리가 들렸지만 세아는 울지 않았다. 어머니가 싫어할 것 같아 울 수가 없었다. 누군가 사시나무처럼 떨고 있는 세아를 안아주었다. 그 가슴에 얼굴을 숨기고서야 울음이 터져 나왔다.

눈을 뜬 세아는 오싹 끼쳐 오는 소름에 얼른 어깨를 감쌌다. 어머니가 죽던 그날의 풍경이 선명한 그림처럼 꿈속을 찾아왔다. 다시는 떠올리고 싶지 않았던 수秀와 어머니, 그리고 아버지의 얼굴이 느닷없이 나타나 그녀를 견딜 수 없게 했다. 자신을 존재케 했던 그 모든 것들을 지우고 급기야는 자신의 존재마저 흔적 없이 지워 버리고픈 욕망이 불처럼 끓어올라 참을 수가 없었다. 세아는 문을 박차고 연지로 뛰었다.

새하얀 달빛이 연지를 가득 뒤덮고 있었다. 정신없이 다리 위를 달려와 다리의 한가운데에 선 세아는 단숨에 그 새하얀 달빛을 향해 몸을 던졌다. 그러나 어디선가 나타난 강인한 팔이 그 몸을 낚아채었다.

"여기서 뛰어들어 봐야 죽지 않아! 당신 모양만 추해질 뿐이지."

눈앞에 유강이 있었다. 검푸른 눈동자는 달빛을 받아 번득였고, 얼굴에서는 차고 냉엄한 기운이 흘렀다. 세아는 그에게서 빠져나오려고 몸을 비틀었지만 허리를 감은 강인한 팔이 더욱 옥죄어왔다.

"놔!"

몸을 비틀며 가슴으로 날아오던 세아의 주먹을 유강이 꼼짝 못하게 움켜쥐었다. 뼈가 으스러질 듯한 고통에 세아의 입에서 신음 소리가 흘러나왔다.

"제법 똑똑한 여잔 줄 알았더니 어리석기가 한이 없군."

유강은 허리를 감았던 팔을 풀고 움켜쥐고 있던 손목을 신경질적으로 던져 버렸다. 휘청 흔들린 세아의 몸이 두어 걸음 밀려났다. 세아는 아픈 손목을 움켜쥔 채 정신을 가다듬었다. 그리고 한참 후에야 자신이 무슨 짓을 하려고 했던 건지 서서히 깨달았다. 아무리 고통스러워도 절대 어리석은 행동은 하지 않을 거라 생각했는데 순간적으로 감정을 주체하지 못했다.

"난 당신 죽음에 대한 책임까지 떠맡을 생각 없어!"

다시 한 번 들려오는 차가운 음성에 세아는 고개를 들지 못했다. 그에게 진심으로 미안했다. 그가 혼례를 치른 것은 어쩔 수 없는 선택이었지만 그 결정을 내린 데는 자신에 대한 배려도 조금은 있었다고 생각한다. 이곳에 머물 방법이 기어이 혼인뿐이라면 그렇게 해서라도 머물고 싶다는 자신의 뜻을 그가 받아들여 준 것이었으니까.

"미안합니다, 정말……."

세아는 더 이상 말을 잇지 못한 채 돌아서 버렸다. 그에게 이런 모습을 보인 것이 자존심이 상했고 부끄러웠다. 이 먼 이국땅에서 자신이 무얼 하고 있는지 모르겠다. 삶도 죽음도 그녀를 지배하지 못하고 있다. 살아 숨 쉬는 지금 이 순간조차 아무 의미를 느끼지 못하겠다.

진정 저 연지에 부유하는 안개처럼 해가 나면 사라지고 말 무의미한 존재인가?

"괜찮소?"

그가 물었지만 듣지 못한 듯 세아는 인영전 쪽으로 걸음을 옮겼다. 그 뒤를 성큼성큼 따라가던 유강은 그녀가 인영전에 들어가는 것을 보고서야 걸음을 멈췄다. 잠시 구름 속에 숨었던 달이 다시 얼굴을 내밀었다. 그 달빛에 길게 늘어진 제 그림자를 물끄러미 바라보는 유강의 마음은 몹시도 혼란스럽다. 아직도 화가 가라앉지 않은 건지, 아니면 불안인지, 두려움인지, 혹은 설렘인지 모를 두근거림이 온몸을 흔든다.

혼례식이 끝나자마자 말을 몰아 평원 지방으로 달렸다. 가천 장군이 비진족과 만나겠다고 한 날이 코앞으로 다가와 있었기 때문이다. 말 위에 앉아 채찍을 휘두르면서도 머릿속에서는 혼례식에서 보았던 세아의 모습이 떠나지 않았다. 화려한 치장과 거창한 혼례복이 오히려 초라해 보일 만큼 그녀의 모습은 아름다웠다.

정말 혼인을 치르는 사람처럼 잠깐 마음이 두근거렸었다. 그러나 그는 알았다, 이것은 그녀에게도 자신에게도 진정한 혼인이 아니라는 것을. 잠시 서로가 필요해서 이용하고 있을 뿐이라는 것을.

혼례식을 치르는 동안 잠깐 마주친 그녀의 눈은 담담했다. 조금의 두려움도 설렘도 느껴지지 않았다. 애초에 사내를 원치 않으니 자신이 더없이 좋은 상대라던 말을 증명이라도 하듯 편안해 보이기까지 했다. 그 모습이 왜 그리 서운하고 불쾌했을까? 불안하고 두렵기까지 했을까?

결국 유강은 가천 장군에게 전할 서찰을 적어 홍영에게 들려 보내고 자신은 평원으로 가던 말 머리를 대연으로 돌리고 말았다. 그리고 도착한 연지에서 느닷없이 연지로 뛰어드는 그녀를 맞닥뜨린 것이다.

혼례 후 첫 밤도 치르지 않은 채 홍영과 함께 사라져 버렸던 유강이 도깨비처럼 다시 나타난 것은 사흘째 되는 날 새벽이었고, 그 곁에는 홍영이 없었다.

"공주님의 아름다움에 넋을 놓으신 게 분명해!"

"그럼 홍영이가 버림받은 거야?"

"그렇겠지. 그렇지 않고서야 그림자처럼 붙어 다니던 사람이 왜 보이지 않겠어?"

"설마! 그렇게 오랜 시간 함께한 사람인데 단번에 버린다는 게 말이 돼? 그리고 남색을 즐기던 사내들은 여인을 안는 맛을 못 느낀다던데 하루아침에 그게 가능하겠어? 더군다나 왕자님께서 무한국인에게 마음을 주실 리 없잖아?"

"그건 모르는 일이지. 아름다우면 모든 것이 용서되는 법이니까."

속닥거리는 시비들의 말이 온 소천궁 안을 떠돌았다. 그리고 왕자와 공주가 과연 언제쯤 합방을 할까 궁금해하는 눈들이 따갑도록 두 사람을 따라다녔지만 공주는 오히려 연지로의 산책마저 삼간 채 인영전으로 더욱 깊이 숨어버렸고, 왕자 또한 공주를 찾는 일이 없었다. 그리고 얼마 후 홍영이 다시 나타나면서 시비들의 기대는 여지없이 무너지고 말았다.

"쳇! 왜 다들 나만 못 잡아먹어 안달인지 모르겠습니다."

홍영이 의자에 털썩 앉으며 투덜거렸다.

"시비 년들 말입니다. 제가 뭔 잘못을 저질렀다고 보자마자 가자미눈들을 하고 째려보지 않겠습니까?"

"내가 널 아끼는 마음이 워낙 크니 질투들을 하는 게지."

"쳇! 아끼시는 분이 그 먼 길을 혼자 가라 등 떠밀고 그렇게 부리나케 가셨습니까?"

잔뜩 흘겨보는 눈을 보니 혼자 다녀온 길이 어지간히 심심했던 모양이다.

"헛소리 그만하고 다녀온 일이나 보고해라."

그 소리에 벌떡 일어나 문을 빠끔히 열고 바깥 동정을 잠깐 살피던 홍영이 방금 전까지와는 전혀 다른 진지한 얼굴로 바짝 다가

앉았다.

"일이 쉽지만은 않을 듯했습니다. 비진족의 요구 조건이 의외로 까다롭다고 가천 장군께서는 왕자님께서 직접 한 번 다녀가셨으면 했습니다."

굳이 자신이 나서서까지 비진족을 이 일에 끌어들여야 할까, 유강은 여전히 그 점이 의문스러웠다.

"가천 장군님 말씀으로는 요즘 비진족의 군세가 만만찮다고 했습니다. 산지사방 흩어져 떠돌아다니던 예전의 비진족이 아니랍니다."

비진족은 오십 인에서 백 인 정도의 가족 집단으로 구성되어 떠돌아다니는 유목민들이다. 특별한 일이 있을 때만 각 집단의 수장들이 한자리에 모여 의견을 주고받는 것이 전부였다. 그런 그들이 결집이라도 하고 있단 말인가?

"부족장인 우루수 노인을 중심으로 여러 집단들이 하나로 합쳐지고 있는 모양입니다. 함께 협상에 나온 젊은 장수들도 하나같이 만만찮아 보였습니다. 특히 우루수 노인 곁에 딱 붙어 있던 그 녀석은……."

잠깐 말을 멈춘 홍영은 자신이 보았던 그 기분 나쁜 녀석을 잠깐 떠올렸다. 한쪽 얼굴에 길게 그어져 있던 칼자국과 매서운 눈빛이 그의 만만찮은 인생을 얘기해 주는 듯했다.

"아주 젊은 녀석이었는데도 우루수 노인은 항상 그 녀석의 의견부터 먼저 들었습니다. 까다로웠던 협상 조건들이 다 그 녀석의 머리에서 나온 듯했습니다. 아주 험하게 살아온 듯 얼굴에 흉도 많고 게다가 외눈박이였습니다."

외눈박이? 흠, 그 인생도 순탄친 않았겠군.

생각하며 유강은 편치 않은 마음으로 턱을 고였다. 이미 꺼내어 버린 말이니 주워 담을 수도 없게 되었다. 비진족에서 젊고 약삭빠른 녀석들이 나섰다면 유강이 한발 물러서는 순간 그들은 분명 아소왕후 쪽으로 손길을 뻗칠 것이다. 이렇게 된 이상 내키지 않지만 그들을 끌어들일 수밖에 없다.

"가천 장군께 사람을 보내서 내가 조만간 평원을 찾을 것이니 그들을 잘 구슬려 두라고 전해라."

홍영에게 간단한 명을 내리고 처소를 나온 유강은 노을이 지는 하늘을 바라보다가 연지로 향했다. 노을이 내린 연지는 어느 때보다 아름다웠다. 성큼성큼 걸어 다리의 중간쯤에 다다른 유강은 아이처럼 난간 사이로 다리를 넣어 걸터앉았다. 연지의 끝자락부터 스륵 살펴오던 그의 눈이 어느 한 부분에서 멈추었다.

어머니와 아기 진서가 머물던 전각이 저 어디쯤이었던 것 같다. 날마다 응애응애 울어대던 진서의 미운 얼굴과 그 녀석이 파고들던 어머니의 뽀얀 젖가슴도 떠오른다.

"어마마마……."

문득 불러보는 그 이름에 눈시울이 뜨거워졌다.

오랜만에 연지로 나온 세아는 다리 난간에 걸터앉은 유강을 발견하고 잠깐 망설였다.

도로 들어가 버릴까?

그러나 그를 피하는 것은 아무래도 예의가 아닌 것 같아 용기를 내어 천천히 다가갔다. 그는 무슨 생각에 사로잡힌 듯 다가가는 세아를 의식하지 못했다. 세아가 조그맣게 인기척을 내자 그제야 고개를 돌렸다.

노을 탓일까? 검푸르던 눈이 붉게 물들어 있다. 얼굴빛도 붉게 상기되어 있다. 물끄러미 올려다보는 유강의 얼굴이 아파 보인다고 느낀 것은 아래로 한껏 처져 내린 눈꼬리 때문이었다. 마음이 견딜 수 없이 아플 때면 무진도 저렇게 눈꼬리를 늘어뜨리고 아픔을 감추며 미소를 머금었다.

저도 모를 안타까운 마음이 일어 가까이 다가가던 세아의 걸음이 멈칫했다. 유강이 노을에 물든 붉은 눈으로 그녀를 노려보고 있었던 것이다. 참을 수 없는 분기에 입술이 떨리는 듯도 했다. 섬뜩한 기운에 세아는 주먹을 가만 그러쥐었다. 유강이 왜 저토록 무서운 눈으로 노려보는지 알 수 없었다. 마치 전쟁터에서 적군을 맞닥뜨린 병사처럼 그의 눈에 일순간 살기마저 도는 것을 느끼며 세아는 두려운 마음으로 두어 걸음 물러섰다.

세아가 겁에 질린 눈으로 돌아서는 것이 보였다. 그녀의 그늘에 가려졌던 노을빛이 다시 눈을 찔러왔다. 바람을 타고 옅은 향이 코끝을 스쳤다. 세아에게서 건너오는 향이다. 그제야 정신이 번쩍 든 유강은 재빨리 손을 뻗어 그녀의 옷자락을 잡았다.

"차나 한잔하지 않겠소?"

마른 입술과 건조한 눈빛, 놓고 싶지 않은 듯 옷자락을 꽉 잡고 있는 손을 보며 세아는 그가 무언가 위로를 받고 싶어한다는 것을 알았다. 스스로의 마음도 주체할 수 없어 가슴이 터질 듯 답답하지만 그를 위해 차 한잔 나누어 줄 마음은 있었다. 그저 누군가 옆에 있는 것만으로도 위로가 된다면 잠깐 무언의 벗이 되어줄 수도 있을 것 같았다.

세아가 고개를 끄덕이자 그는 앞장서서 연지 위의 전각으로 걸음을 옮겼다.

어느새 미월이 차를 가져왔고, 두 사람은 말없이 차를 마셨다. 붉게 물들었던 하늘이 잿빛으로 가라앉고 선선한 저녁 바람이 불어왔다. 어느새 마음은 평화로워졌다. 유강은 이상한 생각이 들었다. 분명히 분노가 치밀어야 할 무한국 여인을 앞에 두고 자신이 왜 위로를 받는 느낌이 드는 건지 알 수 없었다.

찻잔 너머 비치는 그녀의 얼굴은 노을 속에서도 아름다웠고, 회색빛 그늘이 지자 또 색다른 아름다움을 뿜어내고 있었다. 공허하고 건조하던 눈은 어느새 따뜻한 기운이 감돈다.

차를 마시는 내내 유강의 눈길이 따갑게 얼굴을 따라다녔다. 고개를 들 때마다 마주치는 검푸른 눈빛을 견딜 수 없어 세아는 연지 쪽으로 눈을 돌려 버렸다.

"왕좌에 대한 욕망이 컸던 거요?"

느닷없는 물음에 세아는 동그란 눈으로 그를 돌아보았다. 그가 자신에 대해 무얼 알아보았는지 모르겠지만 그에게 비친 자신의 모습이 권력 싸움에서 밀려난 패배자의 모습으로 보인 것 같아 화가 났다.

세아는 발끈한 눈으로 대답했다.

"난 한 번도 그 자리에 대한 욕심이 없었어요!"

정말 사심 없는 마음으로 최선을 다해 살았다, 아버지께도 오라버니께도. 세상사의 비열함을 너무도 몰랐던 자신의 어리석음이 결국 일을 이렇게 만든 것이 아닌가 하는 자괴감도 든다.

"차라리 욕심을 부려볼걸, 후회하고 있습니다. 그랬으면 그렇게 쉽게 잃진 않았을 텐데 말입니다."

무진이 아닌 왕좌에 대한 욕심을 부렸더라면 무진을 그렇게 잃어버리는 일은 없었을지 모른다. 수㤀가 그런 모진 마음을 먹지 않았을지도 모른다. 무진의 소원처럼 평생 그의 충성을 받으며 오래오래 함께 있었을지도 모른다.

유강은 착잡한 마음으로 찻잔을 들었다. 자의건 타의건 권력 다툼에서 밀려난 자의 미래는 저런 것이리라. 그나마 죽음을 맞지 않은 것은 제 피붙이에 대한 무한국 왕의 배려였을까? 그녀에게 있어 이 혼인은 그저 목숨을 지키기 위한 수단이었을지도 모른다. 그런 생각이 들자 유강은 발끈 화가 치밀었다.

"그래서…… 그렇게 어이없는 행동을 했던 거요?"

유강은 세아가 감정을 주체하지 못하고 연지로 뛰어들려고 했던 그 새벽의 일을 질책하고 있었다. 그날의 행동에 대해 그는 세아가 볼모처럼 적국에 보내진 제 처지를 비관해 목숨을 끊으려 했다고 생각하는 모양이었다. 그것이 아니라고 얘기하고 싶었지만 세아는 아무 말도 하지 않았다. 어머니와 아버지의 일은 누구에게도 말하고 싶지 않은 비밀스러운 상처다.

"난 무한국과의 화친 따위엔 관심 없소."

찻잔 너머에서 들리는 그의 음성은 몹시도 차갑다.

"다만 내게 닥칠 피해가 성가실 뿐이지."

그러니 두 번 다시 지난번과 같은 짓은 하지 말라는 경고였다. 세아는 비통한 심정으로 주먹을 그러쥐었다. 유강에게 이런 소리를 듣는 것이 치욕스럽고 화가 났다. 얼른 마음을 추슬러야겠다. 언제까지나 그의 선심에 의지해 이곳에 머물 수는 없는 일일 테니까.

발끈한 세아의 얼굴을 살피던 유강은 다시 연지로 고개를 돌려버렸다. 어머니 나혜왕후의 절규와 아기 진서의 울음소리가 아직도 귓전에 쟁쟁한데 어찌하여 눈앞의 이 여자에게 측은지심이 이는 걸까? 마음속 혼란을 감당할 수가 없었다.

연지에는 어느새 저녁 빛이 내리고 세아의 얼굴은 더욱 아름다웠다. 너무나 아름다워서 슬퍼 보였다. 탁자 위에 놓인 세아의 투명한 손이 떨리고 있었다. 유강은 저도 모를 감정에 이끌려 그 손을 가만히 잡았다. 눈이 마주친 순간 움찔 달아나는 그 손을 유강은 더욱 꼭 잡았다.

"비록 지아비는 되어줄 수 없지만…… 벗은 어떻소?"

벗이 되어줄 터이니 잠깐이나마 힘겨운 마음을 기대어보란 뜻이었다. 냉혹하리만치 차갑던 그의 눈에 따뜻한 온기가 흐른다.

언제까지나 유강과 불편한 관계로 지낼 수는 없는 일이다. 혼인은 했으나 부부가 될 수 없으니, 또한 서로가 원치 않으니 차라리 벗이 되는 것도 나쁘진 않으리라는 생각이 든다.

"그러지요."

흔쾌한 대답에 유강의 입가에 미소가 지어졌다. 그의 미소는 차가움과는 전혀 거리가 먼 사람처럼 느껴진다. 세아는 어쩌면 그와 정말 좋은 벗이 될 수도 있겠다는 생각이 들었다.

그렇게 따뜻한 시선으로 서로를 바라보고 있는데 멀리서 홍영의 목소리가 들렸다.

"왕자님! 어디 계십니까? 왕자니임!"

호들갑스러운 부름에 유강은 혀를 찼다. 녀석의 갑작스러운 등장이 달갑지가 않았다.

"갑자기 그렇게 사라지시면 어쩝니까? 서찰도 써주셔야 하고, 오늘 밤에는 또 어디로 납실 것인지도 얘기해 주셔야……!"

불쑥 전각 안으로 뛰어들어 정신없이 떠들던 홍영은 유강의 눈짓을 보고서야 세아를 발견하고 머리를 조아렸다.

"어! 공주님도 계셨네요? 죄송합니다, 공주님. 소인이 무례를 범했습니다."

말은 그렇게 하지만 눈가에 가득 웃음꽃을 피우며 바라보는 모습에는 전혀 죄송한 마음이 없어 보인다.

"공주마마, 연지가 참으로 아름답지요?"

마치 오랜 친분이 있는 사람처럼 그는 스스럼없이 말을 걸어왔다. 세아가 대답 대신 고개를 끄덕이자 그는 더욱 활짝 웃었다. 웃는 모습이 너무 예뻐서 정말 사내가 맞나 의심스럽기까지 하다.

"마마께서 이곳에 계시니 연지가 더욱 빛이 납니다."

반짝이는 눈이 코앞으로 불쑥 들어왔다. 세아는 움찔 놀라 몸을 뒤로 물렸다. 그러나 홍영은 전혀 아랑곳 않고 여전히 눈을 반짝이며 세아를 바라보았다. 그 표정이 너무도 다정하고 친근하여 세아는 눈을 어디 두어야 할지 모를 만큼 당황하고 있었다.

어디선가 거친 숨소리가 들리는가 싶더니 유강이 손바닥으로 탁자가 부러지도록 내려쳤다.

"네 이놈, 홍영아!"

그 소리에 정신이 번쩍 든 홍영이 얼른 세아에게서 한 걸음 물러났다. 유강과 너무도 스스럼없이 지내는지라 공주 앞에서도 그 버릇이 나와 버렸다. 더군다나 공주의 얼굴이 전에 없이 편해 보여서 반갑기도 했다. 그래서 그 마음을 표현했던 것인데 그것이 유강에게는 무례하게 보였던 모양이다. 아무리 그래도 그렇지, 당신께는 어찌 대해도 아무 말씀 없으신 분이 갑자기 왜 저렇게 광분하실까 싶을 만큼 유강의 얼굴은 무섭게 일그러져 있었다.

"와, 왕자님."

"함부로 눈을 돌리면 사지를 찢어놓겠다는 말을 잊었느냐!"

유강의 눈에 새파란 불덩이가 이글거리고 있었다. 홍영은 방금 한 그의 말이 모두 진심임을 알아차렸다. 여차하는 순간, 유강은 정말 홍영의 사지를 찢어놓을 것이다.

"자, 잘못했습니다. 죽을죄를 지었습니다, 왕자님!"

홍영은 탁자에 부딪힐 듯 머리를 조아리며 용서를 빌었다. 씩씩거리던 유강은 여전히 화를 가라앉히지 못한 채 전각을 나가 버렸고, 홍영이 그 뒤를 재빠르게 따라 나갔다.

세아는 그제야 놀란 가슴을 움켜쥐며 의자에 등을 기댔다. 왕자의 무서운 질투를 눈앞에서 보고 나니 그제야 두 사람의 관계가 뚜렷이 인식되었다. 왕자는 이성을 놓을 만큼 홍영을 사랑하는 게 분명했다.

"그 사람을 보다가 나도 모르게 마음이 풀어져 버렸네. 분명히 어마마마와 진서를 떠올리고 있었는데 말이야."

그 모진 기억을 떠올리다가 무한국인을 만났는데 어째서 분노하지 않았을까? 오히려 위로를 받았을까? 그리고 그녀의 처지에 측은함이 일었을까?

유강은 그런 자신의 마음이 이해가 가느냐고 미월에게 물었다.

평소 무한국인이라면 치를 떨던 유강이었는데 공주에게는 처음부터 관대했다. 물론 공주가 함부로 대할 수 있는 사람이 아니기도 했지만. 그것은 미월도 마찬가지다. 처음 소천궁에 들어서는 세아를 본 그 순간부터 모진 마음은 들지 않았었다.

무엇이 자신들의 마음을 누그러뜨렸을까? 긴 세월이 약이 된 것은 아닌 것 같고, 아마도 눈을 뗄 수 없는 아름다움 때문이 아닐까? 그리고 음울한 얼굴에 비치는 가늠할 수 없는 슬픈 빛깔도 한몫했으리라.

간사한 제 마음이 느껴져 미월은 씁쓸한 미소를 지었다.

"아름다우시지 않습니까."

"아름다워서? 아름다우면 모든 것이 용서가 되는 건가?"

유강이 씁쓸한 미소를 지으며 되물었다. 아름다움에 쉬이 혹해 버린 자신이 마음에 들지 않는 모양이다.

얼음장처럼 차갑게 가두어두었던 마음이 느닷없이 꿈틀거린 것이 의아하기도 할 테지.

그러나 미월은 참 다행이다 싶었다. 유강에게서 처음으로 나른한 온기가 느껴진다. 유강은 그동안 자신을 너무 혹독하게 다그치며 살아왔다. 한 번쯤 마음의 휴식이 필요했다. 지금이 바로 그 시기가 아닌가 싶다. 그 상대가 무한국 공주라는 것이 마음에 걸리지만 어떠랴. 어차피 스쳐 지나갈 인연인 것을. 자신이 무엇을 이루려는지, 그것을 위해 어떤 선택을 해야 하는지 그것만 잊지 않으면 된다.

"공주님이 무한국은 아니지 않습니까. 그 일은 그분이 세상에 나기도 전에 일어난 일인걸요."

미월의 느긋한 말이 위로가 되었다. 어머니와 아우에게 일던 죄책감이 조금 사그라졌다.

다음날 점심 무렵, 유강이 인영전으로 차를 보냈다. 연지의 전각에서 함께 마셨던 바로 그 차다.

"벗이 된 기념으로 보내시는 거라 하셨습니다."

미월의 말에 세아는 조그맣게 미소를 지었다. 웃는 모습이 아름답다 못해 슬퍼 보인다. 무한국에서 무슨 일을 겪은 걸까? 힘들게 지어 보인 미소마저 삼켜 버릴 슬픔이라면 절대 가볍진 않을 터인데 앞으로 이곳에서 다시 겪게 될 일들을 생각하니 왠지 측은한 마음이 든다. 그래서 계획에도 없던 말이 불쑥 튀어나왔다.

"힘들거나 불편하신 일이 있으시면 언제든 말씀하십시오."

"그런 일 없네. 이곳이 아주 마음에 든다네."

진심으로 이곳 생활이 마음에 든다는 표정이다. 하루가 멀다 하고 들려오는 유강과 홍영의 망측한 소문은 물론이고, 혼인을 하고도 부부가 아닌 벗으로 지내자는 유강의 뜻에도 별 불만이 없는 듯하니 도무지 공주의 속내를 가늠할 수가 없었다. 그러나 한편으로는 저런 마음이라면 언젠가 겪게 될 일들이 공주에게 큰 상처는 주지 않을 것 같다는 생각도 들었다. 그나마 다행이었다.

세아는 곱게 포장한 화과자를 미월의 손에 들려주었다.

"이 또한 벗이 된 기념이라 전해주시게."

유강과 홍영이 다시 바람처럼 사라져 버린 어느 날, 대화궁으로 들라는 아소왕후의 명이 당도했다. 그렇잖아도 혼례를 치렀으니 엄연히 안도국 왕실의 며느리인데 인사조차 드리지 않고 있는 것에 대해 은근히 신경이 쓰이던 차였다. 유강이 없으니 혼자서 어찌해야 할지 판단이 서지 않아 세아는 미월을 불렀다.

"몸이 편치 않으시다 하시고 왕자님이 돌아오시면 함께 찾아가심이 좋을 듯합니다."

"어째서 그런가?"

미월은 쉬이 대답을 못한 채 망설였다. 왕실의 복잡 미묘한 관계를 세아에게 다 설명하기는 어려웠다. 그래서 유강의 뜻이라 전했다.

"왕자님께서 제게 부탁하신 일입니다. 공주마마 혼자서는 궁에 드시는 일이 없도록 하라고 하셨습니다."

스스로 버림받은 왕자라고 했으니 불편해하는 그 마음은 이해하겠지만 그래도 이런 식으로 피하는 것은 예가 아닌 것 같았다.

그리고 굳이 피하고 싶은 마음도 없었다.

"아니, 참석하겠네."

"마마!"

"난 소천궁의 안주인이기 이전에 무한국의 공주야. 저들이 오늘 만나고자 하는 사람도 무한국의 공주일 거라 생각하네."

기가 빠져 허망하던 눈은 어디 가고 어느새 세아의 눈빛은 단호하게 반짝였다. 간간이 보이는 세아의 이런 모습은 미월을 설레게 한다. 소주방 시비들을 단숨에 휘어잡던 모습으로 보아 어디서든 호락호락 당할 사람 같아 보이지는 않는다. 어쩌면 교만하기 이를 데 없는 왕실 여인네들과 아소왕후의 기를 통쾌하게 꺾어주지 않을까 하는 꿈같은 상상도 해보지만 역시나 무리란 생각이 들어 미월은 다시 말렸다.

"아소왕후는 물론이고 왕실의 여인들 또한 왕자님을 바라보는 눈들이 곱지 않습니다. 왕자님의 출신이 그들과 다른 탓이지요. 혹여 공주님께도 상처를 드릴까 염려됩니다."

그 말이 오히려 세아의 오기에 불을 지폈다. 유강에게 비진족의 피가 흘러 그런 시선을 보낸다면 무한국인인 자신을 바라보는 시선 또한 곱진 않으리라. 그래서 더욱 부딪혀 보고 싶었다. 비진족이란 이유만으로 벌레만도 못한 취급을 받던 무진을 한 번도 감싸주지 못했다. 그것은 자신의 모자람이었고 비겁함이었다. 언제나 마음만 아파했던 그 기억이 떠오르자 세아는 저도 모르게 주먹을 발끈 쥐었다.

"다련, 무한국에서 가져온 의복을 준비해라."

기어이 가겠다는 말이다. 미월은 조그맣게 한숨을 쉬며 미소를 지었다. 걱정도 되고 기대도 된다.

"그럼, 저도 함께 가겠습니다."

유강과 함께 쫓겨나듯 대화궁을 나오며 그곳에는 두 번 다시 발을 들여놓지 않으리라 다짐했었는데 그 결심을 꺾어야 할 때가 온 것 같았다.

세아가 차려입고 나온 옷은 무한국에서 가져온 옷 중 가장 간결하고 수수한 옷이었다. 얼굴도 머리도 화려한 치장을 하지 않았다. 그러나 간결하기에 기품이 넘쳤고, 수수하기에 청초해 보였다.

"내가 저들을 어찌 상대했으면 좋겠는가?"

"절대 저들과 맞서지 마십시오. 특히 아소왕후껜 진심을 보여서는 안 됩니다."

"자네가 내 진심을 아는가?"

톡 쏘는 질문이지만 왠지 장난기가 느껴진다. 이런 순간에 장난을 칠 여유가 있다니, 게다가 있는 듯 없는 듯 고요하던 분위기도 좀 변했다. 어딘가 모르게 활기가 넘친다고나 할까? 미월은 공주가 정말 알 수 없는 사람이라고 생각했다.

"모릅니다. 다만 왕자님께 해를 끼치지는 않으실 분 같습니다."

그 말은 진심이기도 했지만 유강에게 해가 될 행동은 절대 하지 말라는 경고이고, 부탁이기도 했다.

세아는 무한국의 예법에 따라 경왕과 아소왕후에게 절을 올렸다.

"비께서는 고개를 들라."

카랑한 음성이 들렸다. 천천히 고개를 들던 세아는 옥좌에 앉아 있는 시체 같은 사람을 발견하고 흠칫 놀랐다. 눈빛은 초점을 잃었고 피부는 검고 투박하다. 마치 생명을 다한 고목처럼 전혀 움직임이 없었다.

"경왕 전하십니다."

뒤편에서 미월의 음성이 조그맣게 들렸다. 세아가 놀란 마음을 감추고 인사를 건네자 시체 같던 경왕의 입술이 움찔했다. 그리고 힘겹게 지어 보이는 그것은 미소였다. 그런데 살짝 비치는 치은齒齗이 푸른빛을 띠고 있었다. 세아의 눈이 호기심에 반짝이는 순간 다시 미월의 음성이 들렸다.

"아소왕후십니다."

죽은 고목 같은 경왕의 옆에 만개한 꽃처럼 화려한 여자가 앉아 있었다. 안도국의 모든 권력을 한 손에 쥐고 있는 여자라고 들었다. 눈앞에 있는 경왕은 이미 시체 같은 몸이고, 일왕자인 유강은 모두가 다 아는 술주정뱅이에 계간을 일삼는 자이니 소문대로 그녀의 권력은 가히 무소불위일 거란 생각이 든다. 화려하고 당당한 그녀의 얼굴이 그것을 말해주었다.

간단한 인사를 마치고 시비의 안내를 받아 들어간 곳은 왕후가 거처하는 녹영전이었다. 조촐한 다과상을 앞에 두고 이십여 명의 여인들이 둘러앉아 있었다. 미월이 조용히 뒤에 따라다니며 그들의 신상을 일러주었다. 자기들끼리 힐끗힐끗 눈치를 살피며 수군

거리는 모습이 세아의 입장에서는 기분 나쁘기 짝이 없었지만 가
벼운 웃음으로 받아 넘겼다. 여인들 사이에 낯익은 얼굴이 있었
다. 언젠가 소천궁으로 찾아왔던 효진이다.

"전 공주께서 일찌감치 무한국으로 돌아가실 줄 알았습니다."

유강과 혼인을 한 것이 놀랍다는 표정이다. 그러나 세아는 무심
히 그 말을 받았다.

"나라 간의 혼약을 저 혼자서 깨트릴 순 없는 일이니까요."

"하긴, 오라버니의 취미가 마음에 걸렸다면 애초에 안도국에
오시지도 않았겠지요. 혹, 공주께서도 묘한 취미가 있으신 건 아
니신지요?"

무슨 연유인지 모르겠지만 그녀는 몹시 화가 나 있었고 제 분을
이기지 못해 스스로도 감당 못할 말을 쏟아내고 있었다.

"무례하십니다!"

나직하지만 노한 미월의 호통에 그제야 효진은 마지못해 물러
났다. 여인들의 눈이 일제히 미월에게로 쏠렸다. 대화궁에서 쫓겨
난 지 십여 년이 지났건만 여전히 제 분수를 모르고 설쳐 댄다 싶
은지 쳐다보는 눈들이 곱지 않다. 그러거나 말거나 미월은 고개를
더욱 빳빳이 들고 세아의 뒤를 따랐다. 저 눈들을 피해 어린 유강
을 안고 대화궁 구석구석으로 숨어 다녔던 일을 생각하면 지금도
피가 거꾸로 솟을 것 같았다. 아무것도 모르는 어린아이에게 어찌
그리도 모진 말들을 쏟아내던지, 그 말들이 가시가 되어 오늘의
유강을 만든 것이다.

오목조목한 이목구비로 보아 젊었을 때는 제법 미모를 자랑했

을 법한 늙은 여인이 교활한 웃음을 흘리며 세아를 건너다보았다.

"아름다운 신혼을 보내고 계시는가?"

그 소리에 여인들 사이에서 조그만 웃음보가 터져 나왔다.

'첫 밤은 치렀을까?'

'홍영은 어쩌고요.'

'셋이 함께 보내면 더욱 황홀한 밤이겠죠? 까르륵.'

속삭이는 소리들이 세아의 귀에 또렷이 들려왔다. 천박하다.

"정빈마마십니다. 승하하신 태저궁 전하의 계비시지요."

뒤에서 들리는 미월의 설명에 세아는 머리를 숙여 인사를 건네고 또렷한 음성으로 대답했다.

"워낙 어여쁘게 꾸며놓은 궁이라 소천궁에서 보내는 모든 날들이 제겐 다 아름답습니다."

세아의 무심한 대답에 키득 웃는 이들도 있고, 쯧쯧 혀를 차는 이들도 있었다.

아소왕후는 멀찍이 앉아 그 모습을 지켜보았다. 통쾌할 것이라여겼던 왕자의 혼인이 무한국 공주를 직접 대면하고 보니 조금도 유쾌하지가 않았다. 고통과 비관에 절어 있어야 할 공주의 얼굴이 너무도 담담하고, 조금도 주눅 든 빛이 없으니 그 모습에서 당당한 유강이 비쳐지는 것이다. 전혀 꾸미지 않고도 누구보다 강렬한 빛을 뿜고 있는 저 아름다움과 젊음이 탐이 날 지경이었다. 그 곁에 서 있을 유강을 상상하는 순간, 아소왕후는 저도 모르게 콧방귀를 뀌었다.

흥! 그래 보아야 한 번 품어보지도 못할 허깨비에 불과한 사내

191

일 뿐!

"공주께서 왕자의 허물을 그리 덮어주니 어미로서 고마울 따름이오."

카랑한 아소왕후의 음성이 울리자 실내는 순식간에 쥐 죽은 듯 조용해졌다. 모든 이들의 시선이 세아와 아소왕후에게로 쏠렸다.

세아는 왕후가 자신에게 심한 반감을 가지고 있다는 것을 느꼈다. 유강을 몹시도 미워하거나 경계하고 있는 것이 분명했다.

아소왕후는 모든 이들의 시선을 한눈에 받으면서도 전혀 주눅이 들지 않는 세아의 모습에 부아가 났다. 볼모처럼 잡혀와 비역질이나 일삼는 왕자의 비가 된 주제에 말이다. 한 번쯤 납작하게 기를 꺾어버리고 싶은 충동이 일었다.

"왕자가 또 쥐도 새도 모르게 사라졌다고요?"

"주유를 떠나신 것으로 압니다."

"홍영과 함께요?"

일순 찬물을 끼얹은 듯 싸늘한 기운이 감돌았다. 꼴깍 침 넘기는 소리도 들리고, 한숨인지 웃음인지 모를 소리를 숨기려는 괜한 헛기침 소리도 들렸다. 세아는 어떤 표정을 지어야 할지 몰라 잠시 망설였다. 그러나 이내 담담하게 대답했다.

"예, 함께 떠났습니다."

다시 쯧쯧 혀 차는 소리와 웃음을 참아 넘기려는 헛기침 소리가 한참이나 들렸다. 그 소리들이 잦아질 때까지 기다린 아소왕후는 다시 말을 이었다.

"언제까지나 그리 살 수는 없을 터, 왕자를 붙들 묘책이라도 있소?"

너무도 노골적인 물음에 모든 이들이 숨을 죽인 채 세아를 바라보았다. 일부러 수치심을 주고자 작정한 듯 왕후의 언행은 너무도 치졸하고 어이가 없었다. 세아는 왕후와 맞서지 말라던 미월의 말을 되새기며 주먹을 가만히 그러쥐었다.

쥐 죽은 듯 조용하던 여인들 사이에서 누군가 입을 열었다.

"마마, 여우의 음문을 몸에 지니고 있으면 제아무리 밖으로 돌던 사내라도 그 기운에 이끌려 돌아올 수밖에 없다고 들었습니다."

"여우의 음문? 그게 정말인가?"

"그 효험이 워낙 탁월하여 이미 많은 이들이 은밀히 지니고 다니는 것으로 알고 있습니다."

"그래? 헌데 그걸 어디서 구한다지?"

"비진족들을 통하면 아주 쉽게 구할 수 있을 것입니다. 그것이 원래 그네들로부터 전해진 비방이라 하더군요. 생전의 나혜왕후도 늘 그것을 지니고 다녔다고 들었습니다. 물론 아소왕후마마 앞에서는 그조차 소용없었지만 말입니다."

순간, 세아는 그들이 자신과 유강은 물론 그의 모후인 나혜왕후까지 욕보이기 위해 작정하고 이 이야기를 꺼냈다는 것을 알아차렸다. 어이가 없고 화가 났다.

"풋!"

저도 모르게 터져 나온 실소였다.

"이런 이야기가 왕실 여인들의 입에서 오가고 있다니 참으로 놀랍습니다!"

세아는 신기한 무엇을 발견한 듯 좌중을 둘러보며 눈을 반짝였다. 그러다 다시 풋, 웃음을 터트렸다. 놀란 미월이 옷자락을 붙들고 제지했지만 세아의 웃음은 멈춰지지 않았다. 참으로 음흉하고 잔인한 사람들이다. 어린 시절 유강도 이런 유의 이야기들에 시달렸을까?

"공주마마, 제발 멈추소서!"

나직하고 다급한 미월의 외침에 그제야 세아는 웃음을 멈추고 주위를 둘러보았다. 붉게 상기된 여인들의 얼굴이 눈에 들어왔다. 그들을 쭈르륵 스쳐 간 세아의 눈이 아소왕후에게서 멈추었다. 그녀의 얼굴은 분을 참지 못한 듯 새파랗게 질려 있었다.

차라리 시원스럽게 터트리는 웃음이었다면 한바탕 분노하고 말았을 것이다. 그러나 들릴 듯 말 듯 숨죽인 공주의 웃음은 지난날 보았던 유강의 검푸른 눈빛만큼이나 수치심을 안겨주었다. 아소왕후의 입술이 실룩 비틀어지는 순간 여인들 사이에서 앙칼진 음성이 들렸다.

"감히 왕후마마께 이 무슨 무례한 행동입니까!"

"왕후마마의 진심 어린 걱정을 이런 식으로 비웃다니, 당장 엎드려 사죄드리시오!"

"저 무례한 무한국인에게 따끔한 맛을 보여주셔야 합니다, 왕후마마!"

당장에라도 덤벼들 듯한 매서운 눈들이 세아에게로 몰렸다. 그러나 세아는 여전히 웃음 띤 얼굴로 그 눈들을 살폈다. 예전 같았으면 분명 상처 입고 분해하며 잠을 설쳤을 일이지만 이젠 아무렇지가 않다. 더 이상 자신을 상처 입힐 말은 이 세상에 없는 것 같았다. 그저 눈에 빤히 보이는 그들의 의도가 우스울 뿐이었다.

그때, 문밖에서 시녀들의 비명 소리가 들렸다. 이어 문짝이 떨어져 나갈 듯 열리더니 비틀거리며 들어서는 사람은 유강이다. 붉어 터질 듯한 얼굴과 헝클어진 머리칼, 흐트러진 옷자락은 영락없는 주정뱅이의 형상이다. 시녀들은 겁을 먹은 채 저만치 물러나 있었고, 급하게 따라 들어온 궁궐 무사들도 쉬이 접근하지 못한 채 그의 뒤에서 머뭇거리고 있었다. 그는 흔들리는 걸음으로 실내를 둘러보았다.

"이게 누구십니까? 숙모님, 고모님, 정빈…… 아니, 할마마마! 이게 얼마 만입니까? 이태 만입니까? 세 해 만입니까?"

유강의 손가락이 향할 때마다 그들은 움찔움찔했다. 겁 많고 눈물 많던 유강이 저자의 주먹패들과 어울리면서 이미 여러 번 험한 꼴을 당한 터라 지레 겁을 먹었다.

"오, 오랜만이구나, 유강."

"그간 평안하셨습니까, 할마마마?"

불쑥 다가오는 유강에게서 코를 찌를 듯한 술 냄새가 풍기자 정빈은 이마를 찌푸렸다. 이어 쯧쯧, 혀 차는 소리가 들렸다. 유강은 빈들 웃으며 다시 비틀비틀 아소왕후에게로 다가갔다. 터질 듯이 만개한 붉은 꽃 같은 아소왕후를 바라보고 있자니 구역질이 날 것 같았다. 급하게 쏟아부은 술들이 뱃속에서 요동을 쳤다. 그의 몸이 휘청 흔들리자 호위무사 두엇이 달려왔지만 손짓으로 제지를 했다. 유강은 손으로 입을 가리고 치밀어 오르는 구토를 고통스럽게 참아 넘겼다.

"나랏일로 바쁘신 분께서 어찌 소천궁까지 신경 쓰십니까? 차마 감읍하여 몸 둘 바를 모르겠습니다, 왕후마마."

머리를 탁자에 박을 듯 휘청거리던 유강이 몸을 돌려 세아를 바라보았다. 그녀는 외로운 섬처럼, 그러나 너무도 담담한 표정으로 연회장의 한가운데에 서 있었다.

흔들리는 걸음으로 다가온 그가 코를 찌를 듯한 술 냄새를 풍기며 물었다.

"괜찮소?"

한껏 흐트러진 모습이지만 목소리와 눈빛은 전혀 흔들림이 없다. 세아는 그가 술에 취하지 않았다는 것을 알았다. 이 모든 것이 연극일까? 그러나 그것을 채 파악하기도 전에 유강의 손이 얼굴로 다가왔다.

"낯빛이 창백하군."

스륵 올라온 손은, 그러나 얼굴을 쓸지 못한 채 어깨를 꽉 움켜쥐었다. 그리고 그 손은 다시 팔을 스쳐 내려와 세아의 손에 닿았다. 유강은 그녀의 손을 으스러지도록 꼭 잡았다. 그리고 다시 아소왕후를 돌아보았다.

"다시는 이런 일이 없도록 제가 잘 챙길 터이니 소천궁에는 더 이상 신경 쓰지 마소서."

그 말은 다시는 공주를 건드리지 말라는 경고처럼 들린다. 그리고 자신과 소천궁에 대해서도 신경을 끄라는 소리로 들렸다. 너무도 무례한 느낌에 발끈하려던 아소왕후는 스륵 올려다보는 유강의 검푸른 눈과 마주치자 그만 입을 다물어 버렸다. 무어라 한마디라도 했다가는 어떤 일을 저지를지 모를 만큼 그의 눈은 광기로 이글거리고 있었다. 아무리 화가 나도 저렇게 노골적으로 분노를 드러낸 적이 없던 유강이었다. 술이 주는 용기인지, 아니면 숨겨온 본성인지, 혹은 또 다른 무엇 때문인지 알 수 없었다.

세아의 손을 꼭 잡은 채 비틀거리는 걸음으로 내실을 나온 유강은 얼굴을 스치는 서늘한 바람에 그제야 조금 정신이 드는 것 같았다. 그러나 아직도 온몸이 불덩이처럼 들끓고 있었다. 대화궁을 뛰쳐나갔던 열일곱 그날의 분노가 다시금 찾아온 듯 뜨거운 분기가 목젖을 조여왔다. 다시금 녹영전으로 뛰어 들어가 무슨 짓이든 저지르고 말 것 같은 생각에 유강은 자신을 억누르려 세아의 손을 꽉 움켜쥐었다. 뒤따르던 미월이 무슨 말인가를 했지만 들리지 않았다.

성큼성큼 걷는 그의 걸음을 세아는 달리듯이 따라갔다. 그는 몹시도 화가 나 있었고 흥분해 있었다. 그래서 섣부른 행동으로 그를 자극하고 싶지 않았다.

궐 밖으로 나오자 홍영이 보였다. 세아는 잡힌 손을 재빨리 빼내었다. 그러나 유강이 다시 그녀의 손을 잡아챘다. 홍영으로부터 고삐를 넘겨받아 말에 훌쩍 오른 유강이 세아에게 손을 내밀었다.

"타시오."

세아가 망설이자 홍영이 재빨리 다가와 무릎을 꿇더니 깍지 낀 손을 내밀었다.

"타십시오, 공주마마."

유강의 무서운 질투의 눈이 정수리로 떨어져 내리는 것 같아 한참을 망설이던 세아는 얼른 타라는 그의 재촉을 듣고서야 조심스럽게 홍영의 손을 밟고 말에 올랐다. 커다란 팔이 허리를 감싸 안는 순간, 말이 힘차게 내달렸다. 뒤편에서 느껴지는 유강의 숨소리도 심장 소리도 뜨겁게 펄떡거리고 있었다. 무진에게서 전해지던 따뜻함과는 느낌이 완연히 다른, 그 뜨거움이 온몸으로 고스란히 전해져 세아는 두렵고 불편했다.

"내리시오."

고개를 들어보니 어느새 소천궁이다. 말에서 내린 유강이 팔을 벌린 채 서 있었다. 뒤따라온 말에서 내린 홍영이 그 모습을 빤히 바라보고 있었다. 다시 홍영의 눈치를 살피던 세아는 제 모습이 우스워 쓴웃음을 지었다. 불쑥 올라온 유강의 손이 그녀를 안아 내렸다. 그리고 그는 다시 손을 잡고 연지로 향했다. 홍영도 미월도 호위들도 어느새 모두 사라지고 없었다. 달빛 아래 두 사람만이 남았다. 세아는 잡힌 손을 빼보려 했지만 유강이 놓아주지 않았다.

연지로 향하는 그의 발걸음은 거칠었다. 술기운에 섞여 들려오는 숨결도 거칠다.

화가 많이 난 걸까?

그러나 얼굴을 볼 수 없으니 그의 마음도 가늠할 길이 없었다.

성큼성큼 걸어 연지의 다리 위에 다다른 유강은 세아의 손을 던지듯 놓아버렸다. 참았던 화가 한꺼번에 치밀어 올랐다.

어쩌자고 그토록 무모하게 녹영전으로 뛰어들었을까?

십여 년 공든 탑이 한순간에 무너질 수도 있는 아찔한 순간이었다. 치명적인 실수를 저지를 수도 있었다. 잠깐 이성을 잃었던 것이다. 자신을 그렇게 만든 사람이 그 누구도 아닌 무한국 공주라는 사실에 참을 수 없이 화가 난다.

"혼자서는 대화궁으로 가지 말라는 명을 전해 듣지 못했소!"

고함 소리가 연지를 쩌렁 울렸다. 세아는 그가 왜 이토록 화를 내는지 알 수 없었다. 소천궁에 누를 끼칠 만한 말은 한마디도 하지 않았다. 그의 자존심에 상처를 입힐 일도 저지르지 않았다.

"들었습니다. 하지만 거절할 수 있는 일이 아니었습니다. 그리고 피하고 싶지도 않았습니다."

"무얼 거절할 수 없고 피하고 싶지 않았단 말이오!"

"어찌 되었든 소천궁에 적을 둔 이상……."

"그대는 영원히 머물 곳으로 소천궁을 택한 것이 아니라 잠시 의탁할 곳이 필요했던 것뿐이오! 그래서 이 혼인을 원했던 것이 아닌가? 언제든 가벼이 떠날 목적으로!"

달빛보다 차가운 눈이 그녀를 내려다보았다. 그 눈보다 더 차가운 그의 말이 세아의 가슴에 서늘하게 꽂혔다. 말은 하지 않았지만 이렇게 두 사람의 마음은 확연하다. 이 혼인은 서로 잠시 소나기를 피하기 위한 목적으로 선택한 것뿐이라는 것을 그도 알고 세아도 알고 있었다.

연지에서 피어오른 밤안개에 눈앞이 흐리다. 그 축축하고 흐린 안개 속에서 다시 유강의 음성이 들렸다.

"그러니 아무것도 하지 마시오. 그저 고요히 지내다 사라지면 그뿐!"

유강은 얼음보다 더 차가운 눈으로 세아의 얼굴을 스륵 훑어보고는 돌아서 버렸다. 이렇게 냉정한 말을 하려고 연지까지 데려온 것이 아니었다. 그러나 자꾸만 그녀에게로 다가가는 마음과 그럴 수 없다는 거부의 마음이 한데 뒤엉켜 감당할 수 없이 혼란스러웠다. 그런 자신에게 구역질 나도록 화가 났다.

어떻게 무한국 여인에게 이런 마음을 가질 수 있단 말인가!

이것은 어머니에 대한 또 다른 능욕이고 어린 아우에 대한 배신이었다.

"공주님께 그런 말씀을 하시다니, 너무 과하셨습니다."

미월의 나무람에 유강은 할 말이 없었다. 그것은 스스로의 감정에서 빠져나오기 위해 내뱉은 말이었다. 비겁했다.

"내게 한 소리였어, 내게. 무한국 공주에게 자꾸만 흔들리는 내 마음이 못마땅해서."

유강은 여전히 스스로의 감정을 받아들이지 못하고 있었다. 유강의 모습이 이해되지 않기는 미월도 마찬가지다.

어떻게 무한국 공주에게 마음이 흔들릴 수 있단 말인가!

그러나 그녀는 그런 속내를 드러내지 않았다. 오히려 담담하고 무심한 표정을 지었다. 유강이 지금의 그 감정을 가벼이 스쳐 보내기를 바라는 마음에서다. 공주의 심사를 건드려 좋을 일은 없다. 그로 인해 무한국과의 화친에 금이라도 가게 된다면 모든 책임은 유강의 것이 될 테니 말이다. 그것은 아소왕후가 가장 바라는 일일 것이다.

"스치는 바람일 뿐입니다. 가벼이 맞으십시오."

미월은 가벼운 목소리로 말했다.

과연 그럴까?

그 의문에 답하듯 미월이 다시 말했다.

"그동안 너무 앞만 보고 달리지 않았습니까? 지치신 게지요. 어디든 기대어 쉬고 싶으신 겁니다. 그럴 수 있습니다. 하지만 왕자님은 그 누구보다 냉철하고 단호한 분이시라는 것을 잘 압니다. 때가 되면 떨쳐 내실 것입니다. 그렇지 않습니까?"

은근히 바라보는 미월의 눈이 무언의 압박처럼 느껴진다. 한낱 시비장이지만 유강에게는 세상에 태어나기 전부터 자신의 곁을 지켜온 태산 같은 존재가 미월이다. 그녀의 말을 듣고 나니 한결 마음이 편해졌다. 정말 스치는 바람이라면 가벼이 그 바람을 맞아 볼까, 하는 생각도 든다.

"공주의 뒤에 숨어 잠시 마음을 추스르는 것도 나쁘지 않습니다."

유강은 연지에서 며칠을 서성인 끝에 드디어 세아를 만났다. 어스름이 내리는 저녁 무렵이었다. 며칠 만에 보는 그녀는 의외로 아무 사심 없는 얼굴이었다. 마치 투명한 물빛 같았다.

"잘…… 지냈소?"

어렵게 꺼낸 물음에 세아는 가벼운 목례로 대답을 대신했다.

"며칠 볼 수 없기에 어디가 불편한가 걱정했소."

차마 마음이 불편했던 거냐고 물을 수가 없었다.

세아는 미안함이 한가득 들어 있는 유강의 눈을 한동안 바라보았다. 참으로 모진 말이었지만 그날의 말이 상처로 남아 있지는 않았다. 그의 말이 틀린 말이 아니라는 걸 알기 때문이다. 그의 말처럼 자신이 이 혼인을 선택한 것은 황성을 떠나 몸을 의탁할 곳이 필요했기 때문이다. 몸과 마음이 추슬러지면 언제든 떠날 마음도 있었다. 그런데도 소천궁의 안주인으로 섣불리 나섰던 것이 유강으로서는 결코 유쾌한 일이 아니었을 것이다. 그의 말처럼 있는 듯 없는 듯 고요히 지내다 사라져 주는 것이 예의일 것이다.

세아는 한참 만에 그의 얼굴에서 눈을 떼고 가볍게 물었다.

"기다리셨습니까?"

"아니, 난 그저…… 흠, 실은 그랬소."

"부르시지 그러셨습니까? 시비장을 보내셔도 되고 다련을 불렀어도 되었을 텐데요."

보기 드물게 긴 말을 하는 그녀의 입가에 웃음기가 번져 있었다. 그 모습에 유강은 한껏 긴장했던 마음이 탁 풀려 버렸다.

"그날 밤에는……."

"술이 너무 과하셨던 게지요."

세아는 그 말로 모든 상황을 정리했다. 그녀는 유강과의 관계가 불편해지는 것을 원치 않았다. 아직은 그런 것을 감당할 기운이 없었다. 어쨌든 그의 말은 틀리지 않았고, 이곳에서 지내는 동안만큼은 몸도 마음도 평온하기를 바란다.

그녀는 화를 내지 않는다. 서운해하지도 않는다. 자신의 말을 이해하고 용서했다는 느낌보다는 그런 감정들이 감히 들어설 자리가 없을 만큼 거대한 무엇이 그녀를 억누르고 있다고 느껴졌다. 그래서 그녀와 화해했다는 안도보다 마음이 먼저 아팠다. 그녀를 좀 더 깊이 알고 싶어졌다. 알고 나면 위로하기도 쉬워질 테니까.

"언제, 술을 한잔하시겠소?"

"……."

"과하게 마시진 않겠소."

지난번 같은 실수는 하지 않겠다는 뜻이다. 세아는 흔쾌히 고개를 끄덕였다.

"그러지요, 언제든."

이번에는 그가 아니라 자신이 과하지는 않을까 걱정되긴 하지만.

좀 더 긴 얘기를 나누고 싶었지만 어느새 내린 어둠이 그것을 방해했다. 아쉬워하는 유강을 뒤로하고 돌아서던 세아가 다시 돌아섰다. 대화궁에서 보았던 경왕의 모습이 뇌리를 떠나지 않아서다. 그저 고요히 지내다 떠나라던 그의 모진 말이 떠올라 망설여졌지만 용기를 내었다.

"전하…… 말씀입니다."

"아바마마를 뵈었소?"

"예. 하온데 환후를 앓으신 지 얼마나 되셨습니까?"

두어 해 전까지만 해도 경왕은 젊은 장정 못지않을 만큼 건강했었다. 그런데 어느 날부턴가 갑자기 시름시름 앓더니 몸이 야위면서 급격하게 나빠져 버렸다. 자신에게 말을 건넸던 것도 불과 얼마 전의 일인데 이젠 아예 혀마저 굳어버린 것 같았다. 전의들조차도 원인을 찾아내지 못하는 정말 무섭고도 모진 병이었다.

"처음엔 거동이 힘들다가 사지가 마비되고 몸이 여위고 나중엔 혀조차 마비되어 말문까지 막히신 것이 아닙니까?"

"어찌 그리 자세히 아오?"

놀란 유강의 물음에 세아는 쉬이 대답을 못한 채 잠깐 보았던 경왕을 다시 떠올렸다. 온몸이 나뭇등걸처럼 딱딱하게 굳어 도저히 살아 있는 사람으로 보이지 않던 그 모습은 아주 오래전 무한국의 소화궁에서 보았던 늙은 시비의 모습과 흡사했다. 다련보다 훨씬 이전부터 효령왕후를 모셨던 시비였다고 들었다. 그녀의 병에 대해 왈가왈부 말이 많았지만 결국 어떤 것도 밝혀지지 않은 채 그녀는 죽었다. 그러나 수많은 말들이 쉬쉬하며 떠돌았고 세아는 그 소문의 의미를 이제야 알 것 같았다. 그것은 그녀의 말문을 막아버리고 싶은 누군가의 소행이었다는 것을……

"연독鉛毒입니다."

"연독鉛毒?"

"치은齒齗이 푸른빛을 띠었습니다. 그것을 장복長服하게 되면 그런 증상이 나타납니다. 치은이 푸른빛을 띠고, 서서히 사지가 마비되고, 말문도 막히고, 급기야는 숨통까지 마비되어 죽음에 이르지요."

"그렇다면 누군가 고의로 전하께 그런 독을 썼다는 거요?"

쉽게 대답할 수 없는 말이다. 그러나 충분히 상상할 수는 있는 일이다, 권력을 향한 인간의 더러운 욕망을 안다면.

"……모르지요."

그것은 유강이 판단할 몫이라 생각했다. 돌처럼 굳어 있는 그를 두고 세아는 인영전으로 사라졌다.

경왕의 병세에 대해 의문을 가지지 않았던 것은 아니다. 그러나 대면했던 전의典醫 중 누구도 연독鉛毒에 대한 말은 없었다. 대화궁이라면 풀 한 포기조차 믿을 수 없는 존재들이란 건 알지만 이토록 무서운 일이 감쪽같이 벌어졌다는 것에 대해 유강은 소름이 끼쳤다. 박제인형처럼 앉아 있던 경왕의 모습에 제 모습이 비쳐졌다. 저자에서 홍영의 패거리를 만나 미친 듯이 살지 않았다면 지금의 자신 또한 경왕의 모습을 하고 있지 않았을까?

8

이렇게 밝은 대낮에 뜰을 거니는 것이 얼마 만인지 모르겠다. 세아는 지금 미월과 함께 따갑게 내리쬐는 볕을 즐기고 있는 중이었다. 눈이 부실 정도로 밝게 내리쬐는 햇빛이 싫지 않았다. 간간이 마른 먼지가 섞여 불어오는 바람도 성가시지 않았다. 세아는 축축이 젖은 심장을 내어 말리듯 가슴을 젖히고 하늘을 올려다보았다. 구름 한 점 없는 맑은 하늘을 바라보니 제 마음마저 가벼워지는 것 같았다.

"목검을 하나 구할 수 있겠는가?"

들리는 소리에 고개를 들어보니 공주는 하늘을 올려다보고 있었다. 햇살에 드러난 그녀의 피부는 앙상한 뼈가 드러날 만큼 투명하다. 미월은 자신이 잘못 들은 것이라 생각했다. 저렇게 여리게 생긴 공주에게 목검이란 도무지 어울리지 않는 물건처럼 여겨졌다. 소천궁으로 온 후, 이렇게 밝은 날에 밖으로 나온 것이 처음일 만큼 움직임이 적은 분이 아니시던가.

잠시 후, 공주의 음성이 다시 들렸다.

"가볍지도 무겁지도 않은 걸로 하나 구해줄 수 있겠는가?"

"무엇에 쓰시려고……?"

의아한 얼굴로 묻는 미월을 보며 세아는 그저 웃기만 했다.

오늘 아침, 눈을 뜨면서 문득 검을 만져 보고 싶다는 생각이 들었다. 무한국을 떠나며 두 번 다시 검을 잡지 않으리라 다짐했었는데 이상하게도 갑자기 그것이 그리웠다. 그와 함께 평소 같으면 도무지 일어나고 싶지 않던 침상에서도 쉽게 일어났고, 쓰디쓰기만 하던 음식들에서 단맛이 느껴졌다.

무얼까, 이것이?

대화궁에서 보았던 끔찍하고 비릿한, 그리고 한편으로는 모질고도 무서운 느낌이 들던 그 눈빛들에게 화가 났다. 푸른빛의 치은을 드러내며 힘겹게 웃어 보이던 경왕의 모습과 독한 술 냄새를 풍기며 휘청이던 유강의 모습이 세아의 마음을 건드렸다. 그 모습은 아무래도 부당해 보였다. 왜 그들은 그런 모습으로 무너지고 있을까? 의문이 일었다.

인영전을 나온 미월은 여전히 의아한 눈으로 다련에게 물었다.

"자네는 공주마마의 뜻을 알겠는가?"

"무엇을 말입니까?"

"어찌하여 목검을 찾으시는지 말일세."

그 소리에 다련 역시 세아처럼 웃기만 했다.

"혹시 마마께서 무한국에 계실 때 검술을 익히셨는가?"

여린 몸매로 보아 절대 그럴 일은 없는 듯 보이지만.

다련은 대답 대신 엉뚱한 말을 되물었다.

"이곳 소천궁의 무사가 몇이나 됩니까?"

"족히 서른은 넘을 것일세. 물론 개중 절반이 왕자님의 호위들이지만. 허나 신변의 안전을 걱정할 필요는 없네. 소천궁을 지키는 바깥 병사가 또 몇백은 되니……."

미월은 대화궁에 다녀온 것이 세아에게 불안을 심어준 모양이라고 생각했다. 그래서 스스로 검술이라도 익혀두려는 건지?

"왕자님의 호위를 뺀 무사들이 여남은 명은 되겠군요?"

무엇을 가늠하는 듯하던 다련이 미월의 귀에 입을 가까이 가져와 속삭였다.

"우리 공주님은 그 모두를 한번에 대적하실 수 있습니다."

놀라 돌아보니 다련이 거만한 표정으로 웃고 있었다. 미월은 이 사람이 하란 대답은 아니 하고 어찌 이런 쓸데없는 농담을 하나 싶어 눈을 흘겼다.

"흠, 어쨌든 왕자님께 여쭤는 보겠네."

멀어지는 미월을 보며 다련은 다시 한 번 미소 지었다. 세아가 드디어 살고자 하는 마음이 생긴 것일까? 밝은 대낮에 뜰을 거닐고, 그토록 꺼리던 밥도 한 그릇 뚝딱 비우고, 이젠 검까지 찾고 있다. 어쩌면 대화궁에 들어갔던 것이 세아의 심경을 자극한 건지도 모른다.

미월이 전하는 말을 듣고 유강 역시 의아한 표정을 지었다.

"목검을 무엇에 쓰려고 그러지?"

"여쭤도 웃기만 하시니 저 또한 궁금할 따름입니다."

아무리 생각하여도 그 여린 몸에 목검은 어울리지 않는다. 아니, 어쩌면 검을 조금 다룰 줄 알지도 모르겠다. 안도국에서는 여인들이 칼을 잡는 경우가 거의 없지만 무한국에서는 여인들도 칼을 잡는다는 소리를 들은 적이 있었다. 그만큼 무한국이 호전적인 나라라는 얘기다. 호전적인 나라의 호전적인 공주를 상상하며 유강은 웃음을 지었다.

"저녁에 술상을 좀 봐주어야겠어."

유강이 소천궁에서 술을 마시는 일은 좀처럼 없는 일이었다. 특별한 손님이라도 오는 걸까?

"인영전에서 마실 거라네. 공주께도 그리 전해주게."

"왕자님!"

미월의 눈에 놀라움과 함께 불안이 깃들었다.

마음 아프지만 세아는 언젠가 유강이 모질게 버려야 할 사람이다. 그래서 미월은 두 사람이 되도록이면 몸도 마음도 가까워지지 않기를 바랐다. 설사 공주의 아름다움에 잠깐 마음을 빼앗겼다 하더라도 유강은 절대로 무한국인을 받아들이지 못할 것이다. 유강의 가슴속 상처가 그 스스로도 알아차리지 못할 만큼 크다는 것을 미월은 알고 있었다. 그래서 말리고 싶었다. 스치는 바람일 뿐이니 가벼이 맞으라고 충고했었지만 막상 마음이 움직이는 유강을 보니 은근한 불안이 엄습한다. 남녀의 정이라는 것이 얼마나 무섭고 질긴 건지, 그리고 허무한 건지 알기에. 세아보다는 유강이 입을 상처가 더 클 것이다.

"왕자님, 신중히 생각하심이⋯⋯."

유강은 미월이 걱정하는 것이 무엇인지 안다는 듯 가볍게 대답했다.

"걱정 말아. 그저 술을 마시려는 것뿐이야. 진실로 벗이 되고자 함일세."

"정말이시지요?"

"그래. 마냥 이렇게 불편하게 지낼 수는 없잖은가?"

부부의 연을 맺을 수는 없으니 벗으로 지내겠다는 것이다. 미월은 미심쩍은 눈으로 유강을 살피다가 그곳을 나왔다.

어둠이 내리고 벌레들도 잠이 든 깊은 저녁, 유강이 찾아왔다. 시비들은 물론 다련까지 일찌감치 물러가게 한지라 유강이 인영전으로 들어온 모습을 본 사람은 미월뿐이었다.

"못 오시는 줄 알았습니다."

"그럴 뻔했소. 홍영이 녀석이 좀체 잠들지 않아서 말이오."

얼굴을 가까이 가져와 은밀하게 속삭이는 그의 말에 세아의 얼굴이 화끈 달아올랐다. 꼭 남의 연인과 몰래 부정한 짓이라도 하는 것 같은 생각이 들어 당황스럽다. 저도 모르게 움찔 물러나는 그녀를 보며 유강은 웃음을 터트렸다. 나약한 줄만 알았더니 강인한 구석이 있었고, 그렇기에 대범할 거라 여겼는데 놀란 토끼마냥 물러나는 그녀의 모습은 오히려 귀엽기까지 했다. 검푸른 눈이 코앞으로 불쑥 다가왔다.

"안심하시오. 마음이 하늘보다 넓어 섣부른 오해 따위는 하지 않는 녀석이니."

그리고 다시 빙긋 웃었다. 그의 눈가에 묻어나는 장난기가 친근하게 느껴졌다. 그제야 세아는 그를 만날 때마다 그런 기분을 느꼈었다는 것을 깨달았다. 그에게 이렇게 쉽게 마음이 열린 것도, 그리고 그의 행동들이 쉽게 이해되는 것도 다 친근하게 느껴지는 장난기와 무진을 닮은 저 검푸른 눈빛 때문이었던 것 같다.

연엽주蓮葉酒의 쌉쌀하면서도 부드러운 맛은 오래도록 입안에 감돌았다. 무한국에서는 맛보지 못한 독특한 술맛이다. 오랜만에 마시는 때문일까 아니면 그의 친근함에 마음을 풀어버린 탓일까? 연거푸 받아 마신 술에 세아는 자신도 의식하지 못한 사이 취하고 있었다.

"서리가 내리기 전에 딴 연잎으로 담근 술이라오. 다른 어떤 술과 섞여도 독특한 제 향을 잃지 않는다오."

유강은 다시 빈 잔에 술을 채워주며 세아의 얼굴을 훔쳐보았다. 얼굴빛은 전혀 변함이 없지만 한층 반짝이는 눈빛과 보일 듯 말듯 간간이 비치던 미소가 잦아진 것으로 보아 취기가 조금 오른 것 같았다.

연지처럼 고요하던 그녀에게서 낯선 바람이 느껴졌다. 그녀는 연지에 떨어지는 빗방울처럼 쉼 없이 재잘댔다. 유강은 그 모습이 신기하여 다시 술을 권했다. 어쩌면 그녀 본연의 모습이 이런 건지도 모른다는 생각이 들었다.

"어릴 적에는 늘 남장을 하고 다녔기 때문에 입을 열지 않으면 모두들 저를 사내아이인 줄 알았지요."

"어째서 남장을 하고 다녔소?"

"그건……."

어머니를 잃고 무너지는 수총가 너무 가엾어서, 수총를 향한 아버지의 집착이 너무 무서워서, 그리고 그대로 두면 두 사람 모두를 잃어버릴 것 같아서. 그래서 아주 잠깐만 수총를 대신해 주고 싶었다. 그 순수했던 행동이 어떤 이들에게는 욕망으로 비쳤을지도 모르겠다.

"사내처럼…… 그리 살고 싶었습니다. 무한국에서는 여인들도 종종 사내 복장을 하고 말을 타고 검도 휘두른답니다."

"그대도 그랬소? 그대도 검을 휘두르고 말도 타고 그랬소?"

바짝 다가와 묻는 그의 눈에 흥분이 일었다. 유강은 신기한 무엇을 발견한 듯 흥분한 눈으로 그녀의 아래위를 스륵 훑었다. 세아는 그 눈길이 민망하기도 하고 재밌기도 해서 웃음이 났다. 세아는 찰랑거리는 술잔을 홀짝 들이켜며 대답했다.

"예, 말을 타고 산천을 누볐지요."

말을 타고 산천을 누볐던 그때를 떠올리는 듯 그녀의 눈은 아득한 행복에 젖어 있었다.

말에만 오르면 어디로든 달릴 수 있었던 그때, 감당할 수 없이 내달리는 그녀의 뒤에는 언제나 무진이 있었다. 그래서 달리는 그곳이 바위투성이든 벼랑 끝이든 두려울 것이 없었다.

순간, 가슴이 뜨끔하게 아파왔다. 세아는 얼른 술잔을 채워 다시 들이켰다. 내내 순하게만 느껴지던 술이 불덩이를 삼키는 듯 뜨겁다. 그 불덩이를 잠재우기 위해 세아는 다시 술을 마셨다. 그리고 다시 잔에 술을 채우는 순간 유강의 손이 먼저 그 잔을 잡았다.

"말을 태워주리다. 다음번 주유 땐 함께 떠납시다."

말을 타고 산천을 누비던 그 순간들이 그리워 연거푸 술을 들이켠 것이라고 생각하는 모양이다. 세아는 피식 웃음을 흘렸다. 그러나 그 웃음이 웃음으로 비쳐지지 않는다는 걸 그녀는 몰랐다.

세아의 슬픈 미소를 보며 유강은 잡고 있던 술잔을 단숨에 들이켰다. 그리고 술잔을 채워 그녀에게 내밀었다. 무언지 모르지만 그녀가 꺼내지 못하고 있는 어떤 말을 술로써 다 토해내기를 바랐다. 이 연엽주가 그녀를 위로해 주기를.

세아는 망설임 없이 술잔을 받아 마셨다. 지금 이 순간, 자신이 진정 원하는 것은 어설픈 위로가 아니라 바로 술이라는 것을 그도 알아차린 모양이었다. 다시 술잔이 건너왔고 그녀는 다시 마셨다. 절대 취하도록은 마시지 않으리라 생각했던 애초의 결심은 어디로 사라지고 없었다.

술이 그리웠던 걸까? 사람이 그리웠던 걸까?

술잔을 부딪치며 이런저런 얘기를 나누는 사이 술잔도 놓고 싶지 않았고, 유강도 놓아주고 싶지 않았다. 그가 차갑고 모진 구석이 있는 사람일 거라 여겼는데 의외로 재미있고 편하다. 그가 정말 오래된 벗처럼 느껴졌다. 검푸른 눈에 웃음기가 담길 때면 더더욱 그랬다. 그래서 결코 물을 수 없었던 질문들도 쉽게 나온다.

"어쩌다가 그 사람을…… 홍영을 사랑하게 됐어요? 정말 신기하고 궁금해요."

그녀에게서는 궁금함 외의 그 어떤 감정도 찾을 수 없었다. 눈앞의 유강에 대해서는 아무런 감정도 없는 듯하다. 아니, 그녀는 자신들이 혼인을 치른 부부라는 사실조차도 인식하지 못하는 듯하다.

유강은 술기운에 붉게 물든 얼굴을 바라보며 그녀를 처음 보았던 그날의 느낌을 얘기해 주었다.

"너무도 아름다웠소, 잠시 나 자신을 잃을 만큼."

자신을 잃을 만큼 그의 아름다움에 반했었다는 유강의 고백에 세아는 침을 꼴깍 삼켰다. 마치 세아의 얼굴에서 홍영을 그리는 듯 그녀를 바라보는 유강의 눈빛은 너무도 뜨거웠다.

무진도 살아 있었다면 저런 눈빛으로 나를 보아주었을까?

한 번도 무진에게서 저런 눈빛을 받아본 적이 없다. 무진은 그림자처럼 그녀를 따라다녔지만 그의 눈은 언제나 멀리 있었다. 조심스러웠고, 힘겨워했다. 저토록 뜨거운 눈빛을 받을 수 있는 홍영이 부러웠고, 그런 눈으로 보아줄 홍영을 가진 그도 부러웠다. 세아는 흐려지는 눈을 깜빡이며 다시 술을 마셨다. 정신이 몽롱하고 눈앞이 흐려졌다. 급기야 세아는 쓰러지듯 탁자에 이마를 기댔다. 온몸이 아득한 어딘가로 빨려드는 것만 같았다.

잠결에 나직한 한숨 소리와 함께 커다란 손이 머리를 스륵, 만지는 것이 느껴졌다. 세아는 가까스로 눈을 뜨고 고개를 들었다.

검푸른 눈동자가 그녀를 뚫어지게 바라보고 있었다. 세아는 눈을 잠깐 감았다가 다시 떴다. 여전히 그 눈은 사라지지 않았다. 뚫어질 듯 바라보는 검푸른 눈에 웃음기가 감돈다. 세아는 그 눈을 향해 손을 뻗었다.

"무진아……."

금방이라도 사라져 버릴 환영 같아 두려웠다. 그러나 환영이 아니다. 손끝에 닿는 것은 허공이 아니라 따뜻한 체온이 느껴지는 살아 있는 얼굴이었다. 세아는 두 손으로 다급하게 그 얼굴을 더듬었다. 정말 무진이 눈앞에 앉아 있었다. 열다섯 그때처럼 검푸른 빛의 아름다운 두 눈이 고스란히 살아 있는 무진이다.

"무진아. 아, 무진아……."

얼굴을 더듬으며 어쩔 줄 모른 채 울고만 있는 세아를 물끄러미 바라보던 그가 천천히 다가왔다. 그리고 그녀를 꼭 품어 안았다. 넓고도 따뜻한…… 그것은 분명 무진의 품이었다. 무진을 잃고 단 한 번도 소리 내어 울어보지 못했다. 그 울음이 가슴에 쌓여 숨조차 쉬기 힘들었다. 세아는 무진의 가슴에 얼굴을 묻고 아이처럼 울음을 토해내었다. 모든 것이 살아 있는 실제 같은, 그러나 이것은 결코 현실이 아닌 꿈일 거라고 세아는 울면서 생각했다.

손가락조차 움직일 수 없을 정도로 온몸이 나른했다. 세아는 무거운 눈꺼풀을 들어올리고 주위를 살폈다. 언제나 눈을 뜨면 보이던 푸릇한 새벽빛이 아니다. 휘장을 드리우고 있었기 때문에 알 수는 없었지만 날이 밝은 지 한참이 된 것 같다. 여전히 술기운이 남은 듯 쉬이 몸을 일으킬 수 없었다. 멀뚱하게 천장을 응시하던 세아는 다시 눈을 감아버렸다.

무엇이 어떻게 된 건지 기억이 나질 않는다.

유강이 찾아왔고 함께 술을 마셨다. 술도, 그도 놓고 싶지 않을 만큼 아주 즐거웠던 느낌 외에는 기억이 없었다. 아무리 술을 마셔도 한 번도 정신을 놓은 적이 없었는데 연엽주의 순한 맛에 방심을 했던 모양이다. 조심했었어야 했는데 추태를 보인 건 아닌지 은근히 걱정되었다.

그러다 문득 세아는 현실처럼 생생했던 그 꿈을 떠올렸다. 떠난 지 한 해 반 만에 무진은 처음으로 그녀의 꿈속에 찾아왔다. 꿈속이지만 그는 아주 건강해 보였고, 세아의 가슴에 여전히 상처처럼 박혀 있는 그 눈도 멀쩡했다. 그런데 왠지 느낌이 달랐다. 이승의 몸이 아니어서 일까? 좀 더 자세히 보아둘걸, 우느라 정신이 없어 무진의 얼굴을 마음껏 보아두지 못한 것이 후회스러웠다.

다련은 이른 새벽부터 문 앞에서 세아가 일어나기를 기다리고 있었다. 어제저녁에 워낙 일찍 잠자리에 들었던 탓에 일찍 눈이 떠졌다. 덕분에 세아의 새벽 산책에 따라나설 수 있어 다행이라는 생각이 들었다. 얼마나 서성였을까? 기척 소리도 없이 문이 벌컥 열렸다. 그리고 밖으로 나온 사람은 놀랍게도 세아가 아니라 낯선 사내였다. 너무 놀란 나머지 입만 벙긋거릴 뿐 목에서는 아무 소리도 나오지 않았다. 높은 곳에서 내리꽂히는 눈빛이 예사롭지가 않다. 다련은 그가 소천궁의 주인, 유강 왕자라는 것을 직감했다. 먼빛으로 두어 번 보았지만 유강을 제대로 보는 것은 이 순간이

처음이었다. 남색을 즐기는 사람이라 여릿하게 생기지 않았을까 생각했는데 생각했던 것보다 훨씬 건장하고 사내다운 모습이었다.

다련이 무어라 말을 하려는 순간 유강이 제 손가락을 입으로 가져갔다. 아무 말도 말라는 표시다. 그는 가벼운 눈인사를 건네고 성큼 걸어 마당으로 내려섰다. 그리고 다련을 돌아보며 다시 한 번 입을 다물라는 표시를 했지만 아침 준비를 위해 부엌으로 들어서던 시비도, 비를 들고 마당으로 내려서던 시비도 이미 그를 보아버린 후였다. 오랜 계간으로 여인을 안지 못한다던 왕자가 세아의 방에서 밤을 새우고 나오자 모두들 놀란 나머지 입을 다물지 못하고 있었다. 두어 걸음 걷던 왕자는 다시 고개를 돌려 세아의 방을 오래도록 바라보다가 인영전을 나갔다.

왕자와 공주가 첫 밤을 치렀다는 소문이 삽시간에 퍼져 소천궁을 들썩이게 했다. 그것을 아는지 모르는지 세아는 해가 중천에 뜨도록 기침을 하지 않았고, 소문은 더욱 부풀어 올라 왕자의 격렬한 사랑을 견디지 못한 공주가 밤새 여러 번 혼절을 했으며 급기야 몸져누웠다는 말까지 입에서 입으로 전해졌다. 급기야 미월이 나서서 입단속을 시키고서야 소문은 잦아들었다.

다음날, 왕자의 부름을 받고 미월을 따라 유강의 처소에 들어선 다련은 떨려오는 마음을 가누지 못한 채 치맛자락을 움켜쥐고 있었다. 밑도 끝도 없는 소문이 소천궁을 휘저은 다음이라 인영전 시비들의 입단속을 시키지 못한 죄를 묻지 않을까 두려웠다.

왕자는 과묵했다. 그 묵직함을 견딜 수 없어 고개를 들던 다련은 서늘한 기운이 감도는 그의 검푸른 눈과 마주친 순간 다시 그 자리에서 얼어버렸다. 너무도 차가운 눈이다.

"무진이 누구지?"

느닷없이 그가 물었다. 다련은 아무 대답을 못한 채 그를 바라보고만 있었다.

"무엇 하는가? 어서 대답하지 않고!"

답답해진 미월이 다그쳤지만 다련은 여전히 대답을 못한 채 머뭇거렸다. 유강은 미월에게 나가라는 시늉을 했다. 미월이 나가고 둘만 남자 유강이 다시 물었다.

"무진이란 자가 누구냐?"

다련은 그의 눈길을 피하며 힘겹게 대답했다.

"저, 저는 모릅니다."

무진은 온몸에 칼을 맞고 秀에게 업혀온 세아가 정신이 없는 내내 찾던 그 이름이었다.

언젠가 秀가 걱정되어 모련전을 빠져나와 소화궁에 숨어들었던 다련은 秀와 놀고 있는 세아를 만난 적이 있었다. 어느새 청년이 되고, 아리따운 처녀가 된 秀와 세아의 곁에는 또 한 사람의 청년이 있었다. 수려한 이목구비와 검푸른 눈빛이 유난히 아름답던 외눈박이 청년이었다. 그의 이름이 무진이었던가?

다련은 다급히 머리를 흔들며 다시 대답했다.

"모릅니다. 한 번도 들어보지 못한 이름입니다."

유강은 차가운 눈으로 다련을 노려보았다. 오래도록 공주를 모셔왔을 것이 분명한 여자가 고개까지 흔들며 모른다고 하자 저도 모르게 부아가 났다.

"공주가 알고 있는 이름을 네가 어찌 모르느냐!"

눈빛만큼이나 차가운 음성이다. 그러나 다련은 여전히 고개를 흔들었다. 세아의 품에서 죽었다던 그 청년을 자신은 진심으로 모른다. 그가 세아에게 어떤 존재였는지는 더더욱 모른다.

"저는 공주님의 일곱 살 이후의 삶을 알지 못합니다."

"처음부터 공주를 모셨던 것이 아니냐?"

"공주마마의 모후이신 효령왕후께서 승하하신 후 전 내내 모련전에 갇혀 지냈습니다. 공주마마를 다시 만난 것은 이곳으로 오기 몇 달 전이었습니다."

어째서 모련전에 갇혀 지냈는지, 어떻게 세아를 따라오게 되었는지 유강은 묻지 않았다. 그런 것 따위는 조금도 궁금하지 않았다. 오로지 세아가 눈물을 흘리며 부르던 그 이름만이 궁금했다.

"어린 시절 공주마마는……."

"그만 나가보게."

짧은 말로 다련의 말을 막으며 유강은 두 손에 얼굴을 묻어버렸다.

"애초에 사내를 원치 않으니 왕자님은 제게 더없는 상대입니다."

그 말의 뜻을 이제야 온전히 이해할 것 같았다. 공주는 다른 어떤 사내도 원치 않을 만큼 깊이 사랑하는 사내를 가슴에 품고 있었던 것이다. 유강은 입술을 깨물었다.

무한국에 두고 온 걸까? 아니면…….

그런 상황에서 혼인을 강행한 공주에게 분노가 일었다. 그러나 그것에 대해서는 자신 또한 할 말이 없는 사람이었다. 그녀도 자신도 어차피 형식일 뿐인 혼인이라는 것을 알고 있었던 사실이 아닌가. 그래도 화가 나는 건 어쩔 수 없었다. 그녀 속에 누군가 있다는 것이 견딜 수 없이 화가 난다. 그는 화끈거리는 가슴을 쓸어내렸다.

아이처럼 안겨 울던 세아는 제 눈물에 지쳐 잠이 들어버렸고, 그는 방을 나오기 직전까지 그녀를 품고 있었다. 의자에 앉아, 그리고 침상에 누워 들었던 그녀의 숨소리와 조그만 뒤척임조차 잊혀지지 않는다.

악에 받친 효진의 음성이 소천궁을 쩌렁쩌렁 울렸다.

"제게 어찌 이러실 수가 있습니까? 제게 어찌! 십수 년간 오라버니만 보고 살아온 제게 이러실 수는 없는 겁니다!"

아침부터 소천궁으로 찾아온 효진이 눈물바람으로 앙탈을 부리고 있었다. 적저군은 왕실에서 유일하게 유강에게 따뜻했던 사람이다. 그래서 그의 딸인 효진과도 격의 없이 지냈고, 소천궁을 마음대로 드나들어도 상관하지 않았다. 간간이 비치던 야릇한 눈길과 노골적인 투정은 시샘 많은 누이의 귀여운 행동쯤으로 가볍게 여겼는데 제 딴엔 그게 아니었던 모양이다.

유강은 성가신 표정으로 멀리 연지의 다리를 건너다보았다. 세아가 보이지 않는다. 술을 마신 그날 이후, 이틀째 그녀를 만나보지 못하고 있었다. 스치는 바람이 마음만큼이나 칼칼하고 마르다.

"적저군께서는 평안하시냐?"

유강은 효진의 앙탈을 무시한 채 지나가는 말처럼 그렇게 물었다.

"제 마음이 이럴진대 아버님께서 어찌 평안하시겠습니까!"

하긴, 저 성미에 제 아비인들 가만두었겠는가. 아마 숨도 못 쉬게 달달 볶았을 것이 분명하다. 도대체 내게 무얼 원한단 말인가?

무심한 눈으로 내려다보는 유강을 보며 효진은 다시 앙탈을 부렸다.

"제가 이 소천궁의 안주인이 되리라는 것을 한 번도 의심해 본적이 없습니다! 지금껏 연지를 돌보고 이 궁을 가꾼 것도 바로 접니다! 그런 제게 한마디 상의도 없이 이러실 수는 없는 겁니다! 으흐흐흑……."

여남은 살에 유강을 만나 첫눈에 반해 마음에 담아버렸다. 대화궁에서 쫓겨나 버림받은 왕자로 대연을 떠도는 모습이 너무도 측은했다. 홍영의 패거리들과 어울려 저자를 떠돌고 주먹질을 일삼을 때도 그의 행동을 탓하기 이전에 마음부터 먼저 아팠다. 홍영과 온갖 추잡한 소문이 떠돌 때도, 안도국의 모든 이들이 유강을 욕하고 손가락질해도 자신만은 그의 편이 되어주리라 다짐했었다.

유강이 무한국인을 얼마나 증오하는지 알기에 무한국 공주와의 혼인이 결정나고도 걱정하지 않았다. 그가 어떤 식으로든 혼인만은 피해가리라 생각했었다. 피치 못하여 혼인을 하게 되더라도 그것은 형식일 뿐인 혼인이 되리라 생각했었다. 그런데 그날 녹영전에서 보았던 유강의 모습은 실로 충격이었다. 핏발이 선 눈으로 녹영전으로 뛰어든 유강이 가장 먼저 살피던 사람은 무한국의 공주였다. 그녀에게로 향하던 그 애틋한 눈길과 손길, 그리고 급기야 그녀의 작은 손을 삼키듯 꼭 잡던 유강의 커다란 손이 효진을 충격으로 몰아넣었다.

유강은 무심하고 냉정한 사람이다. 그런데 애틋한 눈길이라니! 그것은 자신이 아는 유강이 아니었다. 집으로 돌아와 며칠 내내 속을 끓이고 있던 중 유강이 공주와 첫 밤을 치렀다는 청천벽력 같은 소문이 들려왔다. 그래서 이성을 잃고 달려온 것이다.

"이건 아니지 않습니까? 이건……! 어찌 제가 아닌 다른 이가 소천궁을 차지한단 말입니까!"

"난 널 소천궁의 안주인으로 들이겠다고 말한 적이 없다."

"싫다고 말한 적 또한 없지 않습니까! 왕실의 어느 누구도 드나들지 못하는 이 소천궁을 저만은 마음껏 드나들었습니다. 모든 이들에게 얼음같이 차가운 분이 저한테만은 늘 따듯하셨지 않습니까?"

"적저군 때문이었다. 그는 내가 왕실에서 유일하게 친족이라 여기는 분이니 너 또한 그리 생각했다. 누이처럼……."

"전 오라버니의 누이가 아니라 여인이 되고 싶었습니다!"

앙칼진 목소리와 함께 효진의 눈에서 눈물이 후둑 떨어졌다. 당황스럽다. 남색을 즐긴다고 소문이 자자한 자신에게 그런 마음을 품다니, 도대체 무슨 생각인지?

"몰랐던 것이냐? 내가 홍영이와……."

그 소리에 효진이 발끈하며 고개를 들었다.

"거짓입니다! 거짓이라는 거 다 압니다!"

너무나 단호한 음성에 유강은 순간 움찔했다. 무엇을 알고 하는 소린지 아니면 넘겨짚어 내뱉는 소린지 가늠할 수 없었다. 요란한 소리에 숨어서 보는 눈들이 하나둘 늘어나더니 급기야 온 소천궁 식솔들이 다 나온 듯 웅성거렸다. 호위병사들의 험악한 눈짓에도 그들은 좀체 물러날 생각이 없었다. 대연에서 소외되듯 외떨어진 소천궁에서는 좀처럼 보기 힘든 구경거리가 생긴 탓이었다.

"거짓이잖습니까! 다 압니다!"

다시 한 번 앙칼진 음성이 들리자 유강의 입술이 실룩 비틀어졌다.

"기어이 눈앞에서 증명해 보여야 믿으련?"

물으며 스륵, 주위를 살피던 그의 입가에 기괴한 웃음기가 번졌다. 그리고 자다 일어나 무슨 영문인지도 모른 채 나와 있던 홍영에게로 성큼 다가갔다.

홍영은 무서운 얼굴로 다가서는 유강을 보며 저도 모르게 침을 꿀꺽 삼켰다. 도대체 무슨 짓을 하시려는가, 생각하는 순간 유강의 입술이 숨을 막아버렸다.

아침 산책을 나온 길이었다. 늘 조용하던 소천궁이 그날따라 어수선했다. 웅성웅성 시끄러운 그곳은 유강의 거처인 수경전 같았다. 시비들이 호위병사에 내쫓겨 밀려 나오는 모습이 보였다. 그러나 그녀들은 다시 수경전 쪽으로 우르르 몰려갔다. 무언가 대단한 구경거리가 생긴 모양이다. 잠시 후, 누군가 두 손으로 얼굴을 감싼 채 수경전을 빠져나와 달아나는 모습이 보였고, 몇몇 병사와 시비들이 그녀의 뒤를 따라 달려가는 모습도 보였다. 아무래도 오늘 아침은 조용한 산책이 힘들 것 같다는 생각을 하며 돌아서려는데 수경전 뒤편 연지 끝으로 달려가는 홍영의 모습이 보였다. 그는 연지와 물길이 이어진 담벼락 아래에서 허리를 꺾은 채 무언가를 게워내고 있었다. 참 어수선하고 혼란스러운 아침이었다.

아침의 소동 탓인지 인영전도 종종거리는 시비들의 발걸음 소리, 속삭이는 소리로 내내 어수선했다.

정말 무슨 일일까?

세아는 궁금증을 참지 못한 채 다련을 불러 물었다. 그러나 다련은 아무 일도 아니라며 발뺌만 했다. 그것이 세아의 궁금증을 더욱 증폭시켰고, 결국 다련을 다그쳐 답을 듣고 말았다.

"왕실의 효진이라는 사람이 왕자님을 마음에 담고 있었던 모양입니다. 얼마 전 왕자님과 공주님, 두 분이 인영전에서 첫 밤을 보냈다는 소문이……."

천천히 말을 이으며 다련은 세아의 눈치를 살폈다. 사실 그날 밤의 일에 대해서 누구보다 궁금한 다련이었지만 왕자도 세아도 아무 말을 하지 않으니 섣불리 물을 수도 없었고, 아는 척할 수도 없었다.

"첫 밤이라니?"

"왕자님께서 새벽에 인영전을 나가시던 날……."

"술을 마셨네. 그뿐이야."

단호한 세아의 말에 다련은 당황스러움을 감추지 못한 채 머리를 조아렸다.

"송구하옵니다, 마마. 소인이 어린것들의 입을 단속하지 못했습니다."

다련이 전해주는 소문의 내용은 실로 민망스러웠다. 하긴, 살이 붙기 시작하면 걷잡을 수 없어지는 것이 소문이니 무슨 말인들 나지 않았겠는가. 말없이 앉아 있던 세아는 모든 것이 제 탓인 양 고개를 숙이고 있는 다련을 달랬다.

"소문이란 게 단속한다고 단속되어지더냐? 자네 탓이 아니야."

그런 소문 따위, 신경 쓰지 않는다. 세아는 어서 다음 말이나 이으라는 듯 다련을 건너다보았다. 다련은 침을 꿀꺽 삼키고 다시 말을 이었다.

"그 소문이 그분의 귀에까지 들어간 모양입니다. 하여 새벽부터 눈물바람으로 달려와 이 소천궁의 안주인은 자신이라 소리 지르며 패악을 부렸답니다."

이건 또 무슨 소린가? 왕자에겐 이미 연인이 있지 않던가! 효진이 단순히 소천궁 안주인의 자리를 원한다는 소린지 아니면 진짜 왕자를 마음에 두었다는 소린지 모르겠다.

"그 사람 말이, 자신은 누이가 아닌 여인이 되길 원했다, 왕자님이 남색을 즐긴다는 말은 다 거짓이다, 그리 소리치더랍니다."

세아는 담담한 눈으로 다련의 다음 말을 기다렸다. 망설이던 다련이 한참 만에 겨우 입을 열었다.

"그러자 왕자님이 '기어이 눈앞에서 증명해 보여야 믿으련?'
하시며 곁에 있던 홍영이란 청년을 끌어당겨……."

다련은 더 이상 말을 이을 수 없었다. 소천궁의 온 식솔들이 지
켜보는 가운데 홍영의 입술을 삼켰다던 왕자의 모습을 도저히 제
입으로 전할 수 없었다. 다련의 말을 듣지 않아도 유강의 행동이
짐작되어 세아는 씁쓸한 미소를 지었다. 자신을 보아달라며 눈물
짓는 여인 앞에서 홍영을 취하다니…….

"보기보다 모진 구석이 있는 분이시구나."

그리고 다시 중얼거렸다.

"내겐 다행스러운 일이다."

그런 모진 성격이라면 언제든 자신과의 관계도 쉽고 깨끗하게
정리해 줄 테니 말이다. 다련은 세아의 말이 무얼 뜻하는지 알아
들을 수 없었다. 이렇게 사는 것이 정말 아무렇지도 않다는 건지?
그저 담담하기만한 세아의 모습이 안타까울 뿐이었다.

한동안 유강을 볼 수 없었다. 해 질 무렵이나 이른 새벽, 일부러
시간을 내어 나간 연지에서도 그를 만날 수는 없었다. 어느 날인
가 다리 위를 걷던 세아는 멀찍이 서서 이쪽을 바라보고 있는 유
강을 발견했다. 반가운 마음에 웃어 보였지만 그것을 알아차릴 정
도의 거리는 아니었다. 잠깐 고개를 돌렸다가 다시 보았을 때 그
의 모습은 이미 사라지고 없었다. 곧 연지로 오리라 여겼지만 그
는 끝내 나타나지 않았다.

"화가 나셨을까?"

문득 걸음을 멈춘 세아가 혼잣말처럼 중얼거렸다. 애초에 첫 밤을 보냈다는 소문이 인영전 시비들의 입에서 시작된 것이니 세아의 책임이 전혀 없다 할 수가 없다. 그로 인해 효진과의 일도 겪었다. 그날, 소천궁의 모든 시비들이 지켜보는 앞에서 자신의 실체를 드러내야 했던 것이 유강은 몹시도 화가 났을 것이다. 그러다 다시 생각했다.

"혹, 실수를 한 것은 아닐까?"

정신을 놓아버릴 만큼 취했으니 분명 자신이 모르는 실수도 있었을 것이다. 어쩌자고 그렇게 대책 없이 마셨던 건지, 다시금 그날의 일이 후회된다. 유강과 정말 좋은 벗이 되고 싶었는데…….

"저…… 공주마마."

불러놓고도 다련은 한참을 망설였다. 세아에게 옛 기억을 떠올리게 하는 이야기는 되도록 하고 싶지 않지만 아무래도 이 말은 해주어야 할 것 같았다.

"얼마 전, 왕자님께서 절 부르시어 무진이란 사람이 누구냐고 물으셨습니다."

세아의 얼굴이 딱딱하게 굳었다. 결코 무진에 대한 이야기를 꺼낸 기억이 없다. 그런데 어찌 알았을까? 꿈인지 생시인지 지금도 미심쩍은 그 일이 실은 술에 취해 헛것을 보고 유강에게 실수를 했던 것은 아닐까 하는 생각에 머리가 아찔하다.

"그래서, 뭐라 답했느냐?"

"소인은 아무것도 모른다고 했습니다."

그래, 누군들 내 속에 있는 무진을 알겠는가.

세아는 다시금 참을 수 없는 통증을 느끼며 가슴을 그러쥐었다. 한때 사랑했던 마음만이 이곳에 있는 것은 아니다. 사랑이었는지, 연민이었는지, 죄책감이었는지…… 기억에도 가물가물한 그 감정은 이제 중요치 않다. 다만 그 뜨겁던 핏물과 펄떡이던 심장이 이곳에 박혀서 무진은 이제 자신에게는 영원히 지울 수 없는 존재가 되어버린 것 같았다.

유강과 홍영이 모란각이 뒤집혀질 정도로 질펀한 애정 행각을 벌였다는 소문이 자자하게 퍼진 날 연지에서 유강을 만났다. 그들의 애정 행각이 얼마나 대단했는지 짐작이 갈 만큼 그는 그때까지도 취해 있었다.

"그대도 들었겠지? 홍영과 내 얘길 말이야."

휘청 흔들린 몸이 앞으로 기울자 세아는 얼른 그의 팔을 잡았다. 짙은 술 냄새와 함께 유강의 얼굴이 불쑥 코앞으로 들어왔다.

"조금도 화가 나지 않았군. 아무렇지도 않은 모양이야?"

그가 무슨 말을 하는지 세아는 알 수 없었다.

"마음에 이미 다른 사람을 품고 있으니 나 따위야 어찌 놀던 상관이 없으시다 그건가?"

슬몃 비틀어진 입가에 조소가 흐른다.

"많이 취하셨군요."

세아는 부축하고 있던 그의 팔을 놓아버렸다. 휘청 흔들리던 그는 난간에 엉덩이를 걸치고 앉았다. 여차하면 연지로 곤두박질칠 모양으로 그의 몸은 흔들리고 있었다.

흔들리는 이것이 마음인지 몸인지 유강은 분간이 가지 않았다. 술에 취한 세아에게서 낯선 사내의 이름을 들었던 그날 이후 내내 유강의 마음은 갈피를 잡지 못하고 있었다. 형상이 보이지 않는 그림자에 대한 질투는 대상이 눈앞에 있는 질투보다 더 무섭고 집요했다.

어떤 자였을까? 어떤 사랑을 나누었을까? 얼마나 사랑했을까? 그자도 나처럼 이 여자를 볼 때마다 이렇게 가슴이 저렸을까?

끝없는 상상과 질투로 머리가 터질 것 같았다. 느닷없이 찾아온 효진 앞에서 홍영의 입술을 덮친 것은 효진이 아닌 세아에 대한 화를 견디지 못해 저지른 일이었다. 그날의 적나라했던 모습이 그녀의 귀에도 분명 들어갔을 텐데 자신을 대하는 세아의 모습은 조금도 변함이 없다. 왕자 유강에 대한 마음이 한 치도 없다는 뜻이리라.

"그자를 기다리나?"

몽롱한 눈앞에 세아의 화난 얼굴이 비쳤다.

"그래서 여인을 품지 못한다고 자자하게 소문난 날 가장 적합한 짝이라 생각했던 건가?"

"도대체 무슨 말씀을 하고 싶으신 겁니까?"

세아는 발끈한 눈으로 그를 노려보았다. 이 혼인이 정상적이 아니라는 것은 그도 자신도 알고 있던 일이었다. 자신이 그를 이용해 잠시 쉴 자리를 마련하듯 그 또한 자신을 이용해 부도덕한 애정 행각을 면죄받으리라는 것은 이미 서로가 무언으로 이해되었던 일이다. 그런데 이제 와서 이런 일을 따지고 드는 것은 어린아이의 투정으로밖에 보이지 않는다.

"내일, 맑은 정신으로 다시 만나지요."

세아는 흔들리는 그를 두고 차갑게 돌아섰다. 그러나 채 한 걸음도 내딛지 못하고 유강의 우악스러운 손에 잡혀 버렸다. 순식간에 휘청 끌려간 몸이 그의 품속으로 빨려들었다. 짙은 술 내음이 후끈 끼쳐 왔다.

"대답해 봐! 그자를 기다리는 건가? 나라 간의 맹약이니 어쩔 수 없이 몸은 왔겠지만 마음은 그곳에 있겠지? 얼마나 고통스러울까? 죽어버리고 싶을 만큼 보고 싶겠지? 그래서 날마다 그런 얼굴로……."

눈앞에 불이 번쩍했다. 유강은 화끈거리는 볼을 감싸고 다시 고개를 돌렸다. 세아의 까만 눈이 물기에 젖어 있었다.

"내 마음을 함부로 짐작하지 마십시오. 뭘 안다고…… 당신이 나의 무엇을 안다고 그런 말을 함부로 하십니까?"

무진을 보고 싶은 마음보다 그가 자신으로 인해 목숨을 잃었다는 사실이 더 고통스러운 세아다. 그가 한쪽 눈을 잃은 것도 자신 탓이었다. 참을 수 없는 수모를 당하면서도 황성을 떠나지 못했던 이유 또한 자신 때문이었다는 걸 안다. 그리고 그토록 그리워하던 비열흘로 끝내 돌아가지 못하고 죽음을 맞이한 것도 바로 자신 때문이었다. 죽은 아버지의 시신이 무엇이 그리 중요하다고 살아 있는 그를 사지로 데리고 들어갔을까? 곧장 비열흘로 떠났더라면 지금쯤 무진의 행복한 웃음을 볼 수 있었을지도 모른다. 가슴 밑바닥에서 치받아 오르는 회한에 세아의 얼굴은 고통스럽게 일그러졌다.

"그는…… 죽었습니다."

차가운 한마디를 남기고 세아는 돌아섰다. 어느새 격한 감정도 젖었던 눈도 말라 버렸다. 저런 사람과 진심으로 벗이 될 수 있을 것이라 생각했다니, 마음을 너무 쉽게 허문 것 같다. 허물어진 마음으로 함께 술을 마셨던 것이 실수였다.

멀어지는 세아를 바라보던 유강은 혼란을 감당 못한 채 고개를 젖혔다. 주홍빛 하늘이 눈앞으로 쏟아져 머리가 어지러웠다. 휘청 흔들리던 유강의 몸이 연지로 곤두박질쳤다. 멀리서 걸어오던 홍영이 번개처럼 세아를 스쳐 그에게로 달려갔다.

"왕자님!"

풍덩 뛰어드는 소리, 첨벙대는 소리와 함께 정신없이 쏟아내는 홍영의 거친 말소리가 노을 지는 연지에 울려 퍼졌다.

"정신 좀 차리십시오! 제가 정말 왕자님 때문에 제명을 다 못 살겠습니다. 그렇게 정신없이 마시고 혼자 도망가 버리시면 저는 어쩝니까요? 어휴!"

가천 장군이 보낸 연락병을 만나 서신을 주고받은 후, 정신없이 술을 들이켠 유강이 모란각을 한바탕 뒤집어놓고 사라져 버리자 언제나처럼 홍영은 그 뒤처리를 하느라 혼이 빠졌다. 계집들의 비위를 맞추고, 비밀스러운 만남의 흔적을 지울 질펀한 소문도 퍼트리고 돌아오던 길이었다. 짐작대로 유강은 연지에서 공주를 만나고 있었다.

노을이 막바지 힘을 다해 그 빛을 연지로 떨어뜨리듯, 유강의 몸도 마음도 빨려들 듯 매달리듯 공주에게로 기울어 있다는 것이 멀리서도 확연히 느껴졌다. 그 마음이 한눈에 보이는 행동이었다. 십여 년을 그림자처럼 따라다녔지만 유강이 저러는 모습은 처음 본다. 무슨 일인지 공주가 화난 듯 돌아서 버리자 유강은 절망스러운 몸짓으로 연지로 고꾸라졌다.

인영전에서 공주와 술을 마시고 온 날부터 유강이 이상해졌다. 무언가에 잔뜩 화가 난 사람처럼 말수가 줄어들고 침울한 표정이더니 급기야 만인이 보는 앞에서 홍영의 입술을 덮쳤다.

세상에! 그 무슨 끔찍한 광란이었는지!

그날만 생각하면 지금도 속엣 것들이 다 게워져 나올 것만 같았다. 그것은 속속들이 사내인 홍영이 감당하기엔 너무 역한 행동이었다. 분내 나는 계집의 입술을 밤새 빨고도 그 역한 느낌이 가시지 않아 온몸을 부르르 떨어야 했다.

아무리 술을 마셔도 늘 취한 척할 뿐이었던 유강이 오늘은 정말로 취해서 모란각을 나갔었다. 연지에서 그를 발견한 순간 홍영은 그제야 알아차렸다. 유강은 공주에게 마음이 흔들리고 있는 것이다.

"제발 이 팔 좀 놓으십시오! 그렇게 목을 옥죄면 어떻게 나갑니까? 자꾸 이렇게 말 안 들으시면 저 혼자 가버릴 겁니다! 이 다리 좀…… 어이쿠!"

겨우겨우 유강을 일으켜 한 걸음 내딛던 홍영은 다시 그와 한 덩어리가 되어 흙탕물 속으로 고꾸라졌다. 진흙탕에 얼굴을 박고

버둥거리다가 겨우 몸을 일으킨 홍영은 뒤집어지는 속을 감내하지 못한 채 소리를 꽥꽥 질렀다.

바람피우다 버림받고 돌아와 비척거리는 지아비를 바라보는 계집의 심정이 딱 지금 자신의 심정일 것이다. 마음 같아서는 유강을 이 진흙뻘에 처박아버리고 싶었다.

"그는…… 죽었습니다."

차가운 음성이 잠을 깨웠다. 치렁하게 드리워진 휘장이 어렴풋이 보이는 그곳은 자신의 방, 침상 위다. 조금씩 맑아오는 정신을 느끼며 유강은 어둠을 응시했다. 도무지 감당할 수 없이 혼란스러웠던 제 마음이 그곳에 비쳤다.

오늘의 모든 일은 정신을 놓을 만큼 술이 취한 상태에서 그녀의 입에서 흘러나왔던, 그리고 그녀를 어린아이처럼 울게 만들었던 무진이라는 자에 대한 무서운 질투에서 비롯된 것이었다. 어린아이보다 더 작고 못난 마음으로 자신이 쏟아낸 말들은 기억나지 않지만 분노와 슬픔으로 차갑게 변해가던 세아의 얼굴만은 또렷이 기억난다. 헤집어서는 안 될 상처를 건드리고 말았다는 생각이 든다.

이틀 만에야 온전히 맑은 정신으로 돌아온 유강은 미월을 불렀다.

"공주께서는 어찌 지내시느냐?"

"도대체 무슨 말씀을 하셨기에 공주마마께서 저토록 화가 나신 겁니까?"

"그렇게도 화가 났던가?"

"이 늙은이조차 아니 보시겠다 하시니 어찌해야 좋을지 모르겠습니다."

정말 단단히 화가 난 모양이다. 어떻게 풀어줄까 고심하는 유강의 귀에 다시 미월의 음성이 들렸다.

"첫 밤을 치렀다는 소문이 떠돌았으니 아소왕후가 가만있지 않을 것입니다."

마주친 두 사람의 눈빛에 불안이 감돈다. 아소왕후는 유강이 이 세상에서 사라지는 그 순간까지 의심하고 또 의심할 사람이다. 술을 마시고, 주먹질을 하고, 급기야는 계간까지 저지르고 다닌다는 소문을 듣고도 경계를 완전히 풀지 않던 아소왕후다. 짙은 분내를 풍기며 다가오던 아소왕후의 야릇한 눈길이 떠오르자 그는 고개를 흔들었다.

"공주께 해를 끼칠까?"

유강의 불안한 눈을 보며 미월 또한 불안한 마음으로 대답했다.

"……아마도요."

이미 왕좌에서 멀어진 유강이지만 여전히 그는 이 나라의 일왕자고 그의 피를 이은 자식이라도 생기는 날에는 이야기가 복잡해진다. 조금이라도 기미가 보이는 불안의 씨앗을 가만 두고 볼 아소왕후가 아니었다. 만약 유강이 공주를 마음에 품는다면 그 마음의 깊이만큼 공주에게 닥칠 위험도 커질 것이다. 그것을 뻔히 아는 유강이 드러내 놓고 공주를 찾은 이유는 뭘까? 미월은 유강의 마음이 진심으로 궁금했다.

"그날 밤엔 정말 아무 일도 없으셨습니까?"

약간은 민망한 기색을 띤 미월이 물었다. 공주의 태도나 유강의 성정으로 미루어 아무 일도 일어나지 않았다고 생각되지만 인영전에서 밤을 꼬박 새우고 나왔으니 떠도는 소문을 온전히 외면할 수도 없었다.

그녀가 무엇을 걱정하는지 안다. 또 무엇을 진심으로 원하는지, 자신을 생각하는 미월의 마음이 어떤 것인지도. 그래서 유강은 미월 앞에서는 절대 거짓말을 할 수가 없었다. 감출 수가 없다. 마음으로 무섭고 뜨겁도록 세아를 품었던 그 밤의 일을······.

"무슨 일이······ 있었네."

"왕자님!"

"하지만 아무 일도 없었던 듯 살아야겠지?"

그래야 온전히 지킬 수 있을 테니까.

유강의 입가에 씁쓸한 미소가 지어졌다.

무한국에서 사신이 왔다. 대화궁에 들러 잠깐 인사를 나누고 소천궁으로 온 그들은 사신의 행렬이라 하기엔 너무도 조촐했다. 공주가 안도국으로 온 지 넉 달 만에 혼인식을 치렀다는 소식을 접하고 수桼가 확인차 보낸 사자인 모양이었다. 그들을 이끌고 온 사람은 놀랍게도 백선이었다.

아버지의 뜻에 따라 그와 혼인했다면 어쩌면 지금도 아무 일 없이 경성단을 이끌고, 황성의 들과 산을 휘젓고 다니고 있을지도 모르고, 또 어쩌면 장차 무한국을 어떻게 이끌어 나갈 것인가 함께 고민을 나누고 있을지도 모를 사람. 그러나 그는 지금 수秀의 사람이 되어 적국의 왕자비가 된 세아를 만나러 왔다.

세아는 담담한 얼굴로 그를 맞았다.

"오랜만이에요, 백선."

예전 같은 힘은 느껴지지 않지만 여전히 맑고 단호한 음성이 들리자 백선은 그제야 고개를 들었다. 몰라볼 만큼 살이 빠졌고 눈빛도 힘을 잃었지만 마주 앉은 사람은 분명 세아 공주였다.

평생의 주군이 될 거라 믿었고, 또 한때는 연정을 품었던 여인이다. 그러나 어느 것 하나 지켜주지 못했다. 귀족들과 아버지의 결정 앞에 당당히 맞설 용기도 확신도 당시의 그에겐 없었다. 충성도 지조도 지키지 못한 자신이 부끄러워 세아와 눈을 마주칠 수가 없었다. 백선은 붉어진 눈을 감추며 얼른 고개를 수그렸다.

"무사하셔서…… 정말 다행입니다."

소문처럼 정말 세아가 죽은 줄 알았다. 마지막까지 세아의 곁을 지켰던 경성단원은 자신들이 가장 경멸했던 무진이라고 했다. 그는 마지막 숨이 끊어지는 순간까지 온몸으로 세아를 감쌌다고 했다. 자괴감과 함께 야릇한 질투심이 한동안 백선을 괴롭혔다. 그러나 자신에게는 무진만큼 절실하게 목숨을 바칠 만한 충성심도 연정도 없다는 것을 인정하지 않을 수 없었다. 경성단 단원들과 함께 남몰래 시신 없는 장례를 치르고 영혼이나마 좋은 곳으로 가기를 빌어주는 것이 그가 가진 용기의 전부였다. 그러다 지난달

왕의 부름을 받고 찾아간 백화궁에서 그는 처음으로 세아의 생존 사실을 알게 되었다.

"깊은 상처를 입었던 몸이다. 몸은 어떤지, 상처가 덧나진 않았는지 그것만 알아오너라. 아니아니, 안도국 왕자가 어떤 자인지도 알아오너라. 마음이 모진 자는 아닌지, 어디가 모자란 자는 아닌지, 세아를 아껴주는지……. 아니다. 다 필요 없다. 그저 무사히 있는지 그것만 알아오너라. 세상을 다 버린 듯 허망하던 그 눈이 잊혀지지 않아. 그러니 마음이 다시 단단해졌는지 그것만 알아오너라. 혹여 묻거든 나는 무사하고 무탈하게 잘 지내고 있다고 해라. 왕의 자리가 참으로 좋다고 하더라고 해라. '진즉에 차지하지 못한 것이 안타까울 따름이다! 조금도 후회하지 않노라!' 그리 말하더라고 전해라. 그래야 오기가 생길 거다."

그것은 수초의 처절하고도 슬픈 고백이었다.

처음 대연에 도착해 전해 들은 유강 왕자에 대한 이야기는 일찌감치 권력 밖으로 밀려나 바람처럼 떠도는 자라는 것 외에는 특별난 것이 없었다. 사신 일행이 접하는 사람은 극히 일부분이었고 유강에 대해 어떤 말도 하지 말라는 대화궁의 명이 떨어져 있었으니 백선의 귀에 들리는 말 또한 극히 일부분일 수밖에 없었다. 백선은 왕자가 권력의 중심에 있지 않은 것이 오히려 다행이라고 생각했다. 세아가 더 이상 권력의 소용돌이에 휩쓸리지 않은 채 그저 여인으로서의 행복을 만끽하며 살기를 진심으로 바랐다. 그것은 왕인 수秀의 바람이기도 할 것이다.

마음을 추스른 백선은 다시 고개를 들어 세아를 살폈다. 몹시도 말랐지만 얼굴빛은 생각보다 좋아 보인다.

"건강은 어떠신지요?"

그러나 세아는 아무 대답을 않은 채 차만 마셨다. 어지간히 잊었다 생각했는데 백선을 보자 다시금 치밀어 오르는 분노에 마음을 가라앉히기가 힘들었다.

어머니를 겁탈했던 아버지와 그에 대한 복수로 자신을 외면했던 어머니, 그리고 믿음을 저버린 오라버니 수秀.

결코 기억하고 싶지 않은 사람들이었다. 오로지 가슴에 묻힌 무진만 기억하고 싶었다. 날마다 충성을 맹세하던 귀족들도 경성단원들도 그녀는 기억하지 못한다. 연기보다 가벼이 흩어져 버렸던 그것을 어찌 충성이라 하겠는가.

"이미 죽은 사람의 무엇이 궁금하여 이 먼 곳까지 사람을 보냈을까요?"

찻잔을 가져가는 입가에 설핏 지어진 것은 조소다. 수秀를 향한, 순식간에 등을 돌린 귀족들과 경성단을 향한, 그리고 세상을 향한 조소다.

"전하께서 많이 염려하고 계십니다."

"무한국에 해가 될 일은 절대 하지 않을 터이니 염려 놓으시라 전하세요."

"마마!"

"내가 버리고 온 것은 황성에 있는 그대들이지 내 백성들이 아니니까."

　무심히 내뱉는 한마디 한마디가 가시처럼 박힌다. '내 백성'이
라는 다소 위험스럽다 싶은 말을 스스럼없이 하는 모습에서 예전
의 거침없던 공주를 보는 듯도 하다. 그 모습에서 백선은 공주의
마음이 수氷가 걱정하던 것보다 훨씬 단단하다고 짐작했다.

　그러나 밖으로 나와 다련에게 전해 듣는 그녀의 상태는 자신이
상상도 못했던 모습이었다.

　"공주님은 지금 살고자 하는 마음이 없으십니다. 그저 흐르는
시간 위에 둥둥 뜬 구름처럼 그리 살고 계십니다."

　흐르는 시간 위에 둥둥 뜬 구름처럼…… 그런 세아의 모습이 상
상되지 않는다. 누구보다 적극적이고 활기찬 분이었는데.

　"왕자께서는 어떤 분이시오?"

　"그분은……!"

　그러나 다련은 더 말을 잇지 못한 채 입을 다물어 버렸다. 유강
에 대해 어떤 말도 하지 말라는 세아의 함구령 때문이었다. 평생
이렇게 유강과 지아비가 아닌 벗으로 지내더라도 무한국으로는
돌아가고 싶지 않다는 뜻이리라. 그러나 그것이 어찌 여인의 삶이
라 하겠는가. 평생을 그렇게 살아갈 세아를 생각하자 도저히 가만
있을 수가 없었다. 벌을 받게 되더라도 진실을 알리고 무한국으로
돌아가는 것이 옳은 것 같다.

　"사실은……."

　그러나 어느새 뒤따라 나온 세아 때문에 다시 입을 다물어야 했
다.

"그만 보내어라, 먼 길을 가야 할 사람이니."

멀찍이 돌계단 위에 서서 내려다보는 세아의 모습은 차가운 음성에 더해져 그녀를 몹시도 먼 사람처럼 느끼게 했다. 인사를 올리는 백선을 스륵 훑어보던 세아가 다시 입을 열었다.

"오라버니께 가서 전하시오. 내가…… 아무것도 잊지 않고 있다고 말이오."

그녀는 수秀를 전하로도, 왕으로도 부르지 않았다. 여전히 소화궁 깊은 곳에 숨어 꽃과 새를 벗하며 지내던 겁 많고 유약한 수秀를 떠올리는 듯 측은한 빛이 역력한 얼굴로, 그러나 흘러나오는 목소리는 분명 분노로 떨리고 있었다. 진심으로 분노에 떨며 복수의 칼을 갈고 있는지, 아니면 삶의 의지를 잃어버린 자신을 감추려고 하는 말인지 백선은 도무지 세아의 속내를 가늠할 수가 없었다.

천근같이 무거운 마음으로 떨어지지 않는 발길을 돌리며 백선이 그래도 한 가닥 희망의 빛을 안고 가는 것은 누구보다 세아를 잘 알고 있기 때문이었다. 결코, 어떤 상황에서도 그녀는 쉽게 삶을 포기할 사람이 아니었다. 어디서든 당당히 제 빛을 발하며 살 사람, 그것이 자신이 알고 있는 세아 공주다. 어쩌면 이 낯선 안도국에서 그녀는 새로운 모습으로 제 빛을 뽐을지도 모른다. 제발 그러기를 바란다. 마음의 상처를 모두 잊고 새로운 삶을 살기를…….

백선을 보내고 혼란스러운 마음을 달래기 위해 연지로 향하는데 나무 위에서 불쑥 목검이 내려왔다. 한눈에 보아도 아주 손질이 잘된 검이다. 무심코 손을 뻗는 순간 목검이 재빠르게 올라가 버렸다. 사라지는 목검을 따라 올라가던 세아의 눈이 멈칫했다. 목검을 드리운 채 나무 위에 걸터앉아 있는 사람은 유강이었다.

세아의 얼굴이 순식간에 차갑게 굳었다. 그를 외면한 채 걸음을 내딛자 다시 목검이 눈앞으로 불쑥 내려왔다. 나무 위에서 그의 음성이 들렸다.

"무겁지도 가볍지도 않게 만들었소."

여전히 무시한 채 발을 옮기려 하자 다시 검이 앞을 가로막는다.

"사과하리다."

그래서 만든 것이니 받아달라는 말이다. 남의 가슴을 조각조각 난도질을 해놓고 참 뻔뻔스럽다 싶다. 이리저리 앞을 가로막는 검 때문에 연지로 가는 것을 포기하고 세아는 다시 돌아섰다. 유강이 몸을 빙글 돌려 재빠르게 나무에서 내려와 그녀의 앞을 가로막았다.

"못난 벗의 실언이라 생각하고 한 번만 용서해 주면 안 되겠소?"

유강이 검푸른 눈동자에 애원을 담고 그녀를 내려다보았다.

"한 번만 용서해 주세요, 공주님. 다시는 그러지 않을게요. 다음부턴 어딜 가든 공주님도 꼭 함께 가요."

수秀와 궐 밖 구경을 하고 온 날이면 무진은 늘 두 손을 모으고 그녀에게 사과했다. 검푸른 눈동자에 한가득 애원을 담고 바라볼 때면 저도 모르게 화가 사그라져 버렸다. 아무리 화가 나도 무진이 그런 눈으로 바라보면 화를 낼 수 없었다.

바로 그 눈을 닮은 눈이 지금 눈앞에서 그녀에게 용서를 구하고 있었다.

"그렇게 화를 내고 있으니 무섭소. 사실은 내가 아주 간이 작고 못난 사내란 말이오."

정말 겁먹은 표정으로 내려다보는 순한 눈이 그녀의 말문을 막았다. 이런 눈을 보고는 정말 화를 낼 수가 없다. 오늘따라 유난히 무진을 떠올리게 하는 그 눈빛에 세아는 가슴이 미어질 듯이 아파 얼른 고개를 돌렸다.

연지에 금빛 노을이 지고 있었다. 이런들 어떻고 저런들 어떠랴 싶었던 마음에 슬픔도 찾아들고, 야속한 마음도 찾아들고, 화도 찾아들고, 다시 이렇게 풀어져 웃음이 찾아든 걸 보니 살고픈 마음이 조금은 생긴 모양이다.

다시 돌려지는 그녀의 얼굴에 보일 듯 말 듯 미소가 지어진 것을 보자 유강의 얼굴에 화색이 돌았다.

"알고 보면 나도 그리 나쁜 사람은 아니오. 술이 나쁜 놈이지."

장난기 가득한 그의 눈을 보며 세아는 결국 피식 웃고 말았다.

9

이제 겨우 아홉 살인 사왕자 태강이 태자의 위位에 오르던 날 저잣거리에 있는 모란각에서는 또 한바탕 질펀한 놀음이 벌어지고 있었다. 한때 홍영과 함께 저자를 누비던 주먹패들이 초저녁부터 모란각을 차지하고 앉아 술판을 벌였고, 그들의 한가운데에 유강이 있었다. 유강이 홍영을 받아들이면서 그들 또한 유강의 도움으로 지금은 대부분 이국을 드나드는 장사치들로 변했다. 그리고 유강의 숨은 자금원이기도 하다.

모든 사내들이 계집을 하나씩 옆에 끼고 술을 마시고 노닥거리는 사이에서 유강은 홍영을 옆에 앉히고 술을 마셨다. 어느새 그의 얼굴은 저녁노을처럼 붉어져 몹시도 취한 듯 보였다. 사실 유강이 마시는 것으로 보이는 술의 대부분은 홍영이 마시는 것이었고, 실질적으로 그가 마신 술은 두어 잔도 채 되지 않았다.

홍영은 몸을 가누지 못할 정도로 흐느적거리는 유강을 부축해 유곽의 계단으로 올라갔다.

"왕자님은 술에 취한 것이 아니라 홍영이한테 취하신 듯합니다."

"와하하하!"

비릿한 농담들이 그들의 뒤를 따랐다.

구석진 방으로 들어선 홍영은 얼른 문을 잠그고 낡은 침상 위에 유강을 내렸다. 유강은 언제 그랬냐는 듯 벌떡 일어나 창밖을 살폈다. 그 모습이 어이없어 홍영이 입을 삐죽거렸다.

"하여간, 어찌 그렇게도 연극을 잘하십니까요? 매번 이렇게 저까지 속을 지경이니 말입니다."

"진짜 취했느니라."

"에계, 딸랑 두 잔입니다!"

"네겐 딸랑 두 잔일지 모르지만 내겐 두 말은 되는 양이다."

거리에 인적이 드문 것을 확인한 유강이 창을 열고 발을 뻗으려 하자 홍영이 얼른 옷자락을 붙들며 볼멘소리를 했다.

"언제까지 이곳에 갇혀 있어야 합니까?"

유강이 혼자 빠져나가 버리고 나면 홍영은 매번 꼼짝없이 방 안에 갇혀 있다가 인적이 드문 새벽녘이 되어서야 방을 빠져나갈 수 있었다. 밤새 사랑을 나눈 왕자와 홍영이 새벽녘은 되어서야 유곽을 나갔다는 소문은 항상 그렇게 나는 것이었다.

"저 녀석들이 잠잠해지면 돌아오너라."

그러나 홍영은 여전히 옷자락을 놓아주지 않았다. 술과 계집들을 지척에 두고 꼼짝 못하고 방 안에 갇혀 있는 것이 얼마나 고역인지 유강은 모를 거다.

"왕자니임……."

"어찌 그러느냐? 입술을 한 번 더 삼켜주랴?"

그 소리에 기겁을 한 홍영이 물러난 사이 유강은 재빠르게 창을 빠져나갔다. 잠시 후, 어두운 골목 사이를 달려가는 유강의 모습이 보였다. 그의 마음은 어느새 소천궁에 닿아 있을 것이다.

"저렇게도 좋으신가? 쳇!"

홍영은 팔베개를 하고 침상에 벌렁 누웠다. 아래층에서 시끌벅적한 벗들의 놀이 소리가 들렸다. 자지러지는 계집들의 웃음소리도 들린다. 피가 펄펄 끓는 이 나이에 계집 한 번 못 안아보고 골방에 틀어박혀 이게 무슨 꼴인지 모르겠다.

"주인을 잘못 만난 내 죄지. 아함!"

입이 찢어져라 하품을 하며 홍영은 눈을 감았다. 잠이나 한숨 늘어지게 자고 가야겠다.

늦은 밤, 느닷없이 찾아온 유강으로 인해 인영전은 한바탕 소란이 일었다. 막 잠자리에 들려던 세아도 급하게 옷을 챙겨 입고 그를 맞았다.

미안한 얼굴로 들어선 그의 손에 연엽주가 들려 있었다.

"얘기나 좀 할까 하고 들렀소. 혹, 방해가 되었소?"

스륵, 고개를 숙여오는 그에게서 술 냄새가 풍긴다. 또 모란각에서 술을 마신 모양이다. 홍영은 어디다 떼어두고 온 것일까?

"아닙니다, 앉으시지요."

지난번 화해 후 그는 이렇게 느닷없이 세아를 찾아오는 일이 잦아졌다.

지나던 길이다, 술이나 한잔하자, 검술을 보러 왔다.

그런 이유들을 대며 불쑥불쑥 찾아오는 유강이 처음엔 조금 불편했지만 어느새 진짜 벗이 찾아온 것처럼 자연스럽고 편해졌다. 그는 어떤 것도 궁금해하지 않았고 요구하지 않았다. 그것은 세아도 마찬가지였다. 서로의 상처와 불편한 부분을 건드리지 않는 범위 내에서 그들은 조금씩 서로를 알아가면서 진심으로 벗이 되어가는 느낌이었다.

세아는 유강이 한 잔 가득 따라준 술을 입만 대었다가 다시 내렸다.

"어째 그러오? 몸이 좋지 않은 거요?"

다급하게 이마를 짚어오는 유강의 손길에 세아는 웃음을 흘렸다. 그동안 얼마나 홀짝홀짝 잘 마셨으면 이런 모습에 몸이 아프냐고 물어올까 싶어 민망하다.

"오늘은 저보다 왕자님께서 더 술이 필요한 듯하여 양보하는 겁니다."

웃으며 술을 따라주는 세아를 무심히 바라보던 유강은 씁쓸한 미소를 지으며 한 잔 가득 찰랑거리는 술을 단숨에 들이켰다.

그래, 오늘은 분명 술이 필요한 날이었다. 그래서 저자의 주먹패들을 불러 모아 술판을 벌이고, 그들이 취한 모습을 보며 덩달아 취해보려 했지만 잘 안 되었다. 한 번도 술을 마음 편히 마셔보지 못했다. 언제나 보이기 위한 술이었지 즐기기 위한 술은 아니었다. 저자의 주먹패들과 어울려 술을 마시고, 싸움을 하고, 백성들의 손가락질을 받으며 왕실과 귀족들의 눈 밖에 나야만 했던…… 그것은 오로지 살기 위한 방편이었을 뿐이다. 한 번도 진심으로 술을 마셔본 적이 없고, 진심으로 취해본 적도 없다. 그런데 지금 이 순간만큼은 마음껏 마시고 마음껏 취해도 괜찮을 것 같았다. 술이 필요하지 않느냐고 웃어주는 여자가 눈앞에 있으니.

늘 술을 마시자고 말만 하고 실제로는 술과 별로 친한 것 같지 않던 유강이 보기 드물게 술잔을 쉽게 쉽게 비우는 모습에 세아는 왠지 모를 짠한 마음이 들었다.

오늘 있었던 사왕자 태강의 태자 책봉식은 화려했다. 세아는 왕실의 일원으로 그 자리에 참석했었다. 유강의 뜻에 따라 참석하지 않을 수도 있었지만 그러고 싶지 않았다. 유강과 자신을 위해 마련해 둔 자리에 홀로 앉아 지켜본 책봉식은 태자의 책봉식이라기보다는 경왕에게서 아소왕후에게로의 권력 이양이란 느낌이 더 강했다. 모든 귀족들과 중신들은 아소왕후에게 경배를 올렸고, 그 곁에 앉은 사왕자는 그저 어린아이처럼 멀뚱한 눈으로 자신의 책봉식을 지켜볼 뿐이었다. 멀찍이 떨어져 앉은 이왕자와 삼왕자의 불만 어린 모습만으로도 그 상황이 충분히 짐작되었다.

아무리 외면받고 버림받아 권력에 대한 욕심이 사라졌다 하더라도 오늘 같은 날은 유강도 마음이 편치만은 않으리라.

"열다섯에 저자를 떠돌던 홍영이 패거리를 만났지. 그때 처음

술을 배웠소. 숨통이 트이더군. 그러다 열일곱에 대화궁에서 쫓겨났소. 아니아니, 나 스스로 도망쳐 나왔다는 말이 옳을 거요. 아주…… 구역질이 났었거든. 쿡쿡."

유강이 턱을 고인 채 얼굴을 가까이 가져왔다.

"아, 그것도 아닌 것 같아. 진실을 말하자면 내가 아주 겁쟁이였다는 거요."

"겁쟁이요?"

"무서웠소. 온전한 정신으로 대화궁에서 버티다가는 언제 죽을지 모르겠다는 생각이 들었거든. 그래서 술로 숨고, 소천궁으로 도망치고, 홍영이와 함께 달아났지. 살고 싶어서 말이오."

그는 다시 쿡쿡 웃으며 술을 들이켰다.

"살고 싶어서 그랬다."

수秀는 칼을 버리고 꽃과 새들 속에 파묻혀 산 이유에 대해 그렇게 말했었다. 그리고 마지막 순간, 자신이 살기 위해 계륜왕을 쳤노라고 말했었다.

오라버니도 유강과 같은 두려움에 시달렸던 것일까?

수秀에게서는 이해되지 않았던 것들이 유강을 바라보고 있는 지금은 이해가 된다. 이렇게 두려움에 떨며 숨고 도망만 다니는 유강의 모습이 안타까웠다. 왜 이렇게 나약할까?

"저라면…… 저라면 차라리 힘을 기르겠습니다."

당돌한 말에 유강은 입으로 가져가던 술잔을 멈추고 그녀를 빤히 내려다보았다. 방금 전까지 술에 취해 주절거리던 남자는 어디가고 생경할 정도로 힘이 느껴지는 눈이 그녀를 내려다보고 있었다. 그러나 그것도 잠시 당황한 얼굴로 의자를 옆으로 당겨온 유강이 손가락으로 재빨리 세아의 입술을 막았다. 그와 동시에 그의 얼굴도 코에 닿을 듯 가까이 다가왔다.

"쉬잇! 말조심하시오. 이 궁에는 아소왕후의 눈과 귀들이 쫘악 깔려 있다오. 내 처소와 연지에도 있고, 어쩌면 지금 이 방도 훔쳐보고 있을지 모르겠군."

유강이 뜨거운 술기운을 뿜으며 은밀하게 속삭였다. 유강의 손가락을 사이에 두고 두 입술은 닿을 듯 가까이 있었다. 뜨거운 술기운이 건너오는 것 같아 세아는 입술을 앙다물었다.

"그, 그럴 리가요."

"쉬잇."

다시 손가락이 입술을 꼭 눌렀다. 그와 함께 그의 입술도 거의 맞닿을 만큼 가까이 다가왔다. 눈앞에서 번득이는 검푸른 눈동자에 세아의 호흡이 멎었다. 아니란 걸 알면서도 간간이 이렇게 심장이 덜컥거릴 때가 있다. 자신을 향해 황홀하게 반짝이던 무진의 그 눈이 떠올라서.

그럴 리가 없잖아!

마음속 외침을 들으며 세아는 흠칫 뒤로 물러났다. 순간, 휘청 흔들린 유강의 얼굴이 가슴으로 안겨왔다. 이어 몸까지 스르륵 기대어오더니 아예 무릎을 베고 누워버렸다.

"왕자님?"

그는 이미 정신을 놓고 있었다.

겨우 연엽주 한 병에 정신을 놓다니, 소문만 요란한 술주정뱅이가 아닌가!

세아는 어이없는 얼굴로 그를 내려다보았다. 검푸른 눈동자가 사라져 버린 그의 얼굴은 다시 자신이 알던 유강 왕자로 돌아와 있었다. 각진 옆얼굴과 단단한 턱은 차고 냉엄해 보였던 첫인상을 다시 떠올리게 한다. 그러나 실제의 왕자는 자신만큼이나 슬프고 외로운 사람 같았다.

세아는 그의 어깨를 가만 흔들어보다가 고개를 돌렸다.

"다련."

조용히 문을 열고 들어서던 다련은 세아의 무릎을 베고 잠들어 있는 유강을 보고 멈칫했다. 세아의 말처럼 '마음을 나누는 벗' 그 이상도 그 이하도 아닌 듯 늘 적당한 거리를 유지한 채 조심스럽게 세아를 대하던 유강이 무방비 상태로 무릎을 베고 누운 모습이 당황스럽다.

"왕자님을 부축해 침상에 누이시게."

미월을 불러 모셔가라는 것이 아니라 침상으로 옮기라는 말은 더더욱 당황스럽다.

"술이 너무 취하셨어."

그제야 다련은 밖에 선 시비를 불러들여 유강을 부축해 침상으로 옮겼다.

"깨어나시면 조용히 나가실 터이니 지킬 필요 없다."

문밖에 있지 말고 물러가는 뜻이다. 고개를 숙이고 나가려는 다련을 세아가 다시 불러 세웠다.

"혹, 이곳을 훔쳐보는 수상한 그림자는 없는지 잘 살펴라."

"예?"

"왕자님께서 이곳에서 주무신 것이 또다시 소문나면 좋을 것 없다는 뜻이야."

그것은 왕자에게도 자신에게도 치명적인 독이 될 수 있다는 것을 어제 태자의 책봉식을 지켜보며, 그리고 조금 전 유강의 얘기를 들으며 깨달았다. 술로 숨고, 소천궁으로 도망치고, 홍영을 품었던 것마저 살기 위한 방책이었다는 그의 고백은 처절하게까지 느껴졌다.

그래, 싸울 의지가 없다면 그 독을 피하는 것이 상책이겠지?

침상 곁으로 의자를 당겨 앉아 잠든 유강을 물끄러미 내려다보며 세아는 생각했다.

정말 싸울 의지가 없는 걸까?

그러나 세아는 이내 고개를 흔들었다. 그것은 자신과 상관없는 일이다. 몸도 마음도 온전히 회복되면 그녀는 이곳을 떠날 생각이다. 어디로 갈지는 아직 모르겠지만 마지막 종착지는 아마도 무진이 그토록 가고 싶어했던 비열흘이 되지 않을까?

생각에 잠긴 세아의 눈이 유강의 얼굴에 박혀 있었다. 한동안 그의 얼굴을 살피던 세아는 늘어진 머리칼을 그러모아 조심스럽게 한쪽 얼굴을 가려보았다. 무어라 꼭 집어 말할 수는 없지만 어딘가 모르게 닮았다. 가려진 머리칼을 거두어내면 검은 안대가 드러날 것만 같아 가슴이 덜컥했다. 세아는 재빨리 손을 거두어 내고 물러앉았다. 그러나 놀란 가슴은 좀처럼 가라앉지 않았다.

날이 조금 차가워지면서 연지를 산책하는 일이 뜸해졌다. 대신 목검을 휘두르는 일이 잦아졌다. 처음 며칠은 어색했지만 이내 몸에 배인 검술이 제 모습을 드러내었다. 며칠 지켜보던 유강이 작정한 듯 호위병을 데리고 와 대련을 권했다.

순식간에 떨어져 나간 호위병이 울상이 된 얼굴로 유강을 돌아보았다. 그대로 두었다가는 살려달라고 매달리지나 않을까 싶을 만큼 애절한 그 눈빛에 유강은 푸핫, 웃음을 터트리며 바위에서 일어났다. 그리고 호위병에게 그만 가보라는 손짓을 했다. 몇 번이나 머리를 조아리던 호위병이 다리를 절뚝이며 사라지자 그는 성큼성큼 걸어 세아의 곁으로 다가갔다.

단정한 무복을 입고 머리에 붉은 띠를 두른 그녀의 모습은 영락없는 소년이다. 호위병은 그녀가 공주인 것은 물론 여인인 것조차 못 알아본 듯했다.

한바탕 대련을 치렀는데도 그녀는 전혀 지친 기색이 없었다. 비록 호위병들 중에서 가장 검술이 약한 녀석을 데려오긴 했지만 그래도 안도국의 검술 수련 기관인 정검부 출신의 무사를 순식간에 물리쳐 버린 세아의 실력은 그저 놀라울 따름이었다.

"도대체 날 얼마나 더 놀래킬 건가?"

유강은 감격에 겨운 눈으로 그녀를 내려다보았다. 그 눈빛이 얼마나 흥분해 있는지 민망할 지경이다. 세아는 쑥스러운 얼굴로 그의 눈길을 피했다.

"오랜만이라…… 안도국의 검술은 무한국의 검술과는 다소 차이가 있어 힘이 들었습니다."

감당할 수 없는 표정을 짓고 있던 유강은 먼 산을 향해 고개를 돌려 버렸다. 그대로 눈을 마주치고 있다가는 자신이 무슨 행동을 할지 장담할 수 없었다. 그만큼 지금 그녀의 모습은 유강을 흥분케 하고 있었다.

다시 고개를 돌린 유강은 걱정스러운 눈으로 세아를 내려다보았다. 아소왕후가 심어놓은 눈들이 연일 인영전을 기웃거리고 있었다. 홍영이 파악한 것만도 셋, 아마 그 이상일 것이다. 첫 밤을 지냈다는 소문을 잠재우기 위해 만인이 보는 앞에서 홍영의 입술을 덮쳤고, 자신과 공주는 그저 술잔을 부딪치는 벗이라 공언했건만 여전히 의심의 끈을 놓지 않고 있는 그들이다. 화친의 제물로 온 공주라 함부로 하지 못할 뿐, 언제든 의심이 드는 순간 서슴없이 칼을 품은 자객을 보내고도 남을 아소왕후였다. 그런 헛된 칼에 이 여자를 잃고 싶지 않았다.

"곧 주유를 떠날 터인데…… 함께 가겠소?"

"주유요?"

느닷없이 무슨 소린지?

"사천 지방을 지나 비진족이 흩어져 사는 국경 마을까지 갈 계획이오. 그곳에 가면 무한국 땅도 한눈에 보일 것이오."

비진족이 흩어져 산다면 그곳과도 가까울까?

"혹, 비열흘도 볼 수 있을까요?"

"물론! 강을 하나만 건너면 바로 비열흘이지."

다시 한 번 함께 가자며 그는 싱긋 웃었다. 그러나 홍영과 함께 다녀야 하는 그 주유가 아무래도 불편할 것 같았다. 세아의 망설임을 아는지 모르는지 유강은 한껏 기분 좋은 얼굴로 돌아갔다. 거절한다면 겨울 내내 소천궁에 갇혀 지내야 하겠지? 연꽃도 어느새 사그라지고 없는데 말벗이 되어주던 유강마저 떠나 버린다면 소천궁이 좀 심심할 것 같긴 하다.

유강과 홍영이 다시 바람처럼 사라져 버렸다. 늘 함께 다니던 호위를 절반이나 남겨둔 채 떠난 것은 공주의 신변을 염려한 때문이라고 시비들이 수군거렸다. 혹여 공주에게 변고라도 생긴다면 무한국과의 관계는 악화될 것이고, 유강이 그 책임을 고스란히 떠안을 테니 말이다. 인영전은 공주가 처음 이곳에 왔을 때와 마찬가지로 다시 꼭꼭 닫혀 있었다.

소주방 시비들을 거느린 미월이 인영전 문을 두드렸다. 한참 만에 문이 열리고 다련이 얼굴을 내밀었다. 두 사람은 가벼운 목례로 인사를 나누었다.

"공주마마께선 여전히 몸이 편치 않으신가?"

"그만그만하십니다."

"흠, 큰일이네. 아참, 부탁한 식재료들을 챙겨왔네."

인영전 시비들이 얼른 나와 바구니를 건네받았다.

"아무래도 이곳 음식이 맞지 않으신 모양이야. 필요한 것이 있으면 언제든 말만 하게, 구해줄 터이니."

"고맙습니다."

가벼운 목례를 하고 다련과 시비들은 다시 인영전으로 들어가 버렸다. 이어 안쪽에서 문을 잠그는 소리가 들렸다.

며칠 전, 갑자기 입맛이 없다며 음식을 꺼리던 공주가 급기야 더 이상 음식을 들이지 말라는 명을 내렸다. 그와 함께 그때껏 이어지던 소주방 시비의 기미도 멈추었다. 그리고 오늘은 이곳의 음식이 입에 맞지 않으니 식재료를 직접 들이라는 명까지 내렸다.

"날이 차가워지니 다시 울증이 오신 모양이야."

닫힌 문을 바라보며 미월이 중얼거렸다.

"무어든 필요하시다면 즉시 챙겨 드려라. 왕자님도 안 계신데 병증이 심해지기라도 하시면 큰일이 아니겠느냐."

미월은 근심이 가득한 얼굴로 소주방 시비들에게 명을 내리고 돌아섰다. 그림자 두엇이 재빠르게 전각 사이로 사라지는 모습이 보인다.

"흠, 왕자님이 돌아오시기 전에 연우連藕를 채취하고 연지를 청소해야 하니 서둘러라! 저 넓은 밭을 다 치우려면 아마 두어 달은 걸릴 것이야."

미월은 큰 소리로 명을 내리고 걸음을 재촉했다.

겁도 없으시지. 거기가 어디라고 따라나서신단 말인가!

그날 새벽 주유를 떠나는 유강을 배웅하러 나갔다가 마주친 세아의 모습은 지금 생각해도 가슴이 쿵덕거릴 정도로 놀랄 모습이었다.

어둠 탓에 호위들의 면면을 다 파악하지 못했다. 그저 늘 함께 떠나던 자들이려니 생각하고 있는데 말 위에 앉아 있던 한 무사가 스륵 고개를 숙여 속삭이는 것이 아닌가.

"내가 없는 동안 인영전 식솔들을 잘 부탁하네."

놀랍게도 세아의 음성이었다.

"공……!"

놀란 미월은 두 손으로 제 입을 틀어막고 얼굴을 가까이 가져갔다.

"공주마마?"

속삭이는 그 소리에 무사가 빙긋 웃어 보였다. 정말 세아였다. 칼을 차고 말 위에 앉은 모습이 어둠 속에서 보니 영락없는 무사였다.

"두어 달 걸릴 것이니 소천궁을 부탁하네."

한마디 남긴 유강이 훌쩍 말에 오르더니 말의 배를 힘껏 차며 달려나갔다.

"핫!"

그와 동시에 무사들의 말도 땅을 박차고 달려나갔다. 눈앞의 세아도 말릴 사이도 없이 사라져 버렸다. 어둠 속으로 멀어지는 말발굽 소리만 요란했다.

에구구, 저러다 떨어지지! 떨어지지!

미월은 놀란 가슴을 진정시키지 못한 채 혼자 발만 동동 굴렀다. 귀족과 왕실의 여인들이 사내처럼 말을 타는 모습을 한 번도 보지 못했으니 눈 깜짝할 사이에 말을 타고 사라져 버린 세아의 모습이 믿어지지 않는 것은 당연했다.

거기가 어디라고 따라나선단 말인가? 온갖 산짐승과 비적 떼가

우글거리는 멀고도 먼 변방이다. 곱게 자란 여인의 몸으로는 감히 상상도 할 수 없는 험한 곳이다. 그런 곳을 가자고 꼬드긴 유강이나 가잔다고 따라나선 공주나 정말 대책 없는 분들이 아니신가!

두어 달 가슴을 졸이며 살 생각을 하니 벌써부터 머리가 어질하다.

유강이 다시 사라졌다. 그런데 하필 아소왕후가 자신의 눈으로 심어두었던 두 명의 호위를 떼어버리고 떠났다. 느닷없이 찾아온 그들을 보며 아소왕후가 고개를 갸웃했다.

"눈치를 챈 것이냐?"

"그건 아닌 것 같습니다. 호위대 절반을 남겨두고 떠났는데 그 속에 하필 저희들이 낀 것뿐입니다."

"글쎄, 어째서 호위를 남겨두고 떠났느냐 말이다!"

아소왕후의 날카로운 음성이 울려 퍼졌다. 사실 유강의 행보가 거슬리긴 하지만 그것이 신경을 자극할 만큼은 아니다. 부도덕한 그의 행보는 귀족들은 물론 저자를 떠도는 시정잡배들까지 손가락질하기에 이르렀고, 아무리 의심의 눈으로 살펴도 더 드러날 진실도 없어 보인다. 무한국 공주로 인해 잠깐 긴장했지만 그 또한 기우였다는 쪽에 무게를 두고 있었다. 알아본 바에 의하면 공주는 무한국의 왕권 다툼 과정에서 온몸에 상처를 입고 죽을 고비를 넘겼다고 했다. 죽을 고비를 맞을 정도의 상처라면 어쩌면 여인으로서의 삶이 끝이 난 건지도 모를 일. 그러니 유강과 홍영과의 관계를 알고도 한마디 말 없이 혼인을 받아들였고, 벗으로 지내기로 했다는 말을 드러내 놓고 하는 것이 아닐까? 더군다나 이미 태자까지 정해진 마당에 무엇이 무서운가!

유강에 대한 생각은 그렇게 정리가 되고 있었다. 지금 아소왕후의 신경을 자극하는 것은 유강이 아니라 이왕자와 삼왕자다. 스물인 재강과 열여덟인 미강은 이제 겨우 아홉 살인 어린 아우 태강에게 태자 자리를 뺏긴 것에 대해 노골적으로 불만을 드러내고 있었다.

모자란 녀석들이 욕심은 있어가지고, 쯧!

아소왕후는 분한 마음으로 주먹을 그러쥐었다. 그녀의 나이 이제 겨우 서른여덟, 벌써부터 권력에서 밀려나 뒷방 늙은이 신세는 되고 싶지 않다. 아직 십 년, 아니, 이십 년은 거뜬히 이 자리를 지켜 나갈 힘이 있었다. 결코 놓을 마음이 없다. 그래서 택한 것이 어린 태강이었다.

재강과 미강, 그 녀석들을 어찌한다?

권력 유지에 방해가 된다 생각되자 이제는 자식마저 성가신 존재로 느껴졌다.

상한 마음을 감추지 못한 채 미간을 찌푸리고 앉아 있던 아소왕후의 얼굴이 갑자기 밝아졌다. 성큼 들어서는 주원 때문이었다.

"왔느냐!"

아소왕후는 의자를 박차고 달려나가려는 마음을 가라앉히며 주원을 맞았다. 주원은 호위병들을 지나 아소왕후의 곁으로 다가왔다. 왕후의 눈이 단숨에 그의 탄탄한 몸을 훑었다. 언제 보아도 탐이 나는 녀석이다. 스륵 훑어 올라가 마주친 주원의 눈에도 노골적인 뜨거움이 깃들어 있었다. 뜨겁게 부딪혀 오는 주원의 눈길에 가슴이 두근거렸다.

"녹영전으로 가서 기다리거라."

주원이 사라지는 모습을 유심히 살피던 호위 하나가 고개를 갸웃했다.

"마마, 저자는 누굽니까?"

"어찌 묻느냐? 나의 호위다."

"어디서 많이 본 듯한 얼굴이라……."

그러나 그들은 뚜렷이 떠오르는 것이 없는지 고개만 갸웃거렸다. 아소왕후는 그들을 무시한 채 자리에서 일어났다. 마음은 이미 녹영전을 향해 달리고 있었다.

"그만들 가보아라. 유강이 돌아올 때까지 방심하지 말고 공주를 살펴야 할 것이다."

"예, 마마!"

인사를 받는 둥 마는 둥 한 아소왕후는 녹영전으로 달리듯 걸음을 옮겼다. 바쁘게 따라오는 시비들과 야릇하게 바라보는 호위들의 눈길도 상관하지 않았다. 주원은 부모님이 편찮으시다 하여 고향으로 갔다가 근 열흘 만에야 돌아왔다. 내내 신경이 날카로웠던 것은 어쩌면 주원이 없었던 때문인지도 모른다. 아소왕후는 겨우 스물세 살짜리 애송이에게 이토록 마음을 주어버린 제 행동이 마음에 들지 않았지만 결코 걸음을 멈출 수가 없었다.

녹영전 아소왕후의 처소.

두 개의 방으로 이루어진 침실은 긴 마루를 지나서 녹영전의 가장 깊은 곳에 자리하고 있었다. 아소왕후의 걸음을 따라 정신없이 따르던 시비들과 호위들은 침실을 두어 칸 남겨둔 곳에서 걸음을 멈추었고 마지막까지 따라간 늙은 시비가 두 칸의 문을 첩첩이 닫으며 밖으로 물러났다.

문이 완전히 닫히고 드디어 침실 앞에 도착한 아소왕후는 경왕이 있는 한쪽 방을 잠깐 노려보다가 반대편 방문을 열었다. 순간 그녀의 몸은 무언가에 빨려들 듯 방 안으로 사라져 버렸다. 이어 문이 둔탁하게 흔들리고 입술을 탐하는 질척한 끈적임, 거친 호흡, 흐느끼는 듯한 신음 소리가 경왕이 있는 방까지 적나라하게 들려왔다.

빛 하나 들어오지 않는 칙칙하고 어두운 방 침상 위에 짐승처럼 웅크리고 누운 경왕의 두 눈에서 눈물이 흘러내리고 있었다.

아름답던 나혜와 유강, 그리고 얼굴 한 번 보지 못한 그 핏덩이가 떠올랐다.

미안하다…… 미안하다…… 정말 미안하다.

회한의 피눈물이었다.

10

유강 일행은 칠흑 같은 어둠을 뚫고 지장산 기슭의 생기골 자락에 닿았다. 길목에 있는 초가에 다다르자 노부부가 나와 그들을 맞았다.

"늦으셨습니다, 왕자님."

"잘 지냈는가?"

"이 늙은 것들이야 왕자님 덕에 늘 호의호식하며 잘 지냅지요."

사람 좋은 웃음을 지어 보이던 노인이 집으로 들어가더니 횃불을 들고 다시 나왔다. 그리고 산자락을 향해 둥글게 원을 그리며 신호를 보냈다.

얼마나 지났을까? 말발굽 소리와 함께 횃불을 든 한 무리의 사내들이 등성이를 넘어 달려왔다. 가볍게 인사를 건넨 유강 일행은 그들을 따라 다시 산으로 달렸다. 칠흑 같은 어둠도 상관없을 만큼 그들은 길에 익숙해 보였다. 가파른 산등성이를 따라 한참을 달린 말이 어느 순간 멈췄다. 산 아래의 넓은 분지에 불빛이 점점이 박혀 있었다.

"가자. 핫!"

유강의 명에 따라 일행은 다시 마을을 향해 달려 내려갔다. 망루에서 횃불이 피어올랐다.

생기골은 유강이 저자에서 떠돌던 거지패들과 가난과 핍박을 피해 산으로 들어와 도적이 된 사람들을 한데 모아 건설한 마을이다. 그리고 대연과 가장 가까운 곳에 있는 군사기지로 만들었다. 언제든 명령만 떨어지면 한순간에 대연을 장악할 만반의 준비가 된 군사들이 이곳에서 길러지고 있었다.

"오셨습니까, 왕자님!"

건장한 청년들을 거느린 촌장이 유강을 맞았다. 유강이 의자에 앉자마자 그는 그동안의 일들을 보고했다. 군사훈련이 얼마나 진척되었는지, 군량미 비축은 원활하게 되고 있는지, 그리고 곳곳으로 흩어져 세작 활동을 하고 있는 청년들의 소식도 전했다.

"얼마 전에 주원이 다녀갔습니다."

순간, 유강의 눈이 날카롭게 변했다.

"당분간 이쪽으로는 걸음을 하지 말라 일렀거늘!"

주원은 대화궁에 심어놓은 가장 핵심적인 세작이다. 대연의 모든 연락망은 주원을 통해 이루어지고 있기 때문에 그의 정체가 탄로난다면 모든 것이 한순간에 무너질 수도 있었다. 그렇기에 조심

또 조심을 시키는 것이다.

"그 녀석 아비의 병세가 화급을 다투는지라 어쩔 수 없었습니다."

흠, 유강은 헛기침을 하며 분기를 가라앉혔다. 대연에 심어놓은 세작들은 어떤 실수도 용납할 수 없었다.

"그래, 무슨 새로운 소식이 있더냐?"

"태자 책봉에 대해 이왕자와 삼왕자의 반발이 생각보다 만만찮은 모양입니다."

재강과 미강의 욕심이 언젠가는 제 어미의 발목을 잡으리라는 것은 이미 예상했던 일이었다.

"또 다른 소식은?"

"왕자님의 짐작대로 경왕 전하의 수라 시중은 아소왕후가 전적으로 책임지고 있답니다. 그 시간이 되면 누구도 곁에 두지 않는다고 합니다."

역시나 그랬구나!

지난번 세아의 말을 듣고 연독鉛毒에 대해 알아보았고, 그 증상이 그녀가 말한 것과 같다는 것을 알게 되었다. 그리고 오늘, 그모든 것이 아소왕후의 짓이라는 것을 주원을 통해 다시 한 번 확인했다.

인간의 탈을 쓰고 어떻게 그럴 수가 있을까? 그러나 아소왕후는 충분히 그럴 수 있는 사람이라는 게 유강의 결론이었다. 그것을 일찍 간파하지 못하고 모든 권력을 내어준 경왕이 어리석었던 거다. 돌이킬 수 없는 지경까지 와버린 지금에 와서 후회해 본들 무슨 소용이겠는가.

분노보다는 차가운 이성이 먼저 유강을 깨웠다. 당장 칼을 뽑아 들고 대화궁으로 달려갈 수는 없는 일, 조금만 더 버텨달라고 마음으로 비는 것 외에 경왕에게 해줄 것이 없었다. 섣부른 행동으로 일을 그르칠 수는 없으니까. 인간사란 것이 원래 이런 것인가? 입안에 쓴물이 고인다.

한참을 망설이던 촌장이 조심스럽게 입을 열었다.

"주원과 왕후와의 관계가 생각보다 깊은 듯합니다."

그것은 유강도 짐작하고 있던 바다. 자신에게 향하던 아소왕후의 야릇한 눈길이 거두어진 것이 주원을 궁으로 들여보낸 지 얼마 지나지 않아서였으니. 아소왕후의 못 말리는 욕정 앞에 주원이 제물이 되었으리라는 것은 불을 보듯 뻔했다.

"주원이를…… 버려야 할까요?"

촌장이 다시 조심스럽게 물었다. 왕후와 정을 통했으니 언제 어느 순간 배신할지 모른다는 생각에서 나온 말이다. 유강의 명령만 떨어지면 내일 아침쯤이면 그의 목은 이미 달아나고 없을 것이다.

분명 위험한 것은 사실이다. 그러나 잃는 것보다는 얻는 것이 많은 것 또한 사실이다. 아소왕후의 가장 가까운 곳까지 손을 뻗었으니 이제 알아내지 못할 비밀은 없다는 것, 그것이 얻을 것이고 잃을 것은 바로 주원의 목숨이다. 주원은 배신보다는 스스로 불구덩이 속으로 뛰어드는 쪽을 택할 녀석이다. 다만, 주원이 그런 어리석은 사랑에 깊이 빠지지 않기를 바랄 뿐이었다.

"아니다. 주원의 아비와 그 식솔들을 잘 보살피고 주원에게는 각별히 조심하라는 말을 전해라."

"하지만 왕자님, 남녀 관계란 워낙 묘한 것이라⋯⋯."

"나는 주원을 믿는다. 더 이상 그 말은 하지 마라."

촌장의 말을 일축하고 상단에서 올려 보낸 장부와 새로 들인 군사들의 명부를 확인하여 수결을 놓은 유강이 자리에서 일어났다.

"그만 가보아야겠다. 촌장의 책무가 더욱 막중해졌음을 잊지 마라. 한 치의 흐트러짐도 있어서는 아니 될 것이다."

"예, 왕자님! 하온데 어찌 이 밤에 내려가시겠다 하십니까?"

재빠르게 밖으로 따라 나온 그는 칠흑 같은 산길을 기어이 내려가겠다는 유강이 염려되어 고삐를 붙들었다. 이렇게 어두운 밤에 산길을 달리다가 사고라도 난다면 큰일이다. 유강은 고삐를 잡고 앞을 막아선 그를 난감한 눈으로 바라보았다. 객잔에 홀로 두고 온 세아가 염려되어 한시도 지체할 수가 없다는 것을 어찌 설명해야 할지 모르겠다.

그때 홍영이 고개를 스륵 숙여 촌장의 귓가에 속삭였다.

"아래 객잔에 귀한 분을 모셔다 놨습니다. 왕자님 마음은 이미 그곳에 가 있는데 계속 그렇게 고삐를 붙들고 있다간 불호령을 맞을 거유."

그리고 쿡쿡 웃었다.

"귀한 분이라니?"

그의 조그만 물음에 홍영이 다시 속삭였다.

"무한국 공주마마, 왕자비 마마 말이우."

화들짝 놀란 촌장이 고삐를 놓으며 한 발 물러났다. 무한국 공주에 대한 유강의 마음이 예사롭지 않다는 것은 이미 들은 바가 있었다. 지난번 평원 지방으로 나섰다가 중간에 말을 돌려 버린 이유도 바로 그 공주 때문이라고 들었다. 그런데 이번에는 대동까지 하고 길을 나섰다. 정말 보통 마음이 아닌 모양이다.

유강은 킥킥거리는 홍영을 노려보다가 말의 배를 박찼다.

"핫!"

촌장은 순식간에 어둠 속으로 사라져 버리는 유강 일행을 바라보며 믿을 수 없다는 듯 고개를 갸웃거렸다. 무한국인이라면 치를 떨던 유강이 어쩌다 무한국 공주에게 저토록 빠져 버렸는지 참으로 모를 일이었다.

그나저나 홍영이 녀석이 이제 좀 놓여나려나?

효진이 소천궁으로 찾아온 것은 유강이 떠나고 닷새 후였다.

"공주마마께서 무료하실 것 같아서 말이야."

새벽같이 유강을 찾아와 한바탕 난리를 쳤던 일을 말짱히 잊은 듯 효진의 얼굴은 평소와 다름없었다. 효진은 눈을 반짝이며 인영전을 살폈다. 지난번 대화궁에서의 만남 이후 이런 날이 오기를 내내 벼르고 있었다.

뭐 하나 내세울 것 없는 적국의 공주 주제에 아소왕후와 많은 왕실 여인들 앞에서 내비치던 그 도도함이라니! 너무 어이가 없어 한마디 조언이나 해줄 참이었다. 무슨 생각인지 모르겠지만 그런 식으로 유강의 곁에 머무르는 것은 그에게 짐이 되고 독이 될 뿐이라는 얘기는 꼭 해주고 싶었다. 감히 아소왕후를 등지고 이 안도국에서 살아남기를 바랄 수는 없는 일이니까.

"공주마마께서는 환후 중이시라 아무도 만날 수 없습니다."

"환후 중이시라니! 어디가 어찌 안 좋으시단 말인가?"

"날이 갑자기 차가워져서 그렇겠지요. 무한국이 워낙 따듯한 곳이지 않습니까."

"아무리 그래도 그렇지, 혹시 지병이 있으신 건 아닌가? 무한국에서 지병을 숨기고 공주를 보낸 건 아닌가 의심이 되어 하는 소릴세."

매서운 눈으로 인영전을 살피는 효진의 모습이 어이가 없어 미월은 이맛살을 찌푸렸다. 효진은 왕실에서 그나마 유일하게 유강에게 우호적인 적저군 서완평의 여식이라 그동안 소천궁을 제집처럼 드나들며 온갖 간섭을 하더라도 그러려니 하고 참아 넘겼었다. 그러나 지난번 녹영전에서 세아를 대하는 모습을 보고 미월은 효진에 대한 마음을 접어버렸다. 그날 효진의 모습은 어린 유강을 지옥으로 몰아붙이던 아소왕후나 왕실의 여인들과 조금도 다를 바 없었다.

"말씀이 지나치십니다!"

"자넨…… 어느새 공주의 사람이 다 되었네그려?"

"공주의 사람이 아니라 왕자비 마마의 사람이겠지요."

미월은 단호하게 고쳐 주었다. 세아는 더 이상 배척해야 할 대상이 아니라 유강과 한 배를 탄 이 소천궁 사람임을 분명히 했다.

유강과 벗이 되기로 했다더니 어느새 온 소천궁 사람을 제 벗으로 만들었나 싶어 부아가 났다. 효진은 제 분을 이기지 못한 채 입술만 잘근잘근 씹었다. 술이 취한 채 녹영전으로 뛰어들어 공주의 손을 낚아채듯 잡고 사라지던 유강의 모습이 다시금 떠올라 가슴에서 불이 일 것 같았다.

효진은 공주에게 무언가 말 못할 약점이 분명 있을 것이라고 생각했다. 그렇지 않고서야 어찌 유강과 벗으로 지낼 수 있단 말인가. 홍영과 계간을 저지른다는 소문이 자자하지만 효진은 여전히 그 소문을 믿지 않고 있었다.

인영전을 노려보던 효진의 눈이 연지로 향했다.

"연우連藕는 수확했는가?"

"공주마마의 명으로 일찌감치 시작했습니다."

"올해는 연지를 정비해야 할 터인데……."

"그 또한 공주마마의 명이 있어 준비 중입니다."

겨울이 되어 연지를 정비하는 일은 유강이 없는 사이 항상 효진의 명으로 이루어지던 일이었다. 연지를 아름답게 꾸며 유강을 기쁘게 해주는 일이 효진에게는 가장 큰 즐거움이었는데 그마저도 빼앗겨 버렸다. 유강이 없는 사이 어느새 공주가 소천궁을 완전히 장악해 버린 듯한 느낌이 든다.

"환후 중이신 분이 참 부지런도 하시네그려? 그 많은 일을 하시려면 건강부터 챙기셔야 하지 않겠나? 가는 길에 대화궁에 들러 왕후마마께 전의를 보내주십사 청해보겠네."

"그러실 필요 없습니다! 단순한 향수병일 뿐입니다."

"그래?"

"더군다나 왕자님이 대화궁 사람이 이곳에 드나드는 걸 무엇보다 싫어하신다는 것도 아시지 않습니까."

결국 효진은 공주의 그림자도 보지 못한 채 소천궁을 나올 수밖에 없었다. 집으로 향하던 효진은 문득 방향을 바꿔 대화궁 쪽으로 발길을 돌렸다. 지나치다 싶을 만큼 경계하는 미월의 행동이 아무래도 미심쩍다. 개미새끼 한 마리 드나들지 못하도록 꼭꼭 잠겨 있던 인영전의 모습도 의문스럽다. 시비들의 출입조차 막을 만큼 중병이 걸렸거나 아니면 무언가 숨기고 싶은 비밀이 있는지도 모른다.

아소왕후는 효진이 전해주는 소천궁의 사정 얘기를 무심한 얼굴로 듣고 있었다. 유강이 떠나자마자 공주가 인영전 문을 걸어 잠그고 칩거하고 있다는 사실은 이미 보고받았다. 공주가 무한국의 왕위 쟁탈 과정에서 심한 부상을 입었었다는 사실을 알고 있기에 그녀의 칩거가 이상할 것은 없었다. 날이 차가워지니 몸에 이상이 온 것이리라.

"무언가 수상쩍지 않습니까? 어째서 문을 꼭꼭 걸어 잠그고 얼굴 한 번 비치지 않는 걸까요? 말 못할 중병이 있거나 아니면……."

"아니면?"

"몸에 변화가 왔거나……."

"그건 또 무슨 소리냐?"

"그러니까 제 말은, 공주의 몸에 무언가 숨기고 싶은 일이 벌어지지 않았을까 하는 겁니다."

"도대체 무슨 소리를 하고 싶은 것이냐? 시원스럽게 터놓아보아라."

"저, 그게…… 혹, 수태를 한 것은 아닌가 하고……."

탕!

탁자를 부러트릴 듯 내려치는 소리에 효진은 움찔하고 고개를
수그렸다. 스스로 내뱉고도 제 말이 어이가 없어 고개를 들지 못
하겠다. 왕후를 자극하려다 보니 스스로도 감당 못할 말을 내뱉고
만 것이다.

"도대체 그게 말이 되는 소리냐! 네가 유강의 상태를 몰라서 그
런 소리를 하는 게냐!"

어린것이 오냐오냐해 주었더니 겁 없이 망발을 지껄이고 있다.
공주의 수태가 무엇을 의미하는지 알고나 하는 소리인가? 그것은
곧 왕권에 대한 도전이고 그 대가는 죽음뿐이다.

탁자 위에서 파르르 떨리는 왕후의 주먹을 보며 효진은 제가 한
말이 무얼 의미하는지 그제야 깨달았다. 아소왕후의 권력에 대한
욕심이 얼마나 대단한지는 태자 책봉에 불만을 품고 있던 재강과
미강을 단번에 대연 밖으로 내쳐 버린 것만 보아도 알 수 있는 일
이었다. 아무리 화친의 뜻으로 온 공주라 해도 예외는 없을 것이
다. 두려웠지만 그렇게 해서라도 공주를 유강의 곁에서 떼어놓을
수만 있다면 좋겠다는 생각을 하며 효진은 다시 조심스럽게 입을
열었다.

"아무리 그렇다 해도…… 오라버니의 신체는 결국 사내인 것을
요."

들릴 듯 말 듯 흘리는 그 소리에 아소왕후는 주먹을 꽉 그러쥐

었다. 전혀 일리 없는 소리는 아니다. 내내 지켜보며 확인하였기에 결코 그럴 일은 없을 거라 믿지만 알아보아 나쁠 것은 없으리라.

열흘 만에 소천궁에서 들어온 소식은 아무리 해도 공주의 상태를 파악할 수 없다는 보고들이었다. 인영전은 밤낮으로 군사들이 둘러싸고 지키고 있고 문이 열리는 때는 대엿새 만에 한 번씩 식재료를 들이는 때뿐이라는 것이다. 그 모든 것은 미월의 지휘 아래 이루어지고 있으며 또한 유강의 명령이기도 했다는 것이다.

무언가 미심쩍다. 아무리 몸이 아프다지만 칩거가 지나치지 않은가.

"무슨 걱정이 있으십니까?"

가슴을 탐하던 주원이 문득 고개를 들고 내려다보고 있었다. 지그시 내려다보는 그 눈이 가슴에 꽂힐 것만 같다. 그녀 외에는 아무것도 담기지 않은 듯 순결무구한 눈, 주원의 이런 눈을 마주할 때면 문득 두려움이 밀려들 때가 있었다.

정말 이 녀석에게 사로잡혀 버리는 건 아닐까? 그래서 혹시라도 이성을 잃을까 판단이 흐려질까 두려운 것이다.

아소왕후는 끓어오르는 감정을 억누르며 주원의 얼굴을 쓰다듬었다.

"소천궁에 있는 무한국의 공주 말이다. 어째서 저렇게 깊이 숨어버렸을까? 유강은 어째서…… 흡!"

느닷없이 덮치는 주원의 뜨거운 입술이 아소왕후의 작은 몸을 삼켜 버릴 듯 거칠다. 이런 유의 이야기를 할 때마다 앙탈부리듯 덤비는 주원이다. 듣고 싶지 않다는 뜻이다. 어떻게 이다지도 권력에는 관심이 없을까? 조금만 마음을 비치면 얼마든지, 어떤 지위든 쥐어줄 텐데 도무지 욕심이라고는 없는 녀석이다. 주원이 욕심내는 것은 오로지 아소왕후, 그녀뿐인 것 같다.

그래서…… 이 녀석이…… 다른 사내들과는 다른 것이다. 헉!

왕후의 팔이 목에 매달리는 순간 아프도록 짓누르던 입술이 순식간에 떨어져 나갔다.

"공주에게 무슨 일이 생기면 모든 책임이 유강 왕자한테 돌아갈 테니 그리 과하게 보호하는 것이 아니겠습니까?"

무엇을 고민하느냐는 듯 주원은 아주 간단한 답을 내놓았다. 아소는 몽롱한 눈으로 고개를 끄덕였다. 주원의 말이 맞다. 그런 하찮은 고민으로 이 순간을 놓치고 싶지 않다. 주원이 삼킨 것은 입술이 아니라 자신의 넋이 아닐까 싶을 만큼 머릿속도 눈앞도 그저 하얀 구름 속, 백치처럼 주원만 보인다.

"주원아……."

"오늘은 마마를 제게 주십시오."

"내 마음은 언제나 네게 있다."

그 마음에 가득한 욕망도 의심도 모두 내려놓으시고 오직 소인만 보십시오. 소인 속에 가득한 마마만 보십시오.

간절한 외침을 실은 주원의 입술이 온몸을 달구더니 뜨거운 불덩이가 아랫도리를 불끈 찔러 올라왔다. 그것보다 더 뜨거운 눈물이 주원의 볼을 타고 내렸다. 아소는 숨이 멎을 것 같은 희열에 떨며 주원의 눈물을 받아 마셨다. 이어 그녀의 입에서도 울음 섞인 신음 소리가 흘러나왔다. 이 순간만큼은 권력도 재물도 그녀의 마음속엔 없었다. 오로지 자신만을 갈구하는 이 불덩이 같은 사내뿐.

아, 주원아!

아소는 주원의 허리에 다리를 감고 갈구하듯 그의 목에 매달렸다. 가쁜 신음을 흘리던 그녀의 눈에 빠끔히 열린 문이 보였다. 그 문 너머, 어둠 속에 웅크린 경왕이 보이는 듯하다. 그녀는 얼른 고개를 돌려 버렸다.

다시는 저 문을 열어두지 말아야지.

경왕이 느낄 고통 따위에는 이제 더 이상 관심이 없어졌다. 뜨거운 열기가 온몸에서 분출하는 순간 아소왕후는 아찔한 현기증을 느끼며 정신을 놓아버렸다.

세아는 아침 내내 침상에 누워 있었다. 유강과 홍영이 다시 어디론가 사라졌다. 침실 밖은 또다시 호위들로 병풍을 쳐두었을 것이다. 대연을 떠나 남쪽으로 내려오는 동안 여러 번 있었던 일이라 세아는 크게 당황하지 않았다. 지금쯤 유강과 홍영은 둘만의 비밀의 장소로 숨어들어 사랑을 나누고 있으리라 짐작했다. 그것은 소천궁에 있을 때 이미 여러 번 소문으로 들었던 이야기다.

너무 오래 누워 있어서 더 이상 잠도 오지 않았지만 세아는 밖으로 나가지 않았다. 한 걸음 내딛을 때마다 병풍처럼 둘러싸는 호위들이 부담스럽기도 하지만 그것보다는 그들 앞에 나서는 것이 내키지 않았다. 왕자가 남색인 것을 번연히 알면서도 혼인을 했고, 그 연인과 함께 떠나는 주유인 것을 번연히 알면서도 따라 나선 자신의 모습이 우스워 보일 것 같아서였다.

말똥히 올려다보는 천장에 깎아놓은 듯 수려한 유강의 얼굴과 아름다운 홍영의 얼굴이 겹쳐 떠오르자 세아는 이불을 가만히 끌어당겼다. 그곳은 연지의 다리 위다. 유강은 자신 외엔 누구에게도 눈을 돌리지 말라고 경고하는 듯 무섭고 질투 어린 눈으로 홍영을 내려다보고 있었다. 홍영은 오로지 그만을 바라는 해바라기처럼, 해가 지면 생명을 다한 듯 입을 다물고 마는 연꽃처럼 아련한 눈으로 그를 올려다보고 있었다. 유강의 차디찬 얼굴에 온기가 흐르고 호수 같은 검푸른 눈동자에 웃음기가 번진다.

천장에 그려지는 그 모습을 바라보며 세아는 그만 눈을 감아버렸다. 이불 속에 얼굴을 묻어버렸다. 조그만 한숨 소리가 새어 나온다.

유강은 홍영만을 대동한 채 은밀히 무사성의 담연 장군을 찾았다. 잊고 있던 그를 찾은 것은 경왕이 그나마 말소리를 낼 수 있을 때 그에 대한 언질을 해준 덕분이었다. 그는 장성한 유강을 단번에 알아보았다.

"왕후마마를 많이도 닮으셨습니다."

나혜왕후는 안도국 왕실의 누구도 인정하지 않았고, 일반 백성들에게는 이미 잊혀진 이름인데 여전히 자신의 어머니를 왕후마마로 불러주는 사람이 있다는 것에 유강은 마음이 울컥했다.

"나를 잊지 않으셨소?"

"잊다니요. 지난 십여 년을 하루같이 기다렸습니다. 왕자님이 언젠가는 찾아오시리라 믿었습니다."

그는 이미 유강이 찾아온 뜻을 알고 있는 듯했다.

며칠 더 머물고 떠나라는 담연 장군의 뜻을 고사固辭하고 급하게 길을 나선 것은 객잔에 남겨둔 세아 때문이었다. 가장 믿는 호위들로 병풍을 쳐두고 왔다지만 그녀를 혼자 두는 것은 언제나 불안했다. 갑자기 들이닥칠 위험에 대한 불안은 아니다. 그녀가 눈앞에 없다는 것을 견뎌내지 못하는 스스로에 대한 불안이었다. 한순간이라도 세아를 볼 수 없다는 것이 어느새 그에게는 불안이 되어버린 것이다.

유강의 그런 마음을 아는지 모르는지 홍영은 돌아오는 내내 불만스러운 얼굴로 뒤를 따랐다. 유강이 이번 주유길에 반드시 짝을 찾아주겠다는 약속을 까맣게 잊은 듯해서다. 이곳까지 오는 내내 유강의 온 신경은 공주에게 쏠려 있었다. 가끔 변방의 성주들과의 비밀스러운 약속마저 잊어버릴 정도로 말이다.

"쳇!"

입술을 실룩이는데 앞서 달리던 유강의 말이 어느새 옆으로 슬쩍 다가왔다.

"투기가 하늘을 찌르는구나!"

빙긋 웃으며 건네는 말이 부아를 긁는다.

"주유가 끝나고 대연으로 돌아가면 내 다시 널 아껴줄 터이니 조금만 참아라."

슬쩍 다가온 유강의 손이 볼을 꼬집고 가는 바람에 홍영의 얼굴은 벌겋게 달아올랐다. 그렇잖아도 부아가 나 죽겠는데 틈만 나면 이렇게 놀려대니 참을 길이 없다.

"자꾸 그러시면 정말 투기를 할 겁니다!"

버럭 지르는 고함 소리에 유강은 말을 멈추었다. 불만이 가득한 홍영의 얼굴을 보고 마음을 달래주려 농담을 건넨 건데 정말 화가 난 모양이다.

"돌아가면 공주님께 다 이를 겁니다!"

"무엇을 말이냐?"

"우리가 잠시 사라져 무슨 짓을 하고 왔는지 말입니다. 소인의 이 입이 얼마나 거칠고 더러운지는 왕자님도 잘 아실 테지요?"

고삐를 단단히 쥔 손을 보니 당장이라도 객잔으로 달려갈 태세다. 여기서 더 부아를 긁었다가는 저 녀석의 걸걸한 입이 세아 앞에서 무슨 말을 쏟아낼지 모른다. 감히 듣고 있기가 거북할 정도의 갖가지 계간의 소문들이 모두 저 녀석의 입을 통해 만들어지고 있으니까.

"왕자님께서 저를 이리 뒤집고 저리 뒤집고……."

"네 이놈!"

"들이치는 힘이 얼마나 세차신지……."

"홍영아."

"숨이 턱에 차 살려달라고 빌어도 멈추지 않으시니……."

"무엇이 그리 불만이냐?"

유강의 음성이 달래듯 변하고서야 홍영의 말이 멈추었다. 유강의 표정을 슬쩍 살피던 홍영이 볼멘소리를 했다.

"이번 주유길에 소인의 짝을 알아봐 주신다 하시고서는 까맣게 잊지 않으셨습니까."

어지간히 안달이 났던 모양이다. 하긴, 한창 사내의 열이 들끓는 나이에 자신만 바라보며 수절을 하고 있으니 얼마나 힘들었겠는가!

"내가 어찌 그걸 잊었겠느냐? 그렇잖아도 담연 장군께 부탁을 하고 오는 길이다."

그 말에 홍영의 얼굴이 이내 화색이 돌았다. 방금 전 자신이 얼마나 무례한 행동을 했는지 까마득히 잊은 채 납작 엎드리듯 다가왔다.

"정말입니까? 그것이 정말입니까?"

"그래, 며칠만 기다려 보아라. 아주 훌륭한 댁 규수로……."

"다른 건 다 필요 없고 소인보다 조금만 더 아름다우면 됩니다. 담연 장군님께 그 말씀도 드렸습니까?"

유강은 고개를 끄덕였다. 몸도 마음도 아름다운 여인으로 알아봐 달라 했으니 알아서 해줄 것이라 생각한다. 홍영은 아이처럼 신이 나서 길을 재촉했다. 앞서 달리는 홍영을 보며 유강은 마음이 짠하다. 자신으로 인해 너무도 많은 희생을 해온 홍영이다. 가장 힘들 때 만나 긴 세월을 함께해 온 탓인지 가끔은 아우와 같은 정을 느끼기도 한다. 그래도 녀석의 버릇은 단단히 고쳐 놓아야겠다. 저 감당 못할 입이 행여 세아 앞에서 주워 담지 못할 말이라도 할까 봐 늘 불안했다. 유강은 고삐를 단단히 쥐고 말의 배를 박찼다. 세아를 두고 떠나온 지 어느새 사흘이 지났다.

호위병 하나가 객잔 앞에서 상기된 얼굴로 유강을 맞았다. 그는 말에서 훌쩍 뛰어내리는 유강 앞에 허리를 숙였다.

"무슨 일이냐?"

"공주마마께서……."

"……!"

"공주마마께서 사라지셨습니다."

"그게 무슨 소리냐!"

"어제저녁까지 분명 계셨는데 아침에 들여다보니 흔적 없이 사라지셨습니다."

유강보다 홍영의 손이 먼저 호위의 멱살을 움켜잡았다.

"밤새 보초를 서지 않았더냐? 어찌 밤에는 계셨던 분이 아침이 되자 흔적 없이 사라진단 말이냐!"

"아닙니다! 밤새 순번을 정해 지켰는데 정말 감쪽같이……."

"그게 말이 되는 소리냐? 공주님이 요술이라도 부렸단 말이야!"

홍영의 손이 우악스럽게 뒤통수를 후려쳤다. 이어 요란스러운 홍영의 목소리가 들렸다. 유강은 잠깐 이성을 잃을 것 같았다. 내내 마음을 떠나지 않던 불안이 묘한 얼굴로 고개를 드는 것 같았다.

세아가 사라졌다. 도대체 어디로? 왜?

호위 책임을 맡겼던 우치가 하얗게 질린 얼굴로 객잔으로 들어섰다. 그는 공주를 찾아 정신없이 저자를 헤매다 혹시나 하는 마음으로 객잔으로 돌아온 길이라고 했다. 나머지 호위들도 그와 같은 생각으로 하나둘 객잔으로 돌아왔다. 호위들은 홍영의 지휘에 따라 조를 짜고 다시 세아를 찾아 나섰다. 객잔을 나서는 그들의 귀에는 어느 때보다 진지했던 홍영의 음성이 떠나지를 않고 있었다.

"공주님께 무슨 일이 생긴다면 너희들의 목숨도 없다. 그러니 반드시 찾아!"

그것은 아마 진심일 것이다. 그때까지 단 한 마디도 하지 않고 있었지만 그 명은 바로 유강에게서 나오는 명이라는 것을 안다. 홍영의 뒤에서 유난히 번득이던 눈, 유강의 검푸른 그 눈이 무서워 보였던 것은 난생처음이었으니까.

사흘이나 방 안에 갇혀 지내는 것은 정말 못 견딜 일이었다. 지난밤 유강과 홍영의 모습을 떠올린 후부터 알 수 없는 답답증이 가슴을 짓누르고 있었다. 몰랐던 일도 아니건만 새삼스럽게 잠까지 설쳤던 것이다. 바람이라도 쐬고 싶은데 밖으로 나가보아야 호위들이 허락하는 것은 겨우 정원을 산책하는 정도일 것이다. 답답증을 느낄 때마다 아무도 몰래 궁을 빠져나가 종일 저자 구경을 다녔던 황성에서처럼 이곳의 저자를 구경해 보고 싶었다. 답답증을 푸는 데는 그것만 한 방법은 없을 것이다. 비록 함께 다녀줄 무진은 없지만.

다음날 새벽, 그들이 번을 바꾸는 잠깐 사이 세아는 재빠르게 방을 빠져나갔었다. 그리고 종일 지치도록 저자를 구경하고 돌아오던 길에 호위들을 만났다. 하얗게 질려 있는 그들의 얼굴을 보자 조금 미안했지만 답답증은 가신 것 같아 한결 기분이 좋았다.

그렇게 호위들에 둘러싸여 객잔이 있는 골목으로 들어서는데 커다란 그림자가 앞을 가로막았다. 며칠 전 홍영과 함께 사라졌던 유강이다. 그의 얼굴은 해거름에 가려 잘 보이지 않았다. 잠시 호흡을 멈추고 침을 한 번 삼키는 사이 병풍처럼 둘러싸고 있던 호위들이 사라졌다. 세아의 얼굴은 저녁노을이 쏟아져 빨갛게 물들어 있었다. 두 사람은 잠깐 서로를 마주 보았고, 그 시간은 찰나처럼 짧았지만 세아에게는 너무도 길게 느껴졌다. 무슨 일인지 말이 쉽게 나오지 않았다. 긴 침묵을 깨고 힘겹게 입을 열었는데 그의 말이 먼저 들렸다.

"언제……?"

"어딜 갔다 오는 거요?"

몹시도 건조하고 무뚝뚝한 음성이었다. 고개를 잠깐 들었지만 여전히 그의 얼굴은 바로 볼 수 없었다. 그의 눈을 바로 볼 수 없는 것이 쏟아지는 노을 탓인지 문득 떠올려 버린 홍영과의 형상 탓인지 알 수 없었다. 세아는 골목에 길게 늘어진 그의 그림자를 응시하며 물음에 답했다.

"저자에요."

"저자에?"

"무슨 물품들이 오가나 궁금하여……."

"장사라도 할 참이던가?"

노기가 서린 음성에 세아는 그제야 고개를 반짝 들었다. 노을을 비켜 한참 만에야 마주친 그의 얼굴은 정말 화가 나 있었다. 무슨 일일까, 생각할 겨를도 없이 유강이 그녀의 손을 잡아채었다.

"저자 구경을 하고 싶었으면 말을 했었어야지! 온다 간다 말도 없이 그렇게 사라져 버리면……!"

세아는 그제야 유강이 화가 난 이유를 알아차렸다. 그리고 그의 화가 어이없다고 생각했다.

온다 간다 말 한마디 없이 사라지는 것은 그 또한 마찬가지가 아니던가? 언제나 말 한마디 없이, 흔적 없는 바람처럼!

무언지 모를 울컥한 것이 밀려 올라와 명치가 뜨거웠다. 세아는 그의 손을 세차게 뿌리쳤다.

"제가 그런 것 하나까지 당신께 허락받아야 합니까?"

발끈 올려다보는 세아의 눈이 '당신에겐 나를 구속할 권리가 없다'고 말하는 것 같았다. 잠깐 멈칫했지만 유강은 다시 다가섰다.

"혼자 다니는 것이 얼마나 위험한 일인지 알기나 하시오?"

"제 몸 하나 지켜낼 재주는 제게도 있습니다!"

그리고 붙잡을 사이도 없이 그녀는 객잔으로 들어가 버렸다.

그녀를 사라지게 한 것이 아소왕후인가? 무한국인가? 금전을 노린 왈패인가? 그도 아니면 스스로 달아난 건가? 별의별 생각으로 머리가 터질 것 같은 한나절을 보낸 터라 유강은 세아의 행동이 도무지 용납되지 않았다. 사람의 마음을 이렇게 죽을 만큼 졸여놓고는 무엇을 잘했다고 저리 큰소린가! 분기를 참지 못한 채 노려보는 그의 눈이 그래도 평온해 보이는 것은 무사한 그녀의 모습을 확인했기 때문이다. 저자 구경을 하고 왔다던 그녀의 눈빛에는 호기심 같은 것이 들어 있었다.

그래, 이제 겨우 스무 살. 아직은 호기심이 많을 나이다. 비열한 권력의 소용돌이에 휘말리기엔 너무 어린 나이. 그 나이에 무한국에서 겪었을 고통의 깊이를 다 알 수는 없지만 그동안 보였던 침울한 모습은 많이 사라진 것 같았다. 그래서 안심이 되었다.

유강을 피해 도망치듯 객잔으로 들어온 세아는 뒤채 정원을 지나 침실까지 단숨에 뛰어들어 문을 잠갔다. 그리고 다리에 힘이 빠져 스르르 주저앉아 버렸다. 터질 것 같은 심장 소리도, 화끈거리는 명치도 이해할 수가 없다. 제 속에서 도대체 무슨 일이 일어나고 있는지 모르겠다.

유강의 얼굴을 마주 보기가 힘이 들었다. 바람처럼 사라졌다 나타난 그가 원망스러웠다. 골목 끝에 서서 자신들의 모습을 지켜보고 있는 홍영이 미웠고, 바람 같은 유강의 마음을 가진 그가 부러웠다. 그런 제 마음을 이해할 수 없어 세아는 무릎에 얼굴을 묻어 버렸다.

밤새 잠을 설치던 세아는 창살에 푸른빛이 도는 것을 보고 밖으로 나왔다. 밤새 눈발이 날렸는지 정원의 앙상한 나뭇가지에 눈꽃이 피어 있었다. 마당으로 내려와 정원으로 들어가려는데 눈 위에 발자국이 찍혀 있었다. 세아는 그 발자국에 제 발을 대어보았다. 발자국은 그녀의 신발이 푹 잠기고도 남을 만큼 크다. 다시 성큼 걸어 앞선 발자국에 발을 들여놓던 그녀의 몸이 휘청했다. 재빠르게 다가온 손이 그녀의 허리를 감쌌다.

"괜찮소?"

밤새 마음속을 떠돌며 잠을 설치게 만들었던 유강이다. 그녀는 재빨리 허리에 감긴 손을 털어내고 옷매무새를 만졌다.

오늘도 역시나 세아는 자신의 눈을 피한다. 대연을 떠날 때만 하더라도 스스럼없이 친근했었는데 어느 순간 그녀가 변했다. 아니, 자신이 변한 건가? 밤새 잠을 제대로 이루지 못할 만큼 그녀를 품는 꿈에 취해 있었으니.

유강은 들리지 않게 한숨을 삼켰다.

"잘 주무셨소?"

세아는 말없이 고개를 끄덕였다.

"나는 잘 자지 못했소."

그 말을 증명이라도 하듯 얼굴은 까칠하고 검푸른 눈은 전에 없이 피로해 보였다.

"저자 구경을 시켜주리다."

미안함이 가득한 눈이 불쑥 다가오자 세아는 흠칫 놀라 한 발 물러났다. 따듯해 보이는 그 눈빛에 왜 이렇게 가슴이 덜컥 내려앉는지 모를 일이다.

"아니…… 난, 가지 않겠습니다."

"아직도 화가 난 거요?"

세아는 고개를 저었다. 화가 난 것이 아니라 이런 마음으로 그와 함께 다닌다는 것이 두려워서다. 그에게서 느껴지던 무진의 흔적과 그로 인해 느꼈던 편안함이 사라져 버렸다. 벗이란 이름으로 이해되었던 모든 것들이 이제는 도무지 이해할 수 없는 것이 되어 버린 것이다. 아니, 이해하고 싶지 않은 건지도 모른다. 홍영을 사랑하고 품고 하는 그 모든 것들을.

유강의 강요에 가까운 청에 끌려 결국 세아는 저자로 나왔다. 그림자처럼 따라다니던 홍영도 호위들도 없었다.

"사천은 원래 상업이 발달한 곳이오. 대연으로 올라오는 물품들이 모두 이곳을 거쳐 들어오지. 세상에서 금전으로 거래되는 물건이라면 없는 것이 없을 정도로 셀 수 없이 많은 물품들이 드나드는 곳이라오."

유강의 설명을 들으며 세아는 저자를 살폈다. 이 많은 물품들이 어디에서 왔는지 그저 놀라울 따름이었다. 놀란 세아를 이끌고 이리저리 기웃거리던 유강이 장식품을 늘여놓은 점포 앞에서 한동안 꼼짝도 않고 서 있었다. 그의 눈이 향해 있는 곳은 여인들의 머리를 장식하는 머리꽂이였다. 한참을 살피던 그는 유리 같은 구슬이 자잘하게 박힌 머리꽂이를 하나 집어 들었다. 그리고 세아의 머리에 가만 대어보았다. 느닷없는 그의 행동에 놀라 움찔 물러서는데 그의 목소리가 들렸다.

"잘 어울리는군."

그리고 이어 커다란 손이 눈앞으로 불쑥 들어왔다. 유강의 손바닥 위에 놓인 그것은 화려하지만 고요한 기품이 느껴졌고 또 한편으로는 앙증맞아 보이는, 세아의 마음에도 꼭 드는 머리꽂이였다. 그가 왜 이것을 자신의 눈앞으로 불쑥 내미는지 세아는 알 수 없었다.

난감한 얼굴로 서 있는 세아에게 그가 다시 말했다.

"받으시오."

그러나 세아는 그것을 덥석 집을 수가 없었다. 그에게 이런 물건을 선물 받는 것이 왠지 옳지 않은 일 같았다. 홍영이 안다면 결코 기분 좋을 일이 아니었다.

"그럴 수 없……."

그러나 유강의 손이 먼저 다가와 머리꽂이를 세아의 손에 쥐어 주었다. 그녀의 까만 눈과 마주치자 유강은 왠지 가슴이 떨렸다.

"이걸 하고 연지를 걸으면 더욱 아름다울 거요."

그 말을 하고 나니 난생처음 사랑을 고백한 소년처럼 얼굴도 화끈 달아올랐다. 검푸른 눈에 담긴 그 마음이 무엇인지 채 알아차리기도 전에 그는 눈을 돌려 버렸다. 슬쩍 눈길을 피하는 그 모습이 왠지 부끄러워하는 것처럼 보인 것은 저자의 혼란스러움 때문이었을까?

잠시 머뭇거리는 사이 유강은 어느새 저만치 앞서 가고 있었다. 세아는 얼른 걸음을 옮겨 그를 따라갔다. 이런 혼잡한 곳에서는 잠시라도 한눈을 판다면 길을 잃기 십상일 것이다.

뒤편에 바짝 다가온 세아를 느끼며 유강의 얼굴에 미소가 번졌다. 풋내기 소년처럼 도망쳐 버린 제 모습이 우습기도 하고 난생처음 느껴보는 감정에 가슴이 설레기도 한다. 고개를 슬쩍 돌려 세아를 살피던 유강은 조금 뒤편에서 재빠르게 몸을 숨기는 사내를 발견했다. 벌써 세 번째다. 분명 뒤를 밟고 있는 것이다. 누굴까? 아소왕후의 그림자가 대연에서부터 따라붙은 건지, 아니면 왕후의 지시를 받는 이곳 지방관의 그림자인지 가늠이 되지 않는다.

잠깐 주위를 살피던 유강은 세아의 손을 잡고 재빠르게 인파 속으로 숨어들었다.

"무슨 일……?"

"달릴 수 있겠소?"

그 말과 함께 유강은 달리기 시작했다. 세아는 영문도 모른 채 그의 손에 이끌려 달렸다. 허약해진 체력 탓에 금방 숨이 차올랐고 더 이상 달릴 수 없다고 생각하는 순간, 그녀의 몸은 좁은 골목으로 빨려 들어갔다. 순식간에 딸려간 몸이 유강의 팔 안에 갇혔다.

"쉿!"

유강의 커다란 손이 입을 가리고 머리까지 당겨 품었다.

"뒤를 밟는 자들이 있소."

그 소리에 세아는 꼼짝도 못한 채 그의 가슴에 얼굴을 묻고 있어야 했다. 누가, 왜 자신들의 뒤를 밟는지 묻고 싶었지만 물을 수도 없었다. 유강의 뜨거운 숨결, 힘찬 심장 소리에 갇혀 꼼짝할 수 없었다.

11

날렵하게 생긴 사내 하나가 포승줄에 묶여 유강의 앞에 꿇어앉아 있다. 객잔 주변을 어슬렁거리다가 호위들에게 잡혀온 자인데 만나보니 저자에서 뒤를 밟던 바로 그 녀석이었다.

"이곳은 왜 기웃거렸느냐?"

"⋯⋯."

"넌 저자에서부터 내 뒤를 밟았어. 그렇지?"

"⋯⋯."

유강의 어떤 물음에도 사내는 입을 꼭 다문 채 대답을 하지 않았다. 보다 못한 홍영이 앞으로 성큼 나섰다. 그리고 우악스러운 손으로 사내의 뒤통수를 후려쳤다.

"아니, 이놈이 귓구멍이 먹은 거냐? 목구멍이 막힌 거냐? 주둥

이는 먹으라고만 있는 게 아니다!"

앞으로 고꾸라졌던 사내가 다시 꼿꼿이 일어나 앉았다. 그 모습을 유심히 바라보던 유강은 호위들에게 나가라는 손짓을 했다. 순순히 모든 것을 발설할 자로 보이지 않는다. 가벼이 용서하고 넘어가기는 힘들 것 같다. 호위들이 모두 나가자 유강은 다시 진지하게 물었다.

"대연에서부터 따라붙었더냐?"

"⋯⋯."

"계속 그렇게 입을 다물고 있으면 난 널 죽일 수밖에 없다."

한참을 망설이던 사내가 힘겹게 고개를 끄덕였다. 아소왕후의 그림자들을 완벽하게 따돌렸다고 생각했는데 아니었던 모양이다. 무섭도록 집요한 왕후의 의심에 치가 떨렸다. 도대체 얼마나 많은 왕후의 거미줄이 자신의 주변에 쳐져 있을까 두려울 지경이었다.

"소천궁 병사는 아닌 것 같은데 도성수비대냐? 아니면⋯⋯."

"공주마마를 따라왔습니다."

순간, 홍영과 유강의 눈이 날카롭게 부딪혔다. 공주가 함께 떠난다는 것은 호위들도 모르던 사실이었다. 그런데 이자는 대연에서부터 이미 알고 따라붙었다고 말하고 있었다. 무섭게 노려보는 유강의 눈과 마주치자 홍영은 고개를 짤래짤래 흔들었다. 그가 말이 많은 건 사실이지만 취중에라도 그런 말을 흘릴 만큼 조심성 없고 가볍지는 않다. 소천궁을 나설 때까지 공주가 함께 떠난다는 사실을 알고 있었던 사람은 유강 자신과 홍영, 시비장인 미월, 그리고 다련뿐이었다. 그들 중 쉽게 입을 놀릴 사람은 한 사람도 없는데 이자가 어떻게 알았을까?

성큼 다가선 유강은 망설임 없이 칼을 빼어 들었다. 그리고 그 칼끝으로 사내의 턱을 들어 올렸다.

"넌 누구냐?"

서늘한 칼끝이 목에 닿자 사내의 얼굴에 약간의 긴장감이 감돌았다. 마른침을 꿀꺽 삼킨 그가 마침내 입을 열었다.

"공주마마를 뵙게 해주십시오."

그제야 유강은 그가 아소왕후가 보낸 자가 아니라는 생각을 했다. 그렇다면 공주를 궁금해하고 뒤를 밟을 자들은 뻔하다.

"무한국인이냐?"

그제야 사내가 눈을 부딪쳐 왔다. 유강은 더욱 날카로운 눈으로 칼에 힘을 주었다. 서늘한 칼끝이 금방이라도 목을 찌를 듯하다.

"공주를 만나려면 소천궁을 찾았어야지 어째서 내 뒤를 밟은 거냐?"

무한국이 세아를 찾아오는 것을 막을 이유는 없었다. 화친의 제물로 보낸 만큼 간간이 찾아와 그녀의 안전을 확인하는 것이 그들의 할 일이기도 했다. 그러나 완벽하게 버림받았다는 생각이 들 정도로 무한국은 그녀에게 무관심했다. 그래서 더 불안하고 안타까워 소천궁에 혼자 둘 수 없었던 것이다.

"다시 묻겠다. 공주를 만나려면 정식 절차를 밟아 소천궁으로 찾아왔으면 되었을 것을 어째서 뒤를 밟은 거냐!"

어쩌면 무한국 왕이 보낸 자객인지도 모른다. 세아가 어느 곳에서든 살아 있다는 것은 그에게는 여전히 불안하고 불편한 일일 테니까. 그런 생각이 들자 저도 모를 화가 치밀어 오른다.

유강은 사내의 목을 찌를 듯 칼끝을 곧추세웠다.

"자객이냐?"

그 소리에 사내가 다급하게 고개를 저었다.

"아닙니다! 절대 아닙니다."

그러나 유강은 사내를 무시한 채 돌아섰다.

"당장 이 녀석을 가둬라!"

"공주마마를 뵙게 해주십시오! 꼭 전할 말이 있습니다! 잠깐만…… 잠깐만요!"

홍영이 우악스러운 손길로 사내를 끌고 나갔다. 멀어지는 사내의 음성을 들으며 유강은 언짢은 마음을 참지 못하고 탁자를 내려쳤다.

무한국 왕은 세아의 유일한 형제라고 들었다. 그러나 그는 아비를 죽이고, 화친의 명목으로 누이를 적국에 팔아먹고, 그것도 모자라 이제는 그녀의 목숨까지 노리고 있다.

잡아먹지 못하면 잡아먹히고 마는 약육강식의 밀림 같은 권력의 세계. 그 싸움에서 이기지 못한 자의 미래란 얼마나 끔찍한가. 유강은 결코 이 싸움에서 지고 싶지 않다. 처참한 미래를 맞닥뜨리고 싶지 않다.

세아는 달빛을 밟으며 마당을 거닐고 있었다. 알싸하도록 차가운 공기와 은은한 달빛이 마음을 묘하게 흔들었다. 유강이 머리꽂이를 불쑥 건넸을 때 잠시 당황했지만 벗의 마음으로 건네는 선물이라고 이해했다. 그렇게 가벼이 받아넘기려 했었는데 그것이 새삼 무겁게 다가온 것은 미행을 피해 골목으로 숨어들었을 때다.

소중한 무엇을 품듯 조심스럽게, 그러나 아프도록 머리를 감싸고 안던 유강의 손끝이 얼마나 떨렸는지…… 뜨거웠는지…… 감히 말로 표현할 수가 없었다. 아니, 말로 하지 않아도 본능처럼 알 수 있었다. 그것은 분명 사내의 감정, 사내의 느낌이었다는 것을.

무진조차 감히 자신을 그렇게 안지는 못했다. 그런데 결코 사내일 수 없는 사내 유강이 그런 마음으로 자신을 감쌌다는 것이 도무지 이해되지 않는다. 착각일까? 그러나 혼자만의 착각이라고 하기에는 그 느낌이 너무도 강렬하게 남아 있었다.

"화원으로 갈 것이다. 아무도 따르지 마라."

새벽같이 일어난 유강의 느닷없는 명령에 홍영이 펄쩍 뛰었다.

"혼자 가시겠다니요? 그건 절대 안 됩니다!"

또다시 뒤를 밟는 자가 생길지 모르고, 어느 순간 자객이 나타날지도 알 수 없는 일이다. 함께 다닌 십 년 동안 유강을 안전하게 지켰다는 것을 최고의 자부심으로 여기는 홍영으로서는 도저히 용납할 수 없는 일이었다.

"이틀 안에 돌아올 터이니 걱정 마라."

"그래도 안 됩니다."

"그럼 셋이 함께 갈 테냐?"

"……?"

"공주와 함께 간다."

"왕자님!"

유강은 얼른 준비를 서두르라는 말로 홍영의 다음 말을 막아버렸다. 그가 무슨 말을 할지, 무얼 걱정하는지 안다. 그러나 아소왕후로부터 세아를 지키려다 무한국에 의해 세아를 잃을 수도 있다는 것을 안 순간 유강은 마음의 결정을 내려 버렸다. 그녀에게로 향하는 마음을 더 이상 감추지도 망설이지도 않을 것이라고.

저자 골목에서 몸을 숨기기 위해 세아를 품고 있던 그 짧은 순간의 감정을 어떻게 설명할까? 그 순간 유강은 어머니 나혜왕후에게 무릎을 꿇고 애원하고 싶었다.

이 여인을 잃고 싶지 않다고…… 무한국인을 사랑해 버린 자신을 용서하라고…….

주변을 떠도는 공기가 봄처럼 따듯하다는 것을 느끼며 세아는 주위를 살폈다. 촉촉한 흙과 파릇하게 윤기 나는 풀들. 세상은 온통 차가운 겨울인데 여긴 완전히 봄 세상이다. 말을 타고 겨우 반나절 달려왔을 뿐인데 어떻게 이렇게도 다른 세상이 있을까?

"이곳은 사시사철 봄날 같은 곳이오. 땅에서 뜨거운 물이 솟고 있거든."

아…….

유강의 설명을 듣고서야 세아는 고개를 끄덕였다. 무한국에 있을 때 들었다. 안도국에 가면 땅에서 뜨거운 물이 솟는 곳이 있는데 그곳에서 목욕을 하고 나면 만병이 다 고쳐진다고 했다. 이곳이 바로 말로만 듣던 그 온천이라는 곳인가 보다. 이른 아침, 일부러 문 앞까지 찾아와 잠을 깨운 유강이 다짜고짜 떠날 차비를 하라고 했다. 이미 모두들 떠났는데 웬 아침잠이 그리 많으냐고 타박까지 했었다. 그런데 나직나직한 전각 사이로 따뜻한 바람만 오갈 뿐, 사람의 흔적이라고는 보이지 않는다. 그러고 보니 이곳으로 오는 동안 사람을 보지 못했다. 물론 인가도 전혀 없었다. 세아는 자신이 전혀 원치 않는 상황에 처해졌다는 것을 깨달았지만 유강은 이미 사라지고 없었다. 당황한 표정으로 두리번거리는 세아 곁으로 누군가 다가왔다.

"저를 따라오십시오."

여인이라기보다는 오히려 대장부의 느낌이 나는 지긋한 나이의 여자다.

"당신은 누구죠? 여긴 어딥니까? 그분은……."

그러나 여자는 세아의 질문을 무시한 채 앞서 걸었다. 그리고 불러 세울 사이도 없이 육중한 대문 안으로 사라져 버렸다. 사라진 그녀를 따라 여러 개의 문을 지나 들어가자 눈앞에 드러나는 또 다른 세상에 세아는 놀란 입을 다물 수 없었다.

눈앞을 가득 메우고 있는 것은 짙은 안개다. 짙은 안개는 다시 축축한 이슬이 되어 공기를 떠돌았다. 안개에 눈이 익자 한 치 앞도 분간할 수 없던 시야가 조금씩 트였다. 연기 같은 안개를 뭉글뭉글 피워 올리고 있는 것은 물이다. 말로만 듣던 온천이 눈앞에 있었다.

"이건……."

"들어가 보십시오. 먼 길에 쌓인 피로가 다 풀릴 것입니다."

조금 전 사라졌던 여자가 어느새 다가와 있었다. 손에는 커다란 수건이 들려 있었다. 도대체, 이런저런 설명도 없이 다짜고짜 수건을 내미는 이 여자의 정체는 뭘까? 그리고 유강은 어디로 가버린 건지?

세아의 궁금증을 알아챈 듯 여자가 먼저 대답했다.

"왕자님은 다른 곳에서 잠시 쉬시겠다고 하셨습니다."

주유를 하는 내내 추위에 시달렸던지라 따듯하게 피어오르는 온기가 유혹적으로 느껴졌다. 아무런 설명도 없이, 자신의 의향도 묻지 않고 이런 곳으로 데려온 유강에게는 화가 났지만 온천의 유혹 또한 참아내기가 힘들었다. 여자가 미소를 지으며 다시 수건을 내밀었다.

"공주마마."

세아는 날카로운 눈으로 여자를 살폈다. 홍영과 호위들 외에는 누구에게도 세아의 정체를 밝히지 않았던 유강이었는데 얼마나 믿는 사람이기에 밝힌 걸까?

여자는 세아의 눈은 아랑곳 않은 채 다시 수건을 내밀었다. 아마도 그것으로 몸을 감싸고 들어가라는 뜻인 듯했다. 주위를 잠깐 살피던 세아는 여자의 뒤에 늘어선 또 다른 많은 여자들을 보고 난감한 표정을 지었다. 여자는 다시 웃으며 세아를 안심시켰다.

"이 아이들이 수발을 들어줄 것입니다."

"수발은 필요 없네."

세아의 단호한 말에 잠깐 망설이던 여자가 뒤에 선 여자들을 모두 물렀다. 그리고 다시 수건을 내밀었지만 세아는 여전히 난감한 눈으로 바라보고만 있었다. 무진이 죽은 그날 이후 다련 외에는 그 누구에게도 자신의 몸을 보인 적이 없었다.

수건을 들고 서 있던 여자가 한참 만에 다시 입을 열었다.

"소인도 물러가겠습니다."

그제야 세아는 손을 뻗어 수건을 집어 들었다.

"몸이 개운해지시면 월령을 불러주십시오. 그것이 소인의 이름입니다."

여자는 보일 듯 말 듯 미소를 지어 보이고는 이내 사라졌다. 세아는 여자가 사라지고도 오랫동안 망설였다. 주위는 여전히 안개에 갇혀 흐렸고, 특별히 지켜보는 눈도 없지만 이렇게 환히 트인 공간에서 잠깐이나마 벗은 몸을 드러낸다는 것이 무엇보다 두려웠다.

세아는 안개 속으로 제 입김을 뿜어내며 천천히 옷을 벗었다.

물은 부드럽고 따듯했다. 장작으로 데운 목욕물과는 다른 느낌의 부드러운 온기가 온몸을 감쌌다. 내내 다잡고 있던 긴장이 순식간에 풀렸다. 세아는 다시 한 번 자욱한 안개 속을 살폈다. 바람한 점 없이 고요한 가운데 간간이 들리는 것은 찰랑이는 물소리뿐이었다.

안개 사이로 나직한 나무들과 꽃들, 그리고 평평한 돌들로 짜여져 흙 한 점 밟히지 않는 온천 바닥. 이곳은 누군가에 의해 정성스럽게 꾸며진 곳 같았다. 꼭 소천궁의 연지처럼. 그러고 보니 왠지모르게 연지와 닮은 느낌이 든다. 무어라 딱 꼬집어 말할 수는 없지만.

몸을 담그고 있으면 피로가 풀릴 것이라던 월령의 말처럼 얼마 지나지 않아 정말 신기하게도 몸이 가뿐해지는 느낌이 들었다. 몸이 가벼워지자 잠시 잊고 있던 호기심이 다시 고개를 들었다.

안개가 끝없이 피어오르는 것으로 보아 그저 작은 온천은 아닌 것 같다. 땅속에서 얼마나 많은 물이 솟아나기에 이런 호수 같은 온천을 만들었을까 궁금해졌다. 세아는 살금살금 몸을 움직여 앞으로 나갔다. 시야를 가리고 있던 나무들을 비켜나자 드디어 온천이 한눈에 드러났다. 그러나 그 끝은 여전히 안개에 싸여 보이지 않는다. 그 풍경이 얼마나 신비스러운지 마치 꿈을 꾸는 것 같았다. 세아는 용기를 내어 조금씩 앞으로 나아갔다. 물이 조금씩 깊어지는 것 같았지만 가슴께를 넘지는 않았다.

온천은 크고 작은 돌들이 담처럼 둘러쳐져 있었고, 곳곳에 위로 올라갈 수 있는 돌계단이 만들어져 있었다. 그리고 그 위에는 신기한 모양의 나무들과 꽃들이 자라고 있었다. 수총의 정원에서도 볼 수 없었던 난생처음 보는 나무와 꽃들이다. 세아는 담처럼 둘러쳐진 돌들을 붙잡고 넋을 놓은 듯 앞으로 걸었다.

문득 어디선가 물소리가 들렸다. 그녀는 재빠르게 몸을 숨기고 주위를 살폈다. 그러나 여전히 안개뿐, 보이는 것은 아무것도 없었다. 잘못 들었나 생각하며 발을 움직이려는 순간 다시 물소리가 들렸다. 바람에 흔들려 들리는 소리가 아닌 사람이 내는 소리였다. 숨을 죽인 채 뒤로 돌아서던 세아는 다시 멈칫했다.

누굴까? 누구지?

도무지 호기심을 이길 수가 없다. 바위 사이로 살짝 고개를 내밀어보았다. 희뿌연 안개 사이 일렁이는 그림자가 있었다. 인기척을 느꼈는지 그림자가 고개를 돌렸다. 놀랍게도 그는 유강이었다.

세아는 화들짝 놀라며 바위 뒤로 몸을 숨겼다. 숨 쉬는 것조차 잊은 채 숨어 있는 잠깐 사이, 혹시나 유강이 눈치챌까 일렁이는 물결조차 잡고 싶었다. 다행히 저쪽에서는 아무것도 눈치채지 못한 듯 다시 물소리가 들렸다. 세아는 소리 없이 숨을 토해내었다. 어찌나 긴장하고 있었는지 움켜쥔 주먹이 아플 지경이었다. 그녀는 허리를 뒤로 뺐다. 최대한 소리를 죽여 이곳을 빠져나갈 생각이었다. 그러나 다리에 힘이 풀려서 잘 움직여지지 않는다.

도대체 무슨 생각으로 이런 짓을 저질렀을까? 도대체 왜……?

그의 저의를 가늠하기가 두려웠다. 저자에서 느꼈던 그 강렬한 기억이 다시 떠올랐다.

결코 사내일 수 없는 그에게서 느꼈던 사내의 감정, 사내의 느낌.

거친 물소리가 들리더니 잠시 사라졌던 유강이 물속에서 불쑥 솟아올랐다. 뜨거운 김이 피어오르는 그의 몸은 마치 불덩어리 같았다. 저자에서 그의 품에 갇혀 들었던 거친 심장 소리가 그 불덩이를 뚫고 튀어나올 것만 같았다. 그만큼 강인한 사내의 기운이 느껴졌다.

세아는 철렁 내려앉는 심장을 부여잡고 뒷걸음질을 쳤다. 비록 남색을 즐긴다고는 하지만 타고난 신체가 사내이니 사내로 보이는 것은 당연한 일이라고 스스로를 다그쳐 보지만 도무지 마음이 진정되지 않는다. 처음의 장소로 돌아와서도 한참이나 마음을 진정시켜야 했다. 사내의 신체를 처음 본 것은 아니다. 경성단 시절, 훈련을 마치고 계곡물에 뛰어들어 몸을 씻는 단원들을 본 적도 여러 번이고, 훈련 중 상처 입은 몸을 치료해 준 적까지 있었지만 이토록 놀랍고 당황스럽지는 않았었다.

마음이 조금 진정되자 세아는 기분이 우울해졌다. 유강에게서 사내의 기운을 느낀 것이 단지 건장한 그의 신체 때문이었는지 아니면 자신의 마음이 문제였는지 모르겠다. 눈앞에 가득한 안개만큼이나 마음이 혼란스럽다.

더 이상 온천을 즐길 수 없었다. 얼른 그곳을 벗어나고 싶었다. 밖으로 나와보니 벗어놓은 옷이 어디 가고 없었다. 온천에 들어가 있는 사이 누군가 가져간 모양이다. 세아는 재빨리 다시 물속으로 뛰어들었다. 누군가 자신의 몸을 보았을지도 모른다고 생각했다. 커다란 수건으로 감싸 보이지는 않지만 무진의 목숨과 바꾼 흔적들이 여전히 온몸 구석구석에서 통증을 일으키고 있다.

물속에 들어와 한참을 망설이던 세아는 안개 속을 향해 조용히 입을 열었다.

"거기…… 누구 없느냐?"

그러나 소리 없는 안개만 떠다닌다. 세아는 다시 목소리를 조금 더 높였다.

"아무도 없느냐? 이보시게, 월령!"

그러나 여전히 인기척이 없다. 답답한 마음에 다시 목소리를 높이려는데 뒤편에서 소리가 들렸다.

"몸은 좀 개운해지셨습니까, 마마?"

안개 속에 월령이 서 있었다.

"갈아입으실 옷을 가져왔습니다."

그리고 좀 더 가까이 다가오려는 월령을 세아가 제지했다.

"거기 두고 나가게."

마치 가시 돋친 꽃처럼 뾰족한 얼굴로 자신의 접근을 막는 세아를 월령은 의아한 눈으로 바라보았다. 공주의 신분으로 아침에 일어나 잠자리에 들 때까지 모든 것을 아랫사람의 수발을 받으며 살았을 것이 분명한데 어째서 의복을 챙기는 것까지 저렇게 거부하는지 이유를 짐작할 수 없었다.

옷을 내려두고 돌아 나오는 월령의 마음은 편치 않았다.

곧 떠나보내야 할 사람이거늘 왕자님은 무슨 마음으로 이곳까지 데리고 온 걸까?

미월의 서찰에는 무한국 공주를 향한 유강의 마음이 잠시 스쳐 가는 감정이라고 적혀 있었지만 월령은 그 말이 영 미덥지가 않았다. 지금껏 단 한 번도 여인에게 마음의 빗장을 연 적이 없던 유강이다. 그런 그가 함께 주유를 나서고 화원에 데리고 나타날 정도면 그저 스치는 감정만은 아니라는 뜻이었다. 서로를 벗이라 칭하며 지낸다더니 그새 정이라도 든 것일까? 어설픈 정에 이끌려 일을 그르친다면 나혜왕후께 씻지 못할 죄를 짓는 것이다. 그러지 않기 위해 유강을 독려하고 경계해야 하는 일이 자신의 책무라고 월령은 생각했다.

별채로 오니 유강이 기다리고 있었다. 막 온천에서 나온 탓인지 그의 얼굴은 약간 상기되어 있었고, 몹시도 기분이 좋아 보였다.

"온천물이 더 좋아진 건가? 평시보다 훨씬 몸이 개운하네."

"온천물이 더 좋아진 것이 아니라 고운 님이 함께 들어가 계셨으니 그 기운을 받으신 게지요."

월령이 입을 삐죽했다.

"대연과 사천만큼 멀리 떨어져 있다 나온 사람에게 그게 무슨 소린가!"

"왕자님께서 장히 그 약속을 지키셨으려고요?"

월령이 미심쩍은 듯 퀭한 눈으로 노려보자 유강이 흥분하여 버럭 소리를 쳤다.

"그게 무슨 소린가? 나를 어찌 보고!"

정말 생각 같아서는 세아를 훔쳐보고 싶은 마음이 굴뚝같았지만 그런 짓은 하지 않으리라 장담하고 들어갔던 터라 도를 닦는 심정으로 몸을 담그고 있었다. 그래서 월령의 의심이 더욱 야속하고 억울하다.

"자넨 예나 지금이나 늘 내가 못마땅하지?"

유강의 볼멘소리가 민망한 듯 월령은 헛기침을 하며 돌아섰다. 그리고 애꿎은 계집종들만 다그쳤다.

"어찌 이리들 굼뜬 게냐? 어서어서 서둘러라!"

나혜왕후가 죽고 하물며 이름조차 없는 시비들마저 유강을 외면하고 멸시하던 그때, 월령은 미월과 함께 마지막까지 유강의 곁에 남아 있었던 사람이다. 그녀는 불같은 성미로 유강에게 가해지는 위해와 수모를 온몸으로 막았다. 그러다 목숨의 위협까지 받게 되었고, 결국 이 먼 사천의 화원으로 숨어들었던 것이다. 그후 특유의 장사 수완으로 재력을 키웠고, 그렇게 키운 재력을 바탕으로 변방 세력들과 유강을 연결하는 결정적인 역할을 했다. 유강에게 미월이 어머니였다면 월령은 든든한 아버지 같은 존재였다.

계집종들을 다그치던 월령이 다시 다가왔다. 무언가 할 말이 있는 듯한데 그녀답지 않게 쉬이 입을 열지 못했다. 기다리다 답답해진 유강이 먼저 입을 열었다.

"무슨 말인지 해보게."

한참을 망설이던 월령이 진지한 목소리로 물었다.

"무슨 마음이십니까?"

유강은 짐짓 모른 척 되물었다.

"무엇이 말인가?"

"어찌하여 무한국 공주를 이곳까지……."

"나의 비야. 오지 못할 이유라도 있는가?"

"소인의 말은 그런 뜻이 아니오라……."

엄한 기운을 담은 검푸른 눈이 월령의 눈앞으로 다가왔다.

"나와 혼인을 한 이상 공주는 이제 무한국인이 아니네. 그곳에서도 이미 버림받은 사람이야."

그러니 무한국으로 돌아갈 수도 없고, 가서도 안 된다.

자신의 뜻에 어떤 이의도 제기하지 말라는 듯 유강의 눈빛은 차갑고도 엄했다. 월령은 더 이상 입을 열지 못한 채 그곳을 물러나와야만 했다. 그러나 순순히 물러나는 순간에도 그녀는 유강에게 경계의 한마디를 잊지 않았다.

"아름다운 것은 본시 위험한 것입니다."

무한국인을 비로 인정한다면 훗날 대화궁을 차지한다 하더라도 엄청난 반발에 직면할 것이다. 그러나 그것보다 더 넘기 힘든 것은 유강의 마음일 것이다. 평생 무한국인을 곁에 두어야 하는 일이다. 두 번 다시 떠올리고 싶지 않을 그 기억을 평생 되새기며 살아가야 할 텐데 유강이 과연 잘 견뎌낼 수 있을까? 상처투성이의 사랑이 되어버리지는 않을까? 공주의 아름다움에 혹해 유강이 그런 위험을 간과하고 있는 건 아닌지 다시 한 번 생각해 보라는 마음에서다.

막 옷을 갈아입고 매무새를 만지고 있을 때 월령이 다시 돌아왔다. 안도국 여인들이 주로 입는 화려한 옷이 아무래도 불편하다. 몇 번이나 옷을 매만지던 세아가 불만 어린 눈으로 물었다.

"내 의복은 어쨌는가?"

"세탁해 두라 일렀습니다. 어디 불편하신 데라도 있으십니까?"

"아름다운 옷이긴 하지만 내겐 아무래도 거추장스럽네. 특히나 이 너른 소매는……."

팔을 스륵 들어 올리자 땅에 닿을 듯한 너른 옷소매가 펼쳐졌다. 도대체 이런 옷을 걸치고 어찌 마음대로 움직이는지 세아로서는 신기할 따름이었다. 양팔을 벌린 채 옷자락을 살피던 세아의 손목에서 무언가가 반짝 빛이 났다. 순간, 월령이 세아의 손목을 낚아챘다. 그 동작이 어찌나 빠르고 거칠었는지 몸이 휘청 흔들릴 지경이었다. 손목을 꼼짝 못하게 잡아챈 월령은 거칠게 소맷자락을 걷어 올렸다.

"이게 무슨 짓인가!"

월령의 귀에는 세아의 화난 음성이 들리지 않았다. 공주의 가늘고 하얀 손목에 걸린 팔찌만 보인다. 떨리는 손이 팔찌에 닿으려는 순간, 세아는 재빨리 손목을 빼내었다. 팔찌는 다시 옷자락 속에 감춰졌다.

"무슨 무례한 짓이냐!"

월령은 그제야 제 행동을 인식하며 머리를 조아렸다.

"송구하옵니다, 마마. 늙은 것이 너무도 다급하여 무례를 범했습니다. 마마의 손목에 걸린 비환臂環이 하도 눈에 익어…… 어떤 연유로 가지게 된 것인지 여쭤봐도 되겠습니까?"

불쑥 다가서며 마치 취조하듯 묻는 월령의 태도가 몹시도 기분 나빴다. 무한국인이라 하여 무시하고 깔아내려 보던 왕실 여인들의 시선이 떠올랐다. 월령의 무례함도 그와 무관하지 않으리라 생각했다.

심약한 사람처럼 내내 힘이 없던 세아의 눈에 불꽃이 일었다. 한바탕 불벼락이라도 내릴 요량으로 다가서던 세아의 걸음이 멈칫했다. 조그만 계집종 하나가 갑자기 뛰어든 탓이다. 몹시도 다급히 달려온 듯 아이는 숨을 할딱이며 겨우 말을 이었다.

"왕자님께서 어서 오시라 재촉이십니다."

세아는 차가운 눈으로 월령을 쏘아보다가 입을 열었다.

"이 비환臂環은 내 오래된 물건이네."

차가운 한마디가 월령의 귀에 들렸다. 그리고 붙잡을 사이도 없이 세아는 사라져 버렸다. 월령은 쉽게 걸음을 떼지 못한 채 그곳에 서 있었다. 온천에서 피어오르는 안개가 제 가슴으로 들어온 듯 마음이 혼란스럽다.

세아의 얼굴은 잔뜩 굳어 있었다. 조금 전 월령과의 일 때문에 불쾌한 마음이 남은 탓도 있지만, 그것보다는 유강에 대한 불편한 마음이 더 그녀의 얼굴을 굳게 했다. 며칠 더 머물다 가자는 유강의 제의를 뿌리치고 세아는 얼른 떠나기를 종용했다.

"온천이 마음에 들지 않았던 거요?"

유강이 약간 실망한 기색으로 물었다. 세아는 고개를 흔들었다. 온천은 좋았다. 그러나 느닷없이 보아버린 유강의 신체가 그녀를 불편하게 했다. 잠시라도 이렇게 단둘만의 시간을 가지고 싶지 않았다. 다시 홍영을 만나 두 사람이 함께 있는 모습을 보게 된다면 이 혼란스러운 마음도 사라지리라 여겼다. 말을 타고 화원을 떠나는 순간까지 세아의 얼굴이 굳어 있었던 탓에 월령은 더 이상 팔찌에 대해 물을 수 없었다.

그것은 20여 년이나 지났어도 한눈에 알아볼 만큼 눈에 익은 비환臂環이었다.

어째서 무한국 공주가 그 물건을 가지고 있는 걸까?

아무리 생각해도 알 수 없는 일이다. 그러다 그녀는 고개를 흔들었다. 세상에는 닮은 물건도 많다. 똑같은 물건을 만든 장인이 무한국으로 건너갔을 수도 있고, 장사치들의 짐 속에 그 물건이 섞여 흘러갔을 수도 있는 일이다.

유강과 세아가 탄 말이 고개를 넘어 가물가물 사라지자 월령은 씁쓸한 미소를 지으며 돌아섰다.

그래, 내가 알고 있는 그 비환臂環은 이미 20년 전에 주인과 함께 잿더미 속에 파묻혔지 않은가. 무슨 새삼스러운 미련인지…….

화원에서 돌아온 그날 이후 세아는 내내 유강을 피했다. 어느 날 조용히 객잔의 정원을 거닐던 세아는 뒤뜰로 들어서는 유강을 발견하고 얼른 나무 뒤로 몸을 숨겼다. 갑작스러운 그의 출현에 놀랐는지 가슴이 두근거렸다. 뒷짐을 진 채 잠시 뜰을 서성거리던 그는 정원 한가운데에 있는 커다란 바위에 기대어 앉았다. 햇볕을 쪼이는 것인지 무슨 골똘한 생각에 잠긴 것인지 그는 한동안 움직임이 없었다. 바람이 가끔 그의 긴 머리칼을 흔들고 지나갔다. 세아는 숨을 죽인 채 그 모습을 오래도록 지켜보았다.

다음날, 세아는 유강이 기대어 앉았던 그 바위에 몸을 기대고 하늘을 바라보았다. 건드리면 푸른 물이 뚝뚝 돋을 것 같은 맑고 시린 하늘이었다. 마치 비진족의 눈빛을 닮은 그 하늘빛 탓일까? 그렇게 기대서서 세아는 유강을 떠올렸다.

하늘을 바라보던 우수에 찬 눈과 그 눈에 흐르던 고뇌, 바람결에 날리던 긴 머리칼, 기대어 앉은 바위보다 더 단단한 바위처럼 보이던 그의 모습을.

그것은 권력에서 밀려나 변방을 떠도는 버림받은 왕자의 모습이 아니었다. 모든 이들이 혐오하는 남색에 술주정뱅이의 모습도 아니었다. 그에게서는 알 수 없는 불길이 뿜어져 나오는 것 같았다. 그 뜨거움이 전이된 것일까? 바람결에 그의 머리칼이 흩날릴 때마다 그녀의 가슴도 함께 흔들렸었다.

세아는 조그맣게 한숨을 내쉬었다. 그리고 어쩌면 이제 그만 유강의 곁을 떠나야 할 때가 되었는지도 모르겠다고 생각했다. 온통 허망함으로 가득했던 마음도 사라졌고, 말을 타고 주유를 할 만큼 건강도 회복되었다. 혼인을 결정하며 유강과 나누었던 무언의 약속을 지켜야 할 때가 된 것 같다.

"무슨 생각을 그리도 골똘하게 하고 있소?"

느닷없이 들리는 목소리에 놀라 고개를 들어보니 유강이 서 있었다. 시린 하늘빛을 닮은 검푸른 눈이 뚫어질 듯 그녀를 내려다보고 있었다.

여전히 느껴지는 사내의 기운, 그리고 뜨거운 무엇이 가슴을 꿰뚫고 들어온다. 세아는 바짝 마른 입술을 깨물었다. 그 모습을 바라보던 유강의 입가에 장난기 어린 웃음이 번졌다.

"홍영인 잠깐 심부름을 보냈소."

그리고 관찰하듯 그녀의 얼굴을 내려다보았다. 자신의 입에서 홍영의 얘기만 나오면 어찌할 바를 모르는 세아의 모습이 재미있어 생긴 버릇이다. 유강의 입가에 번진 그 웃음과 내려 꽂히는 검푸른 눈을 세아는 감당할 수가 없었다. 그의 눈길을 느낄 때마다 심장이 옥죄이고, 불덩이를 삼킨 듯 가슴이 화끈해지는 그 생경한 느낌 앞에서 세아는 어찌할 바를 몰랐다. 그는 여전히 홍영을 사랑하고 품는 남색일 뿐인데 그를 바라보는 자신의 마음이 변한 것이다.

세아는 도망치듯 고개를 돌려 버렸다. 그 낯설음이 두려웠다. 불안하게 두근거리는 심장 소리도 불편했다. 세아의 그런 마음을 아는지 모르는지 유강은 산책이나 하자며 객잔 뒤편의 호수로 그녀를 이끌었다.

어느새 어둠이 내려 호수 주변에는 검푸른 안개가 떠돌았고 공기는 살을 에일 듯 차가웠다. 조금씩 마음이 안정되었고 머리도 차가워졌다. 어쩌다가 이런 어이없는 감정에 빠져 버렸는지 모르겠다. 남색인 그에게서 사내를 느끼고 그 기운에 압도되어 이토록 떨고 있다니! 사실을 알면 유강 또한 얼마나 어이없을까? 그에게 미안했고 자신에게는 화가 났다. 정말 더 이상 유강의 곁에 머물러서는 안 되겠다는 생각이 들었다.

"아까는 무슨 생각을 그리 골똘히 하고 있었소?"

세아는 혼란스러운 마음에 쐐기를 박듯 단호한 음성으로 말했다.

"비열흘로 갈까 합니다."

그녀 스스로조차도 놀란 갑작스러운 말이었지만 내뱉는 순간 이미 결심이 되어버렸다.

그래, 떠나자. 어차피 떠날 거라면 하루라도 빠른 것이 좋으리라. 이런 마음으로는 더 이상 머물 수가 없다.

싸늘한 공기와 은은한 달빛, 그리고 그 달빛을 닮은 세아의 느낌을 만끽하고 있던 참이었다. 잠깐이지만 왕좌에 대한 욕심도 두려움도 잊고 오직 그녀만을 바라보는 이 순간이 너무도 행복하다고 생각하던 순간이었다. 그런데 느닷없는 그녀의 말이 그를 꿈에서 깨웠다. 유강은 비열홀이 보고 싶다는 말을 세아가 잘못 말한 것이라고 생각했다.

"아, 물론 갑시다. 날씨만 좋으면 평원에서도 아주 지척처럼 볼 수 있을 거요. 그리고 비열홀에서 건너온 사람들도 많으니 무한국 소식도 들을 수 있을 거요."

호수 속 달빛이 흔들렸다. 세아의 목소리도 떨렸다.

"인영전 식솔들을 모두 데리고 떠나겠습니다."

구름이 달빛을 가리고 어둠이 호수를 덮었다. 그 어둠에 기대어 세아는 재빨리 말을 이었다.

"이제 어지간히 마음도 추슬렀으니……."

"도대체 무슨 소릴 하는 거요?"

유강이 거칠게 팔을 잡아챘다. 검푸른 눈이 눈앞으로 다가왔다. 거칠게 뿜어져 나오는 위압감에 잠시 움찔했지만 세아는 다시 말을 이었다.

"어차피 처음부터 우리 혼인의 목적이 이런 것이었지 않습니까? 저는 잠시 허물어진 몸과 마음을 의탁하고, 왕자님은 적절치 못한 사랑으로 인한 비난의 화살을 피하시고. 잠시 그리 지내다 때가 되면 조용히 떠나주는 것, 놓아주는 것이 우리 두 사람 사이에 묵인되었던 사실이지 않습니까?"

차분하고 차가운, 그리고 단호한 음성이 시린 바람이 되어 귓가에 들려왔다. 처음엔 분명 사실이었지만 이젠 조금도 사실이 아닌 말들을 그녀는 진실처럼 말하고 있었다.

"누가 그러던가, 우리 혼인의 목적이 그것이었다고?"

"아닙니까?"

"그대는 그것이었는지 모르지만 난 아니오!"

어둠에 마음을 감춘 걸까? 달빛에 드러난 그의 얼굴에서는 거짓을 찾을 수가 없다. 검푸른 눈은 어둠에 젖어 더욱 검푸르게 번득였다. 세아는 두려운 마음으로 한 발 물러났다.

저 눈빛……! 이렇게 느닷없이 마음이 흔들려 버린 것은 다 저 검푸른 빛깔 때문이었다.

시도 때도 없이 불쑥불쑥 다가오는 무진의 흔적들이 잊었던 마음을 일깨운 거라고, 자신의 마음을 흔든 것은 유강이 아니라 실은 무진이라고 세아는 생각했다.

유강의 얼굴이 좀 더 가까이 다가오자 그녀는 재빨리 고개를 돌려 버렸다. 유강은 어떤 말도 듣지 않겠다는 듯 단호하게 돌려진 세아의 얼굴을 안타깝게 내려다보며 말했다.

"비열흘은 무한국 땅이오."

"그러니 가겠다는 겁니다. 제가 무한국인이니 무한국 땅으로 가는 건 당연하지 않습니까?"

"이미 나와 혼인을 했으니 온전히 무한국인이라 할 수는 없지."

유강의 입가에 설핏 지어지는 미소는 내내 번지던 장난기 어린 웃음이 아니다. 믿었던 귀족들로부터, 형제로부터, 그리고 어미로부터 외면받았던 세아의 처지를 일깨워 주는 듯한 차디찬 냉소다. 그러나 세아는 그것에 반발하듯 더욱 단호하게 말했다.

"비열흘로 갈 생각입니다. 제 생각을 말씀드리면 무한국 국왕께서도 굳이 반대하진 않을 것입니다. 마음이 따듯하신 분이니……."

과연 그럴까? 얽히고설킨 권력의 비열한 관계를 이 여자는 알기나 할까?

전쟁의 위험이 도사리고 있는 한 안도국은 결코 세아를 놓아주지 않을 것이다. 그것은 무한국도 마찬가지다. 무한국 땅인 비열흘을 밟는 순간 그녀가 맞닥뜨릴 것은 죽음뿐이라는 것을 정말 모르는 걸까? 마음 따듯한 무한국 국왕이 자신을 지켜줄 거라고? 어림없는 소리! 단언하건대, 만약 세아가 무한국으로 돌아간다면 무한국 국왕의 칼이 가장 먼저 그녀의 심장에 박힐 것이다. 그리고 그는 통한의 눈물을 흘리겠지. 그것이 바로 권력자의 습성이다.

구름에 가렸던 달이 다시 얼굴을 내밀자 세아의 얼굴이 눈에 들어왔다. 어둠 속에 들어앉아 입을 꼭 다물어 버린 연꽃처럼 그녀에게서는 차마 다가갈 수 없는 차가움이 느껴졌다. 그대로 둔다면 다시는 입을 열지 못한 채 사그라져 버릴 연꽃. 유강의 손이 그 연꽃의 차가운 얼굴에 닿았다. 세아는 느닷없이 다가온 그의 손을 피하지도 못한 채 잡혀 있었다.

"무한국 왕은 그대가 돌아가는 걸 원치 않을 거요."

무언가 격한 감정에 사로잡힌 사람처럼 유강의 목소리는 떨렸다.

"설사 그가 허락한다 해도 이젠 내가 보낼 마음이 없소."

어째서 그가 이토록 안타까운 눈으로 자신을 보는지 세아는 알수 없었다. 이렇게 아프고 절박한 느낌으로 자신을 보았던 사람은 무진이다. 유강이 이런 눈으로 보아야 할 사람은 홍영이 아니던가?

저도 모르게 생겼던 호기심과 설렘이 두려움이 되어 다가왔다. 저 검푸른 눈을 이런 식으로 계속 마주하다가는 어이없는 이 마음을 순식간에 들키고 말 것이다.

세아는 고개를 흔들며 얼른 뒤로 물러났다.

"뭐라 말씀하셔도⋯⋯ 전 비열홀로 갈 것입니다."

말릴 수 없는 단단한 고집과 결심이 느껴지는 목소리였다. 세아가 도대체 왜 기어이 그 위험한 곳으로 가려는지 짐작을 할 수가 없었다. 버림을 받았지만 그래도 자신의 조국인 무한국에 대한 어쩔 수 없는 그리움일까, 아니면 또 다른 꿈을 꾸고 있는 걸까? 아직도 그녀의 뒤를 쫓으며 자객까지 보내고 있는 무한국에 무슨 미련이 남은 건지?

"기어이 가려는 이유가 무엇이오? 소천궁이 그대를 함부로 대했던가? 아니면 내가⋯⋯ 아!"

그제야 유강은 홍영을 떠올렸다. 그런 존재를 곁에 두고 자신의 곁에 머물고 싶은 여자는 없으리라.

"홍영인⋯⋯."

상황을 설명하려 다급히 입을 열었지만 그의 말보다 세아의 말이 먼저였다.

"무진…… 그 사람과 함께 가려 했던 곳입니다."

그리고 세아는 고개를 돌려 버렸다. 처음엔 무진이 평생 가슴에 품고 그리워했던 곳이기에 혼자서라도 가겠다고 마음먹었던 것이지만 지금은 사실 유강으로부터 도망치고 싶다는 마음이 더 크다는 것을 부인할 수가 없었다.

차갑게 고개를 돌려 버린 세아의 모습은 유강의 가슴에 비수처럼 박혔다. 죽은 듯하던 얼굴에 생기가 돌고, 꽃이 피듯 웃음이 번지고 있었지만 그 어떤 것도 자신의 것이 아니었던 모양이다. 그녀는 여전히 죽은 그자를 위해 울고 웃고 살아가고 있다. 우연히 전해지던 작은 떨림조차도 자신의 몫이 아니었던 것이다.

유강은 차가운 달빛을 그러쥐었다. 구름이 달을 삼키듯 세아 또한 그렇게 삼켜 버리고 싶었다. 어느 곳으로도, 누구에게도 눈을 돌릴 수 없도록 어둠 속에 가두어 버리고 싶었다. 형체도 없는 존재에게 이는 질투가 그의 이성을 흔들고 있었다.

세아가 다시 고개를 돌렸을 때 어둠보다 더 차가운 유강의 얼굴이 눈앞에 있었다. 처음 소천궁에서 보았던 바로 그 얼굴이다.

"나라 간의 맹약을 그리 가벼이 여기다니 무지한 건가, 무모한 건가?"

"……?"

"그대 뒤에 달린 수많은 목숨들은 안중에도 없는 모양이군? 당신이 비열홀로 떠나는 순간 멈췄던 전쟁이 또다시 시작될 거란 소리야."

"그건……!"

"모두들 고요히 덮고 싶겠지만, 심지어 당신의 목숨을 앗을 무한국 국왕마저 없었던 사실로 만들어 버리겠지만 난 아냐. 어머니와 아우를 잃었던 나는 작고 어렸지만 아내를 잃을 나는 더 이상 작고 어린 녀석이 아니거든."

눈앞에서 번들거리는 검푸른 눈을 마주 본 순간 세아는 그가 정말 분노의 화신이 되어 무한국 땅을 짓밟아 버릴지도 모른다는 생각을 했다. 그러나 그 분노의 종류를 세아는 알지 못하겠다. 무한국에 대한 오래된 분노인지 아니면 아내를 잃은 사내의 분노인지……?

아니, 그럴 리는 없겠지. 이미 사랑하는 연인이 있는 그에게 '아내'란 이름이 무슨 의미가 있겠는가.

느닷없이 서러움이 울컥 밀려 올라왔다. 세아는 돌아섰다. 더 이상 우스운 꼴을 보이고 싶지 않았다. 그러나 발을 내딛기도 전에 유강이 먼저 그녀의 팔을 잡아채어 나무로 밀어붙였다.

"그만 잊어버릴 순 없나? 그렇게 힘든 건가?"

세아가 지금 가장 힘든 것은 무진의 눈을 닮은 그의 눈을 보며 무진에게서조차 느끼지 못했던 생경한 감정을 시시때때로 맞닥뜨리는 것이었다. 그러나 그것을 설명할 수 없으니 가슴이 터질 듯 답답했다.

닿을 듯 다가온 입술이 다시 물었다.

"여전히 당신을 울고 웃고 움직이게 만드는 건 그자인 모양이로군?"

비틀어진 입술 사이로 비웃음인지 비통인지 모를 씁쓸한 웃음이 번져 나왔다.

그녀를 울고 웃게 만들었던 것은 언제나 그녀 자신이었다. 그녀를 움직이게 만들었던 것 또한 스스로의 의지였을 뿐, 누구 때문은 아니었다. 무진은 그런 그녀를 멈칫거리게 하는 아픔 같은 것이었다는 걸 그가 알 리가 없겠지?

"하지만 이제 당신 마음대로 할 수 있는 건 아무것도 없을 거야."

그 말을 증명이라도 하듯 유강은 세아의 손목을 단단히 잡아끌었다. 놓아달라고 소리쳤지만 그 말도 듣지 않았다. 객잔으로 돌아온 그는 세아의 침실 앞에 다시 호위를 세웠다.

"내 허락 없인 이곳에서 한 발짝도 벗어나지 못하도록 잘 지켜라!"

기어이 놓아주지 않으려는 유강의 마음을 가늠하기가 힘이 든다. 지금까지 지켜본 유강은 화친을 위해 혼인을 기어이 지킬 만큼 안도국에 대한 충심이 대단한 사람 같아 보이지도 않았고, 그 책임을 두려워할 만큼 나약한 사람도 아니었다. 이미 사랑하는 연인이 있으니 새삼스럽게 여인이 필요한 사람도 아니다. 굳이 이유를 찾자면 홍영과의 적절치 못한 사랑을 감추기에 그녀만 한 방패는 없다는 것. 그것이 이유 같았다. 자신을 옆에 두는 한 안도국의 누구도 그의 사랑에 대해 왈가왈부하지 못할 것이기에.

세아의 입가에 쓸쓸한 미소가 지어졌다.

유강의 곁에서 이렇게 평생 벗으로, 바람막이로 살아갈 생각은 없다. 그렇게 살기엔 이미 늦은 듯하다. 세아는 오소소 떨려오는 어깨를 양팔로 감싸 안았다. 마주 보았던 검푸른 눈이 아직도 제 몸을 스치는 듯 마음이 뜨겁고 저리다.

12

유강과 홍영은 말을 타고 하루를 꼬박 달려 무사성에 닿았다. 지난번 방문했을 때 담연 장군에게 부탁했던 홍영의 혼처가 결정되었다는 소식을 듣고 달려온 길이다. 여자는 사천 지방의 부호인 양현의 딸로 얌전하고 현숙한 성품을 지녔다고 했다. 신부에 대한 확인은 그것으로 되었다. 담연 장군의 추천이니 더 알아볼 것도 없다고 생각했다.

홍영의 혼인식은 조촐하고 비밀스럽게 치러졌다. 안도국의 풍습에 따라 신부의 얼굴은 휘장으로 가려져 보이지 않았지만 화사한 신부복 사이로 비쳐지는 외형은 빼어나게 아름다워 보였다. 싱글벙글 벌어진 홍영의 입은 혼인식 내내 다물어질 줄 몰랐다.

부모가 누군지도 모르고 저자에서 떠돌며 빌어먹던 자신이 무슨 복으로 이런 대단한 부호의 사위가 되었나 싶어 남몰래 허벅지를 꼬집어보기도 했다. 아픈 걸 보니 분명 생시인데 여전히 믿어지지 않는다. 휘장 속에 숨은 아리따운 신부의 얼굴을 상상하자 아랫도리가 후끈 달아올랐다.

며칠 동안 사라졌던 유강이 홍영과 함께 돌아왔다. 이번에도 역시 온다 간다 말 한마디 없이 떠났다가 소리 없는 바람처럼 다시 나타났다.

그들만의 비밀의 장소에서 뜨거운 사랑을 나누고 왔을까?

그런 생각을 할 때마다 커다란 돌멩이가 걸린 듯 명치가 아팠다. 그런데 유강과 홍영의 모습이 전에 없이 이상했다. 비밀의 장소에서 사랑싸움이라도 하고 온 모양인지 두 사람은 서로 눈조차 마주치지 않았다. 냉랭한 그들의 모습이 세아에게는 오히려 뜨거워 보였다. 차갑게 노려보는 화난 얼굴도, 냉정하게 돌아서는 뒷모습도 뜨거운 사랑의 또 다른 모습으로 보일 뿐이었다.

복잡한 마음에 밤새 잠을 이루지 못한 채 뜰을 거닐던 세아는 느닷없는 고함 소리에 걸음을 멈칫했다.

"저한테 어떻게 이러실 수가 있습니까!"

그것은 잔뜩 부아가 실린 홍영의 목소리였다. 발길을 돌리려던 세아는 다시 들리는 목소리에 걸음을 멈추었다.

"내 진심이 아니다. 내 마음은 그게 아니었어. 내가 널 어찌 함부로 생각하겠느냐?"

이번엔 유강의 음성이었다.

망설이던 세아는 궁금증을 이기지 못하고 소리가 들리는 쪽으로 조심조심 걸어갔다. 정원에 그림자가 비쳤다. 고목처럼 길게 드리운 그림자는 유강이고, 그 옆에 여린 형체로 일렁이는 것은 홍영의 그림자다. 두 그림자는 얼굴이 맞닿을 듯 서로를 바라보고 있었다.

　"내가 널 얼마나 소중히 생각하는지 모르느냐? 내게 넌……."

　"이젠 그 말씀마저 못 믿겠습니다!"

　유강의 음성은 한없이 따뜻했고, 홍영의 음성은 가장 믿었던 사람으로부터 배신당한 것처럼 부아가 나 있었다.

　세아는 주먹을 꼭 그러쥐고 나무 뒤에 숨어서 그 모습을 지켜보았다. 그림으로만 보자면 그 모습은 분명 아름다운 연인들의 사랑싸움이었다. 그 애틋함이 남녀의 사랑보다 결코 못할 것이 없어 보였다.

　다시 홍영의 고함 소리가 들렸다.

　"돼지 멱을 따서 붙여놓아도 그보단 나을 겁니다!"

　"그건 좀 표현이 과한 것 같구나. 그만큼은 아니었다."

　"왕자님 일이 아니시니 그리 보이시는 겁니다!"

　"양현은 사천 지방의 최고 부호다. 게다가 학식과 덕망 또한 그를 따를 자가 없어. 언젠가는 큰 권력을 가질 자다."

　"제가 언제 재물을 원했습니까? 권력을 원했습니까? 그저 저보다 조금만 아름다운 사람이면 된다고 노래를 부르지 않았습니까!"

　"너보다 아름다운 사람을 어디서 구한단 말이냐? 그건 아무래도 불가능한 일이지."

내내 애틋하던 유강의 목소리에 장난기가 묻어났다.

"멀리서 보니 그 아가씨의 뒤태가 너무도 아름답기에 어련히 아름다우려니 생각했는데 앞태가 그럴 줄 내가 어찌 알았겠느냐?"

"왕자님!"

홍영은 분을 이기지 못한 채 씩씩거렸다. 왕자만 아니면 정말 주먹이라도 날릴 판이다.

자신보다 조금만 더 아름다운 여인을 얻어 혼인을 하는 것이 홍영의 오랜 꿈이었다. 언젠가는 유강이 그런 사람을 찾아주리라 믿고 기다렸다. 무사성에서 비밀스런 혼인을 치른 후, 두근거리는 마음으로 신방에 들어섰다가 신부의 얼굴을 확인하고 기겁했던 그 순간을 떠올리면 지금도 피가 거꾸로 쏟아질 지경이었다. 정신 없이 술을 마시고 곯아떨어져 잠이 들었다가 해가 뜨기도 전에 신방을 도망 나온 후, 곧장 유강을 따라 길을 떠나 버린 것이 신부를 만난 전부다. 두 번 다시 그 얼굴은 보고 싶지 않았다.

"조금만 견뎌보아라. 혹시 아느냐? 두어 달 후에 다시 보면 어여뻐 보일지도 모르지."

여전히 장난기가 담긴 유강의 음성에 홍영은 주먹을 쥐고 발을 꽝꽝 굴러보다가 도저히 어쩔 수 없는지 거친 욕지거리를 내뱉으며 돌아섰다. 유강이 뭐라든 돌아오는 즉시 이 혼인을 파해 버릴 작정이었다.

홍영이 씩씩거리며 어둠 속으로 사라지자 유강의 입가에 웃음이 거두어졌다. 이럴 줄 알았으면 얼굴을 미리 보고 결정할 걸 그랬다. 홍영이 워낙 아름다우니 그 짝이 될 아가씨는 평범하여도 괜찮을 거라고 생각했었다. 양현의 재력과 덕망이 워낙 자자하고, 담연 장군의 추천까지 있어 안심하고 홍영의 짝으로 정했던 건데 그리 못났을 줄 어찌 알았겠는가. 유강은 미안한 마음 반, 장난스러운 마음 반으로 홍영이 사라져 간 어둠을 바라보았다.

세아는 나무 뒤에 숨어 그들의 이야기를 모두 듣고 있었다.

홍영이 혼인을 하다니? 그것도 유강의 주선으로!

머리를 한 대 맞은 듯 혼란스러웠다. 서로 사랑을 하고 각자 혼인을 하는 그런 행각을 스스럼없이 저지르는 두 사람을 어떻게 이해해야 할지 모르겠다.

대연이 온통 떠들썩하도록 질펀한 소문을 퍼트리고 들어온 날 새벽에도 유강은 맑은 눈으로 연지를 바라보았다. 눈에도 얼굴에도 부끄러움 따위는 없었다. 미안함은 더더욱 없었다. 당당하게 제 사랑을 드러내었고, 보란 듯 홍영의 입술을 삼키기도 했었다. 자신들의 사랑을 지키기 위해서라면 도덕도 양심도 필요 없는 모양이다. 그것을 지켜보아야 하는 또 다른 상대의 마음 따위는 안중에도 없는 사람들!

세아는 주먹을 그러쥐었다. 자신에게도 한때는 꿈이 있었고 연모의 정에 못 이겨 가슴을 떨었던 적도 있었다는 것을 세아는 깨달았다. 겉으로는 사내처럼 말을 타고 칼을 휘둘렀지만 그녀의 깊은 속내에는 누구보다 애틋한 마음을 가진 여린 여인이 살고 있었다는 것을.

아무 감정 없는 사람처럼 내일 아침이면 다시 멀쩡한 얼굴로 유강을 바라보고, 그의 장난에 웃음 지을 자신이 없었다. 더 이상 그럴 마음이 없다. 아니, 이젠 그럴 수가 없다. 자신 속에 숨어 있던 깊은 속내의 그 여인이 깨어나려 하고 있으니까.

잠시 생각에 잠겨 있던 유강이 다급한 걸음으로 홍영이 사라져 간 어둠 속으로 달려가는 모습이 보였다. 세아는 입술을 깨물었다. 가슴에서 뜨거운 무엇이 올라오더니 눈앞이 흐려졌다.

평원성의 외곽, 비진족 마을은 며칠 전부터 긴장이 감돌고 있었다. 부족의 최고 어른인 우루수 노인을 비롯하여 각 집단의 우두머리들이 소리 없이 그곳으로 모여들고 있었던 탓이다. 비진족은 제 땅 없이 이리저리 떠돌아다니는 부족이라 그들의 삶은 늘 불안했다. 무한국이든 안도국이든, 어느 한쪽의 눈 밖에 나서 가차 없이 몰살을 당하는 집단도 있었고, 두 나라의 정책에 따라 흩어졌다 모이기를 수없이 반복해 왔다. 그래서 갑자기 부족의 수장들이 한자리에 모이자 사람들은 불안한 얼굴로 지켜보았다. 이번에도 부족에 큰일이 생겼거나 아니면 또 소개령이 내려 어딘가로 뿔뿔이 흩어져야 할 일이 생겼는지도 모른다.

걱정스럽고 분주한 걸음들이 오가는 저잣거리를 바쁘게 지나가는 한 무리의 사람들이 있었다. 성성한 백발을 휘날리며 걷고 있는 사람은 비진족의 최고 어른이며 가장 강력한 집단인 비열홀 안성촌의 촌장인 우루수 노인이었다. 그를 알아본 저자의 많은 사람들이 존경의 뜻으로 고개를 숙였고, 그는 인자한 눈빛으로 그 인사들을 받았다.

주변에는 당당하고 날렵한 몸매의 젊은이들이 그를 호위하고 있었는데 그중 유독 눈에 띄는 자가 있었다. 우루수 노인의 가장 가까운 곳에서 걷고 있는 험한 얼굴의 청년이다. 이마에서부터 눈두덩과 뺨을 지나 턱에 이르기까지 흉터가 한쪽 얼굴을 자르듯 길게 그어져 있었고, 반대편 눈은 아예 안대로 가려져 있는 외눈박이다. 우루수 노인이 간간이 말을 걸 때마다 그는 흉터 속의 검푸른 눈을 번득이며 간결하게 대답했고, 노인은 흡족한 얼굴로 고개를 끄덕이곤 했다. 그가 바로 우루수 노인이 가장 아낀다는 청년임이 분명했다.

평원성 비진족 마을의 촌장인 다왁의 집은 손님맞이로 분주했다.

아침나절부터 쥐방울처럼 대문 밖을 오가던 어린아이가 골목으로 들어서는 한 무리의 사내들을 발견하고는 화들짝 놀라며 집으로 뛰어 들어갔다.

"어르신께서 오십니다!"

촌장의 집무실에 모여 있던 각 집단의 수장들이 노인을 맞으러 나왔다. 가볍게 인사를 나눈 그들은 노인을 모시고 다시 집무실로 들어갔다. 그를 호위하던 젊은이들이 모두 마당에 집결해 있는 가운데 외눈박이 청년만이 그림자처럼 노인을 따라 안으로 들어갔다.

평원에 도착한 유강 일행은 평원성 관사와는 한참이나 떨어진 성 외곽의 허름한 집으로 들어갔다. 마당을 서성이던 젊은 남자

하나가 재빠르게 달려와 그들을 안내했다. 밖에서 볼 때와는 다르게 집은 수십 칸의 전각들과 끝없이 연결되는 문들과 너른 마당들이 이어져 어지간한 궁을 방불케 할 만큼 넓었다. 눈에 띄는 사람들 또한 모두 젊고 날렵한 사내들뿐이다. 관의 건물 같지도 않고 살림집 같지도 않은 아주 특이한 느낌의 집이었다.

세아는 유강의 얼굴을 힐끗 살폈다. 평소와 다르게 그의 얼굴엔 긴장감이 감돈다. 그것은 홍영과 호위들 또한 마찬가지다. 어쩌면 주유를 하는 내내 어렴풋이 느꼈던 유강의 또 다른 비밀을 볼 수 있을지도 모른다는 생각에 세아는 그에 대한 불편한 마음을 잊고 조금 흥분되었다.

수십 개의 문을 지나 드디어 가장 깊은 곳에 다다르자 한 사람이 나타나 그들을 맞았다. 유강과 그는 손을 굳건히 잡으며 인사를 나누었다.

"어서 오십시오, 왕자님!"

"잘 지내셨소, 장군!"

차고 날카로운 느낌을 풍기는 중년의 장수였다. 유강과 인사를 나눈 그의 눈이 세아에게로 향했다. 그 눈길이 너무도 위협적이어서 세아는 저도 모르게 움찔 물러났다. 그의 입이 떨어지기 전, 유강이 먼저 세아를 소개했다.

"아, 인사하시지요. 나의 비요."

"비라 하시면…… 무한국 공주라는 그분 말씀이십니까?"

"뭘 새삼스럽게 그리 묻소? 그 사람 외에 내게 또 다른 비가 있을 리 없잖소. 하하하!"

유강이 호탕한 웃음을 터트리자 장수의 얼굴이 무섭도록 일그
러졌다. 무한국인에 대한 거부감이 얼마나 대단한지 온몸으로 느
껴졌다. 세아는 저도 모르게 주먹을 그러쥐었다. 유강의 커다란
손이 그 그러쥔 주먹을 감쌌다. 흠칫 놀라 손을 빼보려 했지만 워
낙 꼭 움켜쥐고 있어서 뺄 수 없었다.

"긴 인사는 다음에 나누기로 하고 우선 좀 쉬어야겠소."

그 말을 남긴 채 유강은 세아의 손을 이끌고 별채 쪽으로 향했
다. 가천 장군의 눈이 뒤통수를 따갑게 찔러오고 있었지만 그의
위협적인 눈과 노골적인 거부감에 대항하듯 유강은 세아의 손을
놓지 않았다.

이것은 겨우 시작에 불과할 것이다. 앞으로 얼마나 많은 눈과
입들이 그녀를 거부하고 부정할지 생각하니 마음이 아팠다. 그것
은 앞으로 자신이 얼마나 강력한 힘을 가져야 하는지를 말해주는
척도 같기도 했다. 그 모든 부정과 거부를 이겨낼 수 있는 힘, 그
래서 세아를 지켜낼 수 있는 힘이 필요하다. 유강은 세아의 손을
아프게 그러쥐었다. 그리고 혼잣말처럼 중얼거렸다.

"대화궁에서 아주 많이 보았던 눈빛이로군. 제기랄!"

유강의 입에서 생각지도 못한 욕지거리가 흘러나오자 세아는
놀란 눈으로 그를 돌아보았다. 슬픔인지 분노인지 모를 불길이 그
의 얼굴을 덮치고 있었다. 연지에서 처음 그를 만났던 그날처럼
섬뜩한 기운이 건너왔다. 세아는 유강이 진심으로 화가 났다는 것
을 알았다. 그 화가 단순히 그녀를 대하던 장수의 태도 때문인지
아니면 또 다른 무엇이 그의 심경을 건드린 건지 가늠하기가 어려

웠다.

　몇 개의 문을 지나 들어선 그곳은 방금 전까지 보았던 곳과는
또 다른 느낌의 공간이었다. 문을 밀고 들어서자 건장하고 날랜
청년들 대신 수더분한 아낙들과 지긋한 나이의 장정들이 달려나
와 유강을 맞았다.

　"오셨습니까요, 왕자님!"

　"잘들 있었는가?"

　"저희들이야 왕자님 덕분에 늘 잘 먹고 잘삽니다요."

　벙글벙글 웃으며 고개를 조아리던 사내의 눈이 세아에게로 향
했다. 그의 눈을 따라 호기심 가득한 눈들이 세아에게 집중되었
다.

　"아, 인사들 하게. 이쪽의 나의 비, 세아 공주라네."

　유강의 소개에 그들은 황급히 고개를 조아렸다.

　"무례를 용서하십시오, 마마!"

　그들의 모습에서는 어떠한 거부도 혐오도 보이지 않았다. 안도
국에 와서 처음으로 받아보는 진심 어린 환영이었다. 유강과 홍영
의 사이를 모르는 건지 세아를 맞이하는 그들의 정성은 극진했다.
깨끗하고 아름답게 단장된 처소는 물론이고 차려내어 오는 음식
들도 하나같이 정성이 가득했다. 유강의 얼굴에서 화가 조금씩 사
그라지고 있었다. 그 모습을 지켜보는 세아의 마음은 혼란스럽기
만 했다.

　저녁이 되자 시끌벅적하던 별채가 조용해졌다. 세아는 쉬이 잠
자리에 들지 못한 채 방 안을 서성였다. 어처구니없게도 어쩌면

유강이 술을 들고 찾아올지도 모른다고 생각했다. 그러나 유강은 나타나지 않았다. 그리고 잠자리를 살피러 온 어린 계집종으로부터 그가 일찌감치 홍영과 함께 별채를 나갔다는 얘기를 들었다. 그제야 세아는 잊고 있었던 사실을 자각했다. 그가 남색을 즐기는 사람이고, 홍영의 연인이라는 사실을.

그동안 비진족과의 협상 과정을 전해 들으며 유강은 다른 생각에 잠겨 있었다.

세아는 고집이 대단한 여자 같다. 무슨 일이든 쉽게 포기하지도 않을 것이고, 마음을 바꾸는 일 또한 드물 것이다. 그러니 마음에 품은 그자를 잊는 것 역시 쉽지 않을 것이다. 아니, 어쩌면 오래도록, 그리고 영원히 잊지 못할 수도 있었다.

영원히 다른 사내를 마음에 품고 살아갈 여자를 곁에 두고 견딜 수 있을까?

자존심이 허락하지 않는 일이다.

그럼 놓아주어야 하나? 소원하는 대로 비열흘로 보내 버릴까?

그건 아무래도 자신이 없다.

"외눈박이 라우탄이라는 녀석을 조심하셔야 합니다. 어리다고 절대 쉽게 보아서는 안……."

"늦었소. 내일 얘기합시다."

유강은 가천 장군의 말을 끊으며 자리에서 일어났다. 그리고 붙잡을 틈도 없이 나가 버렸다. 가천 장군은 참을 수 없는 듯 탁자를 내려쳤다.

"도대체 적저군께서는 어째서 지금껏 왕자님 마음 하나 사로잡지 못했더란 말인가!"

그것이 어째서 적저군 탓일까? 그 여자, 효진이 왕자님의 눈에 차지 않은 탓이지. 나였어도 그 여잔 싫겠어.

툭 튀어나오려는 말을 삼키며 홍영은 죄인처럼 고개를 수그렸다.

"도대체 무슨 생각으로 무한국 공주를 이곳까지 데리고 오셨는지 알 수가 없단 말이야. 설마, 정말 비로 생각하시는 건 아니실 테지?"

아니긴, 왕자님의 마음은 온통 공주께 가버린 지 오래인데.

그러나 홍영은 그 말 또한 꿀꺽 삼켰다. 유강이 가천 장군의 반대를 어떻게 이겨낼까 벌써부터 걱정된다. 무언가 도움이 될 만한 말이 없을까 생각하던 홍영은 기어들어 가는 목소리로 겨우 말했다.

"공주님은 영특하신 분이십니다."

"아무리 영특하면 뭘 하나, 무한국인인걸! 대연의 귀족들에게 무한국인이 받아들여질 거라고 생각하나?"

어림도 없는 소리다. 비진족의 피가 흐르는 유강으로서는 귀족들과 왕실의 거부감을 줄이려면 적저군의 여식을 왕비로 맞이하는 것이 최상의 선택이라는 것은 누구도 부인하지 못할 것이다.

가천은 조그맣게 한숨을 내쉬었다. 긴 여정의 끝이 다가오고 있는데 느닷없이 복병을 만난 듯했다.

며칠 그림자도 비치지 않던 유강이 새벽처럼 찾아왔다.

"약속대로 비열흘을 보여주지. 갑시다."

웬일인지 그의 얼굴은 수척해 보였다.

들어올 때와 마찬가지로 미로처럼 이어진 수많은 문들을 지나 밖으로 나오자 다시 허름한 집들이 눈에 들어왔다. 그러고 보니 이 모든 집들이 개개의 건물이 아니라 하나로 이어진 한 채의 건물이었던 모양이다. 조그만 마을 전체가 하나의 건물로 연결된 이 특이한 곳은 도대체 무얼 하는 곳일까?

세아의 궁금증을 무시한 채 유강은 성 밖으로 달렸다. 따르는 호위들은 물론 홍영조차 대동하지 않았다. 너른 벌판을 가로질러 달려온 말이 어느덧 강가에 이르렀다.

"이곳이 바로 비열흘을 가장 가까이서 볼 수 있는 곳이오. 저기!"

강 건너 황량하고 마른 땅을 가리키며 유강이 말했다. 세아는 그의 손끝이 가리키는 곳을 바라보았다. 저런 곳에서 어떻게 생명을 이어갈 수 있을까 싶을 만큼 풀 한 포기, 나무 한 그루 보이지 않는 모래언덕이 구릉처럼 이어져 있는 땅이다.

무진이 어머니의 품처럼 그리워하던 곳이다. 그런데 눈에 비치는 땅은 마음을 기대고 그리워하기엔 너무도 척박하고 황량했다.

"온통 모래와 바람뿐인 저런 곳에서 과연 사람이 살 수 있을까, 의심스럽지 않소?"

세아는 모래먼지가 이는 비열흘을 망연히 바라볼 뿐 선뜻 입이 떨어지지 않았다.

"저런 곳에서 비진족은 몇백 년을 살아왔고 지금도 살고 있지. 자신들의 나라도 없이 이리저리 떠도는 가장 약한 부족 같지만 어찌 보면 가장 강인한 자들이기도 해. 그렇지 않소?"

무한국과 안도국의 가운데에 끼어 그렇게 핍박을 받으면서도 꿋꿋이 살아남은 걸 보면 유강의 말처럼 비진족이야말로 진심으로 강한 부족인지도 모른다.

"그래서 더더욱 위험한 자들이기는 하지만……."

유강은 거침없이 쏟아내던 말을 멈추고 세아를 바라보았다. 그녀의 눈은 이미 강 건너 비열흘에 박혀 있었다. 저렇게 척박한 땅이지만, 이미 다른 부족이 터전을 일구고 사는 이름뿐인 무한국 땅이지만 그래도 돌아가고 싶은 것일까?

"저 땅을 보고도 기어이 돌아가고 싶은 거요?"

세아는 유강의 물음에 선뜻 대답을 못 한 채 모래언덕만 망연히 바라보고 있었다. 쏟아지는 아침 햇살이 모래언덕을 비추었다. 이름 모를 성분의 모래알갱이들이 보석처럼 반짝인다.

상상했던 땅이 아니다. 풍요로운 땅은 아닐 거라 짐작했지만 저토록 척박하리라고는 상상조차 하지 못했다. 그동안 세아에게 비열흘은 그저 막연한 땅이었다. 무진이 날마다 그리워하던 땅이니 세아에게도 그리운 곳이 되었고, 그곳에서라면 자신을 편한 마음으로 받아들일 수 있을 것이라던 무진의 말이 가슴에 남아 있었다. 그래서 소천궁을 떠난다면 자신이 갈 곳은 비열흘뿐이라고 막연히 생각해 왔던 것이다.

강 건너 마른땅을 뚫어져라 바라보는 세아의 얼굴은 여전히 단호해 보인다.

"기어이 비열흘로 가려는 연유가 뭐요? 정말 그자와의 약속 때문인가?"

세아는 아무런 대답을 할 수 없었다.

기어이 저곳으로 가고 싶은 이유가 정말 무진 때문일까?

스스로에게 반문해 보아도 답이 떠오르지 않는다. 언제까지나 제 가슴에 살아 있을 것이라 생각했던 무진의 흔적이 어느새 희미해졌다는 것을 그녀는 아직 깨닫지 못하고 있었다. 그저 유강이 자신을 왜 기어이 곁에 두려고 하는지 알 수가 없고, 유강을 볼 때마다 흔들리는 제 마음이 두려울 뿐이다.

마른 바람을 타고 유강의 음성이 들렸다.

"상대가 존재하지 않는 사랑은 더 이상 사랑이 아니오. 다만 자기 연민일 뿐이지."

조금도 망설임이 없는 단호한 음성이다. 세아는 견딜 수 없는 마음으로 유강을 바라보았다.

유강의 그림자가 비치지 않던 요 며칠, 그녀가 겪었던 갈등과 고통을 안다면 절대 이런 말을 하지는 못할 것이다. 오직 자신의 입장과 처지만을 위해 기어이 그녀를 붙들려는 유강의 이기가 원망스러웠다. 정말이지 그녀에 대한 배려는 눈곱만큼도 없는 사람이다.

상대가 존재하지만 그 상대가 결코 사랑해서는 안 되는 사람이며 또한 그 상대로부터 사랑받을 수도 없다면 차라리 자기 연민이 더 행복하지 않을까?

세아는 얼른 고개를 돌려 버렸다. 비열흘의 먼지바람이 강을 건너 날아왔다. 그래서 눈이 따가웠다. 흐려진 눈앞으로 유강의 얼굴이 불쑥 다가왔다. 그의 얼굴이 왠지 굳어 있다고 생각하는 순간 얼굴을 스륵 훑어가는 눈빛이 너무도 서늘하여 세아는 저도 모르게 주먹을 꼭 쥐었다.

"참으로 평화로운 풍경이지만 이곳은 엄연히 국경이란 걸 명심하시오. 섣부른 행동은 하지 말라는 말이지."

그리고 유강은 말 머리를 돌렸다. 보이지 않게 심호흡을 해보지만 가슴에 인 불길을 잠재우진 못했다. 그는 거칠게 말의 배를 박찼다.

"이만 갑시다. 핫!"

안타까운 마음으로 고개를 돌렸을 때 세아의 얼굴을 가득 채우고 있는 것은 견딜 수 없는 아픔이었다. 떠나온 무한국 땅에 대한 아픔, 버림받은 조국에 대한 아픔, 아니, 함께하지 못한 그자에 대한 아픔이었을 테지. 비열흘을 바라보던 세아의 눈에 드디어 눈물이 그렁 맺히는 순간 유강의 가슴에는 불같은 질투심이 차올랐다.

기어이 가겠다면 꼼짝도 못하게 가두어 버리겠다고 생각했다. 저 가슴에 여전히 품고 있을 그자를 흔적 없이 도려내어 버리리라 생각했다. 그것이 고통이라면 그 고통마저 부숴 버리리라 생각했다.

미로 같은 집으로 돌아온 유강은 거친 음성으로 홍영을 찾았다.

"홍영아! 홍영이 어디 있느냐!"

벽력같은 고함 소리에 홍영은 눈곱도 떼지 못한 얼굴로 뛰쳐나왔다.

"공주를 당장 내성으로 모셔라!"

내성은 각 지방마다 존재하는 왕실의 비밀스러운 가옥으로 관리들도 함부로 드나들 수 없는 곳이다. 왕족이라면 누구나 자유롭게 이용할 수 있는 곳이었지만 그동안 수없이 주유를 다니면서도 유강은 자신의 행적을 남기지 않기 위해 한 번도 이용하지 않았었다. 그런데 느닷없이 공주를 그곳으로 모시라니 놀라지 않을 수 없었다. 더군다나 공주가 대연을 떠났다는 사실은 철저한 비밀이지 않은가? 아소왕후가 알게 되는 날이면 어떤 의심을 사게 될지 모른다. 그런 위험성에 대한 생각은 잊어버렸는지 유강은 말고삐를 홍영에게 넘기고 세아에게는 눈길조차 주지 않은 채 나가 버렸다.

얼떨결에 고삐를 받아 든 홍영은 그제야 잠이 확 달아나는 것을 느꼈다. 공주에게만은 늘 조심스럽던 유강이 무슨 이유로 저토록 화가 난 것일까? 힐끗 돌아보았지만 공주의 얼굴에서는 아무것도 읽을 수가 없었다.

홍영은 유강의 명에 따라 세아를 내성으로 데려다 준 후 호위들을 세워두고 떠나 버렸다. 세아는 그 모든 일이 벌어질 동안 한마디도 하지 않았다. 유강의 모든 처사가 어이없었지만 지금으로서는 달리 방법이 없다고 생각했기 때문이다. 그는 작정하고 그녀를 가두어둘 모양이었다. 아무리 생각해 보아도 유강이 자신을 놓아주지 않는 이유는 이기로밖에 여겨지지 않는다.

자신의 사랑을 위해서라면 타인의 희생 따위는 안중에도 없는 이기.

그런 사람에게 마음이 흔들리고 있는 스스로에게 세아는 너무나 화가 났다. 어쩌다가 이런 어이없는 감정에 빠져 버린 걸까? 무진을 닮은 그 눈 때문이었을까? 아니다. 처음엔 그랬는지 모르지만 그에게 흔들린 마음은 무진을 향한 그것과는 분명 달랐다. 나약해진 마음 탓이리라. 나약해진 몸과 마음이 나약한 감성을 불러일으킨 것이다.

후…… 정말 떠나야겠다. 어이없는 이 마음을 들키기 전에.

내성에서는 호위들이 병풍처럼 둘러싸고 있었기 때문에 꼼짝할 수 없었다. 사흘이 지나도록 유강은 찾아오지 않았다.

며칠 후, 조그만 동자아이 하나가 머리꽁지를 달랑거리며 찾아왔다.

"왕자님께서 저자 구경을 시켜 드리라 하셨습니다."

"왕자님은 어디 계시느냐?"

"왕자님께서는 도방촌에……!"

또랑한 목소리로 답하던 아이가 무엇에 놀란 듯 재빨리 두 손으로 제 입을 막았다. 마치 발설해서는 안 될 비밀 얘기라도 해버린 것마냥 얼굴엔 당황한 기색이 역력하다.

"왕자님은 바쁜 일이 있으시어 당분간 못 들르신다며 소인을 보내셨습니다. 공주님 심심치 않게 잘 모셔라 하시었습니다."

이곳은 무한국과 국경을 맞대고 있는 곳이니 어쩌면 저자에서 무한국 소식을 들을 수 있을지도 모른다. 아무리 잊었다고 하지만 그곳 소식이 전혀 궁금하지 않은 것은 아니다. 황성은 어떤 상황인지, 그리고 수초는 또 어찌 지내는지…….

아이를 따라 집을 나서자 어느새 호위무사들이 그녀를 에워쌌다. 처음 두셋이던 호위들은 어느새 일곱으로 늘어나 있었다. 일거수일투족 따라붙는 그들로 인해 경성단을 이끌던 시절인 듯 착각이 들 지경이었다.

평원의 저자는 지금껏 보았던 그 어떤 곳보다 독특하고 활기가 넘쳤다. 서로를 원수처럼 여기는 안도국인과 무한국인, 그리고 비진족들이 한데 어우러져 물건을 사고파는 모습은 신기해 보이기까지 했다. 이렇게 섞여 있는 모습을 보니 별반 다를 게 없는 똑같은 사람들이거늘 어째서 그토록 서로를 멸시하고 증오하는지 이해할 수가 없었다.

한껏 늘어선 포목점 앞을 지나는데 누군가 옷자락을 붙잡았다.

"이 비단들은 무한국 너머에 있는 진국에서 올라온 것들입니다. 이 화려한 빛깔들을 보십시오. 이것들로 옷을 지어 입으시면 귀한 얼굴이 더욱 귀해 보일 것입니다. 한 필만 사십시오, 공자님."

사근사근한 목소리의 중년의 장사치가 세아의 옷자락을 붙잡고 놓아주지 않았다. 워낙 많은 점포와 난전들이 늘어서 있으니 이러한 호객 행위들은 곳곳에서 이루어지고 있었다.

옆에서 걷던 아이가 팔짝 뛰듯이 앞으로 나서며 목소리를 높였다.

"이분은 공자님이 아니라 공, 읍……!"

세아는 재빨리 아이의 입을 막았다. 그제야 제 실수를 깨달은 듯 녀석의 얼굴이 빨개졌다. 그래도 여전히 입을 실룩거리던 녀석은 세아의 옷자락에 매달린 장사치의 손을 기어이 떼어내고서야 물러났다.

누군가 옆구리를 치고 달아난 것은 포목점 거리를 빠져나올 즈음이었다. 조그만 아이 하나가 바람처럼 옆을 스쳐 달아나는 것이 보였다. 그 바람에 세아의 몸이 휘청 흔들렸다. 무슨 일일까? 생각할 겨를도 없이 뒤를 따르던 아이가 방방 뛰며 난리법석을 떨었다.

"도둑이다! 저놈이 공자님의 주머니를 훔쳐 달아났습니다!"

허리춤을 더듬어보니 정말 차고 있던 주머니가 감쪽같이 사라져 버렸다. 어느새 사라진 아이를 따라 달려가는 호위들이 보였다. 잠시 후, 저잣거리가 시끌벅적하더니 호위들이 작은 아이를 질질 끌고 돌아왔다.

"용서해 주십시오! 다시는 안 그러겠습니다, 나리!"

아이는 손이 발이 되도록 빌고 있었다. 그러나 호위들은 아이의 말을 무시한 채 질질 끌고 와 세아의 앞에 무릎을 꿇렸다. 수많은 군중들이 순식간에 세아와 아이의 주위를 둘러쌌다.

"저런 녀석은 아주 혼쭐을 내줘야 해!"

"하여간 비진족 놈들 때문에 하루도 조용할 날이 없다니까, 쯧."

손가락질하고 비난하는 사람들 사이에서 아이를 동정하는 목소리도 들렸다.

"어린것이 얼마나 배를 곯았으면…… 쯧쯧쯧."

아이는 온몸을 웅크린 채 발발 떨고 있었다. 세아는 최대한 굵은 목소리로 말했다.

"고개를 들어보아라."

떨고 있던 아이가 천천히 고개를 들었다. 아이와 눈을 마주치는 순간 세아는 돌처럼 굳어버렸다.

아홉 살이었던가? 열 살이었던가? 두려움을 한가득 담은, 그러나 너무도 아름다운 검푸른 눈을 처음 보았던 그때가? 거만하고 차가운 경성단 무사들의 눈을 피해 그녀의 등 뒤로 숨어들던 그 가엾은 아이.

무진의 첫 모습은 그랬다. 그 아이와 똑같은 검푸른 빛깔의 눈을 가진 아이가 겁먹은 얼굴로 그녀를 올려다보았다.

"살려주십시오, 공자님. 흑흑."

가슴께에 모은 조그만 손으로 눈물이 후드득 떨어졌다. 아이의 눈에는 공포심이 가득했다. 도둑질을 하다가 잡혀 매를 맞아 죽어나더라도 무어라 항변할 수 없는 것이 비진족이라는 것을 어린아이도 아는 것이다.

"저 녀석의 감언이설에 속으시면 안 됩니다, 공자님! 지금은 눈물을 흘리지만 내일이면 또 이런 짓을 할 거라고요."

군중 사이에서 들리는 말이다. 눈물이 가득 고인 아이의 검푸른 눈을 물끄러미 내려다보던 세아가 천천히 입을 열었다.

"다시는 그런 짓 말거라."

아이는 대답 대신 고개를 끄덕였다. 설령 내일 또다시 도둑질을 하게 되더라도 이 순간만큼은 진심이라는 것이 느껴졌다.

"그래, 그럼 그만 가거라."

생각지도 못한 그녀의 말에 아이는 물론 군중들도 놀란 듯 웅성거렸다.

"아니, 벌도 안 내리고 그냥 보낸단 말이오?"

"비진족을 그리 다루면 안 됩니다!"

"맞아. 그들을 후하게 대했다간 반드시 뒤통수를 맞을 거요!"

세아는 웅성거리는 군중들을 뒤로하고 그곳을 빠져나왔다.

저자 구경을 그만둔 채 거처로 향하는 세아의 뒤를 밟는 그림자가 있었다. 군중들 사이에 섞여 있던 검푸른 눈동자의 젊은이들이다.

"라우탄을 부르는 게 낫지 않을까?"

"아니, 그럴 시간이 없어. 일단 뒤를 밟아 집을 알아놓은 다음에 알려도 늦지 않아."

속삭이며 뒤를 밟는 그들의 눈은 호기심에 반짝였다. 도둑질하다 잡힌 비진족이 그렇게 쉽게 풀려나는 것을 이때껏 보지 못했다. 대부분 심한 매질을 당하여 다리가 부러지기 일쑤였고, 심할 경우엔 죽임을 당하는 경우도 있었다. 겨우 떡 한 조각, 은자 한 닢에 말이다.

저자에서의 일을 보고 받던 유강의 얼굴이 순식간에 굳었다.

"그래서! 놀라진 않았더냐? 상한 곳은 없었느냐?"

"조금 놀라긴 하셨지만 상하신 곳은 없으십니다. 송구하옵니다."

당장에라도 불호령이 떨어질 것 같은 유강의 모습에 호위들은 고개를 수그렸다. 털끝 하나 다치지 않게 공주를 호위하라는 명을 하루에도 서너 번씩 받고 있는 상태였다. 그런데 백주대낮에 눈앞에서 그런 일을 당하게 했으니 무슨 벌을 내린다 해도 할 말이 없었다.

그러나 유강은 말없이 호위들을 내보냈다. 열기가 치받아 올랐지만 무조건 호위들에게 책임을 물을 수는 없는 일이었다. 좀도둑이 많기로 유명한 이곳 저자를 누구라도 피해갈 수는 없었을 것이다. 자신도 이미 여러 번 겪은 일이었으니.

방 안을 서성이던 유강은 결국 참지 못하고 문을 박차고 나왔다. 비진족과의 협상이 끝날 때까지 세아를 만나지 않을 생각이었다. 기어이 비열흘로 가겠다는 말에 화가 나기도 했지만 그것보다는 중요한 협상을 앞두고 마음이 흔들리고 싶지 않아서였다.

세아는 잠을 이루지 못한 채 정원을 서성이고 있었다.

유강은 도대체 어디서 무얼 하고 있는 것일까?

대연에서 멀어질수록 유강의 행동을 종잡을 수가 없었다. 늘 술에 절어 흔들리던 걸음이 어느 순간 사라졌다. 그러고 보니 장난스러운 눈빛과 말투도 사라졌다. 대연에서의 그와 주유 중의 그는 완전히 다른 사람이었다. 아무래도 유강은 그녀가 모르는 모종의 일을 진행하고 있는 것 같다.

"그런 좀도둑을 벌도 내리지 않고 놓아주었다니, 어리석군."

느닷없이 유강의 음성이 들렸다. 놀라 돌아보니 유강이 정원으로 들어오고 있었다. 성큼 다가온 그는 세아를 잠깐 살피다가 다시 말했다.

"다시는 그러지 마시오. 그런 자비는 한 번으로 족하니까."

"가엾은 아이였습니다."

그래서 마음이 아팠다. 아이의 검푸른 눈을 마주친 순간 가장 먼저 든 생각이었다. 어린 날의 무진이 떠올라서였을까?

세아는 어둠에 기대어 새삼스럽게 유강의 얼굴을 살폈다. 그러나 긴 머리칼에 가려 그의 얼굴이 선명히 보이지 않는다. 지금 이 순간 자신이 보고 싶은 얼굴이 무진인지 아니면 무진을 닮은 유강인지 세아는 알 수 없었다.

유강은 자신을 살피는 세아의 눈이 왠지 따듯하다는 생각을 하며 한 발 다가섰다.

"그 사람을 닮았었어요. 그 아이의 눈이……."

다가서던 유강의 걸음이 멈칫했다. 결국 그자를 닮은 눈 때문에 그런 자비를 베풀었다는 뜻이다. 유강은 순간 좌절감이 밀려왔다. 무진이라는 자는 도무지 넘을 수 없는 장벽처럼 그녀 안에 들어앉아 있는 것 같았다. 다급하게 달려왔던 마음이 싸늘하게 식어버렸다.

"당신도 그 앨 직접 봤으면 벌을 내릴 수 없었을 거예요."

그 또한 절반은 비진족의 피를 받았으니까 누구보다 그들의 삶을 더 이해하지 않을까?

그러나 유강의 대답은 무심하다 못해 싸늘했다.

"난 비진족에 대해 아무런 감흥이 없소. 그저 국경을 문란케 하는 성가신 변방 부족일 뿐."

그리고 유강은 돌아서 버렸다. 그녀와 얼굴을 마주 보며 더 이상 무진과 비진족에 대한 이야기를 하고 싶지 않았다. 그따위 이야기나 들어주자고 달려왔던 것이 아니다.

얼굴을 제대로 살피지도 못했는데 유강이 돌아서 버렸다. 야속한 어둠은 그의 그림자조차 보여주지 않는다. 세아는 사라지는 그의 모습을 참을 수 없었다.

저렇게 어둠 속으로 사라져 다시 홍영에게로 달려갈 테지? 그리고 입에 담지도 못할 질펀한 행각을 벌이며 사랑을 속삭일까?

순간 치밀어 오른 화가 말이 되어 튀어나왔다.

"화친을 깨트린 책임을 지는 것이 두려운가요?"

그래서 자신을 비열흘로 보내주지 못하는 거냐고 세아는 묻고 있었다. 어둠 속에서도 그녀의 조소가 보이는 듯하다.

"하긴, 당신들의 사랑을 감추기엔 저만 한 방패막이도 없을 테지요?"

유강은 얼굴을 스륵 가져가 그녀를 살폈다. 발끈 올려다보는 눈에도 야무진 입매에도 분기가 가득하다. 그제야 유강은 그녀가 몹시 화가 나 있다는 것을 알았다. 그런데 발끈한 그 눈이 싫지가 않다. 그 얼굴에 가득한 분기도 싫지가 않다.

"홍영일 얘기하는 건가?"

"그 사람 외에 또 다른 이가 있는 건가요?"

"그럴 리가!"

그의 입가에 느물거리는 미소가 지어졌다. 그 미소에 세아는 자신이 조롱당하는 기분이 들었다. 돌아갈 곳조차 없이 버림받은 자신의 처지가 서러웠다. 그런 자신의 처지를 이용하려는 유강이 너무도 원망스럽다. 그를 마음에 담지 않았으면 생기지도 않았을 마음이다. 그래서 스스로에게 더 화가 났다.

"난 당신들의 방패막이가 되고 싶지 않아요. 그리 살고 싶지 않아!"

그녀의 눈에 서러운 눈물이 고였다. 순간 유강의 입가에 미소가 사라졌다.

"그래서 죽은 자를 그리며 비열흘로 들어가 평생 도망자로 살겠다는 것이오?"

"이리 사는 것보단 나을 테지요."

이렇게 한마디 말도 못한 채 두 사람의 사랑을 지켜보며 비참한 심정으로 사는 것보단…….

다시금 울컥 다가오는 유강에게 밀린 세아가 커다란 나무에 등을 기대는 순간 유강의 두 팔이 옴짝달싹 못하게 그녀를 가두었다. 검푸른 눈이 투시하듯 그녀를 내려다보았다. 세아는 그 눈을 감당 못한 채 고개를 돌려 버렸다. 뜨거운 입김이 귓불을 스친다.

"나와 홍영이 계간을 나누는 걸 보았던가?"

직접 보진 못했지만 수없이 들었다. 소천궁의 모든 식솔들이 보는 앞에서 나누었다던 그 뜨거운 입맞춤도…….

"보았다면 이런 것이었겠지."

순간적으로 턱을 잡은 유강이 입술을 겹쳐 왔다. 거칠게 짓누르는 그 힘에 세아는 꼼짝할 수 없었다. 입술이 아프고 숨이 막혔다. 안간힘을 쓰며 밀쳐 내고서야 유강의 입술은 떨어져 나갔다. 그러나 정신을 차릴 사이도 없이 다시 유강의 입술이 겹쳐졌다.

"하지만 한 번도……."

다급하게 밀쳐 내려던 세아의 주먹이 가슴께에서 멈칫했다. 살짝 닿았다 떨어지는 그의 입술이 바르르 떨리는 것이 느껴졌다. 미세한 틈을 두고 떨어져 있는 그의 입술에서 뜨거운 열기가 건너왔다.

"한 번도…… 이런 적은 없었어."

다시 입술이 겹쳐졌다. 부드럽고 조심스러운, 그러나 무섭도록 뜨거운 그 열기에 세아는 또다시 꼼짝할 수 없었다. 어느새 그 열기가 건너온 듯 뜨거운 무엇이 목을 막아 숨을 들이켤 수도 내쉴 수도 없었다. 그의 입술은 아프게 짓누르던 방금 전의 그것과는 다른 이야기를 하고 있었다. 마치 홍영과 나누었던 모든 것은 거짓이라는 듯 그의 입술은 절박하기까지 했다. 뜨거운 혀가 입술을 파고들자 온몸으로 저린 기운이 번져 나갔다. 혼미해지는 정신을 간신히 그러모으고 밀쳐 내려는 순간, 유강의 입술이 먼저 떨어져 나갔다.

심장이 터질 듯이 두근거렸다. 그것만큼이나 유강의 호흡도 거칠었다. 유강의 손이 볼에 닿는 것이 느껴지더니 이내 사라졌다. 꿀꺽, 굵은 침이 넘어가는 소리가 들렸다. 그가 그것만큼이나 굵고 묵직한 말을 삼킨다는 생각이 들었다. 잠시 후 어둠 속에서 유강의 음성이 들릴 듯 말 듯 귓가를 스쳤다.

"직접 보지 못한 것은 믿을 필요 없소."

그리고 그는 나타날 때와 마찬가지로 순식간에 사라져 버렸다. 차가운 바람이 옷깃을 파고든다. 세아는 몸을 움츠리며 어깨를 감싸 안았다. 눈물나도록 차가운 바람이다.

이성을 잃을 듯 탐하던 입술을 문득 멈춘 것은 나뭇가지 사이로 일렁이던 수상한 그림자 때문이었다. 유강은 차가운 이성으로 격해진 감정을 추스르고 정원을 빠져나왔다.

호위들에게 잡혀온 사람은 아직 어린 티를 벗지 못한 비진족 소년이었다. 대부분의 비진족 사내들이 그렇듯 훤칠한 키와 탄탄한 뼈대를 지녔고 검푸른 눈에서는 서늘한 기운이 뿜어져 나왔다.

"어디서 온 녀석이냐? 무슨 연유로 그곳에 숨어 있었던 거냐!"

호위의 다그침에도 소년은 별 겁먹은 기색 없이 앞에 앉은 유강을 살폈다. 화가 난 호위가 뒤통수를 후려치려는 순간 유강이 손을 들어 막았다.

이곳 내성은 평원성에서 가장 안전하고 은밀한 곳이다. 비진족은 물론 일반 백성들의 발길조차 드문 곳. 그런 곳을 아직 핏기도 가시지 않은 어린 비진족 소년이 숨어들었다는 것에 경악하고 있었다. 순식간에 세아가 위험에 처할 수도 있는 일이었다. 물샐틈 없이 지키라고 세워둔 호위들이 다 무용지물이었던가?

무섭게 스쳐 가는 유강의 눈길에 호위들은 몸을 움츠렸다. 유강의 눈이 가운데의 비진족 소년에게 향하자 빳빳이 들고 있던 녀석이 목이 움찔했다. 그리고 다시 안도의 빛이 녀석의 얼굴에 스친다. 저와 닮은 유강의 검푸른 눈을 발견한 것이리라. 그러나 유강은 결코 달갑지 않았다. 유강은 거친 손으로 소년의 턱을 잡아 올렸다.

"그곳에 숨어든 연유가 뭐냐?"

잡힌 턱이 으스러질 듯 아프다. 비진족이라면 어디서든 검푸른 눈빛만으로도 동족 의식을 느끼고 서로를 감싸게 마련인데 이 사람에게서는 그것이 조금도 없는 것 같았다. 그저 오싹한 기운만이 건너올 뿐이다. 소년은 그제야 두려움이 밀려왔다.

"수, 숨어든 것이 아니라……."

"아니면?"

"기, 길을 잃었습니다. 저자에서부터 공자님을 따라왔는데 정신을 차리고 보니 그곳이었습니다."

"저자에서부터 따라왔다고?"

유강의 손이 다시 우악스럽게 턱을 잡아당겼다.

"무슨 해코지를 하려고 따라붙은 거냐?"

울컥 딸려온 소년의 눈에 두려움이 가득 차더니 급기야 눈물이 고였다.

"그 공자님이 저자에서 제 아우를 컥……."

유강의 손이 떨어져 나가자 소년은 턱을 잡고 고꾸라졌다.

소년은 공자의 은자 주머니를 딴 녀석이 바로 자신의 아우이며, 잡혀가서 반병신이 될 줄 알았던 아우를 너무도 쉽게 풀어준 그 공자가 고마워 따라오다 보니 그곳까지 가게 되었다고 했다.

"지금껏 비진족에게 그렇게 관대하신 분은 처음 보았습니다.

그래서……."

　소년의 말을 들으며 유강은 이마를 찌푸렸다. 이래서 쓸데없는 동정은 하지 말라는 거다. 이런 식으로 얼굴이 알려졌으니 세아는 이제 저들의 표적이 될 것이다. 도적질을 할 대상으로든, 엉겨 붙을 대상으로든.

　그날 밤, 세아는 느닷없이 들이닥친 호위들에 의해 다시 도방촌으로 옮겨졌다. 새로 도착한 처소에는 여전히 호위들로 병풍이 쳐졌다. 뜨거운 입맞춤과 함께 '직접 보지 못한 것은 믿을 필요 없다'는 알 수 없는 말을 남기고 사라졌던 유강은 이번에도 쉬이 나타나지 않았다. 흔들려 버린 마음은 갈피를 잡지 못하고 그녀를 괴롭혔다. 기어이 비열흘로 달아나 죽은 무진만을 추억하며 살 수 있을지 자신이 없다. 유강의 뜻대로 평생 그의 곁에서 사랑의 방패막이로, 그림자 같은 존재로 살아갈 수 있을지 그것도 자신 없다. 무엇을 해야 할지, 어찌 살아야 할지 그 어떤 것도 답을 찾을 수 없다. 경성단을 이끌고 거침없이 산야를 달리던 세아 공주는 어디로 가버린 걸까? 불꽃처럼 사라져 버린 무진과 함께 세아 공주의 생도 끝이 나버린 건가?

　"하……."

　긴 한숨을 토해내는 그녀의 눈가에 이슬이 맺혔다.

　유강이 흔들리는 걸음으로 처소에 들어섰을 때 그녀의 눈은 나무에 걸린 달을 향하고 있었다. 담장 너머 흔들리는 바람을 따라가고 있었다.

　마음은 이미 비열흘로 달려가고 있으리라.

그런 생각이 들자 가슴에서 불이 이는 것 같았다. 거침없이 들이컨 술 탓만은 아니었다. 그녀를 버리라면 십여 년간 꾸어왔던 이 꿈마저 버리겠다고 가천 장군 앞에서 어린아이 같은 생떼를 쓰고 만 자신에 대한 자괴감, 어쩌면 그것이 현실이 되어버릴지도 모른다는 두려움, 그럼에도 불구하고 결코 놓아지지 않는 마음. 그 모든 것이 결국은 하나다. 눈앞에서 끊임없이 달아나는 저 여자.

소리 없이 다가간 유강은 다시금 거칠게 세아의 입술을 덮쳤다. 가슴을 치는 조그만 주먹을 움켜쥐고 비틀며 달아나려는 몸을 꼼짝없이 옭아매었다. 마음이든 몸이든 달아나는 그녀의 모든 것을 제 속에 가두어 버리고 싶었다.

거칠고 칼 같은 바람이다. 단숨에 몰아친 그것은 그녀를 꼼짝 못하도록 옭아매고 호흡마저 삼켜 버렸다. 거부의 몸짓 따위는 애초에 소용없었다. 아프게 짓누르던 입술을 비집고 붉은 혀가 들어오는 순간, 세아는 죽을힘을 다해 그를 밀쳐 내었다. 매몰찬 손이 유강의 뺨을 스쳤다. 유강은 화끈거리는 볼을 감싼 채 그녀를 내려다보았다. 그녀의 눈에 이슬이 맺혀 있었다.

"내가 그렇게……."

세아는 말을 잇지 못했다. 아무리 볼모처럼 보내진 적국의 공주라지만 이렇게 함부로 대할 수는 없는 법이다. 만천하가 다 아는 남색인 유강이 자신의 입술을 덮치고 희롱하는 동안 이성의 끈을 놓을 듯 빨려들었던 지난밤이 수치스러웠다. 아직도 그 순간의 격정에 시달리는 제 마음이 끔찍하게도 원망스러웠다.

"……제가 이렇게 함부로 대해도 되는 사람이더이까? 갈 곳 없는 적국의 공주라 만만해 보이십니까?"

"만만해 보인 적 없소. 함부로 대한 적도 없소."

그의 말은 뻔뻔하게도 단호했다.

"사내가 제 여인의 입술을 탐하는 것이 무엇이 잘못인가?"

유강의 검푸른 눈이 이마에 닿을 듯 다가와 되물었다. 너무도 뻔뻔스러운 그 모습에 말문이 막힐 지경이었다. 사내라고 해서 다 똑같은 사내던가? 저 뻔뻔한 입술로 날마다 홍영을 탐했겠지? 그리고 다시 장난치듯 자신의 입술을 희롱했던 것이다.

유강은 또다시 뺨을 향해 날아오는 세아의 손목을 잡아채었다. 울컥 당기는 힘에 그녀의 몸이 유강의 품속으로 빨려 들어갔다. 그녀의 입술이 새파랗게 떨고 있었다. 그녀가 무엇 때문에 이토록 화가 났는지, 수치스러워하는지, 그리고 자신을 왜 이토록 거부하는지 유강은 그제야 깨달았다. 자신의 감정에 급급해 홍영의 존재를 잠깐 잊고 있었다. 그런 존재를 곁에 두고 마음을 얻으려 했으니 그녀로서는 얼마나 수치스러웠을까. 유강은 진지한 눈으로 그녀를 내려다보았다.

"홍영이 혼인을 했소."

"알고 있어요."

"어찌 생각하오?"

"또 한 여인이 불행해지겠구나, 그리 생각했습니다."

타인의 생이야 어찌 되든 말든 자신들의 사랑을 지키기 위해 거짓 혼인으로 방패를 삼는 무섭고 잔인한 사람들…….

"그대 눈으로 직접 보지 못한 것은 믿을 필요 없다고 했던 말, 기억하오?"

그리고 다시 그의 입에서 믿을 수 없는 말이 흘러나왔다.

"홍영이와 난 계간을 나눈 적이 없소."

검푸른 눈이 그녀를 내려다본다.

저런 아름다운 눈동자를 가지고는 절대 거짓말을 할 수 없을 거야.

그러나 세아는 고개를 흔들었다. 거짓말이다. 그렇지 않고서야 어떻게 그토록 적나라한 소문들이 떠돌 수 있겠는가? 감히 입에 담을 수조차 없는 그런 소문들!

유강은 가슴을 밀치며 달아나는 세아의 팔을 다급히 붙잡았다.

"모든 소문은 내가 살기 위한 방편이었을 뿐이오."

행동만큼이나 그의 목소리도 다급했다. 그림자처럼 따라다니는 아소왕후의 눈들을 피해 술로 숨고, 소천궁으로 도망치고, 홍영이와 함께 달아났었다. 오로지 살기 위해서.

세아는 유강의 검푸른 눈동자 속에서 살아남기 위한 그의 처절한 몸부림을 보았다. 차가운 얼굴로 독주를 마시던 어머니가 보였고, 꽃과 새들에게로 숨어들었던 오라버니가 보였다. 세아는 그의 말이 진심이라는 것을 알았다.

세아의 표정을 살피던 유강의 얼굴에 안도의 빛이 돌며 한결 부드러운 음성이 들렸다.

"이만하면 비열흘로 가겠다는 말은 거두어도 되지 않겠소?"

당신을 원하니 가지 말라고 하지 않았다. 자신이 남색이 아니니

갈 이유가 없지 않느냐고 묻고 있는 것이다. 유강에게 자신은 여전히 끔찍이도 싫은 무한국인이고 또한 벗일 뿐이라는 것을 알았다. 기쁘기도 하고 슬프기도 했다. 그가 남색이 아니라는 사실은 기뻤지만 그럼에도 불구하고 여전히 그에게 벗일 수밖에 없는 자신의 모습이 슬펐다. 차라리 그가 여인을 사랑할 수 없는 남색으로만 알았다면 이렇게 슬프진 않았을 것 같다.

오랜 시간이 흐른 후 세아에게서 조용하지만 단호한 음성이 흘러나왔다.

"당신 말을 믿겠어요. 그렇지만 그 사실이 제 결정을 바꾸진 못할 겁니다."

기어이 비열흘로 가겠다는 말이다. 도무지 비집고 들어갈 수 없는 단호한 고집에 유강은 절망감을 느꼈다. 도대체 그자의 무엇이 세아를 이토록 단단하게 붙들고 있는 것일까? 도대체 그자가 무엇이기에!

세아의 머릿속이든 가슴속이든 그자가 머문 곳이라면 모조리 파내어 버리고 싶었다. 조각조각 난도질하여 흔적조차 남겨두지 않으리라. 검푸른 눈이 얼음보다 차가운 빛을 띠며 코앞으로 다가왔다. 그러나 유강은 세아의 얼굴에 스치는 슬픈 빛을 감지하지 못했다.

형체 없는 상대에 대한 질투가 유강의 이성을 무너트렸다. 거칠게 입술이 포개어지고 불덩이 같은 혀가 순식간에 입술을 비집고 들어왔다. 숨이 막히고 가슴이 저렸다.

기어이 비열흘로 가겠다는 말은 거짓말이다. 사실은 그가 이렇게 단호하고 강렬하게, 꼼짝도 못하도록 붙잡아주기를 원했다. 입안을 헤집는 이 불덩이처럼 뜨거운 말로 자신의 의지를 꺾어주기를 원했다.

강하게 달아나던 몸부림이 어느 순간 멈추더니 세아의 입술이 조심스럽게 열렸다. 그리고 칼처럼 파고드는 붉은 혀를 무방비로 받아들였다. 거친 호흡도 성마른 휘저음도 거부하지 않았다. 성난 아이처럼 입안을 휘저어대는 붉은 혀를 그녀의 혀가 조심스럽게 감싸는 순간 칼은 불이 되고 불은 물이 되어 서로를 넘나들었다. 불안을 달래듯 아픔을 감싸듯, 너무도 따뜻하고 달콤한 그 느낌에 유강은 한순간 자신을 잃었다. 가천 장군의 매서운 눈길도, 골치 아픈 비진족과의 협상도 잠시 잊었다. 보내달라고 했지만 사실은 떠나고 싶지 않다고 그녀가 말하는 것 같다. 이대로 영원히 함께 있고 싶다고 말하는 것 같다. 가슴에 닿아 있던 그녀의 손이 옷자락을 움켜쥐는 것을 느끼며 유강은 세아의 허리를 꺾을 듯 감싸 안았다.

유강의 품에 안기는 순간 세아는 평생 그의 그림자만 바라보며 살게 된다 하더라도, 평생 슬프고 외로워도 그를 벗어날 순 없을 것 같다는 생각이 들었다. 자신의 선택이 어리석고 안타까워 눈물이 났다. 죄책감과 미안함으로 그리고 책임감과 연민으로 바라보았던 무진처럼 자신 또한 언젠가는 유강에게 그런 존재가 되리라는 것을 알면서도 이런 선택을 할 수밖에 없는 스스로가 가엾었다.

한 점 바람조차 빠져나갈 틈 없이 그녀를 품은 채 삼켜 버릴 듯 입술을 탐하던 그의 이성을 일깨운 것은 입안으로 스며드는 짭짜름한 눈물이었다. 그는 입술을 떼고 그녀를 내려다보았다. 말로는 결코 설명할 수 없는 감정을 담은 그런 얼굴로 세아가 울고 있었다. 결코 달아날 수도, 거부할 수도 없는 제 처지에 대한 비관의 눈물이리라. 정신을 잃을 듯 빠져들었던 황홀한 입맞춤이 한낮의 꿈처럼 우스워졌다.

유강은 긴 손가락으로 볼을 타고 흘러내리는 눈물을 닦아주었다. 그리고 건조한 음성으로 말했다.

"이런 하찮은 눈물 따위에 내 마음이 약해질 거라 생각하지 마시오. 놓아줄 마음은 여전히…… 추호도 없으니까."

꺾을 듯 감싸고 있던 허리 위의 손이 스륵 풀렸다. 두근대던 심장 소리도 거친 호흡도 사라졌다. 유강이 사라져 버린 마당에는 휑한 바람만이 떠돈다. 세아는 떨리는 손가락으로 제 입술을 더듬어보았다. 화끈거리는 열기가 고스란히 남아 있었다.

입술이 떨어지고 그와 눈이 마주친 순간 드디어 내 마음을 인정한다고, 당신을 결코 떠날 수 없을 것 같다고 말하고 싶었다. 그러나 유강의 차가운 얼굴이 말문을 막아버렸다. 그 말을 하는 순간 자신의 모습이 얼마나 초라하고 우스워질지 알았기 때문이다. 앞으로도 유강은 언제나 이럴 것이다. 꼼짝 못하도록 옭아매고, 그리고 이렇게 외면하는 일. 여인으로서는 원치 않아도 아내의 자리는 지켜주길 바라는 것, 그것이 그가 원하는 일이다. 무한국 공주를 볼모로 붙들고 있어야 그의 삶이 평온할 테니까.

달빛이 너무 밝구나. 바람이라도 불어 구름을 몰고 왔으면……

그래서 붉디붉은 이 마음을 가려주었으면. 화끈거리는 이 입술을,
가엾은 내 모습을 얼른 감추어주었으면…….

세아는 견딜 수 없는 마음으로 눈을 감아버렸다.

13

비진족과의 협상 날이 사흘 앞으로 다가왔다. 세작들이 물어오는 정보들은 하나같이 만만찮은 비진족의 동태들이다. 각개의 세력 집단으로 흩어져 있던 부족이 우루수 노인을 중심으로 힘을 모으고 있었다. 그들 또한 이번 협상에 부족의 사활을 거는 것이리라.

이곳 평원의 땅과 자치권을 달라는 것이 그들의 요구다. 나쁠 것은 없다. 어차피 이 전쟁을 끝내고 왕권을 장악한다 하더라도 안도국은 한동안 어수선할 테고, 그동안 비진족은 이곳 평원을 지킴으로써 자연스럽게 무한국을 막아줄 방패막이가 되어줄 테니까. 문제는 그들의 힘이 얼마만큼 커질 것인가 하는 것이다. 잘못하면 키우던 사냥개에게 잡아먹히는 수가 있다. 사냥개를 철저한 사냥개로 조련하는 것, 유강은 이번 협상의 목표를 그것에 두고 있었다.

유강은 들여다보고 있던 책을 덮고 집무실을 살폈다. 오늘도 가천 장군은 보이지 않는다. 세아의 일로 단단히 틀어진 모양인지 그는 요즘 통 모습을 보이지 않고 있었다. 그러나 결국은 굽혀 들어올 것이다. 우선 급한 건 이 협상이고 세아의 일은 그다음에 생각해도 된다는 걸 곧 알아챌 테니까. 유강은 생각을 털어내고 홍영에게 물었다.

"라우탄에 대해 알아보라는 것은 어찌 되었느냐?"

"그것이…… 우루수 노인이 가장 신뢰하는 자라는데 이상하게 그자에 대해서는 제대로 알려진 것이 없었습니다. 나이도 스물인지 스물하나인지 정확하지가 않고, 자란 곳도 정확치가 않고, 한 해 전부터 갑자기 우루수 노인을 따라다녔다는데 칼 다루는 솜씨가 귀신같답니다."

외눈박이에 귀신같은 칼솜씨, 게다가 협상에 들고 나오는 대부분의 조건들이 그자의 머리에서 나오고 있다고 했다. 나이는 어리지만 산전수전을 다 겪은 자가 분명하다. 쉽게 볼 자가 아니다. 가슴이 답답했다. 바람이라도 쐬고 왔으면 좋겠다 생각하며 유강은 세아를 떠올렸다.

정신을 잃을 듯 빠져들었던 황홀한 입맞춤이 떠오르자 그는 자신도 모르게 한숨을 토해내었다. 맛보지 말아야 할 금기의 과실주에 입을 대어버린 것처럼 무섭도록 유혹하는 그것이 매 순간 그를 괴롭히고 있었다. 더 이상 참을 수 없는 지경에 이르자 그는 자리에서 벌떡 일어났다.

세아는 고요한 얼굴로 그를 맞았다. 그녀의 눈에는 더 이상 공허한 그리움이 없었다. 체념한 걸까? 며칠 불면의 밤을 지새운 자신과는 달리 너무도 평화로워 보이는 그녀의 얼굴이 낯설기까지 하다.

"괜찮은 거요?"

그는 그날의 눈물에 대해 물었다. 그녀를 눈물짓게 만든 자신의 행동이 상처가 되지는 않았는지, 사실은 그것이 내내 걱정되었었다.

빤히 바라보던 그녀의 얼굴이 살짝 붉어지는가 싶더니 놀랍게도 장난스러운 웃음이 지어졌다.

"바쁘신 일은 다 마치셨습니까? 시간이 나시면 저자에 좀 데려가 주세요."

그녀의 반짝거리는 눈동자에서 명랑과 우울 사이를 본다. 그 사이에서 아련히 비치는 그녀의 마음이 유강의 마음을 아프게 했다.

"지난번엔 불미스러운 일 때문에 다 둘러보지 못했습니다. 이주 흥미로운 곳이었는데 말입니다."

그녀의 눈이 호기심에 반짝였다. 유강은 얼른 고개를 끄덕였다.

"그러지. 갑시다."

사내 옷으로 단정하게 갈아입은 세아가 문을 열고 나왔다. 마당으로 내려서는 그 아름다운 미소년을 유강은 넋을 놓은 채 바라보았다. 사내의 복장을 하고 있는데도 어찌 이리 가슴이 두근거리는

가? 아무래도 치명적인 병증이 침노한 것이리라. 유강은 제 마음을 이기지 못하고 손을 내밀었다. 조금 망설이던 세아의 손이 다가오자 그는 그 손을 꼭 움켜잡고 성큼 걸음을 내디뎠다.

역시나 이곳 저자는 다른 곳에서 느낄 수 없었던 특이한 생동감이 넘친다. 세아는 스스럼없이 사람들 속으로 섞여 들어갔다. 유강도 그녀를 따라 인파 속으로 들어갔다. 온갖 진귀한 물품들이 늘어선 골목을 걸으며 물건을 살피고 값을 묻고 하는 동안 유강은 말없이 그녀를 따라다녔다. 그러다가 누군가 부딪히기라도 할라치면 유강의 손이 먼저 그녀를 잡아채었다. 그녀가 흥정하다 놓아둔 물건들은 어김없이 유강의 품속으로 들어갔다.

화려한 보석이 박힌 머리꽂이를 매만지던 그녀가 무언가 새로운 것을 발견한 듯 움직이지도 않고 들여다보고 있었다. 무얼까? 궁금한 마음에 다가서는 순간 세아가 갑자기 돌아섰다. 그녀의 손에 무언가 들려 있었다.

"무한국의 특산품인 황옥으로 만든 노리개입니다. 지난해에 소인이 황성까지 가서 아주 힘들게 구해온 겁니다요. 아무나 찰 수 있는 물건이 아닙지요."

장사치의 걸걸한 음성을 들으며 세아는 그것을 유강의 허리춤에 가만 대어보았다.

"젊은 공자님께서 물건 보시는 눈이 탁월하시군요! 주인을 만나지 못해 한 해나 묵혀 있던 물건이 이제야 제 주인을 만난 것 같습니다."

호들갑스러운 장사치의 음성을 들으며 세아는 허리를 숙였다.

그리고는 놀랍게도 직접 그것을 유강의 허리춤에 채워주었다. 흑
단 같은 머리칼이 한 가닥으로 묶여 늘어진 허리춤에 은은한 황옥
의 노리개가 채워지니 한결 기품 있어 보인다. 만족스러운 미소가
그녀의 입가에 걸렸다.

"정말 잘 어울립니다."

반짝이는 그녀의 눈이, 그 감탄의 빛이 자신에게로 향하고 있다
는 것을 유강은 믿을 수 없었다. 가슴에 묻은 그자를 생각하며 자
신에게 노리개를 채워준 건가, 하는 생각도 들었다. 당황을 감추
며 불편한 얼굴로 서 있는 유강의 귀에 다시 세아의 음성이 들렸
다.

"꼭 사드리고 싶었습니다."

무한국에서는 마음에 품은 사내의 허리에 노리개를 채워주면
그 마음을 가질 수 있다는 속설이 있었다. 이루지 못할 헛된 바람
일지 모르지만 이것을 채워주면 유강의 곁에 머무는 동안 마음의
위로는 되어줄 거란 생각이 든다. 그를 바라보는 마음이 행복하기
도 하고 슬프기도 했다.

유강은 무슨 말을 해야 할지 몰라 허리춤에 매달린 노리개만 만
지작거렸다. 그녀의 마음이 무엇이든 손에 잡히는 노리개는 가슴
을 벅차게 했다. 꼭 세아의 마음 한 자락을 가진 것 같아서. 그는
다시 돌아서 걸음을 옮기려는 그녀의 손을 잡았다.

"보여줄 것이 있소."

유강은 세아의 손을 잡고 골목을 빠져나왔다. 사내들끼리 손을
잡고 다니는 것이 이상한지 힐끗힐끗 쳐다보는 사람들이 있었지

만 상관하지 않았다. 대로를 지나 저자의 중간 즈음에 다다랐을 때 한 무리의 군중이 둥그렇게 원을 그리고 몰려 있는 것이 보였다. 멀리서도 요란한 환호 소리와 웃음소리가 들린다. 언젠가 이곳에 왔을 때 저 광대놀이를 아주 재미있게 보았던 기억이 있다. 그래서 세아에게도 보여주고 싶었다.

사람들을 비집고 들어가자 가운데에 조그만 무대가 차려져 있었고, 그 위에서 우스꽝스러운 분장을 한 사람들이 연극을 펼치고 있었다. 우스꽝스러운 몸짓과 표정들, 좀처럼 듣기 힘든 걸걸한 입담이 오가는 사이 어느새 두 사람도 분위기에 동화되었다. 한바탕 웃음을 주던 광대들이 들어가고 이번에는 똑같이 생긴 사내아이 둘이 줄을 가지고 나와 재주를 부렸다. 예닐곱 살은 되었을까? 볼은 터질 듯 발갛게 얼어 있었고, 눈은 검푸른 빛깔을 띠고 있었다. 끊어졌다 이어졌다 하는 두 개의 줄을 요술을 부리듯 뛰어넘는 두 아이의 앙증맞은 모습을 바라보던 세아의 입가에 웃음이 번졌다. 그 모습이 너무도 사랑스러워 유강은 저도 모르게 그녀의 어깨에 팔을 둘렀다. 세아의 몸이 순간적으로 경직되는 듯했지만 그의 손을 떨쳐 내지는 않았다. 오히려 가만히 기대어오기까지 했다. 허리춤엔 그녀가 직접 채워준 노리개가 달랑거리고, 맞닿은 어깨는 따뜻하다. 그리고 간간이 들리는 그녀의 웃음소리가 유강을 행복하게 했다. 그래서 순간 긴장이 풀려 버렸다.

그렇게 한껏 풀린 마음으로 주위를 살피던 그의 눈에 대로 건너편의 골목이 들어왔다. 홍영과 처음 평원에 왔을 때 이곳 저자에서 마음에 꼭 드는 물건을 발견한 적이 있었다. 여인들의 팔목에 채우는 비환臂環이었는데 어디선가 많이 본 듯한 느낌에 쉬이 자리를 뜰 수 없었다. 그러나 결국 사지는 않았다. 팔찌를 채워줄 여인도 없었지만 왠지 사기가 꺼려졌었다. 너무나 친근한 느낌이 들면서도 선뜻 살 수 없었던 물건, 그리고 내내 아쉬움이 남아 있던 물건이다. 그 비환臂環을 팔던 상인을 만난 곳이 저 골목이었던 것 같다.

유강은 다시 고개를 돌려 세아를 살폈다. 무대의 주인공이 바뀌면서 그녀의 웃음소리는 더욱 커졌다. 아이처럼 환호하며 박수를 쳤다. 이 시끄러운 군중 사이에서 그녀의 웃음만이 또렷이 들리는 것이 스스로 생각해도 신기했다. 그는 허리를 굽혀 그녀의 귀에 입을 가져갔다.

"잠깐 다녀올 곳이 있소."

세아가 의아한 눈으로 돌아보았다. 주위가 너무 시끄러워 그의 말을 알아듣지 못한 것 같았다. 유강은 손짓으로 건너편 골목을 가리키며 다시 말했다.

"기다리시오, 금방 올 테니까."

안심하라는 듯 그녀의 어깨를 꼭 잡아주고 그는 그곳을 빠져나왔다.

잠깐 다녀온 사이 세아가 감쪽같이 사라져 버렸다. 유강은 비환臂環을 움켜쥐고 사람들 사이를 헤집었다. 군중 사이를 휘저으며 예쁘장하게 생긴 젊은 공자를 보지 못했느냐는 그의 말에 모두들 고개를 흔들었다. 아무도 세아를 기억하지 못했다. 유강은 그곳을 빠져나와 대로를 달렸다. 그리고 눈에 보이는 골목마다 뛰어들며 정신없이 온 저자를 헤맸다. 그러나 세아의 그림자는 어디에도 없었다.

도대체 어디로 사라진 걸까? 도대체, 도대체……!

정신없이 달리던 유강의 걸음이 문득 멈추었다. 그리고 허리춤을 더듬었다. 방금 전까지 찰랑거리던 황옥 노리개가 사라지고 없다. 유강은 더 이상 달릴 기력을 잃은 채 그 자리에 서 있었다. 저녁 햇살을 받은 그림자가 골목 안에 길게 드리워졌다. 황망하고 외로운, 갈 곳 없는 영혼처럼 흔들리는 그림자를 내려다보며 유강은 입술을 깨물었다.

달아난 것이다. 황옥 노리개를 채워주고, 순순히 어깨를 기대고, 그토록 아름다운 웃음으로 나의 방심을 끌어냈던 건가? 그랬던가?

그렇게 자신을 안심시켜 놓고 그녀는 달아날 방법을 강구했던 모양이다. 그렇지 않고서야 이렇게 감쪽같이 사라질 리가 없다.

"왕자님!"

어디선가 달려온 홍영이 몸을 흔들었지만 그는 그저 멍하니 앞만 바라보고 있었다. 도저히 받아들일 수도, 용납할 수도 없는 사실 앞에 그는 잠시 의식이 마비된 것 같았다.

호위들을 풀어 온 저자를 뒤졌지만 결국 세아를 찾지 못했다. 걱정이 절망으로 변했고, 급기야 그는 분노했다. 그렇게 따뜻한 얼굴로 노리개를 채워주고 웃음을 흘리던 모습이 모두 가식이었다. 그 가식 앞에 속절없이 허물어져 버린 제 마음이 원망스럽다.

유강은 비환臂環을 부서트릴 듯 움켜쥐었다.

꼬박 밤을 새운 유강은 동이 채 트기도 전인 새벽 시간에 가천 장군을 찾았다. 그리고 다짜고짜 군사를 내어달라고 했다.

"군사라면 도방촌 청년들을 말씀하시는 겁니까?"

이곳 도방촌 청년들은 아직은 드러나서는 안 되는 군사다. 유강의 느닷없음에 가천 장군은 어이없는 표정을 지었다. 그러나 유강은 아랑곳 않고 다시 입을 열었다. 그의 입에서 나오는 말은 더 어이가 없었다.

"나는 지금 관군을 말하는 거요."

지금 관의 누구도 유강이 이곳에 있다는 사실을 모른다. 알아서도 안 된다. 운명을 건 협상을 눈앞에 둔 시기가 아니던가!

"왕자님!"

"공주가 납치됐소."

달아난 것이 아니라 납치되었다고 유강은 말했다. 그래야 가천 장군이 군사를 움직일 것 같아서다.

"공주에게 무슨 일이라도 생기면 내 처지가 어찌 될지는 장군도 잘 알지 않소."

무한국은 기회를 포착하듯 안도국을 압박할 것이고, 안도국은 그 모든 책임을 유강에게 물을 것이다. 그렇게 되면 그들의 꿈은 채 펼쳐 보기도 전에 산산조각이 나고 만다. 군사를 움직이지 않을 수가 없는 상황이었다.

"비진족입니까?"

그러나 대답은 듣지 않아도 이미 알겠다는 표정이다. 이런 말썽을 피울 자들은 그들뿐이다.

"비열흘로 가는 길부터 막아야 할 거요. 다급하면 그쪽으로 달아날 공산이 크니."

"알겠습니다. 제게 맡겨주십시오."

관군을 움직여야 하니 유강이 나설 수 있는 상황이 아니다. 공주의 존재를 드러낼 수도 없다. 은밀히, 신속하게 해결해야 할 문제다. 유강은 다급히 방을 나서는 가천 장군에게 부탁했다.

"털끝 하나 다치지 않게…… 구해주시오."

가천 장군이 고개를 끄덕이고 나가고 나자 유강은 그제야 지친 몸을 의자에 기댔다. 그녀를 잃어버린 지 꼭 반 하루. 무슨 말을 하고, 무슨 생각을 했는지 아무 기억이 없다. 절망과 분노가 반복되는 마음속 전쟁으로 인해 지칠 대로 지쳐 버렸다. 그나마 비열흘로 달아날 길을 막아놓으니 조금 안심이 되었다.

세아는 힘겹게 눈을 떴다. 캄캄한 어둠 속으로 한 줄기 달빛이 스며든다. 낯선 곳, 낯선 내음……. 이곳이 어딜까 생각하던 세아는 화들짝 놀라 일어났다. 그녀는 어둠을 더듬어 문을 찾았다. 한참을 더듬어 덜컥, 손에 잡히는 것은 거친 나뭇결이 느껴지는 문이다. 힘껏 밀쳐 보지만 밖에서부터 잠긴 듯 꼼짝도 하지 않는다.

"거기 누구 없느냐?"

문을 두드리고 소리쳐 보아도 밖에서는 인기척조차 들리지 않는다.

유강과 함께 광대들의 재주를 구경하고 있었던 것 같은데 그다음은 기억이 나지 않는다. 아니, 유강이 그녀를 두고 잠깐 사라졌던 것 같다. 그리고 무슨 일이 있었지? 줄을 가지고 재주를 부리던 아이들, 사람들의 환호성, 커다란 바구니에 던져지던 엽전 소리와 함께 또 하나 떠오르는 얼굴이 있었다. 왠지 슬퍼 보이던 검푸른 빛깔의 눈동자 하나…… 쑥스러운 듯 배시시 웃던 꼬마아이. 며칠 전에 그녀의 은자 주머니를 훔쳐 달아났던 그 아이다.

"소인을 살려주셔서 고맙습니다, 공자님."

라고 했던가?
기억은 거기까지다. 세아는 다시 문을 두드렸다.
"밖에 아무도 없느냐?"
순간 문이 울컥 흔들렸다.
"살고 싶으면 조용히 해!"
걸쭉한 사내의 음성이 들렸다.
"넌 누구냐? 여긴 어디냐?"
"내일 아침이면 다 알 테니 꽥꽥거리지 말고 잠이나 자둬."
다시 한 번 문을 툭 치더니 멀어지는 발걸음 소리가 들렸다.
"이봐, 거기 서! 날 좀 꺼내달란 말이야!"
소리를 질렀지만 들은 척 만 척 발소리는 멀어졌다. 도대체 무슨 일인지, 이곳은 어딘지, 유강은 어디로 가버린 건지…… 꼬리에 꼬리를 물고 늘어지는 생각에 지쳐 까무룩 잠이 들었던가 보다. 누군가 어깨를 가만가만 흔들며 그녀를 깨우고 있었다.

"공자님, 공자님."

세아는 잠결에도 본능처럼 어깨에 놓인 손을 잡아채었다. 그리고 재빠르게 구석으로 몰아붙였다.

"누구냐? 여긴 어디……!"

겁에 질린 눈으로 구석에 몰려 있는 사람은 낯익은 얼굴의 조그만 아이다.

"넌?"

"잘못했습니다, 공자님. 한 번만 용서해 주십시오."

아이는 두 손을 모으고 눈물을 뚝뚝 흘렸다. 은자 주머니를 훔쳤던 그 꼬마다.

"공자님을 데려오면 저희 형님을 찾아주겠다고 했습니다. 그래서……."

"네가 날 이곳까지 데려온 거냐?"

"아닙니다. 저는 놀이판 밖으로만 모셔왔습니다. 그런데 그놈들이……."

"그놈들?"

잠깐 망설이던 아이가 바깥 동정을 살피며 이곳까지 온 사연을 들려주었다.

저자에서 세아의 은자 주머니를 훔쳤던 날 아이의 유일한 피붙이였던 형이 없어졌다고 했다. 형을 찾아 온 저자를 헤매던 아이에게 건장한 사내들이 접근해 왔다고 한다.

"소인은 정말 몰랐습니다. 그놈들이 육손이 패거리인 줄 알았으면 뒤도 안 돌아보고 도망쳤을 겁니다."

아이는 다시 눈물을 쏟았다. 그러다 다시 잔뜩 겁에 질린 눈으로 바깥 동정을 살폈다. 육손이패는 평원성 저자를 주름잡고 있는 주먹패들로 금전이 되는 일이라면 무슨 짓이든 서슴지 않고 저지르는 무서운 놈들이라고 했다. 결국 금전 때문에 그녀를 납치했다는 말이다.

"저놈들이 물으면 뭐든 잘 대답하십시오. 금전도 달라는 대로 준다 하십시오. 그래야 살려줄 겁니다."

이렇게 기겁을 하는 걸 보니 정말 무서운 자들인 모양이다. 아이는 다시 바깥 동정을 살피며 주먹밥을 내밀었다.

"먹어두십시오. 언제 다시 줄지 모릅니다."

세아는 주먹밥을 받아 들었다. 별로 허기지지 않았지만 먹어두는 게 좋을 것 같았다. 힘이 있어야 달아날 방법도 강구할 수 있을 테니.

"일 끝났으면 꾸물거리지 말고 얼른 나와! 허튼수작 부리다간 네놈 목이 먼저 달아난다는 걸 모르느냐!"

"예, 예! 나갑니다!"

버럭 지르는 고함 소리에 화들짝 놀란 아이가 밖으로 튀어나갔다. 잠시 소란스럽던 바깥이 다시 조용해졌다.

유강은 어떡하고 있을까?

손잡고 함께 걸었던 저자의 그 골목길들이 떠올랐다. 황옥 노리개를 채워주자 적이 당황하던 모습도 떠올랐다. 그리고 다시 아프게 그러쥐던 손…….

갑자기 목이 탁 막혀왔다. 세아는 들고 있던 주먹밥을 내려 버렸다.

　군사를 풀어 하루 종일 저자를 수색했지만 아무런 성과가 없었다. 그저 '곱상하게 생긴 공자'라는 것이 세아에 대한 정보의 전부이니 찾을 길이 막막하기도 했다.

　"내일은 저자의 왈짜패들을 잡아 족쳐 볼까 합니다. 금전을 노린 자들의 소행일 수도 있지 않겠습니까?"

　그럴 수도 있겠지. 그러나 유강은 여전히 그녀가 자신을 피해 달아났다는 쪽에 더 마음이 기울어 있었다. 비열흘을 바라보는 그녀의 눈이 얼마나 촉촉이 젖어 있었는지, 무진이라는 자를 떠올릴 때마다 그녀의 눈이 얼마나 먼 곳으로 가버리는지 또렷이 기억했다.

　"비열흘로 가는 길은 완벽히 차단했소?"

　"예. 하지만 설마 그곳으로야 가겠습니까?"

　아무런 대가 없이 그 척박한 땅으로 달아날 거였으면 건장한 사내나 어린 처녀들을 납치했을 것이다. 그래야 노예로 써먹든 팔아먹든 할 수 있으니까. 가천 장군은 금전을 노린 것이 아니라면 그렇게 유약하게 생긴 공자를 데려갈 이유가 없다고 말했다.

　가천 장군을 내보내고 유강은 다시 생각에 잠겼다.

　도대체 어디로 꽁꽁 숨어버린 건가?

　걱정과 서운함 그리고 분노가 얽힌 그의 마음은 오늘 밤도 지옥을 헤매는 것 같았다.

험악하게 생긴 자들이 광으로 찾아와 이런저런 질문을 했다. 생각보다 그들의 태도는 정중했다. 세아는 그들이 의심하지 않을 정도의 거짓말을 섞어 최대한 친절하게 대답했다. 부친은 사천 지방의 상인이며 자신은 가업을 잇기 위해 공부하는 중이라고 했다.

"장사치란 말이지?"

"예."

사내들의 눈이 반짝였다. 일부러 공부를 하러 다닐 정도면 푼돈이나 만지는 조무래기 장사치는 아니란 생각을 한 모양이었다.

"그래, 평원엔 혼자 왔나?"

"아닙니다. 형님과 함께 왔습니다."

그리고 자신의 이름을 홍영이라고 가르쳐 주었다. 사내들이 서로 눈짓을 하더니 밖으로 나갔다. 긴장된 마음을 내려놓으며 한숨을 내쉬는데 갑자기 거친 손이 다가와 그녀의 턱을 들어 올렸다. 그리고 덥수룩한 수염이 얼굴의 반쯤을 뒤덮은 사내가 불쑥 얼굴을 들이밀었다.

"아무리 봐도 너무 곱상하단 말이야?"

검푸른 눈이 스륵 얼굴을 훑어 내렸다. 세아는 입을 앙다물고 그를 올려다보았다. 섣불리 눈길을 피했다가는 더 의심을 살 것이다. 사내의 손이 귓불로 다가오는 순간, 문이 벌컥 열렸다.

"이봐, 안 나오고 뭐 해?"

"도대체 사내인지 계집인지……?"

"그만두지 못해! 금전이 우리 손에 들어올 때까지는 털끝 하나 건드리지 말라는 말 못 들었어? 괜한 짓 했다간 어찌 되는지 알잖아! 우린 그날로 저승길이야."

그 소리에 사내는 마지못한 얼굴로 잡고 있던 턱을 놓아주었다. 사내들이 나가고 문이 닫히자 세아는 떨리는 가슴을 움켜쥐었다. 한 번은 이렇게 쉽게 넘어갔지만 또다시 이런 일이 생기지 말란 법이 없었다. 옷자락을 더듬었지만 늘 품고 다니던 단도마저 잡히지 않는다.

저녁이 되자 아이가 다시 주먹밥을 들고 들어왔다. 반을 나누어 내밀자 아이는 그것을 게 눈 감추듯 먹어치웠다. 남은 반마저 내밀자 고개를 짤래짤래 흔든다.

"나는 배고프지 않다. 어서 먹어라."

"안 됩니다. 많이 드시고 힘을 내셔야 합니다. 그래야……."

아이는 말을 잇지 못한 채 고개를 숙였다. 어린 마음에도 미안함을 아는 것이다. 저에게 관대했던 사람을 이리 만들었으니 죄책감이 드는 모양이었다. 그러나 이것이 어찌 이 아이의 죄겠는가? 세아는 측은한 마음에 아이의 머리를 쓰다듬었다.

"네 이름이 뭐냐?"

"신이…… 랴우신이라고 합니다. 그냥 신이라고 부르시면 됩니다."

"신이. 예쁜 이름이구나. 부모님은 안 계시느냐?"

"돌아가셨습니다. 무한국 병사들에게 맞아서요. 그래서 형님이 절 데리고 이곳으로 도망쳤습니다."

신이는 아무렇지 않은 표정으로 제 부모의 죽음을 이야기했다.

"원래 살던 곳은 어디냐?"

"비열흘이요."

세아는 순간 경직된 눈으로 아이를 살폈다. 신이의 모습에서 어린 날의 무진을 찾기라도 하는 듯.

"비열흘은 어떤 곳이냐?"

"모래바람이 심하고, 먹을 것도 귀하고…… 그렇지만 이곳처럼 무섭지는 않습니다. 이곳은 아주 무섭습니다. 사람들도 무섭고, 끼니를 때우는 것도 무섭고. 정신을 바짝 차리지 않으면 멀쩡히 눈 뜨고도 코를 베이는 곳입니다."

신이는 어느새 세상에 대한 불신과 비관으로 찌들어 있는 것 같았다.

"비열흘에 대해서 좀 더 얘기해 주겠느냐?"

신이는 잠깐 난감한 표정을 지었지만 이내 반짝이는 눈으로 이야기를 시작했다. 신이의 얼굴은 시시각각 변했다. 모래바람을 이야기할 때는 이마를 잔뜩 찌푸렸다가 따뜻했던 부모와 다정한 동무들 이야기에서는 이내 눈물을 글썽였다. 꿈을 꾸는 듯 재잘재잘……

그때는 말입니다, 공주마마…….

공주마마, 비열흘에서는요…….

나중에 꼭 함께 가요, 공주마마…….

어린 무진의 목소리가 환청처럼 들리자 세아의 눈에도 눈물이 고였다.

"왜 그러십니까, 공자님?"

신이가 말을 멈추고 의아한 눈으로 바라보았다.

"헤어진 동무가 생각나서 그런다. 그 아이도 비열흘에서 왔었지."

"공자님께 비진족 동무가 있었습니까?"

"그래. 함께 비열흘로 가기로 약속했었는데…… 지키지 못했다."

"왜요? 싸우셨어요? 그래서 헤어진 거예요?"

세아는 더 이상 말을 이을 수 없었다. 자신의 어리석은 욕심이 무진을 죽음의 길로 이끌었다는 사실이 다시금 칼끝처럼 폐부를 찔러온다.

내성을 지키던 병사 하나가 표창에 묶여 날아든 쪽지를 들고 왔다. 아우인 홍영을 찾고 싶다면 모월 모일 모처로 금자 이백 냥을 들고 오라는 내용이었다. 쪽지에 제 이름이 적힌 것이 이상한지 고개를 갸웃거리던 홍영이 한참 만에야 상황을 파악하고 소리쳤다.

"역시나 금전을 노린 자들의 소행이었습니다!"

아우 홍영이라고 적혀 있지만 그것이 세아를 지칭한 말이란 것을 짐작할 수 있었다. 아마도 그녀의 기지가 발휘된 대목이리라.

유강은 쪽지를 뚫어져라 들여다보았다. 달아난 것이 아니었다. 황옥노리개를 채워주던 그 따뜻한 손과 그날의 아름다운 미소가 결코 가식이 아니었다. 세아를 찾았다는 기쁨보다 그 사실이 더

빠르게 인식된다는 것이 어이없었지만 그래도 그것은 사실이었다. 분노와 절망으로 지옥을 헤매던 마음이 일순간에 출구를 찾아 빠져나오는 기분이었다.

"어떤 자들인지는 파악되었느냐?"

"아직……. 하지만 금방 알아낼 수 있을 겁니다. 지금 당장 가서……."

"아니, 내가 직접 가겠다."

유강은 만류할 틈도 없이 칼을 차고 밖으로 나갔다. 발목에 날개라도 달린 듯 걸음이 빠르다. 공주가 사라진 후 처음으로 유강의 얼굴에 생기가 돌았다.

쉽게 찾아낼 것 같던 쪽지의 주인은 그러나 좀체 정체를 알 수가 없었다. 저자에 떠도는 몇몇 왈짜패들을 은밀히 잡아 족쳐 보았지만 아무 소득이 없었다. 세아의 안전이 염려되어 드러내 놓고 잡아들일 수 없으니 쉽게 꼬리를 잡을 수 없는 것이었다. 결국 그들이 요구하는 금자를 준비하여 모처로 나가는 것이 가장 빠르고 안전한 방법 같아 보였다. 그 패거리들을 잡아들이는 일은 그다음 일이었다.

그러나 약속한 당일, 그들은 나타나지 않았다. 유강의 불안은 극에 달했고, 그로 인해 비진족과의 협상일 마저 늦춰 버렸다.

이유 없이 협상일이 늦춰진 것에 대해 비진족에서도 의견이 분분했다.

"설마 저들의 마음이 변한 건 아니겠지?"

우루수 노인의 걱정스러운 말에 라우탄은 고개를 저었다.

"저들은 이미 이 협상을 피할 수 없는 처지가 되었습니다. 무언가 다른 문제가 생긴 게 분명합니다."

그렇다면 다행이겠지만······.

우루수 노인은 여전히 걱정이었다. 저들에게 이용당한 게 어디 한두 번인가? 제 땅 하나 가지지 못한 변방 부족으로 평생을 살면서 겪은 사연은 그의 얼굴 골골이 패인 주름만큼이나 깊고도 많다. 번득이는 눈으로 회의를 주재하고 있는 라우탄을 살피는 그의 얼굴에 흐뭇한 미소가 지어졌다.

라우탄의 얼굴에는 한 치의 의구심이나 망설임도 없다. 그의 표정과 말투는 물론 모든 행동에는 확신이 차 있었다. 그가 없었다면 이번 일을 여기까지 끌고 오지도 못했을 것이다. 라우탄은 승기는 우리가 잡고 있으니 흔들리지 말고 협상을 준비하자고 청년들을 독려했다. 모두들 그 말에 동의한다는 듯 고개를 끄덕였다. 그때 문이 열리며 한 젊은이가 들어왔다. 상황을 파악하기 위해 보냈던 세작이다.

"왕자의 아우가 사라졌답니다. 금전을 요구하는 것으로 보아 왈짜패에 사로잡힌 모양인데······."

"왕자에게 아우가 있었던가? 설마 지금 왕비의 자식들을 말하는 건가?"

그렇다면 서로 정적인 사이일 텐데 어떻게 함께 다니는 걸까? 그것도 비밀스러운 협상을 추진하고 있는 시기에? 촌장 다왁의 물음에 젊은이는 머리를 긁적였다.

"거기까지는 소인이 채 알아보지 못했습니다만, 어쨌든 그 일로 인해 협상을 할 정신이 없는 모양입니다. 왕자가 직접 찾아 나섰다고 합니다."

왕자가 직접 나설 정도면 정말 아우는 아니더라도 꽤나 중요한 사람임에는 분명하다.

"설마 우리 비진족 짓은 아니겠지?"

"그게…… 아무래도 육손이 패거리들 짓 같습니다."

순간, 방 안에 긴장감이 감돌았다. 육손이라면 악랄하기로 소문난 비진족 왈짜패다. 사람 목숨을 파리 목숨보다 더 가벼이 여기는 자들이다. 금전을 요구했다면 아직은 무사한 모양이지만 그 목숨이 언제까지 부지될지는 알 수 없다는 것이 방 안에 모인 사람들의 공통적인 생각이었다. 금전을 손에 넣는 순간 인질의 목숨 또한 끝이 날 수 있었다. 그들의 수법이 늘 그래 왔으니까. 그리되면 그 모든 죄는 비진족의 죄가 되어 목을 조여올 것이다. 쥐 죽은 듯 고요한 가운데 가장 먼저 입을 연 사람은 라우탄이다.

"저쪽 동향은 어때?"

"저쪽에서는 아직 전혀 상대를 파악하지 못하고 있습니다. 쉽게 찾을 수 없을 겁니다. 육손이패가 워낙 비밀스럽게 움직이는지라."

"우린 어때? 육손이패의 은신처를 알고 있는 사람 없나?"

라우탄이 주위를 스륵 돌아보자 구석에 앉아 있던 청년 하나가 손을 삐죽 들었다. 한때는 저자를 떠돌며 왈짜 생활을 하던 자다. 사실 이곳의 젊은이 치고 그런 생활을 거치지 않은 자가 없을 정도다.

잠깐 생각에 잠겨 있던 라우탄이 우루수 노인을 바라보며 말했다.

"우리가 나서야 할 것 같습니다."

"안 돼! 섣불리 나섰다가 오히려 오해받을 수 있어!"

"인질의 목숨이 잘못되는 날엔 우린 평원에서조차 내몰릴 겁니다. 그리되면 비진족은 더 이상 갈 곳이 없습니다."

무한국은 지금 중앙의 권력이 약화되면서 변방에 신경을 쓰지 못하고 있었다. 관리들은 제 것 챙기기에 급급하고 군량미조차 떨어져 병사들은 굶고 있다. 비열흘도 마찬가지다. 그러다 보니 병사들이 비적 떼처럼 변하여 비진족을 착취하고 있었다. 많은 비진족들이 국경을 넘어 평원 지방으로 도망을 쳐야만 했다. 그래서 그들은 벼랑 끝으로 내몰리는 심정으로 이 협상을 시작했던 것이다. 그러나 이곳에서의 평화로운 삶도 영원하지는 않을 것이다. 안도국이 언제 어떻게 변할지 모르니 늘 불안한 나날들이었다.

피할 수 없는 선택이다!

모두 그렇게 생각하는 것 같았다. 우루수 노인의 동의를 확인한 라우탄은 다시 말을 이었다.

"왕자가 알아채기 전에 우리가 먼저 인질을 구해내야 해. 육손 이패를 섬멸하는 건 그다음이고."

"육손이패를 우리 손으로 섬멸하겠다는 말인가?"

"안도국이 나서기 전에 우리 손으로 처리하는 것이 낫습니다. 그래야 비진족의 피해를 최소화할 수 있습니다."

"하지만 그들은 평원의 비진족들에겐 큰 버팀목이었어! 안도국 관리들이 우릴 함부로 못하는 것도 그들의 힘이 크네."

"한낱 왈짜패가 부족의 미래를 담보해 주진 못합니다!"

촌장 다왁에게 라우탄이 일침을 놓았다. 다왁의 얼굴이 일그러졌지만 라우탄은 말을 멈추지 않았다.

"더 큰 미래를 보십시오. 언제까지 이렇게 제 땅 한 조각 없이 이리저리 내몰리며 살 생각이십니까?"

라우탄의 얼굴에 길게 그어진 흉터가 꿈틀거렸다. 그것이 신호처럼 둘러앉아 있던 젊은이들의 피도 꿈틀거리게 만들었다. 어느새 사람들의 얼굴은 비장해졌다.

다왁은 여전히 불안을 거두지 못한 표정으로 서너 패로 나뉘어 사라지는 젊은이들을 지켜보았다.

"괜찮을까요?"

너무 섣부른 판단을 한 것은 아닌지 걱정된다. 한발 물러서서 지켜보는 것이 낫지 않았을까 싶다. 그러나 우루수 노인은 고개를 흔들었다.

"난 라우탄을 믿네. 그의 말이 옳아."

언제까지 이렇게 제 땅 한 조각 없이 이리저리 내몰리며 살 생각이냐던 라우탄의 말이 충격처럼 그의 가슴을 쳤다. 늘 생각해 왔지만 자신들은 한 번도 그것을 깨뜨려 볼 생각을 하지 못했었다. 그럴 용기가 없었다. 그러나 라우탄은 거침없이 그런 말을 쏟아낸다. 그라면 분명 그 일을 해낼 것이라는 믿음이 간다. 그토록 큰 부상을 입고도 거뜬히 살아난 녀석이니…….

랴우신이는 주먹밥을 들고 살금살금 공자가 갇힌 광으로 향했다. 무슨 일인지 어제부터 육손이 패거리들의 심기가 몹시도 날카로워져 있었기 때문에 되도록이면 아무도 부딪히지 않기를 바라는 마음이었다. 모퉁이를 돌던 랴우신이는 담장 아래에 서 있는 사내들을 발견하고 재빨리 몸을 숨겼다. 그리고 다시 고개를 삐죽이 내밀어 사내들을 살폈다.

부리부리한 눈과 검붉은 빛깔의 구레나룻을 한 사내가 보인다. 신이는 그가 바로 그 이름도 유명한 육손이라는 것을 한눈에 알아보았다. 공자와 함께 이곳에 처음 잡혀왔을 때 본 적이 있다. 다리를 후들거리며 뒤편으로 달아나려는데 문득 사내들의 음성이 들렸다.

"관군들이 온 저자에 쫙 깔렸습니다. 아무래도 잘못 건드린 것 같습니다."

"인질의 목숨 따위 상관없다는 건가? 그래서 관군을 끌어들였을까?"

"그것보다 전 광에 가둬둔 그자가 의심스럽습니다. 장사치라기엔 아무래도 너무 곱상하게 생겼지 않습니까?"

"그럼 그자가 우릴 속였다는 말이냐?"

"한번 족쳐 보시지요."

"그럴 것 없이 없애 버려. 어차피 이렇게 된 거 미적거려 봐야 좋을 것 없다. 대차게 없애 버리고 당분간 은신해 있는 것이 좋은 방법이다."

라우신이는 숨조차 멈춘 채 엉금엉금 기어 줄행랑을 쳤다. 보물 덩이처럼 안고 있던 주먹밥이 흙바닥에 나뒹구는 것도 개의치 않았다. 우물까지 정신없이 내달려온 신이는 두레박으로 물을 퍼 올려 벌컥벌컥 마셨다. 저만치 달아났던 정신이 그제야 돌아오는 것 같았다. 그는 사내들이 하던 얘기를 되새겨 보았다. 그들의 말은 금전을 챙기는 것이 여의치 않으니 공자를 죽이자는 소리였다. 신이는 공자가 죽고 나면 제 목숨도 여의치 않다는 걸 깨달았다. 그 전에 이곳을 빠져나가야 할 것 같았다.

저자로 심부름을 간다 하고 도망칠까? 저자에는 이미 여러 번 나갔다 온 적이 있으니 쉽게 속을지도 모른다.

다급하게 내딛던 신이의 걸음이 문득 멈추었다. 은혜를 모르면 짐승만도 못한 사람이 된다던 아버지의 말이 갑자기 가슴에서 쩡 울렸다. 도적질한 자신을 쉬이 놓아주던 공자의 모습이 떠올랐다. 주먹밥을 선뜻 나누어 주던 그의 모습도 떠올랐다. 그런 사람을 두고 달아난다면 정말 짐승만도 못한 짓이다.

그래도 죽는 것보단 나아!

그렇게 생각하며 두어 발 내딛던 신이의 걸음이 다시 멈추었다. 바닥에 풀이라도 발린 듯 도무지 걸음이 떼어지지 않는다. 이대로 도망쳐 버리면 살 수 있을 텐데, 그런데…… 그런데…… 달아날 수가 없다. 따뜻하던 공자의 얼굴이 발목을 붙들고 놓아주지 않는다. 어린 신이의 눈에 기어이 눈물이 고였다.

모두가 잠에 곯아떨어져 버린 새벽, 신이가 광으로 찾아왔다. 녀석은 다짜고짜 세아의 옷자락을 잡아끌었다.

"일어나세요. 빨리 도망치셔야 합니다."

"무슨 일이냐? 이 시간에 어떻게 들어왔어?"

"저자들이 공자님을 죽이겠다고 했어요."

녀석이 막무가내로 잡아끄는 통에 세아는 자세한 이유도 알지 못한 채 그곳을 빠져나왔다. 두 사람은 어둠 속을 정신없이 달렸다. 그곳이 어디쯤인지, 어디로 향하는지 가늠조차 할 수 없었다. 아이는 겁에 질려 있었고, 그녀는 지리를 몰랐다. 거의 빠져나왔다 싶은 순간, 한 무리의 사내들이 골목으로 밀려들었고 두 사람은 혼비백산하여 다시 달아났다. 앞도 뒤도 분간할 수 없었다. 다만 정체를 알 수 없는 그 사내들이 비진족이었다는 것, 그래서 달아나야 한다는 생각밖에 없었다.

세아를 납치한 자들이 육손이 패거리라는 것과 비진족이 먼저 그들의 은신처를 치려 한다는 보고가 들어온 것은 아침이 막 밝아오던 무렵이었다. 유강은 곧장 군사를 몰아 그곳으로 달려갔다. 비진족이 왜 이 일에 끼어들었는지는 생각할 겨를이 없었다.

유강이 육손이패의 은신처로 뛰어들었을 때 그곳은 이미 아수라장이 되어 있었다.

"한발 늦은 것 같습니다."

안으로 뛰어들었던 홍영이 다시 나와 올리는 보고다. 유강은 그 말을 무시한 채 안으로 들어가 샅샅이 뒤졌다. 건물 어디에도 세아는 없었다.

"어찌 된 거냐? 어째서 텅 빈 것이냐!"

"비진족이 저들을 쫓고 있답니다."

"공주의 행방은?"

홍영은 대답을 못했다. 사로잡힌 왈짜패도 비진족 청년도 인질의 행방을 알지 못했다. 비진족이 이곳을 급습했을 때 인질은 이미 없었다고 했다. 홍영은 비진족을 의심했지만 유강은 고개를 흔들었다. 중요한 협상을 앞두고 그런 무모한 짓을 할 리가 없었다.

"육손이 패거리들이 비열흘 쪽으로 향했답니다."

달려와 보고하는 병사의 말과 동시에 유강은 말에 올라탔다. 비열흘이 아니라 세상 끝까지라도 쫓아가서 그자를 처단할 생각이다. 채찍을 휘두르는 그의 눈이 광기에 번들거렸다. 어쩌자고 그여자를 혼자 두었던가! 그 짧은 순간 긴장의 끈을 놓아버린 스스로를 용서할 수가 없었다. 세아를 무사히 찾지 못한다면 평생 자신을 용서할 수 없을 것 같았다.

세아와 신이는 비열흘이 바라보이는 언덕에서 새벽을 맞았다. 무엇인지 모를 것에 끝없이 쫓기며 성안으로 들어갈 길을 잃었고, 결국 도착한 곳이 이곳이었다. 강 너머 멀리 새벽빛에 어른거리는 땅을 가리키며 신이가 말했다.

"저곳이 바로 비열흘입니다."

아이의 목소리는 약간 상기되어 있었다. 부모를 잃고 내몰리듯 떠나온 곳이지만 그래도 고향땅이 반가운 모양이다.

"제가 안내해 드리겠습니다."

"뭐?"

"우셨잖아요. 가고 싶어서 그런 것 아닙니까? 제가 모셔다 드리겠습니다. 여기서부터는 눈 감고도 찾아갈 수 있습니다."

금방이라도 달려 내려갈 태세다. 세아는 얼른 신이의 옷자락을 붙들었다. 그리고 어깨를 감싸 누르고 바닥에 엎드렸다. 강가를 서성이는 그림자가 있었던 것이다. 육손이 패거리가 여기까지 따라붙은 것일까? 그러나 아직 어둠이 완전히 가시지 않았기 때문에 그림자의 정체를 파악할 수 없었다.

마냥 이렇게 숨어 있을 수는 없다. 언덕이 사방으로 트여 있기 때문에 날이 밝으면 금세 들통이 날 것이다. 신이도 그 생각을 한 모양이었다. '따라오세요' 속삭이더니 살금살금 기어 언덕 뒤편으로 몸을 뺐다. 다시 신이의 뒤를 따라 얼마나 걸었을까? 어느새 날이 환하게 밝아오고 있었다.

"이상합니다. 이 강은 이름만 국경이지 지키는 병사도 없어 마음대로 건너다니던 곳인데 지금은 온통 막혀 있습니다."

신이의 말이 맞다. 그녀도 걷는 내내 강가를 살폈는데 보초를 서듯 그림자가 촘촘히 박혀 있었다. 신이가 그녀의 옷자락을 잡아채며 납작 엎드렸다.

"관군입니다!"

랴우신이가 손가락으로 가리킨 곳에 정말 관군의 복장을 한 병사가 무장을 한 채 서성이고 있었다. 관군이 국경을 지키는 것이 무엇이 이상하다는 건지 녀석은 여전히 고개를 갸웃거렸다.

그동안 강을 지키는 군사가 있기는 했지만 간간이 눈에 띌 뿐이었다. 무어든 손에 쥐어주기만 하면 아무리 넘나들어도 상관하지 않았다. 그런데 지금 저기를 지키고 있는 병사들은 그들과 달랐다. 필시 밤새 무슨 큰일이 난 것이라고 신이는 생각했다. 그렇지 않고서야 저렇게 삼엄하게 지킬 리가 없었다.

"조금 더 올라가면 강이 끝납니다. 그곳에는 관군이 없을지도 몰라요."

일어서는 신이를 세아가 다시 주저앉혔다. 그리고 양팔을 꼭 잡고 말했다.

"너, 도방촌을 찾아갈 수 있느냐?"

"도방촌요? 비열흘이 아니고요?"

"그래. 난 비열흘로 가지 않아."

"하지만……."

"눈물이 났던 건…… 잠깐 그 동무가 그리워서 그랬어. 하지만 다 지난 일인걸?"

그래, 모든 것이 바람처럼 다 지나가 버렸다. 소중했던 약속도, 안타까웠던 마음도. 그 바람이 사라진 곳에 또 다른 바람이 불어오고, 또 다른 바람이 사랑이 되어 그녀를 차지하고 있었다.

"이런 하찮은 눈물 따위에 내 마음이 약해질 거라 생각하지 마시오. 놓아줄 마음은 여전히…… 추호도 없으니까."

그래요. 그 마음 약해지지 마세요. 느닷없이 떼를 쓰고 눈물을 보이더라도 차갑게 외면하세요. 모질게 주저앉히세요. 절대로 놓아주지 마세요. 사랑한다 말을 못하니 원망이라도 해야겠지요. 이 눈에 원망을 가득 담고 당신을 죽도록 사랑하겠습니다.

세아의 눈에 눈물이 고였다. 신이가 미심쩍은 눈으로 그녀를 들여다보았다.

"사내대장부가 어찌 그리 눈물이 많으십니까?"

"도방촌에 몹시도 그리운 이가 있다."

그래서 저도 모르게 눈물이 고인 거라고 세아는 말했다. 그가 걱정되고 보고 싶어 비열흘로 갈 수 없다고.

"돌아가면 너의 형은 내가 찾아주마."

"정말입니까?"

"그래."

신이의 눈이 그제야 평원성 쪽으로 향했다. 가는 길에 육손이 패거리를 만날까 두렵기는 하지만 그 역시 비열흘보다는 그곳으로 가길 원한다. 형이 평원성 어딘가에서 자신을 찾고 있을지도 모른다.

멀어지는 비열흘의 모습이 제 마음속에서 희미해지는 무진의 모습 같아서 마음이 아팠지만 세아는 걸음을 멈추지 않았다.

미안해, 무진아. 서운하겠지만 어쩔 수 없어. 난 지금 그분이 너무 그리운걸. 그래도 널 잊지는 않을게. 내게 향했던 너의 모든 것, 한결같았던 네 마음, 절대 잊지 않을게.

얼마나 걸어왔을까? 벌판 쪽에서 한 무리의 사내들이 몰려오고 있는 것이 보였다. 두 사람은 그들이 육손이 패거리들이라는 것을 한눈에 알아보았다. 세아가 무의식적으로 손을 뻗자 신이의 몸이 두려움에 뻣뻣하게 굳어 있었다. 세아는 그를 일깨우듯 흔들었다.

어서 달아나자고, 정신을 차리라고 말하는 그녀의 입술 또한 굳어 있었다. 육손이패의 우두머리인 육손이의 얼굴이 선명하게 드러날 즈음에야 세아와 신이는 달아나기 시작했다.

돌아왔던 들판을 가로질러 강이 보이는 언덕으로 정신없이 달렸다. 어쨌든 관군이 있는 곳으로 달아나면 살길이 생길 것 같아서였다. 그러나 밤새 도망치느라 두 사람의 몸은 너무 지쳐 있었다. 언덕에 올라서자마자 신이의 몸이 쓰러지듯 앞으로 굴렀고, 세아는 신이를 잡기 위해 몸을 날렸다. 두 사람은 한 덩어리가 되어 언덕을 굴렀다.

요란한 쇳소리와 고함 소리, 비릿한 피 냄새가 진동을 한다. 가까운 곳에서 칼바람이 일고 있다. 세아는 꺼져 가는 의식을 그러모으며 몸을 움직였다.

도망가야 해…….

코를 찌르는 이 냄새를 견딜 수가 없었다. 소름이 돋을 듯 온몸을 휘감는 피비린내, 펄떡이는 심장 소리, 피로 범벅이 된 죽은 무진의 손이 그녀를 일으켜 세운다. 세아는 두려움에 떨며 그 손을 떨쳐 내었다.

"악!"

휘청 흔들리는 그녀의 몸을 또 누군가 붙잡았다.

"괜찮으시오?"

검푸른 눈동자의 청년들이 그녀를 둘러싸고 있었다. 그들 중 누군가 축 늘어진 랴우신이를 안고 서 있었다.

"아이는 잠시 기절한 것이니 걱정 마시오."

그리고 안심하라는 듯 미소를 지어 보였다. 한 청년이 뒤쪽을 향해 소리쳤다.

"이봐, 라우탄! 인질을 찾았어. 둘 다 무사해!"

말하는 것을 들으니 육손이패는 분명 아닌 것 같았다. 이들은 누굴까? 웅성거리는 소리가 들렸지만 그녀는 주위를 둘러볼 기운조차 없었다. 정신은 여전히 몽롱했고 다리에 기운도 빠져 청년들이 잡고 있지 않았으면 그대로 쓰러졌을 것이다. 그래도 신기한 것은 그들의 말소리만은 또렷하게 들린다는 것이다.

"어쩌지? 관으로 데려가야 할까, 아니면……."

순간 날카로운 고함 소리가 들렸다.

"관은 안 돼!"

몹시도 건조한 음성이다. 이들의 우두머리인 모양이었다.

"그쪽으로 연락병을 먼저 보내라. 그리고……."

목소리와 함께 그가 성큼성큼 다가오고 있었다. 그러나 세아는 청년들에게 둘러싸여 그를 볼 수 없었다. 흐려지는 의식 속에 요란한 말발굽 소리가 귀를 자극했다. 순식간에 달려온 말이 먼지를 일으키며 그들의 앞에 멈춰 섰다. 가물거리는 눈앞으로 놀랍게도 유강이 성큼성큼 걸어오고 있었다.

"유강……."

마른 입술 사이로 새어 나오는 그 소리는 누구도 들을 수 없을 만큼 작고 가늘었다. 다시 무어라 말을 하려던 세아의 입술은 유강의 얼굴을 마주한 순간 그만 굳어버렸다. 그의 눈에서 뿜어져 나오는 검푸른 빛이 얼마나 선명하고 무서운지 얼굴마저 검푸르게 보인다. 손을 뻗으면 금방이라도 부서져 버릴 만큼 투명하고 차가운 얼음덩이가 그 얼굴에서 만져질 것만 같다. 화가 난 건지, 화가 넘쳐 분노가 되었는지, 아니면 분노를 이길 수 없어 얼음이 되어버린 건지…….

그 얼음이 입술을 움직였다.

"괜찮소?"

그가 손을 뻗었다. 그녀를 지탱하고 있던 비진족 청년들의 손이 사라지고 뜨거운 팔이 그녀를 감쌌다. 세아는 쓰러지듯 그 팔에 몸을 기댔다. 머리가 휘청 흔들리더니 몸이 공중으로 떠올랐다.

인질이 무사하다는 소리에 라우탄은 그제야 안도했다. 혹시라도 인질이 잘못되는 날엔 자신들의 꿈마저 날아가 버릴지도 모른다는 극단적인 생각까지 하며 육손이패를 쫓던 중이었다.

사로잡은 육손이패의 면면을 살피고 인질의 상태를 확인하기 위해 다가가던 라우탄은 거칠게 달려오는 말발굽 소리에 걸음을 멈추었다. 순식간에 달려온 말은 먼지를 일으키며 멈추었고 한 사내가 말에서 훌쩍 뛰어내렸다.

훤칠하게 큰 키와 흑단같이 흩날리는 머리칼, 비진족을 닮은 검푸른 눈동자.

말로만 듣던 안도국의 일왕자가 분명했다. 성큼성큼 서너 걸음만에 인질의 앞에 선 그는 인질의 상태를 가늠하듯 잠시 살폈다. 검푸른 눈동자에 불이 이글거리고 있었다. 감정을 주체하기 힘든 듯 목젖도 울렁 흔들렸다.

"괜찮소?"

묻는 음성의 떨림이 멀찍이 서 있던 라우탄에게까지 전해졌다. 그가 손을 뻗자 인질은 쓰러지듯 그의 가슴에 몸을 기댔다. 아주 잠깐 그의 몸이 떨린다고 생각되었다. 잠시 후, 그는 인질을 짚불 인형처럼 가볍게 안아 올렸다. 인질을 안은 채 말에 올라탄 그는 잠시 뒤를 돌아보며 감사의 눈인사를 건네고는 먼지를 일으키며 사라졌다.

14

　세아의 얼굴 곳곳에 있는 긁힌 자국과 말라 터진 입술을 내려다
보던 유강은 이마를 찌푸렸다. 육손이패를 그리 놓아주는 게 아니
었다. 마음의 분이 가실 때까지 벌을 내리는 것이 옳았던 것
을……

　육손이패를 사로잡은 비진족 청년들은 인질을 무사히 구출해
넘겨주는 대신 육손이패를 자신들이 벌하게 해달라고 요구했다.
유강은 두 번 다시 이런 짓을 저지르지 못하게 하겠다는 다짐을
받고 그것을 허락했다. 잡기만 하면 단칼에 베어버리겠다고 다짐
했지만 세아를 안는 순간 그런 다짐 따위는 까맣게 잊어버렸었다.
그런데 잠든 세아의 얼굴을 들여다보는 내내 그 결정을 후회하고
있었다. 얼굴 이곳저곳에 난 흉터들이 칼처럼 가슴에 박히는 탓이

었다.

기절하듯 잠에 빠진 세아는 좀체 일어날 생각을 않는다. 유강은 들릴 듯 말 듯한 가는 숨소리에 귀를 기울였다. 끓어오르던 분기가 가라앉고 마음이 평온해졌다.

그래, 이렇게 무사한데 더 이상 무엇이 필요한가!

그런 생각이 들었다. 자신을 보자 그제야 안도한 듯 가슴에 기대어오던 그 순간의 느낌이 좀처럼 잊혀지지 않는다. 그 순간 세아는 무진이라는 자에 대한 마음도, 무한국에 대한 그리움도 모두 놓아버린 채 진심으로 그에게 기대어왔던 것 같았다.

수비병이 있다 하더라도 강을 건널 방법은 얼마든지 있었을 텐데 왜 비열흘로 가지 않았는지? 무슨 마음으로 그렇게 자신에게 기대어왔는지? 끊임없는 의문들이 머리를 떠돌았지만 더 이상 그녀의 마음을 계산하고 싶지 않았다. 중요한 것은 그녀가 지금 자신의 눈앞에 있다는 것, 그리고 두 번 다시 잃고 싶지 않다는 것이다.

세아는 거친 꿈속을 헤매고 있었다. 아버지는 무섭게 그녀를 다그쳤고, 얼음보다 차가웠던 어머니는 꿈속에서도 그녀를 외면했다. 마냥 행복한 사람은 수珤밖에 없다. 수珤의 그 맑은 얼굴이 어느 순간 검은 안개에 가려졌다. 수珤의 형체를 삼켜 버린 검은 안개가 다시 무진을 삼키고 있었다.

도망쳐, 무진아!

그러나 무진은 양팔을 벌린 채 그 안개를 맨몸으로 맞고 있었다. 어서 달아나라고, 도망치라고 소리치고 싶은데 무엇이 꽉 막힌 듯 목에서 소리가 나오지 않는다. 무진은 저대로 죽을 작정인 모양이다. 세아의 눈에는 그렇게 보였다. 그는 언제나 그랬다. 그녀를 위해서라면 무슨 일이든 죽을 작정을 하고 덤볐다.

제발 도망치란 말이야. 이러는 네가 싫어!

저러니 외면할 수가 없는 거다. 미워할 수도 없다. 너 외에는 다른 선택을 할 수가 없었던 거다.

세아의 눈에 눈물이 고였다. 어디선가 다가온 따뜻한 손이 그 눈물을 닦아주었다.

"나쁜 꿈을 꾸는 건가?"

그의 물음에 세아는 고개를 끄덕였다. 눈물을 닦아내던 따뜻한 손이 볼을 감쌌다. 세아는 그를 보기 위해 힘겹게 눈을 떴다. 아직 남아 있는 어둠 탓에 그의 모습을 온전히 알아볼 수 없었다. 잠깐 눈을 감았다가 다시 뜨자 그제야 눈앞이 조금 트인다. 그곳에 믿을 수 없게도 무진의 검푸른 눈동자가 있었다.

"흡……!"

그녀는 새어 나오는 비명을 삼키며 손으로 입을 가렸다. 볼을 감싼 손에서 마치 살아 있는 듯 온기가 건너온다. 오래전에 잃어버렸던 눈도 멀쩡하다. 여전히 꿈속일까? 무의식적으로 뻗은 그녀의 손끝에 따뜻한 체온이 느껴졌다.

"무……."

그러나 그의 음성이 먼저 들려왔다.

"정신이 드나?"

그것은 차갑고도 서늘한 유강의 목소리였다. 그제야 온전히 정신이 든 세아가 재빨리 손을 거두려 했지만 이미 유강에게 잡혀 버렸다.

유강은 달아나는 그 손을 꼭 잡고 어쩔 줄 몰라 당황하며 달아나는 그녀의 눈을 내려다보았다. 깨어나면 이번엔 그녀의 마음을 가늠하기 전에 자신의 마음을 먼저 보여주리라 생각했다. 그런데 막상 깨어난 그녀를 보니 무슨 말을 어디서부터 꺼내야 할지 모르겠다. 유강의 손이 볼에 난 상처를 스치자 세아가 몸을 움츠렸다.

"많이 아픈가?"

"괜찮습니다. 조금 긁힌 것뿐입니다."

세아는 긁힌 자국을 얼른 손으로 가렸다. 그러나 실은 붉어져 버린 얼굴을 가리고 싶었다. 뚫어질 듯 내려다보는 그의 눈길이 불편하다. 이렇게 화장기 없이 온전히 드러난 얼굴도 부끄럽다. 밝은 빛이 없어 그나마 다행이었다.

이리저리 피하는 그녀의 눈을 바라보던 유강은 조그맣게 한숨을 쉬며 잡고 있던 손을 놓아주었다. 그리고 무심한 음성으로 물었다.

"비열홀이 지척이었는데 어찌 건너지 않았나?"

느닷없는 물음에 세아는 잠깐 망설였다. 그에게 속마음을 들키고 싶지 않았다. 그저 필요에 의해 자신을 붙들고 있는 사람에게 제 마음을 다 보인다는 게 자존심이 상했다.

"경비병이 많더군요."

그래서 건너지 못했다고 말했다.

"그 비진족 아이에게 경비병을 따돌리는 일쯤은 아무것도 아니었을 텐데?"

그가 다시 의미심장한 눈으로 물었다. 도대체 무얼 알고 싶은 걸까? 그의 속내를 가늠할 수가 없다. 어쩔 수 없이 잡혀 있는 비련의 여인을 보고 싶은 건지 아니면……?

쉽게 대답을 못하고 망설이고 있는데 유강의 음성이 먼저 들렸다.

"비환臂環을 사서 돌아오니 당신이 사라지고 없더군."

화가 난 걸까? 뚫어질 듯 내려다보는 그의 눈이 두렵다.

"달아난 거라고 생각했지. 그래서 국경을 막았어. 당신이 찾아 갈 곳은 오직 비열홀뿐일 테니까."

"난……."

유강은 말을 제지하듯 그녀의 손을 꼭 잡았다. 그리고 스륵 얼굴을 가까이 가져왔다. 이어 그의 입에서 무서운 말이 흘러나왔다.

"찾지 못하면…… 비열홀도 무엇도 남겨두지 않을 생각이었어."

그는 달아나는 세아의 손을 다시 당겼다. 어느새 그의 얼굴은 닿을 듯 가까이 다가와 있었다. 뜨거운 숨결이 그녀의 얼굴을 가득 덮었다. 세아는 숨소리조차 내지 못한 채 그의 시선에 잡혀 있었다. 그의 눈은 새벽빛을 받아 더욱 검푸른 빛을 띠었고, 그러기에 더욱 피할 수 없었다. 세아는 그가 무언가를 고백하려 한다는 것을 알았다. 한참 후, 그의 입술이 다시 움직였다.

"십 년을 갈아왔던 내 칼이 방향을 잃을 뻔했지."

방향도 잃고 이성도 잃은 채 치닫던 마음이 아직도 생생하다. 유강은 그 마음의 갈래처럼 뻗어 있는 그녀의 머리칼을 쓸어내렸다. 손가락은 그녀의 볼을 쓰다듬고 턱을 쓸어 올라와 입술에 닿았다. 소름이 돋듯 끼쳐 오는 그 떨림이 누구의 것인지 알 수 없었다. 어스름한 빛 속에서 그의 목이 울렁 흔들리는 것이 보였다.

"난…… 대화궁의 주인이 될 거야."

세아는 숨을 멈춘 채 그를 올려다보았다.

"열일곱에 대화궁에서 쫓겨나며 결심했었어. 언젠가는 반드시 그곳의 주인이 되어 돌아갈 거라고."

주유를 떠난 이후 내내 그녀를 의문스럽게 했던 비밀이 드디어 그의 입에서 흘러나오고 있었다.

"단 한 번도 흔들리지 않았어. 한 치의 오차도 없이 계획은 완벽했지."

"유강……."

세아는 저도 모르게 몸을 일으켜 앉았다. 그리고 얼른 문을 살폈다. 혹시라도 서성이는 그림자가 있을까 싶어서다. 창에는 시리도록 푸른빛만 가득하다. 유강은 다시 세아의 손을 잡았다. 그리고 말을 이었다.

"대화궁의 주인이 되어 안도국을 장악하고, 언젠가는 내 어머니와 아우를 앗아간 무한국마저 흔적 없이 쓸어버릴 생각이었어. 그런데……."

오랜 세월 마음에 묻어둔 말을 꺼내며 유강은 치밀어 오르는 고뇌를 감출 수 없었다. 흔적 없이 사라져 버린 소천궁과 함께 사랑했던 어머니와 아우도 사라져 버렸다. 시신조차 거두지 못한 채 잿더미와 함께 연지 속에 수장되어 버린 두 사람. 언젠가는 무한국도 그렇게 흔적 없이 쓸어버리리라 다짐했었다.

잡힌 손을 타고 유강의 고뇌가 건너오는 것 같아 세아는 견딜 수 없었다. 무한국이 어머니와 아우를 앗아갔다면 무한국인인 자신을 바라보는 그 마음이 얼마나 고통스러울까? 증오심이 일기도 하겠지? 그 생각에 저도 모르게 손이 오그라든다. 유강은 달아나는 세아의 손을 얼른 붙잡았다.

"그런데 모든 것이…… 그 모든 것이 당신 때문에 흔들려 버렸어."

"……?"

모든 것을 털어버리려는 듯 그의 고백은 거침이 없었다.

"내 생애 무한국인을 곁에 둘 일은 없을 거라 여겼는데 난 지금 당신을 곁에 두고 함께할 평생을 꿈꾸고 있어."

세아의 동공이 멈추었다. 그의 손이 볼을 감쌌지만 아무 감각이 없었다. 뜨거운 입김이 다가오는 것도 느끼지 못했다.

"원치 않겠지만 어쩔 수 없어. 내가 그러기로 마음먹었으니까."

뜨거운 입술이 닿았다 떨어졌다. 그러나 그의 숨결은 여전히 물러가지 않았다. 그가 세아의 얼굴을 들어 올렸고, 그녀는 숨조차 쉬지 못한 채 그를 올려다보았다. 날은 어느새 밝아 그의 얼굴이 환하게 드러났다. 유강의 검푸른 눈이 뜨거웠다. 그 뜨거운 눈도 뜨거운 고백도 감당이 되지 않는다. 혼란이 가득한 그녀의 얼굴을 내려다보며 유강은 무겁고 단호한, 그리고 한편으로는 정중한 음성으로 물었다.

"나와 함께 대화궁의 주인이 되어주지 않겠소?"

강요에 떠밀려 혼인을 결정하던 날, 끝까지 함께하지 못할 수도 있다며 차가운 눈길을 건네던 그 남자가 지금 눈앞에서 뜨거운 눈으로 영원히 함께해 줄 수 있느냐고 묻고 있었다. 세아는 대답을 못한 채 입술만 깨물고 있었다. 그것이 거부의 뜻으로 비친 걸까? 그의 얼굴이 어두워졌다. 흘러나오는 목소리도 어두웠다.

"그자와의 약속 때문이라면 내가 비열흘을 빼앗아주지. 그럼 되겠나?"

저리 말하면 내 마음이 아플 거라는 걸 모르는 걸까?

비열흘을 갖는다고 하여 마음속 무진이 사라지는 것은 아니다. 유강으로 인해 숨이 막힐 듯 긴장하고 가슴 떨리는 이 순간에도, 그리고 오랜 시간이 흐른 후에도 무진의 흔적은 여전히 그녀의 가슴에 남아 있을 것이고, 때때로 나타나 그녀를 우울하게 만들 것이다. 그리고 내내 이렇게 유강을 힘들게 할 것이다. 세아는 그것이 마음 아팠다.

유강의 얼굴에 드러난 감출 수 없는 고뇌를 보며 세아가 말했다.

"그는 나로 인해 눈을 잃었고, 꿈을 잃었고, 목숨까지 잃은 사람입니다."

"그렇다고 죽은 사람을 평생 품고 살 수는 없지 않소."

"제 품에서 절 대신해 칼을 맞고 죽었습니다. 그 펄떡이던 심장

소리와 뜨거운 핏물이 이곳에 배어 있는 듯 여전히 절 괴롭히곤
합니다."

또다시 아픔이 밀려드는 듯 그녀는 고통스럽게 가슴을 움켜쥐
었다. 처음으로 듣는 그자의 죽음에 대한 얘기다. 참 모질고도 무
섭게 세아를 사랑한 사람 같다.

"제겐 피를 나눈 형제보다 더 피붙이 같았던 그런 사람이었습
니다."

그 설명만으로도 그가 세아에게 얼마나 소중한 존재였는지 알
수 있었다.

"그래서…… 그 사람 외엔 누구도 가슴에 들이지 않으리라 다
짐했었습니다."

그것은 너무도 단호한 거부의 말처럼 들렸다. 유강은 말을 잃은
듯 그녀를 바라보았다. 무엇으로도 깨트릴 수 없는 그녀의 단단한
마음이 보인다. 그의 검푸른 눈에 슬픔이 가득 차올랐다. 저렇게
단단하게 닫힌 마음을 쉽게 열 수는 없겠지만 그래도…….

"기다리지. 그 마음이 열리기를……."

더 이상 그곳에 앉아 있기가 힘들었다. 그때껏 잡고 있던 손을
놓아주며 유강은 일어섰다. 그러나 세아가 돌아서는 그의 옷자락
을 붙잡았다.

"싫습니다!"

세아의 눈은 단호했다. 자신의 곁에 머무는 것조차 허락하지 않
겠다는 뜻인가? 이런 고집불통 같은 여자를 보았나!

"기어이 떠나겠다는 뜻인가?"

순식간에 유강의 눈이 차갑게 변했다. 세아가 자신의 진심을 단한 자락도 받아들이지 못한 것 같아 화가 났다. 세아는 그의 차가운 눈을 맞받으며 단호히 말했다.

"떠나지 않겠습니다. 하지만 당신이 그런 마음으로 기다리는 것도 싫습니다."

떠나지 않겠지만 기다리지도 말라니, 그럼 영원히 지금과 같은 관계로 살겠다는 뜻인가? 어이가 없다. 평생 다른 사내를 가슴에 품은 아내를 곁에 두고 벗처럼 웃으며 지켜보란 말인가! 차라리 놓아달라고 하는 편이 나을 것이다.

세아는 꽉 그러쥔 그의 주먹을 가만히 잡았다. 그리고 용기를 내어 말했다.

"돌아오지 못하면 어쩌나…… 걱정했습니다."

이렇게 그를 바라보며 두근거리는 심장 소리를 들킬까 마음 졸이는 순간들을 다시는 맞을 수 없을까 봐 얼마나 두려웠는지, 유강이 자신을 찾지 않을까 봐 또 얼마나 무서웠는지…….

"볼모처럼 잡혀서, 당신에게 그저 벗일 뿐인 존재로 여겨진다 하더라도 돌아오고 싶었습니다."

무슨 마음이냐고 묻는 유강의 눈을 보며 세아는 천천히 입을 열었다. 흘러나오는 목소리는 쑥스러운 듯 떨렸다.

"누군가를 그리는 일이 이렇게 가슴 떨리는 일인 줄은 몰랐습니다."

착각일까? 목소리만큼이나 떨리는 세아의 눈빛은 그녀가 가슴 떨리며 그리는 이가 바로 유강, 당신이라고 말하는 것 같았다. 유강은 마른침을 꿀꺽 삼켰다. 망설이던 그녀의 입술이 다시 열렸다.

"깃털처럼 가벼운 마음이라 흉보셔도 할 수 없습니다. 이미 저도 제 마음을 어쩌지 못하니……."

결코 입 밖으로 꺼낼 수 없을 것 같던 말이 힘없이 흘러나왔다. 더 이상 피울 고집도, 달아날 마음도 없다. 울컥 당겨진 그녀의 몸이 유강의 품속으로 빨려 들어갔다.

안도국 왕자는 한눈에 보기에도 위압감이 느껴지는 사람이었다. 그에 비해 인질로 잡혔던 그의 아우는 흡사 여인의 몸매를 연상시키는 호리호리한 체구였다. 직접 얼굴을 대면하지는 못했지만 그를 본 청년들의 말에 의하면 생긴 것 또한 빼어난 미소년이었다고 한다. 왕자는 관군에 앞서 말을 타고 달려왔고 좀처럼 드러내지 않던 실체를 드러내는 것도 신경 쓰지 않는 것 같았다. 인질을 향해 불을 뿜듯 노려보던 그 눈과 품듯이 안아 말에 태우던 모습을 떠올리던 라우탄은 문득 고개를 갸웃했다.

아우를 그리 대하진 않지?

아무리 우애가 깊은 사이라 해도 아우를 그런 눈으로 바라보고 그런 손길로 감싸진 않는다. 더구나 사내를 말이다. 왕자의 태도는 여인을 향한 사내의 행동이라고밖에 생각할 수가 없었다.

도대체 누굴까 생각하던 라우탄은 그러나 이내 머리를 털고 의자에서 일어났다. 방을 나온 그는 휘적휘적 걸어 마구간으로 갔다. 그리고 가장 튼실해 보이는 말을 골라 끌고 나왔다.

"잠시 다녀오겠네."

마구간을 지키는 청년에게 말을 남기고 채찍을 휘둘렀다. 말은 바람을 가르며 달렸다. 성을 빠져나온 말은 끝없이 이어진 벌판을 달렸다. 지금은 이렇게 마른풀과 먼지가 날리지만 날이 조금만 풀리면 이곳은 곧 훌륭한 목초지로 변해 짐승을 기르기에 안성맞춤인 땅이 될 것이다. 비열흘에서 밀려나 강을 건너온 비진족들이 하나둘 터전을 잡으면서 버려졌던 들판은 어느새 커다란 부락을 형성하고 있었다.

벌판 끝에 움막들이 하나둘 보이자 라우탄은 더욱 세차게 채찍을 휘둘렀다. 협상을 마무리 지을 때까지는 찾아오지 않으리라 생각했던 곳인데 어느새 마음이 조급해져 버렸다. 어제 보았던 안도국 왕자의 모습 탓이리라. 인질을 바라보던 그 뜨겁던 눈길, 애틋하던 손길이 그의 감정을 자극했다.

"라우탄이다! 라우탄이 오고 있어!"

들판에서 놀고 있던 꼬마아이가 팔을 흔들며 움막 사이로 뛰어들어갔다. 움막 곳곳에서 사람들이 얼굴을 내밀었다. 삶에 찌든 무심한 얼굴의 노인들, 눈을 반짝이는 여인들, 막 잠에서 깨어난 아이들. 그들은 이른 아침 시간부터 무슨 일인가, 의아한 눈으로 서로를 살폈다. 한 여자가 바람처럼 움막 사이를 빠져나가는 모습이 보였다. 그제야 모두들 고개를 끄덕이며 다시 움막 속으로 사라졌다.

여자가 들판을 가로질러 달려오는 것을 발견한 라우탄은 급하게 말을 세우고 내렸다. 그와 동시에 바람처럼 달려온 여자가 목에 매달렸다.

"라우탄!"

뜨거운 바람이 가슴으로 밀려들었다. 헛헛했던 마음이 순식간에 꽉 차버린 느낌. 이 순간 그의 마음을 흔들 수 있는 것은 그 무엇도 없었다. 험하고 어둡던 그의 얼굴에 해맑은 웃음이 번진다.

"어떻게 된 거야? 무슨 일이라도 생긴 거야? 협상은 어떻게 됐어? 할아버진?"

정신없이 묻는 질문에 라우탄은 고개를 절레절레 흔들었다.

"하나씩 물어, 레이. 정신이 하나도 없잖아."

"그러니까 하나씩. 어떻게 된 거냐고? 무슨 일이 생겨서 온 거야, 아님 협상이 끝나서 온 거야? 할아버진 어디 계셔?"

역시나 정신이 없는 물음에 라우탄은 그만 웃고 말았다.

"협상은 아직 시작하지 않았고, 어르신은 다완의 집에서 잘 지내고 계셔. 그리고 내가 온 건, 음…… 아침에 눈을 떴는데 갑자기 네가 보고 싶어졌어. 그래서 온 거야."

레이의 손이 라우탄의 얼굴을 가르는 긴 흉터를 감쌌다. 그녀의 입술이 안대에 닿았다. 그리고 다시 흉터를 지우듯 따라 내려오는 입술. 그의 험한 얼굴을 그보다 더 아파하는 레이다. 이럴 때면 언제나 마음이 따뜻해진다. 그리고 미안하고 아프다. 입술이 겹치는 순간 라우탄은 그녀의 허리를 꺾을 듯 감싸 안았다. 온몸이 녹아내릴 듯 저리다.

자신이 알지 못하는 먼 과거의 자신도 이렇게 가슴 떨리는 기억을 가지고 있는 것이 분명했다. 가끔 무섭도록 엄습하는 그리움이 있다. 무언지 알 수 없는 가슴 저림에 진저리가 쳐질 때면 그는 늘 레이를 떠올린다. 그러면 어느새 마음이 평온해지곤 했다.

기억 너머 저 미지의 세상에서도 난 아마 널 이렇게 사랑했을 거야.

레이는 언제나 이렇게 안고 싶고, 보고 싶고, 미치도록 가지고 싶은 여자였을 거라고, 그래서 기억하지 못하는 지금도 이렇게 진저리 치도록 가슴이 저린 거라고 생각했다.

뜨거운 혀가 입술을 파고들자 라우탄은 레이를 안고 마른 풀숲으로 쓰러졌다.

『2권에 계속…』